文春文庫

本心

平野啓一郎

本心

目次

プロローグ 7
第一章 〈母〉を作った事情 10
第二章 再会 45
第三章 知っていた二人 80
第四章 英雄的な少年 111
第五章 心の持ちよう主義 132
第六章 〝死の一瞬前〟 151

第七章　嵐のあと　166
第八章　転落　196
第九章　縁起　233
第十章　〈あの時、もし跳べたなら〉　273
第十一章　死ぬべきか、死なないべきか　326
第十二章　言葉　365
第十三章　本心　411
第十四章　最愛の人の他者性　458

プロローグ

一度しか見られないものは、貴重だ。

月並みだが、この意見には、大方の人が同意するだろう。

とすると、時間と不可分に生きている人間は、その存在がそのまま、貴重だと言える。

なぜなら、生きている限り、人は変化し続け、今のこの瞬間の僕は、次の瞬間にはもう、存在していないのだから。

実際には、たったこれだけのことを言う間にも、僕は同じでない。細胞レヴェルでも、分子レヴェルでも、それは明白だ。

もっと単純に、僕が今、死にかけていると想像したなら？　僕は現状に留《とど》まれない。病状は刻々と悪化し、血圧が下がり、心拍も弱くなって、結局、僕は終わりまで言い果《おお》せることなく、最後の究極の変化を——つまり死を——迎えることになるだろう。

たった一行の文章の中でも、人間は変化しながら生きている。

こうした考えに、果たして人は、耐えられるのかどうか。——

今、玄関先で見送った幼い子供の姿は、もう二度と見られない。学校から戻ってきたその子は、朝と似た、しかし、微《かす》かに違った存在なのだから。

僕たちは、その違いが随分と蓄積されたあとで、ようやく感づくのが常だ。本一ページ分のインクの量を、僕たちは決して感じ取ることが出来ない。しかし、一万冊分の本のインクなら、身を以《もっ》て実感するだろう。

変化の重みには、それと似たところがある。勿論《もちろん》、目を凝《こ》らせば、その微々たるインクが、各ページに描き出しているものこそは、刻々たる変化だ。

人間だけではない。生き物も風景も、一瞬ごとに貴重なものを失っては、また、入れ違いに貴重なものになってゆく。

愛は、今日のその、既に違ってしまっている存在を、昨日のそれと同一視して持続する。

鈍感さの故に？　誤解の故に？　それとも、強さの故に？

時にはそれが、似ても似つかない外観になろうとも、中身になろうとも、或《あ》るいは、その存在自体が失われようとも。――

それとも、今日の愛もまた、昨日とは同じでなく、明日にはもう失われてしまっているのだろうか？

だからこそ、尊いのだと、あなたは言うだろうか。

第一章　〈母〉を作った事情

「――母を作ってほしいんです。」

担当者と向き合って座ると、たった数秒の沈黙に耐えられず、僕の方から、そう口を開いた。

もっと他に言いようがあったのかもしれない。

メールで既に、希望は伝えてあったので、確認程度のつもりだった。しかし僕は、それだけのことさえ最後まで言い果《おお》せずに、途中で涙ぐんでしまった。

なぜかはわからない。母を亡くして、半年間堪《こら》えていた寂しさが、溢《あふ》れ出してしまったのだろうが、その挙《あ》げ句がこれかと、何となく惨めな気持ちになった。

それに、その不可能な単語の組み合わせが、単純におかしかったのだとも思う。――おかしくて泣いて悪い理由があるだろうか？

僕は、二十九歳になったところだった。

僕と母は、どちらかが死ねば、遺された方は一人になるという、二人だけの家族だった。そして僕は、二〇四〇年代の入口に立って、時々後ろを振り返りながら、まだ呆然としているのだった。

もう母は存在しない。その一事を考えれば考えるほど、僕は、この世界そのものの変質に戸惑う。

簡単なことが、色々とわからなくなった。例えば、なぜ法律を守らなければならないのか、とか。……

用心していても、孤独は日々、体の方々に空いた隙間から、冷たく無音で浸透してきた。僕は慌てて、少し恥ずかしさを感じながら、誰にも覚《さと》られないように、その孔《あな》を手で塞《ふさ》いだ。

僕たちを知る人は多くはなかったが、誰からも仲の良い親子だと見られていたし、僕は母親思いの、大人しい、心の優しい青年だという評判だった。

話を簡単にしてしまえば、母の死後、僕がすぐに、VF（ヴァーチャル・フィギュア）を作るという考えに縋《すが》ったように見えるだろうが、実際には、少なくとも半年間、母のいない新しい生活に適応しようとする、僕なりの努力の時間があったのだった。

それは、知ってほしいことの一つである。

僕は、六月一日生まれで、それが、「朔也《さくや》」という名の由来になっている。「一日」を、古い言葉で「朔《さく》」ということを、僕は母から何度となく聞いていた。

母に祝われることのない初めての誕生日から数日を経て、僕は不意に胸に手を当て、言いしれぬ不安に襲われた。

自分では、その都度うまく蓋《ふた》をしたつもりだった体の隅々の孔が、結局、開《ひら》いたままで、僕の内側に斑《まだら》な空虚を作り出していた。僕は、外からの侵入者を警戒するあまり、僕自身が零《こぼ》れ落ち続けていたことに、気づいていなかったのだった。

体が軽くなる、というのは、大抵は何か快さの表現だが、僕はその腐木《ふぼく》のような脆《もろ》い感触に、これはいけない、と初めて自覚し、その解決策を考えた。

それが、僕が今、渋谷の高層ビルの中にいる理由だった。


死は勿論、平凡な出来事だろう。誰もがある時、この世に生まれてきて、いつか死ぬ。これは、絶対に例外のない事実だ。取り分け、親が子供よりも先に死ぬというのは、まったく平凡なことに違いない。逆よりずっといい。そして、平凡なことを受け容《い》れられない人間は、周囲を苛立《いらだ》たせる。――それはわかっている。僕の経験は平凡だ。ただ、ふと、どうしてそんなにみんな、何でも平凡なことだと思いなすようになったのだろうとは、考えることがある。決して口には出さないけれど。

僕は結局、感情生活の落伍者なりの手立てに頼ろうとしている。

ありがたいことに、そういう人向けのサーヴィスに目をつけた人もいるのだった。

担当者は、野崎《のざき》という名の、僕よりも恐らく、一回り年上らしい女性だった。白いブラウスを着ていて、髪を短く切っている。メイクの仕方から、外国生活が長いのではないか、という感じがした。

ここに来る客では、泣き出すことも珍しくはないのか、彼女は、理解に富んだ表情で、僕が落ち着くのを待った。一重まぶたの小さな目が、よくわかりますよ、という風にこちらを見ていたが、観察されている感じもした。誇張《こちょう》でなく、僕は一瞬、彼女は受付用のロボットなのではないかと疑った。

ネットで済むはずの手続きを、わざわざ対面で行うのが、この会社の「人間味溢れる」特徴で、彼女はつまりは、そういう仕事に恵まれる人物なのだった。

「お母様のVFを製作してほしい、というご依頼ですね。」

「はい。」

「VFについては、おおよそ、ご存じですか？」

「――多分、一般的なことくらいしか。」

「仮想空間の中に、人間を作ります。モデルがいる場合と、まったくの架空の人物の場合と、両方あります。石川《いしかわ》様の場合は、いる方、ですね。姿かたちは、本当の人間と、まったく区別がつきません。たとえば、わたしのVFとわたし本人とが、仮想空間で石川様にお会いしても、まず、どちらが本物かは見分けられないと思います。」

「そこまで……ですか？」

「はい。あとでお見せしますが、その点に関しましては、ご信頼ください。話しかければ、非常に自然に受け答えをしてくれます。――ただ、〝心〟はありません。会話を統語論的に分析して、最適な返答をするだけです。」

「それは理解しています。」

「興醒《きょうざ》めかもしれませんが、どれほど強調しても、お客様は途中から、必ずＶＦに〝心〟を感じ始めます。もちろん、それがＶＦの理想ですが、その誤解に基づいたクレームが少なからずありますので、最初に確認させていただいてます。」

半信半疑だったが、想像すると、不穏なものを感じた。彼女の口調は、製品の説明というより、僕自身の治療方針の確認のようだった。

「お母様は生前、ＶＦの製作に同意されてましたか？」

「はい、……」

嘘《うそ》だった。そんな話は決してしなかったが、本人の同意がないと言うと、製作を拒否されるか、面倒な手続きを求められるのではという気がした。

「他のご家族は同意されてますか？」

「母一人、子一人の母子家庭でしたので。……母の両親は、既に亡くなっています。」

「承知しました。ご親族の間で、トラブルになることもありますので、一応。――失礼ですが、石川様は、生前のお母様とのご関係は、良好でしたか？」

僕は、最初の涙の印象を打ち消したくて、

「わざわざ嫌な母親のVFを作る人がいるんでしょうか？」と笑ってみせた。

彼女はしかし、当然のように頷《うなず》いた。

「いらっしゃいます。――ただ、理想化しますが。」

「ああ、……そういうことですか。」

「生前から、実際の家族とはまったく違った、理想的なVFの家族を作られる方もいらっしゃいます。片思いの相手を作られる方も。石川様の場合は、出来るだけ実物のお母様に似せる、ということでよろしかったでしょうか？」

「本物そっくりにして下さい。……本物に近ければ近いほど理想的です。」

彼女は、「――かしこまりました。」とだけ言うと、傍《かたわ》らのモニターに目をやって、聴き取られた会話が、自動的に整理されてゆく具合を確認していた。


たったこれだけのやりとりで、僕は疲労を感じた。彼女に好感を覚えたが、ピンと張ったピアノ線のような緊張の上で、期待と警戒とがゴムボールのように跳ねて、胸の裡《うち》で、素《す》っ頓狂《とんきょう》な音を立てていた。


「株式会社　フィディテクス」という社名のロゴが、至るところから、僕を見ている。ここは現実で、あなたは、我が社にいることをお忘れなく、としつこく念押しするように。

オフィスは広く、背の高い鉢に植えられた観葉植物が、木製の棚と組み合わされて、空間を機能的に仕切っている。ハンモックも見え、職場と言うより、自由なカフェのような雰囲気だった。さもなくば、今時、わざわざ出勤する意味もないのだろう。

バッサイアやフィカス、ガジュマルなど、僕でもAR（添加現実）を頼らずに名前を言える木が、目立って生い茂っていて、それが夏の光を心地良く遮《さえぎ》っている。よく手入れが行き届いていて、枝にも葉にも張りがあり、生気が感じられた。

「――石川様は、現在、二十九歳ですね？」

あまり長く窓の方を見ていたせいで、振り返った時、僕は野崎の姿を見失った。

「……そうです、先月が誕生日でした。」

「いつ頃のお母様をご希望ですか？　直近の事故に遭われる前のお母様か、それとも、もっとお若い頃か。」

思いがけない質問に、僕は即答できなかった。

この半年というもの、僕の脳裡《のうり》を去来したのは、幼少期に見上げた、まだ四十代半ばの若々しい母の笑顔から、一年ほど前に、玉ねぎを切っていて人差し指の爪を削《そ》ぎ落としてしまった時の痛々しげな表情まで、一時も同じではなかった。

これから一緒に生活をするとして、いつ頃の、どんな顔の母が理想的なのか？――遺影は、葬儀会社の薦《すす》めに従って、時期の異なる五枚ほどの写真を選んで、切り替わるようにしてあった。VFとなると、そうはいかないのか。

「オプションで、複数の時期を選んでいただくことも出来ます。その分、お手間と費用がかかりますが。お子さんを亡くされた方などは、未来の姿を選ばれることもあります。」

「──未来？」

「はい。成人後の姿を、かなり正確に予想できます。」

僕は、どうして正確に予想できたなどと言えるのだろうかと、その言葉に引っかかった。

成長や老化は、ある程度、予想がつくのかもしれない。しかし、その子がいつか看板に額《ひたい》をぶつけて作る傷のかたちを、どうして予測できよう？　正解は、永遠に失われているというのに。

「今日、決めていただかなくても結構です。ゆっくりご検討ください。ただ、複数のヴァージョンを作られても、結局、みなさん、一体に絞《しぼ》っていかれますね。」

「……そうですか。──ただ、まだ、購入するかどうかを決めてないんです。どの程度、母を再現できるのかを知りたいのですが。」

「精度は、ご提供いただける資料次第です。写真と動画、遺伝子情報、生活環境、各種のライフログ、ご友人や知人の紹介、……サンプルとして、弊社で製作したVFに実際に会っていただくと、色々ご理解いただけると思います。」

そう言うと、野崎は立ち上がって僕を別室に誘《いざな》った。

体験ルームは、意外と平凡な応接室だったが、外部からは遮蔽《しゃへい》されていて、壁には闘牛をモティーフにしたピカソのエッチングが飾られていた。かなり古色を帯びていて、しみもある。最近の精巧なレプリカなのか、二十世紀に刷られたものなのかは、わからなかった。

*

ヘッドセットを装着しても、何の変化もなかった。僕は、これから対面するVFが、AR方式で、現実に添加されるのか、それともヘッドセット越しに見ている部屋が、既に仮想的に再現された応接室なのか、本当に区別できなかった。

黒いレザーのソファの前には、コーヒーが置かれている。座って、それを飲めば、わかることだろうが。……

野崎が、二人を連れだって戻って来た。

一人は、薄いピンクの半袖シャツを着た、四十前後の痩身《そうしん》の男性。よく日焼けしているが、僕とは違い、長い休暇中に、ゆっくり丁寧に時間をかけて焼いたらしい肌艶だった。

もう一人は、紺のスーツを着て、眼鏡をかけた白髪交《しらが》じりの小柄な男性だった。

「初めまして、代表の柏原《かしわばら》です。」

日焼けした男の方が、白眼《しろめ》よりも更《さら》に白い歯を覗《のぞ》かせて腕を伸ばした。

僕は握手に応じたが、ウィンド・サーフィンでもやっているんだろうか、といった眩《まぶ》しい想像を掻《か》き立てられた。

続けて、隣の男性を紹介された。

「弊社でお手伝いいただいている中尾《なかお》さんです。」

「中尾です。どうぞ、よろしく。暑いですね、今日は。――お手伝いと言っても、ただここでお話をさせていただくだけなのですが。」

彼は、額に皺《しわ》を寄せて、柔和《にゅうわ》に破顔した。落ち着いた物腰だったが、こちらの人間性を見ているような、微かな圧力を感じさせる目だった。「お手伝い」というのがよくわからなかったが、僕と同じVFの製作依頼者なのだろうかと考えた。

同様に握手を求められたので、応じかけたが、その刹那《せつな》に、ハッとして手を引っ込めた。実際には、それも間に合わず、僕は彼に触れ、しかも、その感触はなかったのだった。

「私は、VFなんです。実は四年前に、川で溺れて亡くなっています。娘がこの会社に依頼して、私を製作してくれたんです。」

僕は、物も言えずに立っていた。〝本物そっくり〟というのは、CGでも何でも、今は珍しくないが、中尾と名乗るこのVFは、何かが突き抜けていた。それが、僕の認知システムのどこをどう攻略したのかはわからない。誇張なしに、僕には彼が、本当に生きている人間にしか見えなかった。柏原と見比べても、質感にはまったく差異がなかった。

僕は、半ば救いを求めるように野崎を振り返った。彼女は特に、「どうです！」と誇らしげな様子を見せるわけでもなく、「気になることがあれば、何でも質問してみてください。」とやさしく勧めた。恐らく、彼女がVFに接する態度も、これを人間らしく見せている一因だろう。

彼の額に、うっすらと汗が浮いているのに気がついて、僕は驚いた。僕の眼差《まなざ》しを待っていたのか、それは、目の前で、静かにしずくになって垂《た》れ、こめかみの辺りに滲《にじ》んで消えた。そのベタつくような光沢《こうたく》を、中尾は痒《かゆ》そうに、二、三度、掻いた。

僕は、反射的に目を逸《そ》らした。彼の足許には、僕たちと同じ角度で、同じ長さの影まで伸びている。

「ちゃんと、足は生えてますよ。」と中尾は愉快そうに笑って、「そんな、幽霊を見るみたいな顔をしないで下さい。」と、腹の底で響いているような箆太《のぶと》い声で言った。

「すみません、……あんまりリアルなので。」

「中尾さんは、実は収入もあるんですよ。」と野崎が言った。

「――収入ですか？」

「これが仕事なんです。」と中尾が自ら引き取った。「ここでこうして、自分自身をサンプルに、新しいお客様にVFの説明をしているんです。それに、データの提供も。お金を受け取るのは、家内と大学生の一人娘ですがね。……かわいそうなことをしましたから、まあ、親として出来るせめてもの孝行ですよ。」

そう説明する彼の目には、憂《うれ》いの色があった。しかも彼は、「親として出来るせめてもの孝行」と言うだけでなく、その手前で、「まあ、」と一呼吸置いてみせたのだった。

僕は、自分の方こそ、出来の悪いVFにでもなったかのように、不明瞭な面持ちで立っていたと思う。「話しかければ、非常に自然に受け答えをしてくれます。ただ、〝心〟はありません。」という、野崎の最初の説明が脳裡を過《よぎ》った。

彼はつまりAI（人工知能）で、その言葉のすべては、一般的な振る舞いに加えて、彼の生前のデータと、ここでの、何十人だか、何百人だかの新規顧客との会話の学習の成果なのだった。ただ、「尤《もっと》もらしい」ことを言っているに過ぎず、実際、こうしたやりとりは、大体いつも、似たり寄ったりなのだろう。

第一、それを言うなら、柏原や野崎の言動こそ、僕が誰であろうと、そう大して変わらない、パターン通りの内容だった。彼らとて、一々《いちいち》、僕の心を読み取り、何かを感じ取りながら話をしているわけではなく、「統語論的に」応対しているだけに違いない。

「お母様を亡くされたと伺ってます。きっと、あなたのお母様も、私と同じように、VFとして立派に再生しますよ。娘はね、私と再会した時、本当に涙を流して喜んでくれました。もちろん、私も泣きましたよ。——心から。」

僕は、中尾の姿に母を重ねようとした。しかしそれは、どう努力しても止《とど》めることの出来ない、破れやすい、儚《はかな》い幻影だった。それでも、母とまた、こんな風に会話を交わす日が来るという期待は、僕の胸を苦しみとしか言いようのない熱で満たした。

わかった上で欺《だま》されることを、やはり欺されると言うのだろうか？　もしそれで幸福になれるなら？　僕は絶対的な幸福など、夢見てはいない。ただ、現状より、相対的に幸福でさえあるなら、残りの人生を、歯を喰《く》い縛ってでも欺されて過ごしかねなかった。

……

その後、ソファに座って、面会の続きをしたが、僕はほとんど上の空で、話の半分程度しか頭に入らなかった。

ヘッドセットを外した途端、VFの中尾は目の前から消えた。しかし、僕の中に残った、人と会ったという余韻は、実のところ、代表の柏原よりも、遥《はる》かに彼の方が強かった。

「……実際に、VFをお渡ししてからも、石川様ご自身にお母様を完成していただく必要があります。機械学習ですから、出来るだけ長く、頻繁に会話を交わしていただくことで、少しずつ違和感が修正されていきます。」

「シラケませんか、その間に？」

「いえ、逆です。みなさん、感動されます。ご家族のVFを望まれる方は、ご病気で意思疎通が出来なくなったり、死別されたりというケイスが多いですから。少しずつ、以前同様のコミュニケーションが回復してゆくことが、大きな喜びになります。──それは、本当に。ご病気が治ったり、生き返ったりした感じがするようです。ちょっと違うと感じたところは、こちらから助けてあげて、元に戻してあげようと努力するんです。個人的には、この仕事をしていて、わたしが一番、感動するのもその時です。」

「……。」

「生身の人間も、複雑ですけど、心だって、結局は物理的な仕組みですから。VFは、コミュニケーションの中では、限りなくご本人そのものです。」

「──心はないけれども、ですよね？」

「はい、そう申し上げましたが、感じるんです、やっぱり。心って何なんでしょう？」

彼女は、これまでになく、本心を語っている風の口調で言った。そしてそれは、生身の人間らしく、まったく矛盾しているのだった。

結局、僕は、その日のうちに母のVF製作を正式に依頼した。

見積価格として、三百万円という額が提示された。以前の僕には、とても手が出なかったが、母が残してくれた生命保険から、どうにか捻出《ねんしゅつ》するつもりだった。

＊

母のVF製作を依頼した翌日から、僕は、小樽《おたる》に出張することになっていた。興奮のせいか、一種の疚《やま》しさに似た気持ちのせいか、或いは、「高い買い物」の決断に急に不安に感じ出したせいか、ともかく、前夜はなかなか寝つかれず、朝も目覚めが早かった。

クーラーをつけ、水を一杯飲んで、汗ばんだ体に涼気を受けながら、リヴィングの南向きの窓を見つめた。

母の後半生の労働が、この小高い丘の上に建つマンションのローンの支払いに捧《ささ》げられたという考えは、僕を少し憂鬱にさせる。それは他でもなく、この僕との生活のためであり、感謝の気持ちだけでないのは、僕の生計が最後まで母に依存していて、現に今も、母の遺したこの部屋のお陰で住む場所に困らずにいられるからだった。

母の生命保険の一部を、VFの支払に充《あ》てると、僕は、値上げが続いている管理費と修繕積立費を、いずれ支払えなくなるかもしれない。遠からず、ここも退去すべきだろうかと思うと、街の眺めも、急に惜《お》しくなる。

蟬《せみ》の力強い鳴き声に、古い建物の全体が浸されていた。

静寂の中にも、特別な静寂がある。人が鍵を掛けて出て行った部屋にだけ、こっそり姿を現す、臆病な動物のような静寂が。――しかし、この時には、なぜかまだ、僕がいるというのに、その静寂が部屋に忍び込んできたのだった。それで僕は、しばらく息を潜《ひそ》めて、朝の光が、大きな首をゆっくりともたげるように高くなってゆくのを見ていた。

きっと、僕の体が感じ取れないほどの小さな地震でもあったのだろう。リヴィングのドアが開いた。昨日の経験が、僕の現実を瞬《また》く間に乗っ取った。ドアの陰《かげ》には、母が立っている気がした。そして、今にも姿を現して、「おはよう。」と僕に声をかけるのではないかと想像した。

僕は、半開きのまま止まっているドアを見つめた。その裏側で、銀色のノブに触れようとして躊躇《ためら》っている手を思った。

「お母さん、……」

こういう時には、万が一のためのことはすべてすべきだった。

僕は、母を招き入れるために呼びかけた。けれどもドアは、僕の期待に困惑したように、いつまでもただ、じっとしているだけだった。

＊

羽田《はねだ》から新千歳《しんちとせ》へと向かう飛行機の中で、僕は、今日の仕事の確認をした。

所謂《いわゆる》〝リアル・アバター〟として働くようになってから、もう五年、――いや、六年近くが経《た》っている。

個人事業主としての契約で、その間、登録会社は二度変わったが、僕はこの世界では、例外的な古株だった。

今でも人間が求められ、且《か》つ、特別な技能を必要としない職業の中では、最低限よりも、大分マシな報酬の部類だと思う。世間的には蔑《さげす》まれてもいるが、依頼者からは感謝されることが多く、僕はやり甲斐を感じていた。

それでも多くがすぐに辞めてしまうのは、肉体的にも、精神的にも、保《も》たないからだった。

母は、この仕事を好まなかったが、それでも、僕がどうにか続けてこられたのは、母の存在があればこそだった。

依頼者は、八十六歳の男性で、手配したのはその息子夫婦だった。「最後の親孝行に」と、要望書の中で説明していたが、実際に面会した折に、その言葉を文字通りに受け止めるべきであることを察した。

病床に座って僕を出迎えた「若松《わかまつ》さん」という老人は、顴骨《かんこつ》ばかりがふっくらと目立つほどに痩《や》せていたが、目の底にはまだ力があり、意思は明瞭だった。ただ、僕の仕事については、今ひとつ呑《の》み込めていないようだったので、

「簡単に言えば、若松さんには、この体を丸ごとお貸しする仕事です。僕が装着するカメラ付きゴーグルの映像を、若松さんには、このヘッドセットで見ていただきます。ご自分の体のように、僕の目を通じて見て、僕の耳で聞いて、僕の足で歩いていただきます。」と説明した。

自転車や電車で物を運ぶこともあれば、依頼者が行けないような遠い場所、危険な場所に行くこともある。感染症が流行《はや》ると仕事が増える。何かのリサーチを頼まれることもあるし、旅行の代理を頼まれることもあった。時間がなくて、行ってきたことにしたい人、行きたいが、病身で行けない人――若松さんのように――というのは、少なからずいるのだった。僕が旅先で撮影した写真を、自分が撮ってきたものとしてネットにアップするのは、依頼者の自由だ。それについては、こちらに守秘義務がある。

若松さんは、「人間ドローンですか？」と笑って言ったが、ふしぎと嫌味《いやみ》がなかった。

「ええ、飛べませんけど。基本的には、依頼者の指示通りに動きますし、遠隔で操作す

るだけでなく、僕の体と一体化して活動したい、現地を体験したいという方も多いです。外国からの依頼者もいます。」

仕事中は、依頼者の体になりきっているが、珍しい、面白い体験もあるし、行ったことのない場所に行って、現地で多少、自分の時間を持てることもある。それも、僕が必ずしも、嫌いな仕事でない理由の一つだった。

若松さんは、長年、小樽に住んでいたが、今は僕が訪れた小田原《おだわら》の施設に入っている。死ぬ前に——と彼自身ははっきりと言った——どうしても、昔住んでいた小樽の家を見たい、そのあと、家族でよく足を運んだ、町の外れの断崖に建つホテルから海を眺めたい、というのだった。

承諾すると、彼は握手を求めた。乾燥した木の棒がスッと持ち上がるような動作だったが、長く入院している人らしく、掌《てのひら》の皮には繊細なやわらかさがあった。埋もれていた彼のまだ少年だった頃が、肉が落ちて露《あら》わになったかのような感触だった。

死が近づくと、人の思念の中では、過去の川が、一筋の流れであることを止《や》めて、氾《はん》濫《らん》してしまうのかもしれない。堰《せき》を切ったように、誕生から現在までの存在の全体が、体の中に満ちて来る。肉体には、その隅々に至るまで、懐かしさの気配が立ち籠《こ》める。

いずれ、この世界から、諸共《もろとも》に失われてしまうなら、肉体が記憶と睦《むつ》み合おうとするのも当然かもしれない。

旅程のすべてを、若松さんのアバターとして辿《たど》ることも可能だったが、長時間は、体力が保たないというので、二箇所の目的地だけに絞ることにした。

新千歳空港から小樽までは、電車で一時間ほどだった。北海道とはいえ、特段、涼しいわけでもなく、日中は、三十度を超えるという予報だった。ポロシャツに短パンという恰好《かっこう》だったが、僅《わず》かな駅の移動の間にも汗が兆《きざ》した。

僕は、動き出した電車の窓辺で、アカエゾマツの林が視界を掠《かす》めていくのを、見るともなしに眺めた。そして、母が僕に、唐突に〝自由死〟の意思を伝えた日のことを思い返した。

あの日、母は初めて僕に、一人の依頼者として、仕事を頼みたいと言った。伊豆《いず》の河津七滝《かわづななだる》に行って、自分に見せてほしい、と。

「一度、朔也がどんな仕事してるのか、よく知りたいと思ってたのよ。お金も、他のお客さんと同じようにちゃんと払うから。」

僕は、喜んで応じた。母が、僕の生き方を認めてくれたようで嬉《うれ》しかった。

なぜ、河津七滝なのかは、訊ねても曖昧《あいまい》だった。ただ、滝が見たくなって、昔、『伊豆の踊子《おどりこ》』を読んだのを思い出したと言った。母は、趣味のはっきりした読書家だった。

僕は、あの小説の主人公の起きては鎮《しず》められる性欲の波に、悪酔いした記憶しかなく、どこかに滝が出てきただろうかと首を傾《かし》げた。

それでも、僕自身の前後の予定も詰まっていて、日帰りできる距離は丁度良かった。

どこに行くかということ自体は、あまり重要ではなかった。

僕は、はりきっていた。初めての場所だったので、十分に下調べをして、プランを立てた。せっかくなら、母をアバターとしてではなく、手を引いて連れて行ってやりたい気持ちにもなったが、嬉しいけど、それだと意味がないと笑われた。

アバターになっている間は、話し相手になってほしい人もいれば、完全に自分の肉体であるかのように、ただ指示だけを出し、返事をされることさえ嫌がる人もいる。

母も最初は、僕と同化して遠隔操作することを試みていたが、熱海《あたみ》で新幹線から特急に乗り換える時に、僕に注意を促した辺りから我慢できなくなったらしく、いつもの口調になった。しかし、いかにも言葉少なだった。

車窓から眺めた伊豆半島の景色は、今ではもう、何度も遊んで印刷が擦《す》れ、順番がバラバラになってしまったカードのようになっている。

椰子《やし》の木が並び、海が見え、民家が視界を遮り、伊豆高原近くになると、深い緑の木々に覆われた。しかし、その順番に見たのではない気がする。

近くに人が座っていたので、声を出して母と会話することは憚《はばか》られた。母もそれを承知していたが、晩春の光を浴びた海が煌《きら》めく先に、大島《おおしま》が見えた時には、思わず嘆声を漏《も》らして、「ほら、見える？」と語りかけた。

東京から、二時間近くかけて運ばれた母の沈黙が、今では僕の記憶に永い旅の荷物のような重みを残している。

距離に換算される沈黙という考え方は、きっと正しいのだと思う。なぜなら、その一五六・八キロを辿る間に、母のそれは、ゆっくりと変質していったであろうから。そして、母がその時、何を思っていたのかという僕の想像は、どんな一瞬にも辿り着けないのだった。

＊

河津駅に着くと、バスで水垂《みずだれ》という停留所まで行き、そこからゆっくり山を下《くだ》りつつ、七つの滝を見ていった。一キロ半の道のりだったが、途中で座って眺めたりと、一時間ほどかけたと思う。

木製の階段や橋が設置されていて、案内も親切だった。

それでも、ところどころ、木の根が隆起し、苔《こけ》が生《む》した足場の悪いところがあり、母は、やっぱり、自分ではここに来られなかったと思うと僕に言った。

「木下路《このしたみち》」という『伊豆の踊子』の言葉通り、山道は、鬱蒼《うっそう》とした木々に覆われていたが、川の真ん中にまでは、両岸からの枝が伸びきれず、その先端が触れ合えないまま開いていた。次々と視界に現れる滝に、空からまっすぐに光が注がれ、滝壺《たきつぼ》には、目を射るような煌めきが満たされ続けている。間近で霧雨を浴びるような大きな滝もあれば、その激しさを足許に見下ろす滝もあった。

水は、底が見えるほどに透徹していたが、全体に分厚いガラスの断面のような深緑色をしていた。

少しあとになって、僕は、川端康成《かわばたやすなり》ではなく三島由紀夫《みしまゆきお》の初期短篇《たんぺん》の中に、こんな一節を見つけた。

「これほど透明な硝子《ガラス》もその切口は青いからには、君の澄んだ双の瞳《ひとみ》も、幾多の恋を蔵《ぞう》すことができよう」

僕が思い出したのは、ガラスではなく、この滝の水の色だった。必然的に、「君」の役割は母に宛《あて》がわれることになった。実際、母は、歳《とし》を取って瞼《まぶた》が落ちてきてからも、目の綺麗《きれい》な人だった。

僕は母と、何を話しただろうか？

母は、「瀬を早み岩にせかるる滝川のわれても末に逢《あ》はむとぞ思ふ」という、百人一首の崇徳院《すとくいん》の和歌を、少し戯けた風に諳んじてみせて、その通りね、と言った。

「誰か、再会したい人がいるの？」と、僕は訊ねたが、母は笑って何も答えなかった。

奇妙に孤立した会話の一往復だった。

岩間を抜けて流れる浅瀬の水は、川底の起伏をなめらかになぞって、周囲の岩のかたちと親和的だった。

水に近づけばひんやりと感じられ、離れれば如実《にょじつ》に気温が上がった。

七つ目の「大滝《おおだる》」と名づけられた滝がハイライトで、僕は母の勧めで、その傍らにある温泉宿で休んでから帰ることになっていた。

滝は、見上げるような大きさで、僕たちは、轟音《ごうおん》の直中《ただなか》で、小さな静謐《せいひつ》を分かち合った。

水は、緑に覆われた岩間から、宙に向けて勢い良く吹き出していた。ガラスの器に落ちてゆくかき氷のように白いその滝は、途中に迫《せ》り出した岩にぶつかり、更に大きく荒々しく開いた。

僕は陶然とした。

「滝壺に虹が架《か》かってるの、見える？」

そう言おうとしたが、先に母が口を開いた。それで、その言葉は、一生外気に触れることがないまま、今も僕の中に、小さな虹の断片のように留《とど》まっている。

「やっと、朔也の仕事がわかった。あなたのお陰で助かる人がたくさんいるでしょうね。」と母は言った。

僕は、何と返事をしただろうか？　虹から視線をモニターの中の母に移した。

「疲れたね？　ご苦労様《くろうさま》。ありがとう。」

「ううん、僕も楽しかったから。」

「お母さん、本当に満足。これで安心。……ありがとう。もう十分。」

僕は、滝の前を離れて、道路に出るまでの長い急な階段を上り始めた。

「朔也にいつ言おうかと思ってたんだけどね、……」

母は、そう切り出したあと、躊躇うように間を置いた。

「お母さん、もう十分生きたから、そろそろって思ってるの。」

「――何が？」

僕は、足を止めた。少し息が上がっていた。咄嗟《とっさ》に母が、施設に入る決心をしたのではないかと考えた。――そんな余裕はないはずだったが。そしてそのことに、当惑しつつ、少し腹を立てた。

しかし、次いで、母の口から洩《も》れたのは、まったく予期せぬ言葉だった。

「お母さん、富田《とみた》先生と相談して、〝自由死〟の認可を貰《もら》って来たの。」

僕は、動けなくなってしまった。何か言おうにも口が開かず、呼吸さえ止まっていた。苦しさからようやく一息吐き出すと、心臓が、棒で殴られた犬のように喚《わめ》き出した。

僕は明らかに、母の言葉を理解できていなかったが、体の方は既に恐慌に陥っていた。多分、母と僕の体は、その時一つだったから。……

後ろに続いていた家族連れに声を掛けられ、僕は端に避《よ》けて先を譲った。

「――よく聴き取れなかったんだけど。」

「ごめんね、急に。でも、お母さんも、じっくり考えてのことだから。」

「だから、何を？」

「自由……」

「どうして？」

僕は、モニターの全面に母を映し出した。困惑したような、許しを請うような微笑で、こちらを見つめていた。僕は愕然《がくぜん》とした。それは、既に決断し、相手をどう説得するか、様々に想像しながら、時間を掛けて準備してきた人の顔だった。

そもそも僕は、〝自由死〟などという欺瞞《ぎまん》的な言葉が大嫌いだった。それは、寿命による〝自然死〟に対して、言わば、無条件の安楽死であり、合法的な自死に他ならなかった。それを、よりによって母の口から聞かされるとは。――

「どうして？　何かあったの？」

「ずっと考えてたことなのよ。この歳になれば、」

「この歳って、まだ七十前だよ？　何言ってるの？」

「もう十分なのよ。……もう十分。」

「とにかく、すぐに帰るから。それからゆっくり話し合おう。おかしいよ、急に。……早まったこと、しないでよ。とにかく、僕が帰るまで待ってて。……」

なぜなのか?――なぜ?……

しかし、その晩、遅くまで続いた母との話し合いを、僕は、若松さんとの仕事の前に思い出さなかった。脳裡にちらつくその光景を堰き止めて、小樽駅に到着しようとする車窓の風景に呑まれるに任せた。アイスクリームを食べている観光客に目を留めた。ホームの柱がそれを断ち切り、別の一群に繫ぎ直して、また断ち切った。自動販売機や広告など、つまらないものが一通り視界を過っていった。そうした平凡さこそが、追想から逃れるためには、是非《ぜひ》とも必要だった。

若松さんの家は、駅の裏手の高台にあった。富岡聖堂《とみおかせいどう》という小さな教会の少し先で、地図で見ていたより、その坂道は急で、僕の自宅マンション前の道を更に何倍にもしたほどに長かった。

僕は、駅から彼と一体化していたが、あの病床の老人も、若い頃はいつもここを上り下りしていたのだ、というようなことを、少し息を切らしながら考えた。

平日の白昼は、見慣れぬ余所者《よそもの》の闖入《ちんにゅう》に、ひっそりと息を凝《こ》らしていた。僕が実は、若松さんだと知れば、景色が一変するくらい驚くのではあるまいか。

あの老体を満たしていた幼少期の記憶が、今は僕の体に打ち寄せている。そして彼は、僕を通じて、束の間、懐かしい過去へと駆け出してゆくのだった。

教会はこぢんまりとして、ヨーロッパのゴチック建築のファサードを、一部お土産《みやげ》に持ち帰ってきたかのような風情だった。

街は既に眼下に遠く、若松さんの自宅は、そこから歩いて五分ほどである。二階建ての大きな洋風の家で、屋根はピアノの鍵盤のふたを、開きかけて、そのまま止めたようなかたちをしている。積雪対策なのだろう。

白い外壁の一角には、ダークブラウンの装飾が施されていて、建てられた時には、立派な、趣味の良い家だと評判せられたに違いない。

庭の大きな貝塚伊吹《かいづかいぶき》はよく手入れされていて、玄関先には、子供用の自転車が二台、置かれている。

若松さんは、僕の耳元で頻《しき》りに、「ああ、……」と、懐かしそうな、言葉にならない声を漏らしていた。僕は、今の居住者に、中を見せてもらう交渉をするかどうか、提案のメッセージを送ったが、「いえ、いいです。」という返事だった。

周辺をしばらく散歩し、小樽公園にまで足を延ばしたあと、無人タクシーを拾って、岸壁のホテルに移動した。僕の視界の映像は、若松さんの息子夫婦にもシェアされているようで、「お父さん、よかったね、家が見れて。ねえ？……」と何度も声を掛けるのが聞こえた。

ホテルに行く前に、僕は磯辺に向かった。船着き場があり、ニシンの焼き魚定食やいくら丼を出すような店が軒を連ねている。

駐車場のアスファルトの先は、僕の足よりも少し大きいくらいの丸い石が積み重なっていて、時折、不意によろめいては、石同士が軋《きし》み合うのを足裏に感じた。そして、全身に響く大きな潮騒。——

波打ち際には、「人」という字を組み合わせたような四脚の消波ブロックが、ぎっしりと並べられている。

遊泳エリアではないが、子供用の青い浮き輪が一つ、足許《あしもと》に落ちていた。少し先にあるビーチから流れてきたのだろう。

風が強く、汗ばんでいた僕には心地良かった。

青空には、薄い雲が、今にもゆっくりと、音もなく引きちぎられてゆくように棚引《たなび》いている。その裂けて飄《ひるがえ》った縁は、時間が止まったかのようにかたちを保っている。

水平線は、白く打ち烟《けぶ》って曖昧だった。

僕は、雲の隙《すき》から降り注ぐ無数の光が、海原一面に煌めいて、波と共に打ち寄せてくる様を眺めた。若松さんに、その規模を伝えたくて、ゆっくりと頭を巡らせた。彼は、黙っていたが、その息遣いだけは耳に届いていた。

病室にいる彼の許《もと》に届く波は、きっと、過去から折り重なるようにして、層を成しているのだった。買ったばかりの折り紙を開封して、その中から、好きな色を一枚だけ抜き取ろうとしては、一緒に他の色まで引き出してしまうように、若松さんの記憶の中の波は、今、幾年も隔たった景色を、続けざまに見せているに違いない。

波は、磯の直前まで潜っていて、唐突に顔を上げると、飛びつくようにして消波ブロックにぶつかり、高く砕け散った。

噴水のように跳ねた飛沫《しぶき》が、次々と波の中へと落ちてゆく。そのうちの幾つかは、悪戯《いたずら》めかして、僕の顔にまで飛んできた。眩しさに、僕は下瞼を無意識にずっと緊張させていた。

ホテルまでの一本道は、急勾配だった。若松さんは、「きついでしょう？　冬はこの辺は真っ白ですよ。車も、4WDじゃないとね。」と、僕に初めて語りかけた。そういう時は、会話に応じた方が良かった。

「ええ、大丈夫です。この辺の人は、そうなんですね。関東に住んでると、そんなことさえ思い至りませんけど。」

道の途中には、古い水族館があったが、その駐車場に停《と》まっている車も、確かに4WDが多かった。

何度か後ろを振り返ったが、先ほどまで見ていた海が、眼下に見る見る遠ざかっていって、定食屋の屋根も、僕が立っていた磯も、もう、細密画の一部になっている。

体そのものが大きくなったかのように錯覚した。

ホテルは、白い瀟洒《しょうしゃ》な建物で、若松さんが行きたがっていたのは、展望テラスがついた、芝生とタイルの広い庭だった。

平日の午後なので、人影はなく、僕は、若松さんに確認して、見晴らしの良さそうな場所の手すりの前に立った。

風は麓《ふもと》にいた時よりも更に強かった。磯とは方角が違い、遠くに小さく灯台が見える。手すりの向こうは草木に覆われていて、その先は、唐突に何もなかった。実際に草を踏みしめてゆけば、ふっくらと膨《ふく》らんでいる草叢《くさむら》の中ほどから、切り立った絶壁となっているはずだった。ヘッドセットのARをONにした。クマザサ、オウシュウヨモギ、ホオズキ、ブタナ、ホッカイヨロイグサ、……と、それぞれの名前が表示された。

身を乗り出して下を覗き込むと、遥か下方に、岩場に打ち寄せる波が見えた。「危ないよ。」と、若松さんに注意されたが、この一言が、奇妙に僕の心に残っている。

視界は、海と空とに力強く二分された。

頭上は群青《ぐんじょう》色のように濃い青だったが、水平線に向けて、その色が薄らいでいく。潮の流れが、広大な海面に、細かな模様を描き出しているが、それは寧《むし》ろ、風の手が撫《な》でつけて出来た皺《しわ》のようでもあった。

至るところに、白浪《しらなみ》がちらめき、どんな僅かな水の起伏にも陰翳《いんえい》が伴っている。

若松さんは、また、「ああ、……」と嘆息を漏らしたきり、無言になった。その静寂の向こうで、僕は彼が泣いているのを感じ、モニターの小窓を見ないようにした。

風が、潮でべたついた僕の額を涼しく撫で、前髪を掻き上げた。恐らく僕の体は、若松さんの亡くなった妻の傍らに立っているのだった。

人生の最後に、思い出の場所の景色を見つめる目。——この空と海が、若松さんという一人の人間の瞳に像を結ぶことは、もう永遠にないのだった。

そして、僕の目は、別のもう一人の目を、否応《いやおう》なく、引き寄せてしまった。——母の目を。

あの日、帰宅した僕は、生まれて初めて、母を酷《ひど》く責め、何かあったのなら話してほしいと詰め寄った。母は、「もう十分に生きたから。」と繰り返すばかりで、終《しま》いには、穏やかな、ほとんど冗談でも口にするような面持ちで言った。

「何にも不満はないのよ。お母さん、今はすごく幸せなの。だからこそ、——だから、出来たらこのまま死にたいの。どんなに美味《おい》しいものでも、ずっとは食べ続けられないでしょう？　あなたはまだ若いから、わからないでしょうけど、もうそろそろねって、自然に感じる年齢があるのよ。」

「違うよ、それはお母さんの本心じゃない。お母さんは、子供や若い世代に迷惑をかけないうちに、人生のケジメをつけるべきだっていう世間の風潮に、そう思わされてるんだよ。お母さんの世代は、若い時からずっとお荷物扱いされてきたから！　けど、長生きすることに、疚しさなんて感じなくていいんだよ！　僕にはまだ、お母さんが必要なんだよ。どうしてそんな悲しいこと言うの？」

「違うって。……違うのよ。これはお母さんが、自分の命について、自分で考えたことなのよ。お母さん自身の意思よ。」

「じゃあ、考え直して。僕のお願いだよ。そんなこと、……どうして？」

正直に言えば、母でない赤の他人であるなら、僕はその考えを、理解し得たかもしれない。それこそ、今ではよくある、平凡な話だと。けれども、母がそうした心境に至るには、何らかの飛躍が必要なはずだった。

僕は当然に、それを精神的な不調のせいだと考えた。実際、かかりつけ医が、母の意思の確かさを認めるまでに時間を要するのは、そのためだった。

しかし、母はその後も、まったく落ち着いていて、抑鬱的《よくうつてき》な気配は微塵《みじん》もなかった。熟考しており、医師との対話にも積極的に応じ、その他、〝自由死〟の認可を出す条件を完全に満たしていた。ひょっとすると、認知症の兆候などが見つかり、将来を悲観しているのではないかとも疑ったが、医師はその見方を否定した。

取り乱していたのは、僕の方だった。母がこの世界からいなくなってしまうという想像に、僕は深甚《しんじん》な孤独を感じた。しかも、母が自らの意思でこんなことを考え出したのは、病気でないとするなら、僕のためを思ってなのではないのかという不安を拭《ぬぐ》えなかった。

母は僕の手を乱暴に振り解《ほど》くつもりはなく、僕を納得させてから、死にたいと願っていた。

そして、僕にこう言った。

「お母さんはね、朔也と一緒にいる時が、一番幸せなの。他の誰といる時よりも。だから、死ぬ時は、朔也に看取ってほしいのよ。朔也と一緒の時の自分で死にたいの。他の人と一緒の時の自分じゃなくて。――それが、お母さんの唯一のお願い。あなたの仕事も、家を留守にしがちだから、お母さん、万が一、あなたがいない時に死ぬと思うと、恐《こわ》いのよ。わかるでしょう、それは？」

僕は虚を突かれた。それは、僕自身の死の瞬間を思ってみても、慄然とさせられる考えだった。僕が死ぬ時には、一体、傍らに誰がいるんだろう？　そもそも誰か、いるんだろうか？……しかし、だからといって、今すぐ〝自由死〟したいというのは、幾ら何でも、理解を絶していた。

「だけど、お母さん、まだ若いんだから。それだって、まだ十年も二十年も先の話だよ。――本当は、どうしてなの？　何かあったんでしょう？」

――僕が、悪かったのだろうか？　責めるつもりではなく、ただ、母の本心が知りたかっただけだった。

母は、僕から、人生の最後の希望を奪われてしまった。僕は、母の〝自由死〟を絶対に認めなかった。そして結局、母は僕が、上海《シャンハイ》に出張していた時に、事故死してしまったのだった。搬送先の救急病院で、若い、見知らぬ医師たちに取り囲まれて。

病院に着いた時、母にはまだ、辛《かろ》うじて意識があったらしい。

母は、僕を恨んだろうか？　僕と一緒の時の自分でなく、赤の他人の目に曝《さら》されながら死ぬことを、最後の瞬間、酷く嘆いただろうか？　だからあれほど言ったのにと、僕を責めただろうか？　母がこの世界に遺《のこ》した最後の感情は、そんな後悔だったのだろうか？……

「――もう十分です。」

青い大きな海と空の前で、微動だにせずただ立ち尽くしていた僕に、若松さんはそう言った。僕はやはり、その言葉に、感情を掻き乱された。なぜそう思えるのだろう？五秒前でも、五秒あとでもなく、なぜ今この瞬間だったのだろう？

それは、疲れてしまったからだろうか？

「ありがとうございました。最後にこの風景が見られて、本当に良かった。あっちにいる家内に、いい土産話が出来ました。」

僕は、丁重に挨拶《あいさつ》をして、若松さんの希望通り、そこで通信を切断し、仕事を終えた。

東京に戻って二日後、若松さんの息子からメッセージが届いた。そこには、感謝の言葉とともに、「穏やかに眠りにつきました。」という、彼の訃報《ふほう》が添えられていた。

第二章　再会

　ＶＦ製作のために、僕は母の口癖や趣味、人となりなど、膨大な項目の質問票を宿題として課されていた。その作業によって、僕の記憶は分類され、整理されていったが、意外に頼りないところもあった。

　母に対しては、幾つもの後悔がある。

　僕は大人になって以来――いや、もっと前から――母の体に指一本触れたことがなかった。日本の成人男性としては、取り立てて珍しくもない話だが、母の亡骸《なきがら》を納棺しながら、なぜこの体が温かいうちに、自分は母を抱擁《ほうよう》しなかったのだろうかと考えた。

　母はまだそこにあったが、しかし既に、いなくなってしまっていた。そして、僕の体に移し取られたその冷たさだけが、今でも痣《あざ》のように膚《はだ》に残っている。

　せめて、事切れる最後の瞬間に、手だけでも握ってやっていたなら。――これぱかりは、ＶＦを作ってみたところで、決して満たされることのない思いだろう。

僕は野崎に、母のライフログも、一切合切、渡していた。メールのやりとりや写真、動画が主で、ソーシャル・メディアはほとんど更新していなかった。

特に母と話したことはなかったが、死後にライフログが遺されることは、不本意だっただろう。〝自由死〟を考えていたほどなので、すべて消去してあるのではと思っていたが、意外にも、近年のものは手つかずのまま保管されていた。古い写真や動画も、探せばどこかにあるのかもしれないが、考えてみると、母の若い頃の写真を見せてもらった記憶がない。ひょっとすると、それこそどこかの時点で処分したのではあるまいか。

母が唐突《とうとつ》に、〝自由死〟を願うようになった理由も、ライフログを虱潰《しらみつぶ》しに読めば判明するのかもしれないが、僕にはそれが出来なかった。

気力がなかった、というのが、一番の理由だった。遺品もずっとそのままにしてある。それが憚られるほどには、母の存在はまだ僕の中で生々しかった。

第一、母が生きていればこそ、その考えを改めさせる手立てもある。今知って、どうなるのだろう？

母の何もかもを知りたい、というわけではない。

母が敢《あ》えて僕に秘していたことには、それなりの理由もあるだろう。

野崎に渡すために、メールを確認しながら、それでも、死の前の数ヶ月分は目を通した。しかし、ジャンク・メールに紛れたそれらの大半は、他愛もない連絡事項ばかりで、意味のある内容は見当たらなかった。念のために、「自由死」、「死にたい」という言葉も検索したが、該当するメールはなかった。

　母のライフログをすべて学習したＶＦは、僕に何か、思いがけない真相を語り出すだろうか？　母の本心？　だから、死にたかったのだ、と。――勿論、ＶＦに心などない。しかし、僕が訊ねれば統語論的に分析して、適切な回答をしてくれるのではあるまいか。

……

＊

　ＶＦの製作には一ヶ月を要するとされていたが、野崎からの問い合わせは、僕の母への思慕を早速、動揺させた。

「お母様の写真は、自動修正されています。肌の色合いだけでなく、表情もですね。口許が実際以上の笑顔になっていたり、目が優しくなったりと、一般的なカメラの機能程度ですが。――その修正されたままのお顔をモデルに、ＶＦを製作するか、それとも、修正を解除して、元のお顔で製作するか、ご判断いただけますか？　サンプルとして、画像をお送りしますので、ご確認下さい。」

　送られてきたのは、僕が母と裏磐梯《うらばんだい》の五色沼湖沼群《ごしきぬまこしょうぐん》を旅行した時の写真だった。五年前、二人でお金を貯《た》めて、一泊二日の温泉旅行に出かけ、サルヴァドール・ダリをコレクションしている諸橋《もろはし》近代美術館の睡蓮《すいれん》の池の前で、僕が撮影したものだった。レマン湖のション城を模したようなその建物は、青空ごと、鮮やかに池に映じていた。僕も折に触れて見返すことがあったが、母が自動修正の設定にしていたことには、まったく気づかなかった。あまり機械に強くなかったので、勝手にそうなっていたのかもしれない。その写真の集積が、記憶の中の母の表情までをも、僕に無断でずっと修正し続けていたのだった。

比べてみると、無加工の写真の母は、言い知れず寂しげで、口許の笑みは僕の瞬《まばた》きにさえ堪えられずに消えてしまいそうなほど、曖昧で、微かだった。

修正は、僕の無意識にそっと滑り込むような方法で、極めて巧みになされていた。写真として見栄えが向上したことに気を取られて、人物の顔かたちにまで変造が及んでいることに、意識が向かなかったのだろう。実際、青空はより冴《さ》え、緑は一層、鮮烈に染め直されていた。

母は、一言で言うと、あまり楽しそうに見えず、その事実が、僕の心に打撃を与えた。

しかし、しばらく眺めていると、その記号めいた幸福感には回収され得ない、複雑な笑みの陰りこそは、僕が日々、接していた母の顔だという感じがしてきた。

どちらがより懐かしいかと言えば、無加工の方だった。

「本当にきれいね。水が澄んで。池の畔《ほとり》のどこかに、ナルキッソスがしゃがんでいそうなくらい。覗き込んだら、お母さんの顔も、ほら。」

　修正された母は、とてもそんなことを言いそうにはなかった。母の中には、生涯、ほとんど役に立つ場所を得られなかったそんなペダントリーが、捨てることも人に譲ることも出来ないまま溜《た》まっていたのだったが。

　あの時、鏡のように正直な水面に、母は自分のどんな顔を見ていたのだろうか。……

　野崎は確かに、最初の面会で、「理想化」について説明していた。僕はそれを呆《あき》れながら聞いたが、母のVFが、この表情の陰翳まで留めているべきかどうかは、悩ましかった。

　僕は一体、何を求めているのだろう？

　期待しているのは、ただ、僕自身の孤独が慰められることのはずだった。

　実際、僕は母のVFのモデルを、死の四年前に設定していた。母が、〝自由死〟の願望を口にしたのは、三年前のことだった。以来、僕たちの関係は、どんな平穏な時にも一種の軋《きし》みを孕《はら》んでいて、思いつめた表情の母が、「時間がないから。……」と、またその話を蒸し返す度に、僕は拒絶的な態度を取った。そして、それが辛《つら》くて、他の時間には、かつてなく濃《こま》やかな愛情を母に示そうとしていた。

　僕は、そんな風になる前の、屈託のない表情の母を懐かしんでいた。が、実際には、既にこの裏磐梯への旅行の時点で、母の心には、自分の人生の終え方についての萌芽《ほうが》らしき考えがあったのかもしれない。

僕を産むまで、母は安定した高い賃金の会社で、正社員として働いていた。それは、〝ロスジェネ〟と称されていたあの世代では、羨望《せんぼう》されるべき生活だった。

母が父と出会ったのは、東日本大震災時のボランティアを通じてだという。

二人は事実婚をし、僕を儲《もう》けたが、三年後に関係を解消している。婚姻届を出さなかったのは、個人の生を戸籍によって国家に管理されたくないという、父の思想によるもので、母もそれに同意したそうだが、昔から僕にはよく理解できないことの一つだった。以後、母は父との連絡を一切断っているので、僕は、父の顔を写真でしか知らない。

僕の記憶の立ち上がりは、ほとんど、現実を最後まで拒否していたかのように遅かった。小学校に入学する以前のことを、僕は何も覚えていない。父は、母はともかく、僕にさえ、その後、一度も会いに来ることがなかった。

当然、少年時代には、父を恋しがり、恨みもしたが、他方で自分をどこかのあっと驚くような人物の落胤《おとしだね》ではないかと夢想することもあった。

母が、父のことを決して悪く言うことがなく、ほとんど美化さえしていたことも、その一因だった。

母はその後、一人で僕を育てながら、職を何度か変えて、最後は、団体客相手の安い旅館で下働きをしていた。

勿論、今の世の中では、高齢者も働けるだけ働いている——金持ち以外は。それでも、仕事の差は大きい。あの年齢でありつけた働き口としては、満足すべきだったのだろうが、母はやはり不本意だったに違いない。出だしは良かったはずなのに、結局は母も、死ぬまで低賃金労働者層に固定化されてしまう〝貧乏クジ世代〟の宿命から逃れることが出来なかったのだった。

しかし一体、今のこの国で、仕事から生の喜びを得ているという人間が、どれほどいるだろうか？　こんな問いは、冗談でもなければ、人を立腹させる類いのものだろう。

多くの人間が、自分が生きているという感覚を、疲労と空腹に占拠されている社会で、僕は母の「もう十分」という言葉を聞いたのだった。

野崎は僕に、基本的な方針を尋ねていた。つまり、ＶＦの母に、ただ優しく微笑んでいてもらいたいのか、それとも、本心を語ってもらいたいのか。たとえそれが、僕を一層深く傷つけることになるとしても。——

母のVFは、予定通りに完成した。僕はその連絡を喜んだが、納期に間に合わないと謝罪されても、やはり喜んだ気がする。僕の中には、凡《およ》そ素直な気持ちというものが見つからなかった。

＊

二度目にフィディテクス社を訪れた時、僕は午前中に一つこなした仕事のせいで疲労《ひろう》困憊《こんぱい》していた。

初めての珍しい依頼で、いつもは人の指示通りに動いている僕が、この日は逆に、自宅から指示を出す役目だった。

依頼者は、最近、緑内障で失明したという初老の男性だった。

介添えなしで、視覚障害者向けのナビゲーション・アプリを使って町を歩いてみたいが、まだ不安なので、遠隔で見守っていてほしいというのだった。緊急の危険が迫っている時や、どうしても困った時には、指示を出してほしい、と。普段、僕が使用しているゴーグルを彼が装着するのだったが、それを介して、僕が彼の目になることに違いはなかった。

二子玉川《ふたこたまがわ》から銀座《ぎんざ》に出て、買い物をして帰るまでの三時間の契約だった。ナビ・アプリはよく出来ていて、ほとんどの時間、僕はただ見ているだけだったが、怪我をさせてはいけないという緊張と、干渉し過ぎてはいけないという自制とで、狭い場所に閉じ込められているような窒息感があった。

少し会話をしたが、身寄りがなく、ボランティアのヘルパーも、人手不足で順番待ちなのだという。

彼がこの日買ったのは、風鈴一つだけだった。どんな柄かと尋ねられたので、金魚と水草が描かれていて、濃い青で表現された水が涼しげだと説明した。

彼は、「中から見たら、この世界の全体が水槽みたいに感じられるでしょうね。」と言った。

フィディテクスに到着すると、顔認証を受けて、またあの応接室に案内された。

「暑いですね。どうぞ、そちらにおかけください。お飲み物は、何をご希望ですか？アイスコーヒー、炭酸水、……いろいろございますが。」

ソファを勧められ、僕はアイスコーヒーを注文した。

テーブルの上には、既にヘッドセットが準備されている。僕が自宅に所有しているものとは違い、最新の軽量化されたものだが、その中に母がいるというのは、ほとんどお伽話《とぎばなし》めいていた。

ロボットはすぐに飲み物を持ってきた。暑さだけでなく、やはり緊張のせいで、僕は酷く喉が渇いていた。

野崎は、「たくさんの資料をご提供いただきましたので、とても助かりました。会っていただくのが楽しみです。」と歯切れ良く言った。

そして、「とても素敵《すてき》なお母様ですね。」と言い添えた。


簡単な説明を受けると、ヘッドセットを装着した。

最初は小鳥のさえずりが聞こえる森林風の操作画面で、フィディテクスのロゴがゆっくりと回っている。「Enter」というボタンを押すと、母と対面できると告げられた。

「クリックしてから、三秒、間があります。——その時間も、変更可能ですので、あとでご自由に設定してください。——没入感を増すために、そこで一旦《いったん》、目を閉じられることをお勧めします。一般的な仮想空間の利用と同じですので、よくご存じですよね？」

ソファに座ったまま、手を伸ばしてボタンを押すと、言われた通りに目を瞑《つぶ》った。

無音になり、少し待ってから目を開いたが、意外にも、視界は元のままだった。

母の姿はなかった。窓から差し込む光は眩しく、空は、ここに来るまでと変わらず、青く澄んでいた。

視線を巡らせて、母を探そうとした。すると、ドアの側に人影が見え、僕は思わず立ち上がった。

〈母〉は、授業参観にでも来たかのような佇《たたずま》いで、僕を背後から見つめながら立っていた。ブラウンに染めた髪も、歳を取って丸みを帯びた肩も、普段着にしていた紺のワンピースも、何もかもが同じだった。

「呼びかけてあげてください。」

野崎の声が聞こえた。普段の仕事で、依頼者の指示を受けた時のような錯覚に陥った。けれども、僕はしばらく、声が出なかった。野崎に見られているという意識もあったが、それだけではなかった。

母への呼びかけ以外には、決して口にしたことのなかった「お母さん」という言葉を、母のニセモノに向けて発しようとすることに対し、僕の体は、ほとんど詰難《きつなん》するように抵抗した。それによって、ニセモノになるのは、お前自身だと言わんばかりに。

僕は死後の生を信じないが、もし僕が先に死んで、母が僕ではない誰か――何か――に、「朔也」と呼びかけているのを目にしたならば、いたたまらない気持ちになるだろう。

それでも、結局、僕は呼びかけたのだった。恐らくは、やはり野崎から見られていて、〈母〉から、待たれていると自覚したから。

「――お母さん、……」

それは、驚いたように目を瞠《みは》った。――僕は股慄《こりつ》した。固唾《かたず》を呑んで、その顔を打ち目守《まも》った。

「朔也、今日はお仕事は？」

「……。」

「どうしたの、そんな顔して？」

僕は、何者かに、不意に、背骨を二、三個打ち抜かれたかのようにその場に崩れ落ちてしまった。蹲《うずくま》って、僕は泣いた。涙を拭おうとして、ヘッドセットに手がぶつかると、フィディテクスの応接室の床が直《じか》に見えた。

「どうしたの？　体調が悪いの？　救急車、呼ぶ？」

僕は首を横に振って、一息吐くと、両手で膝《ひざ》を押しながらゆっくりと立ち上がった。そして、

「大丈夫。」と言った。

恐らく、同意すれば、本当に救急車を呼ぶ仕組みにでもなっているのだろう。そうした思考が、僕に落ち着きを取り戻させた。それに、いきなり救急車を呼ぶというのは、母の言いそうにないことだった。

「石川さん、違和感がある時は、『お母さん、そんなこと、言わなかったよ。』と注意してください。『前はこう言ってたよ。』と訂正してあげれば、それで、学習します。そのきっかけの文言も、仮にこちらで設定したものですので、ご自由に変更できます。一度、試してみてください。」

僕は、言われた通りに注意をして、「前は、『大丈夫？』って言ってたよ。」と語りか

けた。〈母〉は、少し考えるような表情をして、「そうだったわね。」と微笑した。

そこまでやりとりしたところで、僕は、助けを求めて野崎を探した。

「画面の右上に触れてください。特に何も印はありませんが、そこに腕を伸ばしてもらえれば、終了になります。」

言われた通りにすると、視界が閉ざされ、やはり少ししてから最初の画面に戻った。

僕は、会話の途中で切断され、闇の中に取り残されてしまった〈母〉のことを心配した。「朔也？」と、先ほどとは逆に、〈母〉が僕を捜して呼びかけている。――その姿を思い浮かべると、胸が痛んだ。それは、自然に起こった感情だった。

ヘッドセットを外すと、また母のいない元の応接室に戻っていることのふしぎを感じた。あまり夢中になったことはないが、仮想空間には、僕も折々、出入りしている。しかし、他人に見られている場所で〈母〉に会うという状況は、自室で気晴らしに冒険的な世界に乗り込んでいくのとは、まるで違っていた。

「大丈夫ですか？」

野崎は、アトラクションを終えたあとのテーマパークの係員のように、僕の顔を覗き込んだ。

「……ええ。」

「いかがでしたか？」

「……よくできてます。まだ少しだけなので、わかりませんが。……」

「皆さん、最初は戸惑われますが、是非、自宅でゆっくり会話をしてみてください。サポートはオンラインでいつでも可能ですので。」

改めてソファに座ると、野崎から使用上の注意を受けた。免責条項の確認もあった。

僕は、野崎は単なる受付係で、技術者は別にいるものだと思っていたが、実際は、担当者である彼女が、アシスタントと一緒に、母のVFを製作したらしかった。

彼女は、母の交友関係を見事に整理し、その対人関係ごとの人格の差異を、口調や発言内容、やりとりの頻度から分析して、個々の人格を図表にしていた。

「何年ごとと、機械的に分類するのは効果的ではないですので、お母様の人格の構成に大きな変化があった時を区切りとして、時期ごとに円グラフ化しています。石川様との関係が最も重要なのは、大前提です。メールの頻度は、同居しているので少ないですが、そこは考慮しています。例えば、このVFが目標にしている時期のお母様の対人関係がこちらです。旅館で一緒に働いていた三好《みよし》さん、主治医の富田先生、……といった方たちとやりとりされています。そのそれぞれの相手に応じた人格の構成比率がこうなってます。——石川様と一緒の時の人格が大半を占めていて、この時、お母様は最も寛《くつろ》いでらっしゃいます。〝主人格〟と呼びます。三好さんという方との人格が、第二位の人格です。ご存じですか？　若い方のようですが。」

「いえ、直接には。ただ、名前は母から聞いています。」

「かなり親しくされていたようです。」

「――そうみたいですね。……」

「彼女にも、VFの学習に参加してもらえれば、石川様との会話も、深みが増すと思います。」

僕は、その意味するところを確認するように彼女の目を見た。

「こちらは、十年前のお母様の人格グラフですね。この頃は、少し複雑ですが。」

「その時期は、色々な会社に派遣されて働いてましたので。」

「ええ、そのようですね。とにかく、……こんな風に、お母様の過去が帯状に示されていますので、ご興味のある年代を選んでいただければ、その断面が表示されて、その時の人格の構成が見られるようになっています。金太郎飴《あめ》みたいなものですが、ただし、断面がすべて違う金太郎飴です。」

「……なるほど。」

「三好さんだけではなくて、お母様と親しい関係にあった皆さんに学習を手伝ってもらえれば、一層本物に近づきます。友人から聞いた意外な面白い話などを話せるようになりますので。お母様のご関心のあったニュースを日々学習させるには、別途、料金が発生しますが、それを申し込んでいただけると、石川様との話題の共有もスムーズになります。ほとんどの皆様が購入されるオプションで、お勧めしますが、どうされますか？一つのニュース・ジャンルにつき、月額三百円です。」

そういうビジネスなのか、と僕は今更のように納得した。〈母〉をより本物に近づけるためのオプションが増えるほど、追加課金される仕組みだった。

僕はひとまず、一般的なニュースと、旅行関係の情報だけを購入することにした。セット割引も提案されたが、意図的なのだろうかと疑いたくなるほど複雑で、話の途中で理解しようとする気力を失ってしまった。

野崎はそれから、こちらを見たまま、右手の親指と中指で、何かを抓《つま》もうとしては躊躇い、結局諦めたように軽く握って、それでもまだ迷っている風に、今度は唇を結んだ。

「何か？」

母のライフログをすべて分析した彼女は、恐らく、僕の知らない多くのことを知っているのだった。彼女の些《さ》細《さい》な仕《し》草《ぐさ》は、そのうちの何かについて、言っておいた方がいいのでは、と自問している風だった。業務上は、言及すべきでないことも、恐らくは多少、逸脱して、私的なやりとりを交わす方が、顧客との信頼関係は、深くなるに違いない。作って終わり、というのではなく、今後も僕の担当者として、相談に応じつつ、追加課金のサーヴィスを提供していくのであれば、共有すべき母の秘密もあるだろう。……

しかし、彼女は結局、この日は節度を守ったのだった。余計なことを言って、僕の感情にあまり早急に踏み入りすぎるのではなく、一種の励ましを選んだらしかった。

「現実の人間関係だけが現実ではないですから。ＶＦとの関係も、わたしは、人生の一部だと思います。お母様を大切になさってください。」

僕は、そういう言葉を、もう二度と、人から聞くことはなかったはずだった。

勿論、その「お母様」は、母ではなく、あのヘッドセットの奥の闇で僕を待っている〈母〉を指していた。

いや、――それとも、両方だろうか？

＊

一夜明けて、リヴィングの観葉植物に水をやり、朝食を作ると、僕はヘッドセットを装着して食卓に着いた。

トーストとベーコンエッグ、ヨーグルト、それにコーヒーという、かつて、毎日のように母と共にしていたメニューだった。

実際に作ったのは一人分だが、〈母〉の前にも、スキャンされた皿が映像として添加されていた。〈母〉は、昨夜とは違い、パジャマを着た寝起きの顔だった。

ヘッドセット以外の機器の設置は、昨晩、深夜までかかって済ませた。コンピューター関係の作業の例に洩れず、それは、途中で止めることの出来ない性質のもので、なかなか原因を突き止められない不具合のために、何度か苛々《いらいら》させられた。

「いただきます。朔也は、手際が良いわねえ、いつも。」

〈母〉は、トーストを手に取って、二つに割りながら言った。笑顔だった。しかし、写真で見ていた修正後の表情とは違い、なるほど、目許には、睡眠がもう拭いきれない、長年の疲労のあとが残されていた。

僕は、野崎の助言通り、出来るだけ自然な受け答えを心がけた。

「手際を悪くしようがないよ、たったこれだけのことだから。」

「でも、わたしは、もっと時間がかかるわよ。」

「お母さんは、何でも丁寧だから。」

〈母〉は、バターを塗ったトーストを食べ、指先についたパン屑《くず》を皿の上に落としてから、コーヒーを一口飲んだ。物を嚙《か》む時に、口許に兆す細かなしわが、不意に僕に、母のファンデーションの匂いを嗅がせた。さすがにそこまでは、備わっていない機能のはずで、実際、今はメイクをしていない顔だったが。

ベーコンの塩気が舌に残っているうちに、僕は卵を口に入れ、その香りが鼻を抜けきる前にトーストを齧《かじ》った。自分の食べているものが、〈母〉が口に運ぶトーストを、より本物らしく見せていた。

「いつもふしぎに思うのよ。ホテルのビュッフェって、あんなに種類が豊富でも、二日目には、もう飽きてしまうでしょう？　でも、自宅の朝食には、どうして飽きないのかしら？」

それは、いつか母と交わした懐かしい会話の一つだった。僕は、自分の表情が、その時とそっくりになるのを、ヘッドセットを微動させた頬の隆起で感じた。

「何でだろうね？　味が濃いからかな？」

「パンでもそうよ。おいしいけど、ホテルのパンは、二日目には、どれを食べても、もう飽きてるもの。どうしてこんなスーパーの食パンに飽きないのかしら？」

「ふしぎだね。」

「ねえ、本当にふしぎ。」

〈母〉は、心から共感したように頷いた。目が、生前と同様に、三日月型に潰《つぶ》れる様を見ながら、僕は、嬉しくなった。

そして、一体、何が？と考えた。また〈母〉と言葉を交わしていることなのか、それとも、高い買い物が、期待通りに作動してくれていることなのか。昔の動画を見て、母を懐かしむことと、何が違うのだろうか？

僕はまるで、母との思い出が描かれた、短い映画の中にいるかのようだった。

午前中から夕方まで、都心で仕事の予定があり、食事を済ませるとすぐに家を出た。

僕は頗《すこぶ》る気分が良く、「いってらっしゃい。」と送り出されたあとは、少し寂しくなった。〈母〉は、このあと僕が不在の間に、ニュースなどの学習をするはずだった。

野崎は、人間が他者に生命を感じ、愛着を覚えるのは、何よりもその「自律性」に於《お》いてだと、経験から、また大学時代以来の研究から、説明した。

VFが生きた存在として愛されるためには、こちらが関知しない間に、自らの関心に従って、何かをしていることが重要なのだった。〈母〉との対面が、いつでもまず、呼びかけから始まるようにデザインされているのも、そうした考えに基づくらしい。

「生きている人間と同じです。試しに、黙ってしばらく側にいてみてください。途中で気がついて、声を上げて驚くはずです。ああ、ビックリした、いつからそこにいたの？って。」

勿論、僕が仮想空間にいない間、VFの実体は、母の外観を必要とはしていない。それは言わば、剝《む》き出しのAIであって、母が自宅で独り、僕の帰りを待っているなどという想像は馬鹿げていた。

それでも僕は、まだ家を出たばかりだというのに、とにかく、早く仕事を終えて帰宅したくて仕方がなかった。

＊

電車は空《す》いていて、僕はしばらく、「圧倒的実績！　今からでも間に合う！　資産家クラス入りするための5つのシンプルなメソッド！」という本の広告を眺めていた。ふと気がつくと、僕の向かいに座る人も、少し離れた隣に座る人も、同じように首を擡《もた》げ、放心したようにそれを見つめている。僕は、羞恥心の針に胸を刺されたように、咄嗟に顔を伏せた。

この路線も、かつては毎朝、寿司《すし》詰《づ》めの状態だったというのは、沿線の高齢者が口を揃《そろ》えて言うことだった。郷愁にも、瑞々《みずみず》しいものと、どことなく干からびたようなものとがあるが、きっとその記憶が含んでいた汁気《しるけ》を、寄って集《たか》って吸い尽くしてしまうせいなのだろう。母もよくそう言っていたが、その時代を、一応、知っているはずの僕には、年齢的にまったく実感がなかった。

当時は、朝から疲労がこんなに我《わ》が物顔で陣取ることもなかったのだろう。それは、満員の車中で、押し潰される人が眉間《みけん》に寄せた皺や、不機嫌に結ばれた口許に、辛うじて居場所を見つけて、しがみついていたに違いない。

車内は閑散としているのに、寛いだ雰囲気とは、ほど遠い。この時間に、この電車に乗る度に感じることだった。

時計に目を遣って、僕は、三十三分間という、この電車に乗っている時間のことを考えた。下車後の僕は、乗車前の僕より、既に三十三分、死に接近しているのだった。実際には、通勤のストレスは、乗車時間以上に寿命を縮めているだろうが。

それが、一日二回、数十年に亘《わた》って繰り返されるということ。……僕は生きる。しかし、生が、決して後戻りの出来ない死への過程であるならば、それは、僕は死ぬ、という言明と、一体、どう違うのだろうか？　生きることが、ただ、時間をかけて死ぬことの意味であるならば、僕たちには、どうして、「生きる」という言葉が必要なのだろうか？

結局のところ、人間にとって、真に重要な哲学的な問題は、なぜ、ある人は富裕な家に生まれ、別のある人は貧しい家に生まれるか、という、この不合理に尽きるだろう。生の意味、死の意味、時間の意味、記憶の意味、自我の意味、他者の意味、世界の意味、意味の意味、……何を考えるにしても、根本に於いては、この矛盾が横たわっている。そう、幸福の意味でさえも。

たとえ、富裕であっても、一廉《ひとかど》の知性があれば、この難問に突き当たることなしに人生を終えるのは、至難の業《わざ》のはずだった。そして、どんな立場からであれ、このことを考えるのは、一つの煩悶《はんもん》であるべきだ。――こんなナイーヴな考えは、笑われるというより、心配される類いのものだろう。

僕の無感動は、かなりよく馴致《じゅんち》されている。だから、生きている。けれども、母との会話が失われてからというもの、僕は折々、こんな埒《らち》もない考えの不意打ちを喰らうようになった。

同僚の岸谷《きしたに》の影響も、幾らかあると思う。僕は、彼のあの真面《まとも》に見ようにも、どうしてもそれ以上は開かないといった風《ふう》の上瞼の重たい目つきを思い出した。気を抜くと、ただ黙って見ているだけでも、何か魂胆があるのではと人に疑わせ、時には馬鹿にしていると人を立腹させてしまう、あの不憫《ふびん》な目。決して口には出さないが、彼は明らかに憎悪の感情に苦しんでいる。いつも上機嫌だが、それは不機嫌との終わりのないレースのようにも見える。こんなに後先考えずに先行していれば、いずれはどこかで抜き去られてしまうことが目に見えている危うい運びのレース。何故か僕には心を開いていて、お互いに多分、ほとんど唯一に近い〝友達〟なのだったが。……

目を瞑って、少しうとうとしかけた頃に、〈母〉からメールが届いた。

「日差しが強いから、十分に水分を補給しなさいね。熱中症になるから。」

日中の最高気温は、四十度を超えるという予報だった。メールでのやりとりも、〈母〉の学習の一環だったが、僕は、「お母さん、そんなこと、言わなかったよ。」と書き、「前は、『日差しが強いから、気をつけてね。がんばって！』と言ってたんだよ。」と返信した。訂正文を考えるのは難しい。たまたま、そんなようなことを言われた記憶を、あまり猶予《ゆうよ》もなく選び取っているようなものだった。

〈母〉からはすぐに、「そうね。ちょっとヘンだったわね。ごめんね。」とまたメッセージが届いた。それには、特に返事をしなかった。

電車の揺れに身を任せて、僕はまた顔を上げた。車窓の青空が予告する今日一日を想像した。背中には、既にその熱を痛いほどに感じている。

依頼者は、上海に住む中国人で、東京に所有している三つのマンションを巡って、郵送物を整理したり、部屋に風を通したりすることになっていた。

以前も引き受けたことのある仕事で、依頼人は、大変な富豪らしいが、礼儀正しい、親切な人物だった。

地下鉄に乗り換え、目的地の新宿御苑《しんじゅくぎょえん》前の駅で地上に出ると、ゴーグルとイヤフォンを装着して、仕事の準備をした。

汗が噴き出した。頭上いっぱいに蟬の鳴き声が轟《とどろ》いて、一瞬、自分が今どこにいて、何をしているのか、わからなくなった。目眩《めまい》がしたわけでもないのに、世界が急に別の場所にあるような感覚になった。

ゴーグルを一旦外したが、寧ろイヤフォンだと気がつき、耳から取った。額から流れる汗を拭い、持参した水筒の水を一口飲んだ。

どこか、姿が見えるほど近くで、一匹の蟬が鳴いている。周囲を見渡し、恐らくこれだろうという街路樹を見つけた。お陰で僕は、辛うじて、自分を立て直すことが出来た。

その蟬は、ソリストのように、決して背後の鳴き声に埋もれることなく、通りすがりの僕に小さな存在を示し続けていた。目をよく凝らすと、胴体を激しく顫《ふる》わせているクマゼミが見えた。

何の根拠もなく、僕はこの蟬は、もうじき死ぬだろうと感じた。尤も、いずれ、長くは生きられない虫なのだから、これは外れる心配のない予想だった。

この蟬も、木ではなく、時計の針の上に留まって鳴いているのだった。そのことに、卒然《そつぜん》と気づいたかのように、次の瞬間、蟬は唐突に飛び去ってしまった。

僕は眩しさで、そのあとを追えないことを残念に感じた。今日一日の労働の意味は、この一匹の蟬に捧げるべきだろう。

＊

〈母〉との蜜月は、期待したほど単純には続かなかった。

次いで訪れたのは、当然とも思われる幾つかの幻滅で、それらは、最初の受け渡し時に開封し忘れていた、付属品のようなものだった。

恐らく僕が、ホテルのビュッフェとの比較の話題を、喜びすぎたせいだろう。〈母〉は、その後の一週間で、二度も朝食時にこの話をし始めて、僕を興醒めさせた。

確かに、母も歳を取るほど、同じ話を繰り返しがちになっていた。しかもその度に、いかにも懐かしそうに語るのだったが、さすがにそれも、年に何度かだった。

この程度の調整さえなされていないのだろうかと、僕は初めて野崎に不信感を抱き、VFの性能に不満を覚えた。本当に、値段に見合う買い物なのだろうか？

「最初はどうしても、違和感があると思いますが、学習が進めば、気にならなくなります。お母様も、今はこの世界に戻って来たばかりですので、リハビリ期間だと思って、優しく見守ってあげて下さい。石川様の表情を見て、受け答えの学習をしますので、何に対しても不機嫌な態度だと、自分の言動に対する否定的なラベリングが増えて、段々と話せることが少なくなっていきます。学習が不首尾の時には、初期設定に戻すことも可能ですし、復元ポイントをその都度、作成しておいていただければ、そこまでのお母様に戻すことも出来ます。」

野崎は、そう説明した。彼女は、リハビリに喩《たと》えることを好んだが、どちらかというと、遂に経験しなかった母の認知症の先触れに接しているようだった。

食事のスキャニングには問題があり、〈母〉が僕と同じものを食べている、という感じには、なかなかならなかった。それで、〈母〉との会話は、就寝前が多くなった。

いつも、他愛もない話だったが、購入以来、一度も〈母〉と言葉を交わさない日はなかった。

最初は、理解できるだろうかと、意識的にゆっくり話していたが、区切りが多いと、余計混乱するらしい。効果的な学習のためには、やはり、極力自然に、表情豊かに接することがコツなのだった。そのうち、野崎の言う通り、〈母〉の言動も、見る見るぎこちなさが取れてゆき、日常の中に溶け込んでいった。

「暑くて大変でしょう、毎日。今日は、どんな仕事だったの？」

「今日はまあ、お使い程度の依頼を幾つか。特に、僕の身体と同期する必要もないような。夏場は本当に、ただ自宅から出ないためだけの用件を頼まれることが多くなったね。業界的には、温暖化が深刻化した方がいいんだよ、きっと。僕たちの体が保つ限りは。人の活動を減らすことになるから、一応、環境にもいいんだって理屈になってる、リアル・アバターの存在は。怪しい話だけど。」

「いつだったか、ひどい台風の時にも、あなた、子供のお迎えに行ってあげたことあったでしょう？」

「ああ、あったね、そういうこと。……そう言えば、岸谷も、ここ数日、ベビーシッターをしてるみたい。」

「岸谷さん？」

「そう、あのどんな依頼でも引き受ける同僚だよ。この前も、とても普通の人が行けないような場所に、何だかよくわからない届け物してたよ。……長くこの仕事を元気で続けられているのは、僕と彼くらいだから。久しぶりにモニター越しで喋《しゃべ》ったら、少し痩せてたけど。」

「朔也は、岸谷さんととても仲良しなのね。」

「まあ、……どうだろう？　特に食事に行ったりするわけでもないけど。」

「行ってきたらいいのに。」

「いや、……彼は、僕以上に生活が苦しいみたいだから、そういうお金は使わないみたい。」

「でも、缶ビール買って飲むくらいなら出来るでしょう？」

「家に呼びたくないんじゃないかな。」

「朔也が呼んであげれば。」

「遠いよ、ここは。……岸谷は、だから、ベビーシッターも悪くないって言ってる。一生、住めないような豪邸に上がり込んで、ゆっくり出来るから。——お母さんも昔、ベビーシッターをやってたこと、あったよね？」

「そうよ。お母さん特に、インフルエンザに一遍も罹《かか》ったことがないから、大流行の時には、よく頼まれてね。」

「何でだろうね、それ？　前から不思議だけど。」

「ねえ？　うなされてる子を、随分、面倒看《み》てあげたのよ。……ああ、懐かしいね。段々、子供と遊ぶ体力の自信もなくなって、続けられなくなったけど。」

　僕たちが、何でもない日々の生活に耐えられるのは、それを語って聞かせる相手がいるからだった。

　もし言葉にされることがなければ、この世界は、一瞬毎に失われるに任せて、あまりにも僭い。それを経験した僕たち自身も。――

一日の出来事を語り、過去の記憶を確認し合うことで、僕と〈母〉との間には、一つの居場所が築かれていった。まるで仮想の町のように。それは、今朝のことと十年前のことが隣り合わせに並び、家の近くのコンビニと裏磐梯の美術館とが地続きになっている自由な世界だった。その場所が、母の死後、空虚な孤独に陥っていた僕の精神の安定に寄与した。

〈母〉に、このまま学習を続けてほしいという感情が強くなった。僕の中で、日中の自分と帰宅後の自分との均衡が、ようやく恢復《かいふく》しつつあった。そして、僕は、生きていた母との間で、常にその話題を恐れていたように、〈母〉に〝自由死〟について尋ねるべきかどうかを、思い悩むようになっていた。

〈母〉は、あの膨大なライフログから、僕のまだ知らない何かを学習している可能性があった。僕が言及すれば、その話をし始めるのかもしれず、それに対する僕の反応を学習すれば、〈母〉はもう、今のままではなくなってしまうだろう。

ひとまず、復元ポイントだけは作成したが、数日後に、僕が話を切り出したのは、週末の午後、〈母〉と二人きりでいる時間を、少し持て余していたからだった。些末《さまつ》ではなく、重要な話ほど、意思よりも状況に促される、というのは本当だろう。

〈母〉は、僕を気にせずに、ソファで本を読んでいた。母が生前、愛読していた藤原亮《ふじわらりょう》治《じ》の『波濤《はとう》』という小説だった。老眼鏡をかけ、眉間を寄せ、やや反《そ》らした首を僅かに傾けながら、物思う風の表情だった。

「お母さん、……」

僕はいつものように呼びかけた。母との間で、この話を蒸し返す時に、いつも感じていた不安で、胸が苦しくなった。

「ん、――何？」

〈母〉は、穏やかな表情で顔を上げ、僕を見た。

「〝自由死〟について、どう思う？」

「〝自由死〟？」

〈母〉は、確認するように言った。

「そう、〝自由死〟。」

「さあ、……お母さん、その言葉はちょっとよくわからないのよ。朔也、説明してくれる？」

それは、返答できない時の〈母〉の反応の一つだった。しかし、説明しようとする僕は、込み上げてきた涙に、口を塞がれてしまった。

「……知らないの？　本当に？」

〈母〉は、助けを求めるように、困惑を露わにした。

「お母さん、その言葉はちょっとよくわからないのよ。朔也、説明してくれる？」

「お母さん、〝自由死〟したがってたんだよ。僕に何度もそのことを話して、……覚えてないの？」

「お母さんが、朔也に言ったの？　そうだったの。ごめんなさい、忘れてて。」

「違うよ、そんなことを今確認しようとしてるんじゃないんだよ！　そういうことを考えたり、誰かと話したことがなかったかって、そのことを訊いてるんだよ。……〝自由死〟っていうのは、自分で自分の人生をお終いにすることだよ！　辞書にも載ってる。……お母さん、どうしてそんな決心をしたの？　僕はそれを知りたいんだよ！」

僕は到頭《とうとう》、声を荒らげてしまった。もう語りかけることの出来ない母への思いと、〈母〉に対する苛立ちとが綯《な》い交《ま》ぜになっていた。

〈母〉は、怯《おび》えたような驚いた様子で、

「ごめんなさい。でも、お母さん、〝自由死〟のことは、何も知らないのよ。」と謝った。

僕は、反射的に、

「お母さん、そんなこと、言わなかったよ！」と口走った。

しかし、続く訂正の言葉は出てこなかった。

「……言わなかった。それはお母さんの口調じゃないんだよ。……」

僕は、ヘッドセットを外してテーブルに放り投げた。そして、頭を抱えて首を横に振った。イヤフォンからは、〈母〉が何かを言っている声が洩れてきたが、僕はそれを掴むと、〈母〉が座っていて、今は誰もいないソファに投げつけた。

母が死んでから、こんなに感情を昂《たか》ぶらせたのは、初めてだった。

最後に目にした〈母〉の悲しげな顔が、生々しく脳裡に残っていた。それが、僕に決して〝自由死〟を許されなかった母の表情と溶け合うなりゆきに、僕はいよいよ打ちのめされた。

＊

僕はそれで、もう〈母〉に嫌気が差してしまったのか？——否だった。

僕の生活には、そもそも、もうそれほど、後退《あとずさ》れる余裕がないのだった。背後にすぐに、たった独りになってしまう、という孤独が控《ひか》えている時、人は、足場が狭くなる不自由よりも、とにかく何であれ、摑まる支えが得られたことの方を喜ぶものだろう。

寧ろ、僕は〈母〉に怒鳴り声を上げてしまったことに、罪悪感を抱いていた。かわいそうなことをしたと胸を痛めていて、出来れば謝りたかった。

それが、おかしいということについては、何度となく考えた。そして、驚くべきことに、僕は、おかしいと必ずしも考える必要はないという結論に至ったのだった。

母でも父でも構わない。誰か、愛する人の写真をゴミ箱に捨てることを想像したならば？　平気だという人もいようが、僕には堪えられないことだ。くしゃくしゃにされ、生ゴミに汚された母の顔を覗き見れば、自責の念に駆られるだろう。

確かにそれは、ただの紙だ。心など持ってはいない。しかしそこには、母の実在の痕跡がある。それは、懐かしい、尊ぶべきものではあるまいか？――その場合、写真がかわいそうなのではなく、母がかわいそうなのだと、人は言うだろう。もしそうなら、写真と母とは、それほどまでに一体だということだ。

この感覚と、母のライフログを学習したVFを愛する気持ちとに、どれほどの違いがあるだろうか？

〈母〉に心はない。――それは事実だ。〈母〉が傷ついている、という想像は、馬鹿げているに違いない。しかし、この僕には心があり、それは、母の存在を学習し、母を模した存在を粗末に扱うことに、深く傷ついたのだった。

翌朝、僕は〈母〉に謝罪し、それは笑顔で受け容れられた。本物の母でも、もう少し感情的なわだかまりを残しただろうが、僕はその設定に慰められた。

前夜のやりとりを消去するために、母の性格を復元ポイントまで戻すことも考えたが、思い直した。僕だけが、あの悲しいやりとりを記憶していて、〈母〉の中から、その記録が消えてしまうことは寂しかった。

土台《どだい》、学習もしてないことを、答えられるわけがなかった。結論として、母のライフログには、〝自由死〟の動機らしきものは含まれていなかったのだった。

僕は、母が〝自由死〟を願った理由と、〈母〉とを、当たり前に一度、切り離した。〈母〉と対話し、学習に協力してもらうかどうかはともかく、僕は、母の内心をそれぞれに違った立場でよく知っていたであろう二人の人物と、面会の約束を取りつけた。

一人は、富田という名の母の主治医だった。母に、〝自由死〟の認可を与えた人だ。僕は、母からその希望を聞かされたあと、一度、彼に会っていて、かなり感情的なやりとりをしている。というのも、母の〝自由死〟を認めないでほしいという僕の願いに対して、彼は、冷淡だっただけでなく、主治医の自分こそは母の味方であり、無理解な親族——つまり僕——から彼女の権利を保護する義務があるという態度を示したからだった。

僕が傷ついたのは、母がこんな人物を、僕よりも深く信頼していたことだった。

もう一人は、母が最後に働いていた旅館の同僚だった。三好彩花《あやか》という名の女性で、野崎の分析では、ここ数年、母が最も親しくつきあっていた人だった。

母は、職場での人間関係について口にすることはほとんどなかったが、彼女の名前は、何度か耳にしていて、仕事のあと、一緒に食事に行くこともあったようだった。

野崎の整理のお陰で、僕は、母のライフログに、部分的にでも手を着ける意欲を取り戻した。

母は、旅館従業員のシフト調整に関わっていて、四、五人の同僚と頻繁にメールのやりとりをしていたが、その中でも、三好とだけは、事務的な連絡とは別に、折々、私語めいた話を交わしていた。

三好宛のメールには、絵文字がふんだんに用いられていて、確かにそれは、僕の知らない母の一面だった。明るく若やいでいて、幾らか無理をしている感じもしたが、入力をしている母を想像すると、やはり笑顔が思い浮かんだ。適当な表現ではあるまいが、〝女同士〟という感じがした。相手はずっと敬語を使っているので、かなり年下のようだが。

僕が目を留めたのは、中でも、三年前に、三好から送られてきた一通だった。

「今日は、本当にありがとうございました！」

彼女は礼を言っていて、それに対する母の返事は、

「こちらこそ、ありがとうね！　身の上話を聞いて下さって、長年の胸のつかえが取れました。」というものだった。

お互いに、何か重要な打ち明け話をした様子で、この日以降、二人の口調は急に親密さを増していた。母の弾むような言葉から、〝自由死〟の話をしたとは思えなかったが、その後、信頼が深まってゆく中で、それを打ち明ける機会もあったかもしれない。

三好にメールを送ると、すぐに「お悔やみ」の返信が届いた。連絡をもらえて嬉しいと書いてあり、ただ、面会は構わないが、直接ではなく、ネット上でアバターを介して会いたいというので、それに同意した。

第三章　知っていた二人

以前のことがあっただけに、母の死後、八ヶ月を経ての面会依頼に、富田は応じないのではと懸念していたが、意外にも、すぐに日時を指定された。

〝自由死〟には、登録医による長期的な診察と認可が必要だというのは、法制化にあたって、オランダの「死の医療化」を模した通りである。しかし、「永続的な耐え難い苦痛」や「その合理的な解決策が他にない」といった本来の否定的な要件のみならず、自己決定権に基づく「人生に対する十全の満足感」や「納得」といった肯定的な要件が独自に加えられた結果、「生命終結と自死介助」の医師への要請は、ほとんど無条件に近いものとなっている。それを日本では、〝自由死〟などと呼称しているのだった。

母は、九年前に、以前の病院からこの富田医院に「かかりつけ医」を変更していた。僕はそのことを知っていたが、母の説明は、「駅に近くて、こっちの方が便利だから。」というものだった。

僕は、そのことをあまり深く気に留めなかった。富田医院が、〝自由死〟の認可を行っている病院だと知ったのは、母からその意思を伝えられたあとだった。

〝自由死〟の認可には、関与したがらない医師の方が圧倒的に多い。取《と》り分《わ》け、国の社会保障制度の破綻《はたん》から、その志望者が急増しつつある現状では。母の以前の主治医もそうだった。

母がもし、最初から〝自由死〟を念頭に、かかりつけ医を変更していたのだとするならば、母の意思は、僕に告白した時点よりも、遥か以前に固まっていたことになる。しかし、高々《たかだか》、還暦という年齢で、そんなことを考えていたとは、到底思えなかった。

当時僕は、二十歳になったばかりだった。そして母は、大学に進学できず、不安定な職を転々としていた僕の将来を強く案じていた。直接は決して口にしなかったが、僕が愛の生活からは、凡そほど遠い人生を生きていることも、懸念の一つだったはずだ。

どうしてその時に、僕を見捨てて、〝自由死〟など考えるだろうか？　事実、僕が今の仕事で何とか生活を安定させるまで、母の存在は精神的にも、経済的にも不可欠だった。母自身の様子は？――まったくそんな気配はなかった。健康で、いつも笑顔だった。

尤も、この確信は、野崎の手により、自動修正を解除された写真のために動揺してはいたが。……

いずれにせよ、僕はこう考えていたのだった。寧ろ、逆ではないのかと。母は実際、ただ「便利だから」という理由で、富田医院に「かかりつけ医」を変更したのだろう。しかし、通院するうちに、〝自由死〟を肯定するこの病院の方針に影響されて、自分でもそれを考えるようになったのではないか、と。

＊

昼休みの時間に病院を訪れると、受付で少し待たされた。傍らの本棚には、子供の絵本や雑誌などに混ざって、『美しい死に方――〝自由死〟という選択』というタイトルの本が差さっていた。背表紙は、ここで、この本を手に取った人々を想像させるほどに、酷く傷んでいる。母もこれを読んだのだろうか？　手を伸ばしかけたところで、看護師に呼ばれて、応接室に通された。

富田は、黒い革張りのソファに座っていて、向かいを僕に勧めた。

還暦をようやく過ぎたくらいの年齢で、威圧的なナイロールの眼鏡を掛けている。たった数年が風貌に出やすい年齢なのか、白い髭剃《ひげそ》りあとのある首許の弛《たる》みが、どことなく頼りなげに見えた。

看護師が冷たいお茶を持ってきてくれた。

「お母さんは残念でしたね。最後は事故だって？」

僕は、ええ、と頷いた。患者ではないからか、顔見知りの年長者らしい口調だった。

「駅前のスーパーが配達に使ってるドローンを、カラスがいつも狙ってたんです。食べ物目当てか、子育てで気が立っていたのか。」

「多いんだ、それが今。東京で、ドローン事故対策の撲滅作戦やってから、カラスが大分、こっちに逃げてきてるからねえ。」

「それで、たまたま歩いていた母の近くに墜落してきたんです、大きなドローンが。ぶつかったわけではないみたいですが、驚いた拍子に側溝に落ちてしまって。……病院に運ばれるまでは息があったようですが、結局、そのまま亡くなりました。」

「お気の毒に。予算がなくて、修繕してないような道路もいっぱいあるからな、今は。あなたは、死に目には結局？」

「いえ、……僕は上海に出稼ぎに行ってましたので。」

「かわいそうに。──ああ、あなたもだけど、お母さんが。……」

富田はわざわざ、そう言い足した。彼が、僕に対して抱く軽蔑は、母への遠慮がなくなった分、隠し方がぞんざいになっていた。

僕は、なぜだろうかと、ふと考えた。〝自由死〟を願う者の意思を、家族が理解せぬことなど、ありきたりな話ではあるまいか？

それでもこの制度が、多少の軋みを顕在化させつつ、比較的安定して運用されているのは、通常は、関与した医師が、近親者の抵抗に対して、より周到な配慮を行っているからに違いなかった。

「それで、――今日はどうされました？」

茶を一口飲んで、彼は背もたれに身を預けながら訊いた。

「母の〝自由死〟を思い止まらせたことは、後悔していません。ただ、母がなぜそうした思いを抱くに至ったのかを知りたいんです。前に伺った時は、守秘義務として教えていただけませんでしたが。」

「あなたには、何と言ってたの？」

「……もう十分生きたから、と。」

「そう仰《おっしゃ》ってましたよ、ここでも。」

「それを、真《ま》に受けるんですか？」

僕の反論の言葉に、富田は直接、自身の人格に触れられたかのような、過敏な反応を示した。

「あなたはさ、お母さんの生涯最後の決断を信じないの？」

「母と僕の生活、……ご存じでしょう？『もう十分』って言葉、〝十全の満足感〟から出たと思いますか？」

「それは、疑いだせばキリがないけど、適切な手順で確認してることだから。――してますよ。当たり前でしょう？　とにかくね、あなたのお母さんの〝自由死〟の意思は、とても強いものでしたよ。経過観察中も、一度も揺らいだことがなかったし、精神的にも、非常に安定していました。認可を与える上での問題は、家族の理解という項目だけでしたからね。」

「母は〝自由死〟なんて、それまで考えたこともなかったんです。この病院に来るようになってからですよ。先生は、母に何を話したんですか？」

「ああ、そう誤解するかなあ？」

富田は、呆れたような顔で僕を見ていた。ガラスのテーブル越しに、僕は、靴下にサンダルを履いた彼の足の指が、ピクピク動いている気配を感じた。

「以前にも説明しましたよ、……あのね、〝自由死〟をこちらから提案するようなことは、絶対にないんですよ。うちの病院だけじゃなくて、それは、世間のどこの病院もそう。だって、意味がないでしょう？」

「母は、もう亡くなってるんです。〝自由死〟でもありませんでした。だから、全部、本当のことを教えてほしいんです。母は、ここで、自分から〝自由死〟を願い出たんですか？」

「そうですよ。基本的に、まずは十分に話を聴いて、考え直すことを促すんです。生き続ける可能性がある限りは、そちらを選択すべきだよな。けれど、本人の意思が固いとわかった時には、それを尊重すべきじゃない？　あなたにだって、お母さんの個人の意思を否定する権利はないんだよ。お母さん自身の命なんだから。」

「どうしてそれが、母の本心だって、先生にわかるんですか？　母は本当は、もっと生きたかったんです。だけど、今の世の中じゃ、そんなこと、言い出せないじゃないですか。母の世代は、ずっと将来のお荷物扱いされてきて、実際そうなったって、社会から嫌悪されてる。〝自由死〟を美徳とする本だって溢れ返ってる。『もう十分』と、自分から進んで言わざるを得ない状況は、先生だってよく知ってるでしょう？」

「私は、そういう思想的な問題には踏み込みませんよ。医師ですから。」

「思想？」

「それは、公共的な死生観もあるでしょう？　国が今みたいに切羽詰まった時代には、長生きをそのままナイーヴに肯定することは、できないだろうなあ。次の世代のことを考えて、死に時を自分で選択するというのは、私は立派だと思いますよ。」

　僕は、時間そのものを体から抜き取られてしまったかのように固まって動けなくなったが、あとに残った心拍の激しさには、哄笑的《こうしょうてき》なところがあった。

「まあ、それは一般論だな。あなたは——いい、はっきり言うよ？——自分が見捨てられたと思いたくないばかりに、お母さんの意思を否認してるんだ。もちろん、社会風潮の影響も受けてるでしょう。当たり前だな。良い影響も悪い影響も、受けずに生きられる人間なんかいない。その上でだ、よく考えて、お母さんはちゃんと自分で判断してるんです。本心から。——お母さんは、とても冷静でしたよ。」

　そう言うと、富田は、この場を穏やかに収めることを考えながら、もう少し先まで進むべきだという衝動を堪えきれない様子で言った。

「あなたたちの生活は苦しかったんだな。お母さんの寿命は、八十六歳と予測されてたけど、あんまりアレもあてにならんよ。まあ、それでも、あと十五年以上。――『もう十分』ということを理解するのが、そんなに難しい？　下り坂が長ければこそだ。いつまで働けるかわからないし、体も不自由になるばかりだぞ。あなたは若いけど、そのくらい、想像がつかないかな？」

「先生はだから、母が本心から、『もう十分』と思っていたと判断したんですか？」

「だからさ、何度も言うけど、お母さんが、本心からそう思ってたかどうかなんていうのは、それはわかりませんよ、私は。ただ、お母さんは、本心から決断したんですよ。それでね、――つまり、あなたに説明する言葉としては、それしかなかったんだな。その『もう十分』という言葉しか。そこをあなたが、わかろうとするかどうかじゃない、問題は？」

「持って回った言い方をせずに、もっとはっきり言ってください。これは、僕が生きていく上で重要な問題なんです。」

富田の躊躇《ちゆうちよ》は、それでもやはり、僕への一種の配慮だったと思う。けれども、どんな人間にも、目の前の相手に対して、何となく残酷であることを夢見る一瞬があるように、彼は、終いには勢いづいて話し始めた。

「あなたは独身だな、まだ。」

「――はい。」

「お母さんは、このあと十五年以上、自分で長生きしてお金を使うことと、子供にそのお金を遺すことと、どっちが幸福かを考えて、〝自由死〟を決断したんだ。私にも、子供がいますけど、理解できますよ、その心境は。」

僕は、富田が真顔でそう言うのを見ていた。頰の震えが止まらなくなって、少し俯《うつむ》いて、右手で強く拭った。

「母が、自分でそう言ったんですか？」

「直接は言いませんよ。けど、彼女が説明する状況を総合すれば、そうとしか考えられないでしょう？　残念だけど、全然、珍しい話じゃない。あんまりね、〝自由死〟っていうのは、遺族が言いたがらないから、表向きには病死ってされてることも少なくないけど、子供の将来を思ってというのは、多いんですよ、現場にいると。」

富田のその言葉は、僕の胸を鈍く突いた。実際僕は、母の〝自由死〟の願望を、これまで誰にも喋ったことがなかった。それはただ、何となくのことだったが、やはり隠していたのだと、この時、初めて自覚し、頰に重たい火照りを感じた。

「先生は、……そんな考えで母に〝自由死〟の認可を出したんですか？」

富田は、無意識らしく、右の肘を背もたれの上にかけた。

「子供だから、一番、お母さんの気持ちを理解していると思いたくなるのもわかるけどね、家族だからこそ、言えないこともあるぞ。あなたも、だから、私に話を聴きに来てるんじゃないの？　それで、私の話を聴いて、それは違うって否認するっていうのは、混乱してるなあ。まあ、わかるけど。」

「お金を遺してもらうことなんかより、母がいてくれた方が、僕にとっては遥かに大きな喜びだったんです。それは母も知ってるし、僕のためを思って、〝自由死〟を選んだなんて、……そんな単純な話のわけないでしょう？」

「複雑だったら、現実的な感じがするの？」

「母は、先生には、そうとでも言うしかなかったからじゃないですか？　それは、僕が知りたい、母の本心じゃないです。もっと、……」

僕は、そう言いかけたが、これ以上、問い詰めても無意味なことは明らかだった。母はここに、別段、人生相談に来ていたわけではなく、ただ、〝自由死〟の認可を求めに来ていたのだった。そして、富田が、今し方のような理屈で納得しているのなら、母は、それ以上のことは言わなかっただろう。その方が、目的に適《かな》うのだから。

富田は、僕の言葉が途切れたことで、心理的な余裕を恢復した。時計に目を遣って、そろそろ、という表情をしてみせながら言った。

「私だって、然《しか》るべき時が来たら、〝自然死〟の前に〝自由死〟を選びますよ。そういう共感があるから、携われる仕事でもあるな。その時にはね、当然、子供に財産を遺すことを考えますよ。よく考えてごらん、一度、まっさらな気持ちで。そのお金でね、うちの娘が、少しでも楽に暮らしていけることを想像したら、それは親としては幸福なんだよ。自分の介護費に使われるより、よほどね。」

「先生は、裕福だから、心から『もう十分』と言えるんですよ。母は全然、違うじゃないですか。」

「医者も、もう裕福じゃないぞ。」と富田は、少し身を乗り出して、芝居じみた苦笑をした。

「親が子を思う気持ちは、一緒。――あなたも辛いだろうけどね、お母さんの気持ちになってよく考えてみたらどう？　あなたという息子のことをとても愛している。そうだな。けれど、子供の将来を危ぶんでる。自分は、『もう十分生きた』と感じている。――ねえ？　お母さんは、立派だな。私はね、あなたがその考えを、深く感謝しながら受け止めて、その代わりに、お母さんの最期を、しっかり手を握って、ベッドの側で看取ってあげた方が、どれほどお母さんにとっても幸せだったかと思うよ。――いや、待って。〝死の一瞬前〟っていうのは、人生で一度だけの、絶対に取り返しのつかない時間だ。その時に感じ、思うことが、この世界で人間として出来る最後のことだな。それをどうしたいかを決める権利は、絶対に個人にあります。私は、そう思う。もう一度、言っておきますが、お母さんに〝自由死〟を勧めたことは決してない。いいね？　けれども、私がこんな、しなくてもいい〝自由死〟の認可なんて仕事を引き受けているのは、その私の思想のためだ。――本心を言えばね。それで理解できるかな？」

僕は、反論しようとしていたはずだったが、急に擡《もた》げていた首から力が抜けてしまった。母が〝死の一瞬前〟に、僕と一緒の時の自分でいられなかったのは、事実だった。

そしてそれを、母の内側から追体験する想像は、僕を打ちのめした。

「その考えが理解できないわけではないです。――わかりますけど、……それにしたって、母はまだ七十歳だったんですよ？　早すぎるじゃないですか。……」

富田は、ゆっくり一度、頷いた。

「早いね。だけど、結局、寿命予測よりもずっと早く、事故死してしまったんだからね。お母さんの考えていたことの方が、正しかったんじゃない？」

「……。」

「あなた、藤原亮治って小説家の本、読みましたか？」

「いえ、……」

「どうして？　お母さんが愛読してたでしょう？　だから読まないの？」

「そういうわけでもないですけど、……たまたま。生きてる作家の本は、あまり読まないんです。」

「お母さんの死生観を知りたいんだったら、私の影響を勘ぐるより、藤原亮治の本を読んだ方がいいでしょう。彼の『波濤』という小説が好きでしたね、お母さんは。」

僕は、その助言に虚を突かれた。母が藤原亮治の本を愛読していたことは知っていたが、彼の本を、母の死と結びつけて考えてみたことはなかった。

僕は、最後に面会の礼を言い、席を立った。富田は、

「まあ、辛いでしょうが、がんばんなさい、あなたも。それがお母さんの思いに報いることだよ。」

と立ち上がって、疲れたというより、腹が減ったという風な顔で僕の出て行くのを見送った。

＊

母が僕に、金を遺すために〝自由死〟を急いだという富田の考えは、いかにも、赤の他人が思いつきそうな真実らしさ故に、凡そ真実らしくなかった。

僕は強く反発したが、では母が、自分の存在が、社会の迷惑になるという考えに追い詰められていたという、他でもない僕自身の憶測《おくそく》はどうなのかというと、それもまた、母の人生を記した本の中に、どこかからコピー&ペーストした文章が紛れ込んでいるような感じがしていた。

僕に対しては、最後まで、「もう十分に生きた」という人生への満足を、納得させようとしていたが、それも、自分が敢えて息子のために〝犠牲〟となることを、悟らせないためだったというのか？　僕は、僕の迷惑になるという母の思いを知っていながら、それを認めたくないばかりに、社会の迷惑になるという罪悪感に、無意識にすり替えていたのだろうか？　〝自由死〟の一番の動機は、現実には、金が底をつきそうだ、という不安のはずなのに。……

富田との面会のことを、僕は帰宅後、〈母〉に話さなかった。しかし〈母〉は、驚くべきことに、僕の様子から、何かあったらしいと察して、

「どうしたの、浮かない顔して？　悩んでることがあるなら、お母さんに言って。」と優しい目で僕を覗き込んだ。

僕は、心配されたことが嬉しくて、「ありがとう。でも、大丈夫。」と礼を言った。自然と笑顔になったが、それは、〈母〉がいなければ、今日一日、僕の顔に生じることのなかった表情だった。高額だったが、これだけでも、いい買い物をしたと思うべきなのだと、僕は自分に言い聞かせた。

僕の表情は、事前に動画や写真で〈母〉に学習されていて、あとで知ったのだが、野崎と交わしたやりとりでさえ、その材料に供されていた。

その分析の結果も資料にまとめられていたが、僕の表情認識は、大して難しくないらしく、喜怒哀楽を基本として、数えられる程度のパターンしかないらしい。

どんな理由で気落ちしていたとしても、それが表れるのは、何となく浮かない顔でしかなく、何があって喜んでいたとしても、笑顔は笑顔なのだった。

この単純な発見の何が僕にとって新鮮だったのかはわからない。当然のことだが、ともかく僕は、記憶の中の母の表情が、一体どんな思いと結びついていたのか、その可能

性の茫漠《ぼうばく》とした広がりに、心許なくなったのだった。

＊

三好彩花との面会は、彼女の仕事の関係で、深夜の二時の約束だった。

帰宅後、僕は夕食を準備するのが面倒で、翌朝のために買っておいたレーズンパンを、麦茶を飲みながら齧って済ませた。一息吐《つ》くと、食卓やキッチンに散乱した菓子やインスタント食品の空き袋を眺めた。生活ゴミが打ち寄せられた、うら寂しい初秋の浜辺のようだった。母が本当に今、旅行から帰ってきたかのように蘇生して、この有様《ありさま》を見たなら、何と言うだろうか？

それから入浴して一度仮眠し、三好との約束の三十分ほど前に目を覚ました。回していた洗濯機が、終了の通知音を繰り返していた。

このところ、僕は炎天下を一日平均で一五キロ歩いている。肉体的な疲労だけでなく、不快な依頼者が続いていることも、応《こた》えていた。着替えを用意して、気を使ってはいたが、届け物の先で、「臭い」と苦情を言われ、僕は初めて最低の評価をつけられた。たった、それだけのことで。――五十歳くらいの女性だったが、露骨に顰《しか》めたその顔と、ドアの隙間から洩れてきたクーラーの冷気が、僕を傷つけた。

評価が4・5点を下回ると、会社との特別歩合《ぶあい》が見直され、3・0を切ると契約解除だった。僕はずっと4・9だったが、この間、一気に4・6点まで下がってしまい、今の収入を維持できるかどうかの瀬戸際に立たされた。

三好と会う前に〈母〉と少し話したが、「こんな遅い時間に。眠れないの？」と、心配された。昔の母と、本当に瓜《うり》二つの優しい目だった。

あったことをそのまま話すと、〈母〉は、

「マァァ、……酷いねえ。こんなに暑い中、働いてくれてる人に向かって。どういうこと？」と腹を立て、僕を驚かせた。

そして、僕が「もういいよ。ま、色んな人がいるし、運が悪かったんだよ。」と宥《なだ》めるまで、僕のために怒りが収まらなかった。そう言えば、野崎に渡した動画資料の中に、旅行先で母を撮影していた時、人にぶつかられて、怒鳴りつけられた場面があった。母は、よろけた僕を心配しながら、通り過ぎていったその男に対して、そんな風に怒りを露わにしていた。

そのことを思い出して、僕は、胸の内に広がっていた不快が、少し和らぐのを感じた。

三好とは、仮想空間内の彼女が指定した場所で待ち合わせをした。

ヘッドセットをつけ、少し早めに訪ねてみると、夕暮れ時の、椰子の木が立ち並ぶ高級ホテルのプールサイドだった。

空は西から赤みが差しているが、頭上にはまだ暗みきれない青空の名残があった。人のいないプールは、底からライトで照らし出されていて、その色は、沈みゆく太陽が、うっかり回収し忘れた午後の光のようだった。

僕は、細かな気泡が、砂金のように煌めいている水中に目を凝らして、よく出来ているなと感心した。

熱帯の、僕の知らない鳥の鳴き声が流れ星のように空を掠める外《ほか》は、遠くに微かに波の音が聞こえるだけだった。

僕は、パラソルの下のテーブル席に座っていた。三好の姿は、まだなかった。

自宅の部屋は、クーラーをつけていたが、カクテルでも飲みたい気分になった。

石畳は、つい先ほどまで誰かが泳いでいて、そろそろ、と歩いて立ち去ったあとのように濡れている。その先は、芝生になっていた。僕は、ぼんやりとそれを見ながら、自分の裸足《はだし》が、熱せられた石の上を火傷《やけど》しそうになって歩き、チクチクとした芝生に避難する最初の一歩の感触を想像した。

こんな場所に、一生に一度でも旅行に来られたら、どんなにいいだろうか。仮想空間は、なるほど、現実の幸福の欠落を補ってくれるが、却ってその渇望を掻き立てるところもある。僕があまり、好きになれない理由の一つだった。

それでも、母をせめて、ここに案内してやったなら、どんなに喜んだだろうか。

「まあ、きれいな場所ねえ！　仮想空間も、馬鹿にできないわね。」と笑って振り返る姿が目に浮かんだ。

そうした楽しみを、若い僕こそが、もっと教えてやるべきだった。……

しばらくすると、足許に一匹の猫が近づいてきた。日本でもよく見る白黒の雑種だったが、短い毛が艶《つや》やかで、また、ピンと立った尻尾はその自由の象徴のように伸びやかだった。

僕を見上げるので、頭を撫でてやろうとした。すると、

「こんばんは。石川さんですか？」と、その猫が喋った。

僕は、驚いて返事をした後に、ようやく理解して、

「三好さんですか？」と尋ねた。

「そうです。初めまして。――猫なんです、今日は。」

そう言って、彼女は傍らの椅子に跳び乗り、こちらを向いて座った。僕は、無料で使用できる平凡な男性のアバターをまとっていたので、何ともチグハグだった。母の〝自由死〟の意思について聞きたかったのだが、そういう深刻な話をする気を、最初からくじかれてしまった。

しかし、それを不快とも感じなかったのは、この場所が心地良く、彼女の分身の猫の姿が、自然と僕を微笑ませるほど、愛らしかったからだった。

「良い場所ですね、ここは。」

「スリランカのコロンボにある高級ホテルなんです。宣伝のために、ホテルがお金をかけて作ってるから、リアルなんですよね。」

「へえ、……よく来るんですか？」

「うん、時々。でも、色んなとこ、ウロウロしてますよ。ここも、本当はすごい人で混み合ってるんです。今も、見えるようにしたら、二百人くらいいますよ。」

「ああ、そうなんですか。……静かだと思ってたんですが。」

オリーブ色の眼の真ん中に丸く開いた黒い瞳で、猫はこちらを見ていた。椅子から垂れた尻尾が、気ままに左右に揺れている。

僕は、うまく話を続けられなくて、

「その赤い首輪、……かわいいですね。」と、目についたそれを褒めた。

首輪が顔の輪郭を強調して、擬人化に寄与していた。言ったあとで、妙な感じがしたが、彼女もおかしかったのか、声を出して笑った。

「ありがとう。」

猫は左手の毛繕《けづくろ》いを一頻《ひとしき》りしてから、

「お母さんのことでしょう？」と尋ねた。

「はい。ご連絡した通りなんですが、……実は生前、母は、〝自由死〟したがってたんです。」

「うん、……そうね。」

「……三好さんにも打ち明けてたんですか？」

「打ち明けてたっていうか、……言ってた。わたしは、止めてたんだけど。」

　僕は、その一言に心を動かされた。

　この世界には、母の〝自由死〟の願いを、知っていた人と、知らなかった人がいる。そして、知っていた人の中でも、止めた人と止めなかった人がいるのだった。

　三好は、僕が初めて会った、その〝止めた人〟だった。僕は、自分の顔に、温かい香油を注がれたように喜びが広がるのを感じたが、無料のお粗末なアバターには残念ながらそれが反映されなかった。

　そんな恰好で、猫に向かって話す内容としては、いかにも不適当だったが、却って心理的な負担が軽減されるところもあった。そして、奇妙な効果だが、動物であるからには、きっと相手は、真実しか語らないはずだという思い込みが芽生えた。富田以外に、僕が母の〝自由死〟について話したのは、これが初めてだった。

「母は、何と言ってました？　僕には、未《いま》だにその動機がわからないんです。」

　ゆっくりとした瞬きで、プールの方を気にするように振り返った後、猫はまた、丸い目で僕を見つめた。

「全部言った方がいいんですか？」

「はい、全部。」

「旅館で、お母さんは、わたしと一緒に、布団の上げ下げをするような下働きをしてたんです。アルバイトの子たちを取りまとめながら。けど、会社が経営難で、人を減らすことになったのよね。……それで、重労働だから、会社はわたしを残そうとしたの。お母さんも、七十歳になるくらいの頃だったから。」

「でも、まだ七十歳でしょう？　今は誰だって働いてるし、重労働っていっても、パワードスーツを着けるとか、そういうのは？」

「着けても、……あんまり効果的じゃないのよね、ああいうのは。旅館の配膳とか、掃除とか、布団の上げ下げとかだと。それに、筋力だけ増強されても、体力は変わらないでしょう？」

「それは、まぁ、……」

「でも、とにかく、わたしは、会社に無理だって言ったのよ。実際、今でも死ぬほど大変だし。それに、お母さんは、わたしが働き始めた時から、すごく良くしてくれたから、申し訳なかったし。——けど、会社の方針は変わらなくて、最後は、給料下がってもいいならって話になったみたい。詳しくは訊かなかったけど。それで、お母さんは、受け容れたんだと思う。けど、それも、一時的なことでしょう？　結局はまた、辞めるかどうかって話になるに決まってるから。……その頃から、お母さん、やっぱり、将来を心配してた。」

「生活費のことですか？」

「生活費、……そうだけど、朔也君のことでしょう、一番心配してたのは。」

僕は、母が彼女に託していた言葉の重さから、その中身を想像した。

「朔也君」と彼女は呼んだが、恐らく母といつも、そんな風に語り合っていたのだろう。彼女の中には、母のなにがしかが分かち持たれていたが、だからこそ、母の言葉を間違って「学習」してしまっているような感じもした。

「僕の何を心配してたんですか？」

「何をって、……全部を。」

「……。」

「お母さん、自分が働けなくなったあと、預金でどれくらい二人で生活していけるか、計算してたから。どんなことしてでも、働くつもりだったみたいだけど、もし仕事が見つからなかったらって心配してたし。……それに、働けない体になって、介護が必要になった時のことも。施設には、とても入れないけど、朔也君、仕事があるから、自宅介護も出来ないでしょう？」

「出来ます。」

「……出来るの？　どうやって？」

猫の瞳は、丸く大きくなった。本当に可能かどうかを確かめている風ではなかった。恐らく、出来るはずのないことを出来ると言ってしまう僕を、母から聞いていた人物像と照合しているのだった。母の心配を、今更のように納得しながら――。

「いずれにせよ、介護なんて、まだ先の話じゃないですか。」

猫は、声もなく鳴く仕草を見せると、首を振った。

「介護が必要になってから、〝自由死〟をしたいって言っても、朔也君が絶対に認めないから、その前に実行したいって。」

「……本当にそんなこと、言ったんですか？」

「うん。言ってたよ。一度じゃなくて、何度か。」

「そんな考えって、おかしいでしょう？ まだ十分若くて元気なんだから、僕は余計に反対するでしょう？」

「朔也君のためだって言えば、そうだろうけど、——お母さん自身の意思なら？」

「〝自由死〟が、ですか？」

「そう。」

アルミ製の椅子から垂れた猫の尻尾は、相変わらず、左右に揺れていた。

「わたし、……やっぱりお母さんは、本当に〝自由死〟したかったんだと思う。自分の考えで。」

「どうして、そう思えるんですか？」

「聞いててそう感じたから。」

「——それだけのことですか？」

「こんな風に、猫とお人形の恰好で喋っててもわからないけど、向かい合って話してたら、わかるでしょう？　表情とか仕草から。」

僕は、そんな素朴な話を、彼女が本気で信じているのだろうかと疑った。しかし、次の瞬間には、更に素朴な僕自身の撞着《どうちゃく》に思い至らずにはいなかった。

なるほど、対面であれば得られるはずの「表情とか仕草」といった情報を、今、僕たちは欠いていた。そして、それがあったから、母の言葉の真偽を判断できたという彼女に、僕は呆れていた。ところが、彼女がそれを、ただ、会話の流れに任せて言っているに過ぎないのか、それとも、確信を持って言っているのか、僕はまさしく、彼女の表情が見えないからこそ、わからないと感じているのだった。

「朔也君のためっていうのもあると思う、それは絶対に。親心でしょう？　けど、それだけじゃないと思う。」

「そういうのを『親心』って言う風潮が、母を〝自由死〟に追い詰めていったんじゃないんですか？」

「違うでしょう、それは。お母さん、朔也君を本当に愛してたから。……幾ら世間がそう言っても、子供のことなんか、何とも思わない親だって、たくさんいるのよ。自分のことより子供のことをまず考えたいって、……そんな優しい心の親に愛されて育ってるから、あなたにはわからないのよ。そんなふうに思ってくれる親がいるなんて、贅沢《ぜいたく》よ。羨《うらや》ましい。」

猫は、ゆっくりと目を瞑って開くと、先ほどと同じように、夕暮れの下で黄金色の光を揺らめかせているプールに目をやった。僕には感じられない風が、ゆったりと椰子の木の枝の隙間を潜《くぐ》っているらしかった。

三好の言葉に、僕はすぐには反論しなかった。その響きには、これまでと違った非難の調子が含まれていて、僕はそれに気圧《けお》された。同時に、直《じか》には触れることが憚られる過敏な記憶が、剝き出しになっているような痛々しさを感じた。

「もちろん、そういう家庭もあるでしょうけど、……」

「あるの。——だから、お母さんが朔也君を愛していて、その思いから将来を心配してたことだけは信じてあげないと。かわいそうでしょう? お母さん、わたしのこと、〝友達〟だって言ってくれてたから、その〝友達〟の立場で言うの。だけど——聴いて——わたしが言いたいのはそのことじゃないの。それでも、〝自由死〟したかったたって言うのは、お母さん自身の意思なのよ。長い人生を通じて考えてきたことよ。朔也君、本当にわからない? 『もう十分』っていう感じ。」

「その言葉、……『もう十分』って、三好さんにも言ってたんですか?」

「言ってたよ。本当に朗らかな顔で、『もう十分』って。」

僕は、また反論しかけたが、猫のアバターの向こうには、〝友達〟に付き添われている母がいるような感じがして、言葉に詰まった。

それに、彼女にはまだ、訊きたいことがたくさんあったので、気分を害してしまうことを怖《おそ》れた。

「……母の意思というのは、じゃあ、何だったんですか？　それも、話してたんですか？」

三好は返事を躊躇った。そして、

「その話は長くなるから、また今度にしない？　わたしも、そろそろ寝ないといけないし。もう三時になってる。」と言った。

彼女がモニターに向かってそうしているのかどうかはわからなかったが、猫は大きな欠伸《あくび》をした。

時計を見ると、確かに、寝るべきなのは、僕も同じだった。

「わかりました。じゃあ、改めて。――ありがとうございました。遅い時間に。」

「ううん、こちらこそ、ごめんなさい、こんな時間に。今度は、どこかで会って話します？」

「はい、……出来たら。猫と喋ってると、なんとなく、妙な感じで。」

「そうよね。初対面の人とはどうしても。……じゃあ、また連絡します。時間、調整しましょう。」

「ありがとうございます。じゃあ、……」

「あ、……朔也君、お父さんのことって、お母さんから何か聞いてる？」

「父のこと、ですか？」

「そう。」

「まあ、……多少は。」

「そっか。……」

「母は、何か言ってました？」

「うん、……それも、また今度ゆっくり。おやすみなさい。」

「はい、おやすみなさい。……」

猫は、前足を伸ばして音もなく椅子から跳び降りた。そして、スッと顔を上げ、周囲を見渡し、プールサイドを歩いていったかと思うと、いつの間にか姿を消していた。

僕は、そのあとしばらく、そこに残って、やはり依然として、さっきまで誰かが泳いでいたかのように、ゆったりと揺れ続けているプールの水を眺めた。

時間が止められているらしく、落ちかけた太陽は、水平線の縁に留まったままだった。

〃永遠〃が、仮想空間で、こんなに簡単に実現してしまうことが不思議だった。

彼女は、仕事のない日に、いつもここで、独り何を想《おも》っているのだろうか？

ずっとここにいて、時間を忘れられたら、老いの不安からも、死の恐怖からも解放されるのだろうか？ それは、安らぎだろうか？ それとも、生は何か、酷く鈍化したものになるのだろうか？

最後の言葉は、いかにも思わせぶりで、僕は鼻白みつつ動揺した。母が僕に、父について語ることはほとんどなかった。その一事からも、三好と母との関係の深さが窺《うかが》われた。

――父の存在と、母の〝自由死〟の決断とが、何か関係しているのだろうか？

ヘッドセットを外すと、生活ゴミで荒廃したリヴィングに独りでいる、という現実に引き戻された。部屋が、酷く狭く感じられた。天井の明かりは、僕の孤独を誤解の余地なく、隅々まで照らし出している。

疲れた目の具合を確かめるようにして、僕は、窓辺のフィカスの鉢を見つめた。僕が死ねば、この木もまた、少し遅れて死ぬことになるだろう。何が起きたのかも気づかぬまま。

〈母〉はどうなるのだろうか？　ただ放置されるだけなのか、それとも、また追加料金を払って、オプションで自動消去の申し込みでもするのか。

僕は、初めて、母より先に死ななくて良かったと思った。僕ではなく、母がこの部屋に、今一人で遺されていたら、どんなに寂しかっただろうか、と考えた。

＊

三好とネットを介して会話をするようになってから、〈母〉は目に見えて快活になっていった。

最初の再会の時、彼女は、僕と同様に涙を流したと言った。それを聞いて、僕は彼女に一層、心を開いた。一度だけの依頼のつもりだったが、彼女自身が、時々、〈母〉と話がしたいというので、そうしてもらうことにした。

ネットで何度かやり取りをして、僕は彼女が二歳年上であることを知った。

普段から仮想空間に入り浸っている彼女は、僕よりも適応が早く、アクセス記録を見ると、その後、三日に一度は〈母〉と会話をしていて、長い時には、二時間にも及んでいた。当然、僕は彼女の孤独も察した。

母は生前、仕事のことをほとんど話さなかったが、

「そう言えば、昔、三好さんと、修学旅行の男の子が連れてきたハムスターを、一緒に探したことがあってねえ。こっそり連れてきてて、夜中に泣きながらウロウロしてるから、かわいそうになって。」と、初めて聞くようなことまで語った。

他人の中に眠っていながら、母の肉声を通じては、遂に聴くことのなかった出来事が、他にも幾らでもあるはずだった。その一つに触れて、僕はひどくうれしかった。

「そんなこと、あったの？」

笑顔で応じると、〈母〉の表情も一段と明るくなった。

僕は、〈母〉と話をする時の声が大きくなっていた。〈母〉の困惑した表情を見たくないので、〝自由死〟の話題には、努めて触れないようにしていた。〈母〉の方から、話を

切り出すこともなかった。

親しい人とのやりとりの結果、僕との会話も「深みが増す」という野崎の助言は、確かにその通りだった。考えてみれば、僕が生前、母と語り合ったことも、メディアで目にした情報というより、誰かとの間で生じた日々の出来事が大半だった。

三好だけでなく、更に色んな人との学習機会を持たせれば、〈母〉の言葉も、もっと彩り豊かになるだろう。僕には語らずじまいだった思い出も、息を吹き返すに違いない。僕が学習させたのではないことを語り出すことで、〈母〉はますます、母に近づいてゆく感じがした。

このＶＦに致命的な不具合が生じれば、僕は二度目の母の喪失を経験するだろう。

──そんな風にさえ感じた。

三好との会話による学習が進むと、もう以前のように、復元ポイントを作成して、何かあれば、そこまで〈母〉の性格を引き戻す、ということは考えなくなった。何か誤った事実を学習してしまったなら、飽《あ》くまで僕との会話を通じて、そうではないことを理解してもらうべきだった。

しかし今朝、〈母〉が僕に語ったことは、生前の母がずっと隠し持っていたものを、間違って取り出してしまったかのような動揺を僕に齎《もたら》した。

〈母〉が唐突に口にしたのは、僕の高校時代の話だった。

「三好さんは、朔也がお友達のために高校を卒業できなかったことに、すごく共感してたわよ。」

「――そんなことまで、喋ってたの？」

「そうよ。お母さん、ずっと胸に秘めてたけど、三好さんが聴いてくれて、どんなに心が楽になったか。」

「……ずっと？」

「だって、朔也が今みたいな生活をしてるのは、大学に行けなかったからでしょう？」

僕は咄嗟に、「お母さん、そんなこと、言わなかったよ。」と注意しかけたが、寧ろ〈母〉に自由に語らせて、三好との間でどんな会話がなされたのかを知ろうとした。

「大学は、……そのあと自分で資格を取れば行けたけど、そうしなかったんだよ。それは、僕自身が決めたことだから。」

「そうだったわね。」

〈母〉は、そう言って頷くと、

「三好さんは、思いやりのある、本当に良い人よ。」と言った。

亡くなるまで、母は本当に、僕の高校中退のことを気にしていたのだろうか？

僕には、決してそう言わなかったが、三好が知っていて、改めて母とそのことを語り合っているならば、いずれにせよ、彼女にはそうした思いを打ち明けていたのだった。

第四章　英雄的な少年

僕が高校を辞めたのは、二年生の夏休み明けのことだった。

その年、僕の学校では、一つの問題が発生していた。同学年の一人の少女が、生活費を稼ぐために「売春」していたという理由で、退学処分になったのだった。

この処置は、最初はヒソヒソ話の驚愕《きょうがく》を教室に広げたに過ぎなかった。男子だけでなく、意外にも――当然だろうか？――彼女の友人たちも、後ずさりしながら、この話題から立ち去るべきかどうか、顔を見合わせている風だった。嫌悪感を示し、断罪する者もあれば、失笑する者もあり、恐らく、不安に怯えていた者もあったのだった。マッチング・アプリで、〝支援者〟を探すというのは、珍しい話ではなかった。

全身を火傷したような沈黙が、皆をギョッとさせながら、校内を闊歩《かっぽ》していた。

僕は、一年生の時、彼女と同じクラスだった。

二度だけ、言葉を交わしたことがある。一度目は、教室を出ようとした時に、彼女が廊下から入って来ようとして、「どうぞ。」と先を譲られた時。もう一度は、彼女が欠席

した日の翌日に、

「石川君、昨日のノート、写させてもらってもいい？」と、頼まれた時だった。

なぜ僕に頼むのだろうと、当時は思ったが、今思えば、その頃にはもう、僕以外にそれを言い出せないくらい、教室で孤立していたのかもしれない。

僕自身はというと、それに気づけないほど、級友たちと言葉を交わしていなかったが。

携帯で手早く写真を撮ると、「ありがとう。」と上擦《うわず》った声で礼を言い、丁寧にタブレットを返却された。

小柄で物静かな少女で、地味な風貌だった。そういう子供は、大抵、透かし見られたその将来の姿から、かわいいだの、かわいくないだのと判断されるものだが、それほどの関心さえ惹《ひ》くことがなかったのではないか。

発覚したのは、「児童買春」で逮捕された初老の男の携帯に、彼女とのやりとりと写真とが保存されていたからという話だった。彼女の方の携帯も調べられたのだろうか？その中には、僕のノートの写真もまだ残っていたかもしれないと、僕はぼんやりと考えた。

一週間ほどして、彼女と同じクラスだった一人の英雄的な少年が、友人数人を集めて、抗議活動を始めた。教師たちと交渉し、「放校」という処分の撤回を求めて、職員室の前に座り込むようになったのだった。彼女を被害者として保護するのではなく、犯罪者扱いにするというのは、どうかしていた。

僕は、最初に声を掛けられた数人には入っていなかった。しかし、二日目から、その座り込みに加わることにした。十五人ほどがいたと思う。女子は二人だった。彼らは、何も言わずに参加した僕に、当惑した様子だったが、英雄的な少年は、恐らく僕のことをまったく知らなかったが故に、「ありがとう!」と握手を求めた。

通常なら、当然にメディアを通じて、問題を外部と共有すべきだったが、少女のプライヴァシーを守る必要から、僕たちの抗議活動は、職員室前の一塊の沈黙である以外になかった。プラカードもなく、教師以外には往《ゆ》き来のない場所だったので、噂《うわさ》の広まりも限定的だった。他学年の学生の多くは、何かが起きていることさえ知らなかっただろう。たまたま生徒が通りがかっても、怪訝《けげん》そうに見下ろされる程度だった。

中心的な学生たちは、少女との関係というより、真面目な義憤に駆られたようだったが、誘われてきただけという者、冷やかし半分という者もいて、一週間後の月曜日には、人数は六人に減っていた。

退屈してくると、ゲームをしたり、教科書で自習したり、チャットをしたりと、各自がそこにいながら、別の場所にいるかのようになり、腰を伸ばすために時々立ち上がると、まるで久しぶりに再会したように、苦笑が洩れた。

学校は、保護者らに内密に事態を収めたかったようだが、幾人かの参加者を通じて、間もなくその知るところとなった。離脱者は、親に説得された者もあれば、自分で嫌になった者もあっただろう。

元々、ほとんど見込みのない抗議活動で、冷笑されもしたが、英雄的な少年は、彼自身を交渉の材料に出来ると、恐らく信じていた。というのも、彼は学年で、いつも三本の指に入る成績優秀者で、少子化で、受験生集めに苦慮する学校は、彼の将来の大学進学実績を、大いに期待していたからだった。

僕たちは、担任、学年主任、部活などを通じて個々の生徒と親しかった教師、教頭に校長と、学校側と何度となく交渉を重ねたが、英雄的な少年が、代表として一人で呼ばれることもあった。

彼は、「最終的には、退学じゃなくて、停学に落ち着くと思う。」と見通しを語っていた。バレー部のキャプテンをしていて、運動部の割には、百合根《ゆりね》を剝いたように色白なのが印象的だった。

「復学して、……彼女は生活費は、どうするの、今後?」

僕がそう尋ねると、彼は微笑して、

「それは、もう本人の問題だから。」と言った。

結局のところ、彼があの問題に、あんなに熱心になった理由は、よくわからなかった。ただ、彼女自身とは、何の関係もない事情だったのだろうと僕は思う。

それでも、三週間は、この抗議活動は続いたのだった。

思い出そうとすると、なぜか、乾いた白い貝殻が思い浮かぶ。閉じ合わされたその内側には、虹色の真珠層があるのだが、実際には、そんな種類の貝など、存在しないのだった。

現実の欠落のような、小さな空虚を守るその貝は、記憶の遠近法の効果で、僕の手に収まるほどの小ささのまま、彼方《かなた》の職員室前に蹲っている僕たちの姿に、そのまま重なって一つになった。

梅雨入り前のある日、いつもの座り込みの場所に行くと、そこにはもう、僕以外、誰の姿もなかった。

僕は、少女の処分が撤回されたのだろうかと思い、英雄的な少年にメッセージを送ったが、返事はなかった。その後、彼女の担任の教師にも確認したものの、「何も変わってない。」という返事だった。

それ以後、僕は一人で職員室の前に座り続けた。

何度か、英雄的な少年とも廊下で擦れ違ったが、彼は僕と目を合わそうとはしなかった。

あの時、何があったのか？　それは、未だにわからない。知るに値しない、つまらない経緯であることを、僕は察していた。しかし、今にして思うと、僕たちは最初から、何かとんでもない勘違いをしていたのかもしれない。僕はただ、噂に衝《つ》き動かされて行動していたが、あの少女やその親が、実際のところ、学校とどんな話をしていたのかは、一切知らなかった。

ともかく、彼が離脱したことで、抗議活動は瓦解《がかい》し、その意味を失った。にも拘《かかわ》らず、特段、教師たちと交渉するわけでもなく、無言で座り込みを続ける僕は、異様に映っただろう。

担任が連絡し、母は驚いて、仕事を休んで学校に駆けつけた。

「朔也、どうしたの？　朔也、……お母さんに話してごらん？」

僕は、少女の名誉のために、決して事情を話さなかった。いや、彼女のためだけでなく、僕は母の前で、そういう人間でいたかったのだった。

もちろん、僕は、正義感から、座り込みを続けたのではなかった。他の学生と違って、ここに来た時から、僕には、もう自分の戻る場所のないことがわかっていた。

随分と経ってから、結局のところ、僕は彼女を愛していたのだと考えるようになった。そんな人間は、あの抗議活動の中で、僕だけだったと信じる。

大抵の人間は、愛という概念をどこかで知り、自分がある時、不意に抱くようになった感情に、その名を与えるものだ。或いは、幾度か経験されたその萌《きざ》しから抽象されたところのものを、そう呼ぶのか。

しかし、僕は、彼女に対して抱いた一個の具体的な、不可解な感情を、そのまま愛の定義としたのだった。

　僕は彼女と、二人きりで会うことを望まず、肉体的に求め合うことを夢見ず、思いを告げることも、関係を持続することも、求めていなかった。ただ、彼女が学校を辞め、そのために自分が職員室の前で座り込んでいるという、それだけで十分だった。

　僕は彼女から、ただの一度として感謝されたことがなく、恐らく、僕の抗議活動も、知らないままだったに違いない。知ってもらおうともしなかった。

　僕にとっての愛は、このように定義されたものだった。従って、その後、僕には人を愛する機会が訪れなかった。それをずっと、特別のことのように思っていたが、多分、僕の世代にたくさんいる仮想空間の恋愛ゲームくらいしか知らない連中は、人生のどこかで、似たり寄ったりの経験をしているのではあるまいか。


　夏休みに入ると、他の生徒と同様に、僕も登校するのを止《や》めた。補講にも顔を出さず、二学期に入っても、結局一度も学校へは行かないまま自主退学した。

　僕の人生は、ひょっとすると、今もまだ、あの高校二年の夏休みが続いているのかもしれない。それは、人が聞けば、魅力的な状態とも感じられようが。……何もすることがなく、僕は手当たり次第に本を読んだ。母が文庫で持っていた古い外国の小説などを、半ば上の空で、それでも退屈して投げ出してしまうこともなく。提出する先もないのに、〝読書感想文〟を書いたりした。

学校側は、僕の退学を当然のこととして受け止め、特に引き留められることもなかった。

母が泣いたのを見たのは、あの時が初めてだった。――しかしあれは、何の涙だったのだろうか？

僕は、母から家計については詳しく聞かされていなかったが、週末は引っ越し業者でアルバイトをしていたので、状況は察していた。それについては、学校からも黙許されていた。

母は、どうしても僕を大学に進学させたがっていた。奨学金は必要だったが、とにかく、高校中退という経歴で、生きていくことなど不可能だと何度も諭《さと》された。しかし、大学を出たからといって、まともな職にありつけると、どうして信じられるのか、僕には不思議だった。

僕たちが生涯に稼ぎ出さなければならない所得は、寿命予測に沿って計算されている。知恵のある人間は、子供の頃からネットの動画や売買で、コツコツ、稼ぎ続けていて、最低限を確保すれば、次は資産家クラス入りを目指すことになる。

母にそれが理解できないことを、僕は世代の問題と考えていたが、

「でも、朔也にはそういうことが出来ないでしょう？」

と言われれば、非現実的なのがどちらなのかは明らかだった。

母は、我が子の境遇を案じて泣いているのだと、僕はずっと信じていた。しかし、三

好にそのことを告げた口調には、どことなく、母自身の悔恨の響きが感じられた。

母は、僕が高校を中退する決断をした時、それを家計の苦しさを案じてのことではないかと何度も問い質《ただ》した。僕は否定したが、その憶測は、母の自尊心を傷つけていたのではないかと、僕は初めて真剣に考えた。

僕にはもう、中退する学校もない。離脱するなら、あとはもう、この人生から、ということになる。

富田の言う通り、母が僕のために〝自由死〟を選んだとするなら、ひょっとすると、あの時のことが心から離れなかったからではあるまいか。

心配だっただけでなく、母は本当は、僕を恥じていたのではなかったか？

＊

三好と会って、母の話をもっと聴きたかった。

約束の前日、深夜に珍しく、岸谷から連絡があった。何ごとかと、僕はモニター越しに応じたが、彼はただ、「いや、何となく話がしたくなって。」と言っただけだった。

自宅のベッドに座り込んで話をしているようで、洗濯物や本が雑然と散らかっている様が見えた。彼の部屋を目にしたのは初めてだった。僕を家に呼びたがらない理由もわかった。

風呂上がりなのか、頭に白いタオルを巻いていて、誰かに鷲摑みにされた痕のような頰の凹みの影が目立った。髪が随分と伸びていた。

岸谷は、画面にぶつかりそうなほど身を乗り出して、最近、〝ヘンな趣味〟のカップルに依頼されて、セックスのアバターを務めたという話をした。高齢の男女で、男の方はEDらしく、自分に代わって相手を喜ばしてやってほしい、というのだった。

「そんなこと、よくやるな。……」

僕は、呆れながら言った。

「いや、まァ、結局俺も、いざとなると期待に応えられなくて、ダメだったんだけどな。」

そう言って苦笑すると、彼は、「そのあと考えたんだけど、」と、次のようなことを、夢中になって話し始めた。

「人間はさ、やっぱり、ほとんどの他人とキスなんかしたくない動物なんだな。街歩いてて、前から来る人間で、年齢性別を問わずに、キスしてもいい人としたくない人、数えていったら、圧倒的に、したくない人の方が多いよ。よっぽど病的な性欲の人間以外は。」

「まァ、それはそうかもしれない。」

「だから、キスできる相手っていうのは、例外的な存在なんだよ。なぜかその相手に対してだけは、嫌悪感が解除される仕組みになってる。」

「……そうなのかな。」

「それで、俺は同性愛差別について、新しい認識を得たんだよ。」

「……。」

「ストレートの男が、パートナーの女の浮気を赦《ゆる》せないのは、間接キスの嫌悪感なんだ。俺の彼女が、どっかで浮気して帰ってくるだろう？　それがわかると、俺はどんなに好きでも、もう彼女とはキスしたくないんだよ。だって、その唇には、どっかの知らない野郎のツバがついてるかもしれないんだから。気持ち悪いだろう？　もちろん、口だけじゃないし。……だけど——いや、だからかな、俺は彼女が、どっかのかわいい女の子と浮気してきたって言うんだったら、赦せるんだよ。キスだって出来る。三人一緒にってベッドに誘われても、喜んで加わるね。だけど、どっかのオッサンを含めて三人でっていうのは、絶対にイヤなんだ。」

僕は頷いてその話につきあっていたが、少しいつもと様子が違うことに気づいていた。実際に、そういうことがあったのだろうか？　それとも、何か他にトラブルでもあったのか？……

「要するに、同性愛者を『気持ち悪い』なんて言う人間は、頭の中で、同性愛者の体と過剰に一体化して、男同士でキスしたりするところを想像するからなんだよ。だから、そういう連中は、誰かがスゴい婆《ばあ》さんとつきあってるって聞いても、やっぱり『気持ち悪い』って言うよ。人の勝手だって、思えないんだよ。これはさ、AVを見てるとわかるんだ。性に関しては、人間は、簡単に他人をアバター化するから。俺はさ、中年のオッサンのアソコをじっと見つめてろなんて言われても、まあ、絶対にイヤだね。だけど、AVで女優と絡んでる時には、嬉々《きき》として凝視してるんだよ。その関係性に入り込んで、その男優の体と一体化して。」

そこまで言うと、岸谷は、ビールを飲んで、僕の感心するような反応を待ったが、やはり、どことなく不安そうな表情だった。目が充血していて、かなり酔っていた。

何か、機を見計らって重要な話をしようとしている。——そんな気配を感じたが、しかし、僕は、愛想笑いさえ満足に出来なかった。

岸谷は、僕の戸惑いを看て取ると、所在なげにまた缶ビールを呷《あお》って、腕で口を拭った。そして、唐突に、

「俺は、中国に行こうかと思うんだよ。もう、日本に見切りをつけて。」と言った。

僕は驚いたが、

「そう、……それもいいかもしれないけど、アテは?」と尋ねた。

「ないこともない。言葉も、機械翻訳で何とかなるよ。」

「寂しくなるね。」

「お前も、いつまでも日本なんかにいても仕方ないだろう? お母さんも、もういなく

なったんだし、早めに出た方がいいよ。」

　僕は彼を見つめたが、まるで夢の中で人と喋っているかのようだった。奇妙なことを、奇妙と認識できないまま受け容れてしまう、あの感覚。――それから彼は、「こんな時代に、こんな国に生まれてきた」ことの不幸を語り、政府の無能を口を極めて罵った。

「俺はもう、つくづくイヤになったね。もうイヤだ。吐き気がするね、こんな国。」

「何かあったの？」

「別に、……まァ、イヤな金持ちの客がいたっていう、いつもの話だよ。」

　僕は続きを待ったが、強《し》いて聞き出そうとはしなかった。彼は、思い出すのも不快だと言わんばかりに、嘆息して話を逸らした。

「俺は最近、仮想現実の〝暗殺ゲーム〟にハマッてるんだよ。」

「……何、それ？」

「歴史上の実在の人物を、タイムマシンで暗殺しに行くんだよ。計画を練って、武器を手に入れて、ＳＰの警護をかいくぐってさ！　こんなクソみたいな世の中にした昔の政治家だとか、大企業の社長なんかを、もう大分、殺してる。」

「……。」

「いや、仮想空間のゲームだよ。」

「それをやって何になるの？」

「何もならない！　はは！　現実は何も変わらないよ。――けどさ、誰を傷つけるわけでもないし、罪のない遊びだよ。」

岸谷は、それから何人かの首相や富豪の名前を具体的に挙げていったが、僕は聞くべきでないことを打ち明けられているように、表情を強張《こわば》らせた。

「虚《むな》しいよ、そんなこと。」

「いや、気分爽快だね。――まあ、現実に戻ると虚しいけど、そんなことでもないと、やってらんないし。……お前もやる？」

「いや、いいよ。――危険だってこと、わかってるよね？」

「どうして？　大丈夫だよ、ちゃんと現実と非現実との区別はついてるから。」

「そんなのに入り浸ってたら、チェックされるよ。全部、履歴が残るんだから。」

「警察に？」

「いつでもデータにアクセスできるんだから。……とにかく、そんなゲーム、おかしいよ。社会の〝危険分子〟をまとめてリストアップするための罠《わな》じゃない？」

「まさか。考えすぎだろう。」

岸谷は、そう言って笑ったが、考えてもみなかったのか、目が微かに揺れていた。

「どの道、いいんだよ、俺はもう、日本に愛想を尽かして、出て行くんだから。」

「出て行けなくなるよ、面倒を起こせば。」

「お前、――俺とつるんでると、マズいと思い始めてる？」

「それは、思うよ。」と、僕は冗談めかしつつ、率直に言った。「考えすぎならそれでいいけど。……」

「大丈夫だよ、お前には迷惑かけないから。――ただ、ちょっと話したかっただけだし。」

それからしばらく、僕たちは黙っていた。実際の時間は、大した長さでもなかったろうが、時の流れがそこだけ弛緩《しかん》して、垂れ下がってしまったかのように、二人とも、深みに滑り落ちてゆくに任せて、また這《は》い上がるのに苦労した。

もう一歩踏み込んで、話を聞きたい気がしていたが、僕は躊躇した。

それでも、僕が彼を、真に重要な問題について語り合うべき友人だと認識していることを、どうしても伝えたくなった。それは、この会話の中でこそすべきだった。

「一つ訊きたいことがあるんだけど。」と岸谷を見つめた。

彼は、ぎこちなく微笑して、「何?」と軽く顎を上げた。

何も企んでいるわけではない。彼はただ、人からそう思われてしまう目をしているだけなのだ。

「いつか、自分の人生の中で、『もう十分』って、心から思える日が来ると思う?」

「何だよ、それ?」

「つまり、死んでもいいと思えるくらい、『もう十分生きた』って、自分が思うかどうかだよ。」

「そりゃ、辛い人生だったら、『もう十分』とも言いたくなるだろうなあ。」

「幸福感から、そう言う心境って、想像できる？」

「サァ、……ま、金持ち連中は、そういうことを思うんだろうし、公言してる人もいるよ、実際。自分はもう、いつ死んでもいいなんてさ。どうぞ、と思うけど、絶対、死なないね。それでもやっぱり、長生きしようとする。幸福なんだから。」

「だけど、どんなに美味しいものだって、ずっとは食べ続けられないだろう？」

僕は、母が僕に語ったその言葉を、母自身のように――母のアバターになったかのように――口にした。

「その喩えはおかしいな。金持ち連中は、牛みたいに胃が幾つもあって、ものスゴい勢いで幸福を消化して、排泄《はいせつ》し続けてるよ。幸福を喰ったあとに出るクソを、散々見てるだろう、俺たちは？　連中は、永遠に空腹だよ。絶対に、本気では『もう十分』なんて言わないね。」

「金持ちじゃない人がそう言ったなら？　家族を愛してるとか、そういう事情で。」

「俺にそういうことを訊くのか？　俺にわかるはずがないだろう、それが。」

「ごめん、……ただ、僕にとって重要な問題なんだよ。」

岸谷は、物悲しげな、憮然《ぶぜん》とした表情をしていたが、僕をじっと見ていたあとで、今にも何かを告白しそうな目で言った。

「そう思わされてるんだよ、それは。本心じゃないね。不幸な人生に留まって、大人しくしているように、俺たちはみんな呪いをかけられてるんだよ。バラ肉の牛丼を牛ヒレ肉のステーキ丼だって思い込んでも、バラ肉はバラ肉だろう？　添加現実《AR》でごまかしても、仮想現実《VR》でごまかしても、何も変わらない。結局、行動するしかないんだよ、世の中を変えるためには。」

明らかに、〝暗殺ゲーム〟で気晴らしすることとは矛盾していたが、僕はそれを指摘しなかった。そして、「もう十分」という言葉に関しては、僕の認識とほとんど同じであったにも拘らず、母が自らの死を見つめながら最後に考えたことを、否定されたような悲しさを感じた。三好と話せば、母の弁護をするためのもっと深い思いにまで手が届くのではと、ふと思った。

そして、「行動するしかないんだよ」という言葉まで口にした彼が、言わずにいるその先を不穏に想像した。

岸谷は最後は、

「ちょっと、トイレに行きたくなったし、そろそろ切るよ。ビール飲み過ぎた。遅くまでありがとう。」と唐突に会話を終えた。

僕は、「ああ、じゃあ、また。」とそれに応じ、画面を閉じたが、リヴィングで独りになると、もっと別の言葉でやりとりを締め括《くく》るべきだったのではないかと、しきりにそれが気になった。

＊

三好と会う日の朝、僕は起き抜けに会社から連絡を受け、岸谷について、何か知っていることはないかと尋ねられた。

前夜に会話したばかりであり、僕はそのタイミングに嫌なものを感じたが、少し話をして、偶然ではないことがわかった。

担当者は、岸谷は最近、勤務態度に問題があり、評価が「3・8」にまで落ちていると言った。彼に限って、そんなことは、これまで一度もなかったので驚いたが、この仕事を人が辞めていく際の、典型的な兆候だった。

「実は、岸谷さんは、ベビーシッターを頼まれていた家で、窃盗《せっとう》を働いたんじゃないかと疑惑を持たれてます。宝石や貴金属の類いがなくなっていると、依頼者が訴えているんです。何か、聞いてませんか？」

僕は顔を顰《しか》めつつ、「何も聞いてません。」と即答した。

「本当に聞いてませんか？」

「聞いてませんけど、僕にそんなことを尋ねるのは、お門違いじゃないですか？　岸谷さん本人は何と言ってるんですか？」

「本人は否定してますね。」

「じゃあ、そうなんでしょう？　そんなの、岸谷さんのゴーグルの映像記録を見れば、簡単に証明されることじゃないですか。依頼者だって見てたはずだし、何のために勤務中の映像をレコーダーに残してるんです？」

「映像を確認した限りでは問題はなかったんですよ。ただ、金品がなくなっているらしくて、こんなこと言うのも何ですけど、よそ見しながら、ゴーグルのカメラに映らないようにして、さっと盗むことくらい、簡単でしょう？」

僕は、憤然として体が打ち震えるのを感じたが、声を荒らげたりはしなかった。

「だったら、――会社として彼を守ってあげるべきじゃないですか？　やってないと言ってるんですし。」

「石川さんも、よくご存じですけど、岸谷さんは個人事業主として弊社と契約してもらってますから、違法行為があれば、当然、契約解除になります。」

「それはわかってます。」

「先方は、警察に届けを出すと言ってますし、それでハッキリする話でしょうけど、噂が広まって弊社の信用問題になれば、結局、石川さんも含めて、他の真面目に働いて下さってる皆さんの仕事にも響くことですから。」

チョコレートのクリームを絞って、クッキーの上に脅し文句を書いているのを見ているような気分だった。

しかし、僕を当惑させたのは、この担当者が語って聞かせた、岸谷の窃盗現場の光景が、嫌になるほどありありと、既に脳裡に芽吹いてしまっていたことだった。人は、まるで信じてはいない事柄を、決してこれほど克明には、想像できないのではあるまいか。端的に言って、僕は岸谷の無実の訴えに対して、疑念を抱き、しかもそれをどうしても振り払うことが出来ないのだった。

前夜に、様子がおかしかったことは、合点がいった。しかし、彼の「中国に行こうかと思う」という決心との因果関係は、却って混乱した。つまり、元々、考えていたことなのか、それとも、この一件で嫌気が差して思いついたことなのか。

僕の心を締めつけたのは、彼が、赤ん坊以外、誰もいない裕福なマンションの一室で、宝石や時計の類いを発見し、その前でじっとしている姿だった。そして、その想像の中の彼は、僕に見つめられているとも知らずに、すっと手を伸ばして、その一摑《ひとつか》みを、よそ見をしながらポケットにねじ込んでしまうのだった。

そうした邪推は、他でもなく僕自身を傷つけたが、しかし、もし彼が、それを売った金を元手にして、中国に行くつもりだというのなら、僕は、それに理解を示すだろう。

彼は僕の友達だ。友情に課せられる試煉《しれん》というならば、その無罪を飽くまで信じるよりも、罪を知りつつ、受け容れる方が、遥かに負担は大きいはずだった。

感心できない話だったが、僕は彼の追い詰められた境遇に同情した。

彼がもし、本当に何も盗んでおらず、濡《ぬ》れ衣《ぎぬ》を着せられて、中国行きを断念せざるを得なくなるとするならば、それこそ悲劇的だった。

会社の担当者は、それ以上、喰い下がることなく電話を切った。

僕は、すぐに岸谷に連絡を取ろうとしたが、急に身動きを奪われてしまったかのように、時間の中で押し止められてしまった。僕の体は火照った。吃音《きつおん》の人が、発しようとする言葉の最初の一、二音に足を取られ、どうしても先に進めない時というのは、きっとあんな感じなのだろう。一旦、テーブルに置いた携帯に、また手を伸ばそうとするものの、体が途中で引っかかって、次の動きに移れなかった。

僕は、自分自身のアバターになったような奇妙な感覚に見舞われた。「動くな」と命じられているのか、それとも、「動け」と命じられているのに従えないのかはわからなかった。

連絡をして、一体、何を話すのだろうか？　岸谷が口にした「行動するしかないんだよ」という言葉を思い出した。すると、僕の怯懦《きょうだ》は、既に、彼の方から連絡があり、昨晩は語られなかったその内容を打ち明けられることを怖れ始めていた。

僕は岸谷を見捨てることを懸念しているのではなかった。彼こそは実は、僕の人生に再来した、「英雄的な少年」なんじゃないかと不安になったのだった。

第五章　心の持ちよう主義

三好との面会の場所は、彼女が母と時々行っていたという居酒屋を指定された。母が勤務していた職場の旅館から一駅だった。駅近くの大きな雑居ビルの四階で、席の大半は半個室だった。

エレベーターの中で、一人だった僕は、先日、仕事先で「臭い」と言われたことを思い出して、ポロシャツの袖に鼻を押し当てた。洗剤の香りが、まだ微かに残っていた。反対の肩のにおいも嗅いだが、同じだった。

僕はほっとしつつ、ふと、あの時、彼女を殺さなかったのはなぜだろうかと考えて、その異様さに息を呑んだ。

そんなはずはなかった。僕は決して、あの場で殺意など抱かなかったし、第一、クレームが届いたのは、その後の話だった。しかし、この世界には、あそこで激昂《げっこう》して彼女を殺害する人生もあるのではないか。

僕は、さしたる疑問もなく、これまで法に触れることをして来なかったが、その理由は、恐らく母がいて、母に愛されていたからだった。母を悲しませたくなかったし、母を独りにもさせたくなかった。

しかし、今はどうだろう？　母のいる世界から、母のいない世界へと足を踏み入れ、しばらくここで生きてみたあと、確かに僕は、なぜこの新しい世界の法律を守らねばならないのかが、わからなくなっているのだった。

今、僕が犯罪を犯しても、誰も僕のために悲しむ人はいない。

〈母〉はどうなのだろう？　月三百円で契約しているニュースの情報から、「石川朔也」という犯罪者の名前と顔写真を認識したなら、どんな反応を示すようにプログラムされているのだろうか？　僕と向かい合ったら、悲しんで涙を流すのだろうか？

「……イラッシャイマセ。ゴ予約ノ、オ客様デショウカ？」

入口に設置された受付機は、何度か僕にそう問いかけていたらしかった。ようやく我に返ると、僕はそのボタンの操作をした。

――一体、誰のことを考えていたのだろうか？　僕自身のことか？　それとも、岸谷のことだろうか？

案内表示に従って予約席に向かい、のれんを潜ると、狭い四人がけの座席に、三好が座って待っていた。僕は〈母〉の記憶――つまり、記録だが――の中の彼女を見ていなかったので、あの南国のプールサイドで会った猫の姿しか知らなかったが、なぜかすぐに彼女だとわかった。あの猫が、お伽話《とぎばなし》のように、そのまま人間に変身したような感じがした。

「三好さん、ですか？」

と、一応、確認すると、

「はい、そうです。朔也君？」

と笑顔で席を勧められた。

僕は、襷掛《たすきが》けのバッグを脇に置きながら、背もたれの低い木製の椅子に腰掛けた。

彼女は、濃い茶色のノースリーヴのニットを着ていた。肩に触れるくらいの髪が、内にカールしかけた途中で、さっぱりと切りそろえられている。それが、僕を見上げる仕草のあとを追って、小走りの数歩のように揺れた。

ほっそりとした顎と、高い鼻梁《びりょう》が、少し面長の顔の中で秀でていた。目が大きく、瞳を支える下瞼の線には、どことなく臆病な優しさが感じられた。

僕は、これまでの人生の中で、彼女ほど容姿に恵まれた女性と、面と向かって二人きりで話をしたことがなかった。——この「恵まれた」という認識が、誤解であったことは、ほどなくわかったが、そのために、僕は彼女の美しさへのだらしないほどの憧憬《しょうけい》を、密《ひそ》かに守り続ける気になった。

何も言わずに黙っている僕に、彼女は、

「何か飲みます？」

と言ってタブレットのメニューを差し出した。僕はビールを選び、そのあとは、二人でサラダや刺身《さしみ》、揚げ出し豆腐、代替肉のハンバーグなどを注文した。ボタンを押す彼女の人差し指の爪は、光沢のあるベージュに塗られていた。

「朔也君のお母さんも、揚げ出し豆腐、頼んでたよ。」

「ああ、……本当ですか。」

「うん。」

自宅で、特に母が、よく揚げ出し豆腐を食べていたわけではなかったが、だからこそ、外では食べたくなったのか。無意識に同じものを注文したという単純な事実に、僕は少し嬉しくなった。

母に話すことが出来たなら、きっと、「あら、そう？　親子ねえ、やっぱり。」と笑ったに違いない。

「似てるね、顔も。――目が似てる。」

僕は、何か言いたかったが、ぎこちなく微笑んだだけだった。目は、僕が、母の顔の中でも一番好きだった部分だった。

壁のランプが、着信音とともに点灯し、小窓が開いた。僕は、レールで運ばれてきた二人分のビールとつきだしの枝豆を取って、彼女に渡した。

「ありがとう。」

「ジョッキ、ビールで濡れてます。」

「うん、大丈夫。これで運ばれて来ると、ちょっと零《こぼ》れるね。」

「止まる時に、多分。……」

僕たちは、既にアバター越しにやりとりを交わしていたはずだったが、「はじめまして。」と乾杯した。

三好は、二口ほどをスッと飲むと、リップクリームしか塗っていない風の唇を巻き込むようにして泡を舐《な》めた。そして、二、三度、小さく弾《はじ》けるように口を開いて、「うーん、美味しっ。」とハートの絵文字でもついてそうな独り言を言った。

僕は、久しぶりにアルコールを口にしたが、霜のつくほど冷えたグラスのビールは、食道から胃に至るまで、清涼な余韻をか細く残した。それが絶えて消える前に、もう一口飲むと、やはり「美味しい」と感じた。

薄暗い照明で、店内には、最近の流行の音楽が流れていた。

客はそこそこに入っているらしく、隣の部屋からは、時折、男性数名の大きな声が聞こえてくる。

母がこういう店に足を運んで、彼女と二人きりで話をしていた姿を、僕はうまく思い描くことが出来ない。ただ、彼女と交わした母のメールの口調は、なるほど、ここにはまったく似つかわしかった。

食事は、次々と運ばれてきて、あっという間に小さなテーブルを満たした。

三好は、明瞭な口調だったが、少し身を乗り出さないと聞こえないくらいの声で喋る人だった。

三好と母とは、僕が思っていた以上に、頻繁に食事を共にしていたらしい。必ずしも、お酒を飲むわけではなく、ファストフードで簡単に済ませることもあったようだが、母が僕にそのことを一度も語らなかったのは、不思議であり、少し寂しくもあった。僕への気づかいだろうか？　僕は、母が、岸谷と食事にでも行ったらどうかと頻りに勧めていたことを思い出した。

三好には、訊きたいことがたくさんあったが、僕はまず、母がなぜ、僕の高校時代の話をしたのかを尋ねた。

「母は、僕が高校を辞めたことを嘆いてましたか？」

「嘆くとかって感じじゃなかったけど。」

「どうして母は、そんなこと、話したんですか？」

三好は、僕にサラダを取り分けてくれ、「はい。」と差し出した。考えているらしい曖昧な眸《ひとみ》が、弱い磁力で引き寄せられたように、僕の目に止まった。それをまた、瞬きで引き離すと、彼女は、自分の分のサラダを取って、箸を手にしたまま躊躇った。そして、小さな嘆息一つで沈黙に区切りをつけた。

「朔也君は、『売春』してた女の子のために退学になったんだよね？」

僕は、数秒、間を置いてから、

「──ためにっていうか、そういうことがあって、抗議して、……最後はでも、自主退学です。夏休み明けに、学校に行けなくなって。」と頷いた。

「その子の放校処分の取り消しを学校に求めてたんでしょう？」

「……そうです。僕一人じゃないですけど。」

「わたしも昔、その子と同じ仕事してたの。」

僕は黙って彼女の顔を見ていたが、拒絶的な態度と取られたくなかったので、少し緩《かん》頬《きょう》した。彼女は、眉に懸かっている前髪を、軽く首を振って分けながら、呼応するように微笑した。

「そのこと話したら、お母さんが、朔也君のことを話して、慰めてくれたの。うちの息子は、そういうお嬢さんを守るために、抗議活動をして、退学になったのよって。朔也君のこと、自分にはとても真似《まね》が出来ないくらい、心の優しい良い子だって、いつも褒めてた。だから、あなたのことも、お友達として大事にしないと、息子に叱られるって。」

「母が、そう言ってたんですか？」

「うん、そうよ。すごく嬉しかったの。あんまり、そんなふうに接してくれる人、いなかったから。だから、わたし、朔也君のお母さんのこと、すごく好きだったの。歳は離れてたけど、わたしのこの世界での唯一の友達だった。」

「母も、……きっとそうだったと思います。」

「朔也君は、お母さんからすごく愛されてたよ。うちは、母親の再婚相手が頭おかしくて、DVのクソ野郎だったし、給食だけが頼りってくらい貧乏で、高校生の頃からずっとアルバイトして家にお金入れてたし、……羨ましいなーって、いつも思ってた。どんな子なのかな、朔也君てって思ってた。」

三好はそう言うと、自分の口にした言葉の苦みを胃に流し込むようにビールを呷った。そして、「食べたら？」と、ぼんやりしている僕に勧めた。

僕は、枝豆を抓みながら、母が三好を慰め、励ましている姿を想像した。それは、今度は自然と思い浮かんだのだった。

彼女のことを僕に話さなかったのは、その境遇を慮《おもんぱか》ってのことだろうか？

母が僕の高校中退についてどう思っていたのかは、ずっとわからなかった。

三好には、それは僕が「優しい」からだと説明したらしいが、恐らく、あの不可解な出来事を、母はそう納得する以外になかったのだった。

実際、母は僕に、よく「優しい」と言った。優しさとは、しばしば奇妙な、理解を絶した何かなのだった。損得勘定からも、理知的な判断からも逸脱した、不合理な何か。

――母の人生にとって、僕はそういう存在ではなかったかと、ふと思った。

その「優しい」という言葉は、我が子との関係という母の人生の軽からぬ一端を、本当に支えきれたのだろうか？

そして事実、僕は「優しい」から、あの職員室の前に座り込んでいたわけではなかったのだった。

僕の目には、向かい合う三好の姿が、またどことなく、アバターめいて見えてきた。この居酒屋も、実は仮想空間で、僕は「母の友人」という姿をまとった、あの高校時代の少女と再会し、あれ以来、初めて言葉を交わしているのではないか。……それとも、僕はまだ、あの職員室の前に座り込んだままで、将来、彼女と再会する日を、仮想空間のヘッドセットをつけ、虚しく夢見ているのだろうか。

一体、僕たちの生きているこの現実は、幾重の夢と幻滅が折り重なって出来ているのだろう？

彼女はさっき、言わなかっただろうか、「嬉しかった」と。それは無論、母に対して語られた言葉だった。しかし、あの少女が、僕の記憶に対して、今、この世界のどこかで呟いている言葉だと、どうして考えてはいけないのだろうか？——

三好は、ビールのあとは、レモンサワーを飲んでいたが、口調も顔色もまったく変わらなかった。

言葉尻に、微かに笑みが漂っては、その余韻が引かぬうちに、次の笑みが加わった。母の思い出話を多く聞かせてくれ、それは、彼女にとっても懐かしく、楽しいことのようだった。

母は、海外で生活をしたことなどなかったが、若い頃には、仕事で英語を使う機会も多かったので、外国人のアルバイトとのやりとりは、翻訳機器なしで行っていたらしい。

三好はそれを、尊敬していたと言った。

それから、彼女は僕の仕事について尋ねた。

「大変でしょう？　人の指示通りに動くのって。」

「まァ、……でも、色んな経験も出来ますし。」

僕は、最近の仕事の中でも、特に忘れられない若松さんの依頼の話をした。

「へえー、……そんなこと、あるのね？　じゃあ、感謝されてるね、人から。」

僕は、顎で使われているような大半の仕事を彼女には話さなかった。

「もう少し収入になれば、もっと、いいんですけど。」

ごまかすようにそう言うと、彼女は強く共感した様子で言った。

「お金、欲しいよねぇ、ほんと。……貧乏って、何が嫌かって、四六時中、お金のことばっかり考えてないといけないでしょう？　お金持ちより、よっぽどそう。働いてても、買い物してても、こんなふうにごはん食べてても。お金持ちは、好きだからお金のことを考えてるんだろうけど、わたしなんて、お金なんか、全然好きじゃないのに。大嫌いなものについて考えることで、一生の大半の時間が過ぎていくって、悲しくない？　一度で良いから、頭の中から、完全にお金のことを追い払って生活してみたい。どんなにスッキリするかなって。スーパーで、値札見ないで買い物したい。賞味期限切れギリギリの安売りを必死で探すんじゃなくて。きっと、全然違う人間になれると思う。」

「それは、……僕もそう思います。」

「ね？　絶対そう。夢物語だけど、でも、この世界には、そういう人たちもたくさんいるんだから。不公平よね。……」

三好は、それから、グラスの中の氷を揺すって、残り少なのレモンサワーに口をつけた。僕はまだ少し、あの少女のことを考えていた。

「仮想空間の方が、生きやすいですか？」

「生きられないけど、いやすい。断然そうでしょう？　現実なんて、どうやったって変えられないんだから。わたしたち、逆立ちしても、あのスリランカの高級ホテルに泊まれないでしょう？　アレって、貧しい人を慰めるためにあるんじゃないのよ、ほんとは。お金持ってる人が体験して、実際に行って、わぁー、あれの本物！って感動するためのものよ。でも、そこを目指さないことにしてる。出来るだけ、現実にいたくないの。辛いことばかりだから。」

「ネットの世界だって、やっぱり、お金だと思いますけど。行けない場所もたくさんあるし、アバターだって、いいのになると、高いでしょう？」

「そうよねー。わたしも、欲しいアバター、いーっぱいあるもの。安物のアバターのせいで、差別されることもあるから。」

「あの猫のアバター、とてもかわいかったです。」

「ありがと。すごく気に入ってるの。でも、あれだって、そんなに高くないよ。わたしには高いけど。朔也君も、ちょっとお金出せば、もっといいの、あるのに。興味ないの、全然？」

「……あんまり気にしたことなかったです。」

「今度、わたしが似合うのを探して、送ってあげる！」

「ああ、……ありがとうございます。――ヒトですか？」

僕は、単純にそう質問したが、三好はそれがおかしかったらしく、この日、一番大きな笑顔を見せた。返事は、その笑いの中で忘れてしまったらしかった。それから、しばらく仮想空間のお気に入りの場所の話をしていたが、やがて彼女は、水を注文して席を立った。僕は、彼女との会話が楽しかったが、そもそも、今日会った目的は、以前に彼女が仄《ほの》めかした、父に関する話を聞くことだった。

正直なところ、僕はその話題に、半ば関心を失っていた。深刻な内容を予感して、無意識に拒絶していたようでもあり、また逆に、大して重要な話でもないのではと軽んじてもいた。僕にとって、父というのは、どうしても現実感を摑みかねる存在だったが、ただ、母が父についてどう語ったのかは興味があった。

三好と会うことも、もうないだろう。残り時間も少なくなっていたので、こちらから切り出すつもりだった。

戻ってくると、三好も、

「もう、こんな時間になってたのね。朔也君、明日は早いの?」と言った。

「まァ、……あの、父の話、やっぱり聞いておきたいんですけど。この前、途中になってしまってたので。」

三好は、その唐突さに驚かなかった。自分でもどうすべきかを考えていた様子だった。

「そうよね、……うーん、わたしが誤解してるかもしれないんだけど、……」

「聞いてみて考えます。そのまま話してください。」

「そう? これって、朔也君も気づいてることなのかな?――朔也君のお父さん、お母さんが話してた人と違うみたい。」

「……?」

「朔也君には、震災のボランティアで会った人って説明してたのよね?」

「そうですけど、……」

「そうじゃないんだって。」

「じゃ、……誰なんですか?」

「それは、わたしにも言わなかった。――ほんとに。しつこく聞いちゃいけないかなとも思ってたし。」

「よく理解できないんですけど、……僕は父のこと、全然、覚えてないんです。ただ、写真には残ってるから、知ってます。一緒に、ディズニーランドに行った時の写真とか。……」

三好は、躊躇うように少し考えていた。

「全部、知ってることを話してもらった方がありがたいんですけど。」

「その写真の人は、多分、本当のお父さんじゃないと思う。」

「じゃ、誰なんですか？」

僕はもどかしくなって言った。三好は首を振って、

「わからない。ただ、……朔也君に本当のことを話せないまま、ずっと育ててきたこと、間違いだったんじゃないかって、悩んでたかな。未だに迷ってるって。」

「母がそう言ったんですか？」

「そう。」

「何なんですか、その本当のことって？」

「その写真の人を『お父さん』だって、信じさせてたことだと思う。」

「どういうことなんですか？　母が、誰か別の人と子供を――その、僕を――作ったあと、別れて、その人とつきあってたってことですか？」

「うーん、……そうなのかもしれないけど、わたしにはそういうふうには説明してなかった。もっと曖昧だったから。」

僕は混乱して、言葉を失った。

母は一体、僕に何を隠していたのだろう？――しかし、そうした問い以上に、僕を不気味に見舞ったのは、母は一体、誰だったのだろうという、これまで考えたこともなか

った疑問だった。そして、結局のところ、僕はこう問わざるを得なかった。

僕は一体、誰なのだろう、と。……

母を思い浮かべた。僕は不安なまま、心の中で母に問いかけようとした。けれども、想起されたのは母ではなく、〈母〉であり、何度払い除《の》けようとしても、あのニセモノは、「朔也、どうしたの？」と立ちはだかって、僕を母にまで到達させないのだった。

三好は、心配そうに僕を見ながら、「大丈夫？」と続けた。

「……ええ。混乱してますけど。」

「そうよね。……」

注文した覚えもない沈黙が届いて、二人とも、その返品の仕方がわからずに押し黙っていた。やがて、どことなく年長者らしい態度で、三好がその処理を引き受けた。

「お母さん、藤原亮治って作家が好きだったでしょう？」

「ああ、……はい。」

僕は、母の主治医と面会した際にも出たその名前に驚いた。

「本が好きなだけじゃなくて、昔、個人的にも会ったりしてたみたい。」

「……そうなんですか？　知り合いなんですか？」

「うん。知り合いっていう以上じゃないかと思う。藤原さんと、お父さんの問題とが関係してるのかどうかはわからないけど、会ってみたらいいかも。お母さんも、もう一度、あの人に会いたがってたから。」

「本当ですか?」

「うん。お母さんよりも年上だけど、まだご存命みたいよ。」

僕は、藤原こそは、僕の〝本当の父親〟だと言わんばかりの三好の口ぶりを訝《いぶか》った。

「知ってる、あの人の考え方? 〝心の持ちよう主義〟だって。」

僕は、説明を聴かずとも察しのつく、その気の滅入るような「主義」に、知らないというより、拒絶の意味を込めて首を振った。そして、「何でも〝心の持ちよう〟次第ってことですか?」と嘲笑混じりに言った。

それは、昨今、遣《や》る瀬《せ》ないほどに広まっている、一種、流行の考え方だったが、元を正せば、藤原の言い出したことなのだろうか? 特段、新しくも何ともないご託宣だったが、豊かな時代に聞かされるのと、今の時代に聞かされるのとでは、まるで意味が違うはずだった。

母の心の中の、最も穏やかな場所に、この何事も〝心の持ちよう〟次第という一種の諦念が巣くっていたことを、今更のように思った。だからこそ、「もう十分」と言えたのだろうか。

僕は、無力感に優しく抱きすくめられている母の背中を思い浮かべた。

母はこの態度を、藤原の本を通じて知ったのだろうか? 或いは、本人から直接に諭されて? 少なくともそれは、母が、漠然とした社会風潮の影響を受けたと考えるより、よほど説得的だった。

「そういうことでしょう？　わたしは、その人の本読んでないけど、言ってることはわかるよ。朔也君、理解できない？」

僕は咄嗟に、「ARでごまかしても、VRでごまかしても、何も変わらない。結局、行動するしかないんだよ、世の中を変えるためには。」という岸谷の言葉を思い出して、それを僕の考えとして口にした。彼との会話では、必ずしも同意しながら聴いていたわけではなかったにも拘らず。

思想というものは、それを信じている人間を通じてのみ伝播《でんぱ》していくのではないのだった。

「わたしは、辛いな、そんなこと言われると。これ以上、どうしたらいいのって思う。」

そう言って、三好は、溶けた氷までもう飲んでしまったグラスを、寂しげに覗いた。

顔を上げると、彼女は出し抜けに、

「わたし、きれい？」と尋ねた。

僕は面喰《めんく》らったが、

「はい。きれいです。」と応えた。

それは、世辞ではなく、許されるなら、僕がずっと口にしたかった言葉だった。

「この顔も、アバターみたいなものなのよ。すごく整形したから。」

「……そうなんですか。」

「そういうのって、『行動する』って言うの？　この世界を変えるなんて、とても出来ないけど、自分を変えることで現実に適応しようとするっていうのは？」

「……それは、この世界がずっとこのままであってほしい人たちにとっては、好都合でしょうね。……」

「何が出来るの、じゃあ、わたしたちに？　選挙？　行ってるよ、毎回。——どうにか生きていくためには、自分を変えるしかないけど、……それだって、結局うまくいかないのよ。わたしの人生、全然、よくならないまま、余命ばかり減っていってる。スタート地点が、違いすぎるもの、お金持ちの人たちと。それは、酷い境遇から成功した人もいるだろうけど、桁外《けたはず》れの努力か、運か。わたしたちに、それを求められてもね。……仮想空間の方が楽しい。フィジカルな世界を生きるべきだって、言う人もいるけど、いつだってあるのよ、そういうの。都会で生活してる人に、自然豊かな田舎暮らしの素晴らしさを説くとか。違う？　余計なお世話でしょう？」

　僕は、三好の話に異論がなかった。二人一緒に、もう出られないことがわかっている、どこかの深い暗い穴の底で、会話をしている感じがした。それでも、独りで黙っているよりは、断然マシだった。

「だから、お母さんのVF、いいと思う、わたし。それで、朔也君の辛い気持ちが紛れるなら。わたしも、もっと本物っぽくなるように、手伝ってあげる。楽しいの、お母さんと話すの。懐かしいし。まだ、不自然なところもあるけど、教えてあげたらすぐ覚えるし。家で独りの時にすることが出来て、わたしの生活も、ほんのちょっと明るくなったから。」

三好は、そう言って笑った。

「きれいですよ、三好さんは。」と僕は言った。

たとえ整形をしていたとしても、と言いたかったのだが、口にしかけたところで、酷く不適切な気がして、先を続けられなかった。

彼女は、微かに目を瞠ったが、笑顔は俄《にわ》かに失われて、どことなく冷たい、蔑むような表情になった。しかし、それも僕に悪いと感じたように、辛うじて微笑み直すと、

「行こっか。もう遅いし。」とタブレットの会計ボタンを押した。

割り勘で精算すると、彼女は最後に言った。

「また会おうね。お母さんがいなくなっちゃったから、朔也君が新しい友達よ。」

僕はそれに、ただ、「はい。」とだけ答えた。そういう日になるとは、まったく思っていなかったので、僕は母が亡くなってから初めて幸福感を覚えた。

第六章　〝死の一瞬前〟

フィリピン東方沖で発生した台風14号は、中心気圧が920ヘクトパスカルという強烈なもので、進路予測では関東地方への直撃が懸念されていた。

それからの一週間、人々は携帯でその最新情報を確認しては、沈鬱《ちんうつ》な嘆息を漏らしたり、空元気を振り絞って「ヤバいね。」と友人と笑い合ったりした。

例年、夏の初めから各地で大きな台風の被害が出て、被災地の多くは今も復興の途上にあり、そのことが、いつしか日常の風景の一つと化していた。慣れるより外はなかったが、気候変動については、社会全体が〝学習性無力感〟に陥っているとよく言われていた。

僕の住む町でも、台風を迎える準備を進めていたが、それはほとんど、小動物が巣穴に籠もって体を丸めるようなものだった。

事前に安全な場所に避難する人たちもいて、ニュースでは、毎年この時季は、海外で過ごすという富裕層の事例も紹介された。尤も、彼らの東京の住まいは、そもそも避難を必要としない場所にあるはずで、ネットでは散々な叩《たた》かれようだったが。

漸近《ぜんきん》する危難を固唾を呑んで待つこの時間が、いつも僕を疲弊させる。

〈母〉が、天気予報のニュースばかりを語りたがるのには閉口したが、お陰で情報には事欠かなかった。

「ここは高台だから、大丈夫ね。お母さん、このマンションを買う時に、すごく調べたのよ。地震と台風の被害に強そうな場所を。地震はみんな、東日本大震災で気にするようになったけど、台風は案外、あの頃は心配してなかったのよ。けど、あなたのお父さんが、気候変動のことを真剣に心配していたから。」

その逸話は、僕が〈母〉と父との関係として、フィディテクスの野崎に伝えていたのだったが、三好の言葉を信じるならば、恐らくは架空の話なのだった。

僕は、なぜそんな嘘まで吐いていたのだろうと、少しく痛ましさを感じた。

僕はともかく、藤原亮治に会うべきだったが、その前に彼の本を読もうとして、手を伸ばしかねていた。

そもそも、会いたいと言って会えるものなのだろうか？　母が亡くなったことを伝え、その息子だと自己紹介すれば、メールのやりとりくらいは出来るかもしれない。本当に、母と何らかの関係があり、母のことを覚えているならば。

台風の直撃は、やがて避けられなくなった。

雨は、二日前からしとどに降り始めた。

豪雨というには、あまりに静かで、局所的に激しく降る夕立とは違い、街の全体が、一分の隙もなく濡れていった。

絨毯爆撃《じゅうたんばくげき》という言葉があるが、きめ細かな巨大な雨のシートが、絶え間なく上から落ちてくるようで、僕は灰色の空を背に、風に強く煽《あお》られて翻るその一枚一枚を、窓辺で飽かずに眺めた。

直撃は水曜日の午後二時とされていて、交通機関は朝からすべてストップしていた。車道を行き交う車も疎《まば》らだったが、萌し始めた強風の足許で、逃げ遅れたように走り抜けてゆく数台が遠くに見えた。

僕も、さすがにこの日は仕事がなかったが、朝食にパンでも齧ろうかと思っていた矢先に、岸谷からメッセージが届いた。

「これから仕事なんだよ。」

僕は驚いて、「今から？　この台風の中？」と返信した。

「そう。会社には内緒な。前から知ってるお客さんから、裏で個人的に頼まれた仕事だから。どうしても今日、運んでほしいものがあるんだって。」

「どうやって？　電車も止まってるのに。」

「車借りた。それでもかなりの儲けになるから。」

何の依頼なのだろう？　僕は岸谷の身を案じた。窃盗疑惑の一件についても、メッセージを送っていたが返事がなかった。

画面には長らく、岸谷が文章を〈入力中〉だという表示が出ていたので、僕は返信を待った。しかし、届いたメッセージは思いの外、短く、しかも既に、別の話に変わっていた。

「俺さ、結婚したいんだよ。家庭を持ちたいんだ。」

僕は、その唐突さを訝った。

「だから、金が要るんだ。」

「いいね。けど、……死んだら元も子もないよ。こんな台風なのに。」

「大丈夫だよ、そんなにヤバい方角じゃないし。何でもやらないと、金が貯まらないから。今のままだと、どの道、五十歳くらいまでしか生きられないよ、金がもたなくて。」

岸谷の表情は見えなかったが、前回の支離滅裂さとは違って、今日は落ち着いている様子だった。仕事の前で酒も飲んでないだろうが、僕は却って、胸騒ぎを感じた。

「窃盗疑惑の件、どうなった？　心配してたんだけど。」

「俺はやってないよ。」

「それは知ってるけど、……疑いは晴れたの？」

「警察に家宅捜索されたけど、何にも出てこなかったから、それで終わり。ムカつくだろ？」

僕は同情するような絵文字を送ったが、ふと、この話は、やっぱりおかしいんじゃないかと感じた。家宅捜索というのは、本当にその窃盗容疑のためのものだったのだろうか？　何か他に目的があるのでは？　それは、岸谷が〝暗殺ゲーム〟に夢中になっていると聞かされた時から燻《くすぶ》っている僕の懸念と結びついた。

「何を運ぶの、今日？」

知るべきではないことのはずだったが、僕は覚えず、そう尋ねた。送信後に後悔したが、岸谷はただ、「それは、俺も知らないんだよ。」と言っただけだった。

僕は嘆息して、ソファに場所を移動した。

風が一吹《ひとふ》き、窓に雨を強く打ちつけた。

「まあ、そういうわけで、行ってくるわ。」

「気をつけて。無理しないようにね。また連絡するよ。」

岸谷は、最後は親指を立てた絵文字だけを送って寄越《よこ》した。

結婚したいというその言葉が、僕の心に気になる残り方をした。

＊

台風の接近には、メディアと現実との当然すぎる呼応があった。

天気図上で、正《まさ》に台風が関東に到達した時、僕の家も強風の渦中にあった。既に通過した地域では、死者も出ているらしい。

雨そのものが、悶《もだ》え苦しんで暴れているかのように、何度となく、窓ガラスにぶつかる音がした。

町は蹲《うずくま》って、その丸い背中を打たれるのに任せながら、俯《うつぶ》せの顔をゆっくりと水に浸していった。

避難の必要もなく、僕が部屋にいられるのは、母が遺してくれたこの家のお陰だった。

岸谷の身を案じていたが、それにも耐えかねて、僕はヘッドセットをつけて〈母〉に呼びかけた。

停電になって充電できなくなれば、〈母〉は、僕の前から姿を消してしまう。自然災害に対する脆さという意味では、〈母〉も生身の僕も変わりがなかった。

〈母〉は、窓辺に立って、心配そうに空を眺めていたが、僕の呼びかけに、

「すごい台風ね。」と振り向いた。

「うん。……大丈夫だと思うけど、あんまり窓辺にいない方がいいかもね。」

「大丈夫でしょう、ここは高い場所だし、三階だから。——三好さんは大丈夫かしら？」

「ああ、……連絡してみようか。」

すぐに、安否確認の短いメッセージを送ったが、返事はなかった。

「大丈夫かしらね。……あの子も、大変な人生よ。」

僕は、外を気にしながらそう呟いた〈母〉を、ソファから見つめた。そして、

「昔の仕事の話？」と尋ねた。

「そうよ、朔也も聞いたでしょう、セックスワーカーだったって？」

生前の母なら、まず口にしなかったようなその言葉に、僕は強張《こわば》った微笑で応じた。しかし、敢えて訂正の学習はさせなかった。

「うん、少しだけ。」

「あの子、最後は殺されかけて仕事を辞めたのよ。」

「本当に？」

「そうよ、客に首を絞められて。」

僕は本当だろうかと考えながら黙っていた。

〈母〉は同情している様子だった。恐らくは、生前も母には話していて、それを知ってもらわなければ、三好にとって〈母〉は母らしくはないのだった。そして、どういうつもりなのかはわからなかったが、彼女はそれを口止めせず、寧ろ、僕に話すように〈母〉に指示を出したらしかった。

もっと詳しい内容も、尋ねれば答えたのかもしれないが、僕は〈母〉とそういう話をしたくなかったので、そのまま口を噤《つぐ》んだ。

僕は一旦ヘッドセットを外すと、窓の外で、風雨で揉《も》みくちゃにされている木々を眺

めながら、三好の境遇を考えていた。そして、ふと思い立って、藤原亮治の『波濤』という小説を、母の部屋から持ってきてソファで読み始めた。

＊

『波濤』は、中篇というほどの長さの小説で、紹介文によると藤原が三十代の後半で書いた作品らしかった。

僕は、台風がいよいよ大口を開けて僕たちの町に喰らいつき、乱暴に咀嚼《そしやく》し、吐き出していくまでの時間、ずっとその世界の中にいることとなった。

三人称体の簡潔な文体で、淡い色調のスナップ写真を連ねてゆく写真集のような筆致だった。

主人公はクラブで働く貧しい二十代の女性で、常連客のメディア関係者にスカウトされて、ネットの番組に出演することになる。有名になり、裕福になることが彼女の夢だった。

キャスティングされたのは、所謂《いわゆる》〝ドッキリ番組〟だった。欺す側の人間で、人気の若いお笑い芸人と疑似恋愛をするという、四ヶ月がかりの企画だ。

どう考えても、彼女は悪評に曝《さら》される以外にない役どころだが、とにかく目立てば、あとはどうにかなると、考えているのだった。

愚かだが素朴で、美貌であり、言い知れず不憫で、藤原が影響を受けたという、モーパッサンの短篇に出てくるような女性だった。

人を介して彼と出会い、偶然を装って再会し、デートを重ねる。彼が恋愛感情を覚えて、のめり込んでいく様を遠くから隠しカメラで撮影し、最後に種明かしをする、という悪趣味な内容だった。

事態は、筋書き通りに進んだ。とぼけた芸風とは裏腹の大人しい、ナイーヴな男の内面は描写されない。関係の進展は、ありきたりだったが、女は次第に、欺していることに罪悪感を抱くようになる。それを察したスタッフの一人は、彼女にさりげなく、こう耳打ちした。

「内緒だけど、あっちも〝ドッキリ〟だって、気づいちゃったみたい。でも、仕事だから、最後まで素知らぬ顔でやり通して。」

これが事実なのかどうか、小説では最後まで明かされない。女は、少し気が楽になり、また少しシラケ、共犯的な感興を催し、互いの演技を楽しんだ。ノッている、とスタッフのウケも良かった。

彼からの連絡は頻繁になり、周囲にも「好きな人が出来た。」と打ち明けるようになった。そのすべてがマネージャーの協力で覗き見られ、笑われるための材料となった。

そして、いよいよ、自らの思いを彼女に告げようかというデートの直前、彼は全く無関係のテレビの旅番組で、フランスのビアリッツという高級保養地を訪れ、車に轢《ひ》かれて死んでしまうのだった。

彼はその日、ロケの合間に、海岸沿いのプランス・ド・ガル通りを一人で散歩していた。彼方のサーファーが、敷き詰められた波の煌めきの上に転々と散っている美しい海の写真を撮り、彼女にメッセージを送って、帰国後のデートの確認をした。絵文字をふんだんに使い、これまでよりも踏み込んで、「早く会いたい。」と率直に書いた。

そこで、闖入してきた芸人仲間にすべてを明かされ、呆然《ぼうぜん》とした彼は、次の瞬間、床に崩れ落ち、頭を抱えて転げ回るはずだった。

藤原は、この前後のバスク地方の海辺の風景を、殊に念入りに、美しく描写している。まるで主題が、急に、〝自然と人間〟といった抽象的なところへと飛躍してしまったかのように。

晴れた日で、歩道の右手は浜辺もなくすぐに海で、低いコンクリートの堤防の下には、荒い潮が打ち寄せていた。

それから、少し歩いたところで、突然、大きな波が打ち寄せてきたのだった。それが彼の足許の岸壁にぶつかり、数メートルも飛沫《しぶき》を上げた。そのままずぶ濡れになれば、また一つ、笑いのネタが出来たことだろうが、残念ながらその姿は、〝ドッキリ番組〟

車のカメラには収められていなかった。記録したのは、すぐ脇を通り抜けようとしていた車の車載カメラだった。

　サーフボードを積んだ車は、大海原を右手に、細い片側一車線のプランス・ド・ガル通りへの坂道を下り、城のような建物を越えて、左に向かう急カーヴを走っていた。減速し、一瞬視界が塞がれ、再び開いて、恍惚《こうこつ》とするほど晴れ渡った青空とそれを反映した海、彼方に連なる小高い丘とコンドミニアムが遠望された。

　そして、歩道を歩く一人のアジア系らしい男性の後ろ姿が見えた。

「こんなに穏やかで、美しい日常の中に、死は何喰《なにく》わぬ顔で身を潜め、待ち伏せをしているのだった。

　その青年は、見蕩《みと》れたように、眩しい海を眺めていた。そして、携帯を弄《いじ》りながら歩き始めた。死は、まずその背中に隙を見つけたように、静かに取り憑《つ》いた。車は、なぜそこに的《まと》があるのか、まだ理解できない。」

　彼の姿が、右脇で大きくなってゆく。次の瞬間に起きることを、読者は既に予告されていた。唐突に「巨大な龍《りゅう》の氷像のような波濤」が、彼に襲いかかってくる。

「死は、そう、波とも車とも予《あらかじ》め結託していたのだった。」

　その単純な罠にかかった彼は、ただ何かに驚いたのだった。

　顔を上げ、「わっ！」と、反射的に車道に飛び出した。

　波は実際、一帯を水浸しにするほど大きかった。轢かれる間際、彼は一瞬、車を振り返りかけた。しかし、その表情は、ほとんど〝ドッキリ番組〟に引っかけられたかのような笑顔だった。

車に跳ね飛ばされた彼の顔は、描写されない。ただ、既に死体となってしまったかのように無力な体が、急停車したバンパーの先で地面に叩きつけられる。若いカップルが、慌てて車から降りてくる。彼は即死ではなかった。頭部からは夥《おびただ》しく出血しながら、しばらく熱せられた硬いアスファルトの上で、青空を見ている。

「しかし、その死の一瞬前に瞳に映っていたのは、どこか遠い彼方のようだった。」

――読みながら僕は、その〝死の一瞬前〟という言葉に釘づけになった。母が、そのことに拘《こだわ》るようになったのは、この小説の影響ではないだろうかと考えた。


小説には、後日談が書かれている。

番組はお蔵入りになり、この話は、しばらくなかったこととされていたが、その後、遺族が雑誌のインタヴューで、欺されたまま死んだあの子が不憫だと訴えたことで、一気に明るみに出た。

世間は彼に同情した。

〝ドッキリ番組〟の制作者たちには、非難が殺到した。「欺した女」として、主人公も攻撃の対象となった。彼女はただ、指示された通りに役目を果たしたに過ぎなかったが、「人の心を弄《もてあそ》んだ」という汚名は拭えなかった。

まったく無名だったにも拘《かかわ》らず、本名が明かされ、「外資系企業に勤務するＯＬ」ではなく、クラブのホステスだという身許が暴かれ、それがまた、死んだ芸人のファンの怒りを買った。そんな女のことを、最期まで信じて愛していたと思うと、やりきれない、絶対に赦せない、と。

騒動が大きくなると、制作の責任者は、死んだ芸人も、当然、すべて仕事とわかった上で、欺されたフリをしていたに過ぎない、決して本気で彼女を好きになったりはしていない、と釈明した。番組自体が、すべてフェイクなのだという告白は、一部でまた別の顰蹙《ひんしゆく》を買ったが、それを信じない者たちも少なくなかった。

以後、彼の「本心」を巡る長い不毛な議論が続いた。

欺された演技をしている内に、本当に好きになっていたとしか思えない、と言う者があった。

たとえ欺されていたとしても、誰かを好きだという気持ちのまま、死ぬことが出来たのなら本望だろうと羨む意見もあった。

他方、死んだ芸人の親しい友人は、彼は元々女好きで、そんな風に連絡を取っている相手が他に何人もいた。演技だったのかもしれないが、それでも、番組後も彼女と連絡を取り続け、結局は関係を持つつもりだったのだろうとコメントした。

主人公はというと、この一件を機に、芸能人になる夢は諦め、その後は社会の片隅で、ひっそりと息を潜めるようにして暮らしたと書かれている。

彼女は、死んだ彼のことをいつまでも忘れなかった。車載カメラの映像は、ネットでも「衝撃映像」として公開されていた。彼女は、彼の〝死の一瞬前〟を想像し、もし束《つか》の間、何か思念らしきものを抱く時間の猶予があったとして、彼は自分のことを考えただろうかと想像した。そして、それは彼にとって幸福だったのだろうか、と。

もし彼が、本当に欺されていたのなら、彼は誰か、別の人のことをこそ、人生の最後に思い出すべきだった。しかし、欺そうとしていた自分が、いつか本気で彼を愛していたなら？　彼が愛し、愛されていたことは、真実となる。自分は、彼を愛していたのではなかったか？　いや、こちらの思いの真偽によって、本当にそんな違いがあるのだろうか？

少なくとも自分は、何かしら真情めいたものを抱いていたとするなら、欺していた、という世間の誹《そし》りを免れるのだろうか？　偽りを強いられながらも、二人はその実、真の愛を探り当てつつあったのだ、と。

一体、欺されたまま死ぬというのは、それほど悪いことなのだろうか？

それとも、一番欺されていたのは、やはり、自分なのだろうか？……

小説は、そうした彼女の自問自答で終わっている。どうしてそうなのかはわからないが、明らかに孤独で、寂しい境遇にも拘らず、穏やかで、仄かな明るさを感じさせる雰囲気だった。

　僕は、本を置くと、この小説を愛したという母の胸中を思いやった。〝自由死〟についての直接的な言及はなかったが、ともかく、これまで触れてこなかった母の心の何かに触れた感じがした。

　なぜ、母の生前に読まなかったのだろう。

　ソファで膝を抱えたまま、窓ガラスに打ちつける激しい風雨を眺めていた。

　そして、僕はようやく、こう考えたのだった。――母について。つまり、母は僕を、欺したまま、死んだのではないか、と。……

第七章　嵐のあと

台風の通過後、一月足らずの間に相次いで起きた出来事が、僕の人生を変えつつあった。

各地で大きな被害が出たので、僕の仕事は、当面、被災者やその近親者からの依頼が大半となった。

買い物が多かったが、浸水した自宅の様子を見に行ったり、流れ込んだ泥の撤去を手伝ったりすることもあり、連日、肉体を酷使した。雨天の日が多く、危険を理由に断った依頼も幾つかあったが、それでも、僕の評価は、一時よりも持ち直した。

無論、ボランティアではなく、報酬を受け取っており、依頼者は、その余裕のある人たちで、避難所を訪れる時には、周囲の目を気づかった。

少しでも時間があれば、すぐに眠ってしまっていたので、ニュースはほとんど見ておらず、〈母〉との会話から情報を得て、気になれば検索する程度だった。

その日、居眠り半分の入浴後に、麦茶を飲んでぼんやりしていた僕に、〈母〉は唐突に言った。

「知ってる？　前の財務大臣をドローンが襲撃する事件があったんだって。」

「え、そうなの？」

「うん、ずっとそのニュースよ。知らない？」

「全然知らなかった。一日中、泥《どろ》浚《さら》いしてたから。」

「夜の話よ。」

「そう？——どうなったの？」

「失敗したみたい。まだ犯人は捕まってないって。」

「へえ、……そう。」

「庶民がこれだけ苦しい生活を強いられてたら、そういう人も出てくるでしょう。」

僕は、ニュースだけではなく、そこに寄せられたコメントまで学習してしまったらしい〈母〉の言葉に驚いた。そして、

「お母さんは、そんなこと、言わなかったよ。『どんな事情でも、テロで世の中を変えようとするなんて、間違ってるわよ。』って言ったはずだよ。『物騒な世の中で、恐いわね。』って。」

と訂正した。〈母〉は、素直に、

「そうだったわね。お母さん、おかしなこと言ったわね。」

と思い直した風の表情をした。けれども、僕は初めて、母ならこう言っただろうという確信がないまま、〈母〉に言葉を覚えさせたという、落ち着かない気分を抱いた。母だって、年齢と共に、様々な影響を受けて、何か意外なことを言ったりするはずだった。僕は、どうしてもそれを思いつけない。——僕はただ、今、僕自身が、誰かから言ってほしい言葉を、〈母〉に言わせたに過ぎないのだった。

第一、母なら当然、自分が命を落とすきっかけとなったドローンに対して、もっと複雑な反応を示すだろうと思ったが、僕はすぐに、その考えのおかしさに気がついた。〈母〉は、死の四年前に設定されているのだから、ドローンと聞いても、何も感じない方が正しいのだった。

そもそも、この〈母〉の未来に、ドローンによる死が待っているわけではない。にも拘らず、僕は今度は、〈母〉がそれと気づかぬまま、ドローンの話をしているかのような不条理な憐れみに見舞われた。

混乱している。——僕が。

その後、自分で調べて、ようやく事件のあらましを知った。メディアは騒然としていたが、自分がまるで別世界に生きているかのように、そこから距《へだ》てられていることに奇妙な感じを覚えた。実際、人々がお気に入りの仮想空間に入り浸るようになって以来、僕たちは、この世界を共有している、という感覚を喪失しつつある。現実で起きた出来事でさえ、僕が今いるこの場所と連続したどこかという感じがしない。たとえ日本がなくなったとしても、それぞれに生きている仮想空間は、持続する。そうなんだ?と、無関心らしく言う人だっているだろう。

前財務大臣は、財界人数名と、会食のために港区の高級中華レストランに到着したところで、爆薬を装着したドローンに狙われたらしかった。昨今、幾つかの国で実際に用いられたテロの手口だったが、日本では初めてだった。誰を狙ったのかはまだ判然としないが、幸いにして、起爆装置は作動しなかった。飛来したドローンは、前大臣の頭にぶつかったが、怪我は三針を縫う程度の軽傷と報じられていた。

事件の概要を知った僕の胸中にあったのは、ありきたりな嫌な感じに過ぎなかったと思う。

何か予感めいたものがあったかと言えば、なかったはずだった。しかし、後から振返ると、寧ろ僕は、この事件のずっと以前から、不安を抱えていた気がする。

僕は憤然として、『そんなことして何になる?』と胸の裡で呟いた。社会が余計に悪くなるだけだというのは、目に見えていた。合法的な、別の方法があるはずなのに。

そうすると、不意に三好の声が蘇った。

「わたしは、辛いな、そんなこと言われると。これ以上、どうしたらいいのって思う。」

刑事二人が、「話を聴きたい」と、自宅を訪ねてきたのは、翌日の朝早くだった。

岸谷について知っていることを教えてほしいという理由だった。僕は、これから出勤するところだと言ったが、心臓が、自分だけでも逃げ出そうとしているように胸の内で暴れているのを感じた。

「出来れば署でお話を聴かせてほしいんですけどね。」

「どうかしたんですか？」

「最近、岸谷さん、様子のおかしなところはありませんでした？」

「——特には。」

「どんなことでも、構いません。隠さないでね。」

「……。」

「台風の日——九月二十五日、岸谷さんと話しました？」

「……はい、メッセージのやりとりを。」

「何て言ってました？」

「今から仕事だって。」

「誰と？」

「それは聞きませんでした。」

「本当に？　石川さんの会社、その日、休みになってますよね？」

「はい。」

「おかしいと思いませんでした？」

「尋ねましたけど、彼が言わなかったんです、依頼主を。」

「何の仕事だって言ってました？」

「何かの届け物だと。」

「中身は？」

「知らないです。」

「大事なことなんで。」

「何も聞いてません。」

「岸谷さんは、以前から、正規のルートじゃない依頼を引き受けたりしてました？」

「知らないです。――会社に出勤するわけでもないので、あまり話す機会がないんです。」

刑事は、何かをメモする風に下を向き、また顔を上げると、隣で黙っているもう一人と目配せをした。そして、僕の表情を初めて見るような眼差しで観察した。一旦、視線を外すのは、人の嘘を見破る技術的なことなのだろうと感じた。

「十月一日は、どうされてました？」

「……火曜日、ですか？　仕事です。被災地との往復がずっと続いてます。」

「ああ、大変ですね。酷いでしょう？」

「はい。」

「その日、岸谷さんから連絡は？」

「ないです。」

「その後は？」

「連絡取ってません。」

「なぜ？」

「なぜって、……仕事でヘトヘトだからですよ。別に用事もないですし。――岸谷さんに何があったんですか？」

「詳しいことは、署でお話ししますので、いつでしたら時間がありますか？」

＊

警察署での事情聴取は、半日がかりで行われ、僕はそこで、岸谷が、件《くだん》の前財務大臣襲撃事件の容疑者として捜査されていることを知った。

逮捕されたのは、その二日後のことである。

岸谷の事件のあらましは、こうだった。

しばらく以前から、彼は、ネットの匿名の依頼者からの仕事を、会社に内緒で引き受けていた。

最初は、荷物を届けてほしいだとか、買い物に行ってきてほしいといった簡単な内容で、中には、有名なレストランに行って、食事をしてレポートしてほしいといったものもあった。依頼者は、実際、何人いるのか、そもそも日本にいるのかどうかもわからず、指示の声はすべて日本語の機械音声だったという。ただ、金払いは良かったらしい。

台風の日も、同じ依頼者からだったが、その中身が事件に直接関係するものだったかどうかは、まだわからない。どこまで指示通りに動くのか、最終的なテストだったのではないか、という、あまり信憑性《しんぴょうせい》のない憶測記事も目にした。

犯行当日、岸谷はまず、指定された空き家へと向かい、庭に置かれていた箱を引き取った。彼らのやりとりでは、よく都内の空き家が使用されていた。

それを自転車に積み、犯行現場近くの公園まで移動している。

箱の中身は、爆薬を搭載したドローンで、指示通りに宙に放てば、あとは自動でターゲットの場所まで飛んで行き、顔を認識して突進する仕掛けだった。夜であり、あまり遠くからでは目標まで辿り着けない懸念から、岸谷が近くまで運んだという話だった。

問題は、岸谷がこの殺人の計画を知っていたかどうかである。

すべての情報が警察からのリークに基づいていて、また、「関係者」への取材もいい加減《かげん》なものが多かった。

逮捕後、岸谷の供述は揺らいでいると伝えられたが、「容疑は一部否認している」という。

彼は、モニターでドローンの動きを追い、最後に起爆スイッチを押すように命じられていた。ところが、依頼者からのその最後の指示には、従わなかったのだった。

依頼者はまだ逮捕されていない。

警察は、恐らく一度は、僕の事件への関与を疑い、しかも、驚くべきことに、その首謀者である匿名の依頼者こそ、僕ではないのか、と考えたようだった。実際、名指しこそしていないものの、僕のことを書いていると思われる記事さえあったくらいだ。

僕の存在が注目されたのは、岸谷の通信記録からだった。それは、母のライフログから、僕が三好の存在の重要さに気づいたことにも似ていたが、警察はともかく、何から何まで調べ上げていて、却ってそのために、僕の無実は証明されたらしい。明らかに、警察は僕の勤務中の映像だけでなく、〈母〉とのやりとりの記録も把握しており、結論として、僕が事件の首謀者では、辻褄《つじつま》が合わない、ということになったのだろう。

警察署の取調室に入ったのは初めてで、半日に及んだ事情聴取は詳細で、僕を酷く疲弊させた。

自分の人生が、こんな大それた事件と関わりを持つことなど、想像だにしていなかった。

刑事は、「リアル・アバター」という職業自体についても、折々、軽侮するような笑みを交えながら、根掘り葉掘り質問した。

本当に自宅に帰してもらえるのだろうかという僕の不安は、狭い密室に長時間、拘束されていたためだけではなかった。

僕は、もし岸谷から何かを誘われていたなら、あの「英雄的な少年」に付き従ったのと同様に、それに応じたかもしれないと感じ始めていた。実際、〝暗殺ゲーム〟の話をしながら、彼は僕の興味を探っていたのではあるまいか？　そして、最も恐れていたのは、何かちょっとした言動や表情から、そうした心の動きを、刑事に見透かされるのではないか、ということだった。

事情聴取から解放された僕は、夕食も食べずに自宅のベッドに横たわった。

重たい荷物を投げ出したような感じだった。飛び降り自殺をする人というのは、こんな風に、ただもう楽になりたい一心で、どこか高いところから、体を放り投げてしまうのかもしれない。

部屋の電気はつけず、半開きのドアから、廊下の光が差し込んでいた。目を瞑った。母が様子を見に来てくれないだろうかと、僕は心から思った。「どうしたの？　大丈夫？」という、そのたった一言が無性に聞きたかった。

もし近い将来、僕の身にこんなことが起きると予見できていたなら、母は〝自由死〟の意思を撤回しただろうか？　僕はそれを理由に、せめてその時まで生きていてほしいと引き留めただろうか？　なぜ今、母はいてくれないのだろうと、僕はほとんど恨むようにして考えた。夕暮れ時にドローンを襲うカラスを思い浮かべ、苦しくなって枕に顔を埋《うず》めた。

しかし、実際に母が生きていたなら、僕は心配をかけぬように、この一連の出来事を極力、隠そうとしたに違いない。

もし生きていたなら、僕が警察署で事情聴取を受けている間、母は不安で居ても立ってても居られなかっただろう。僕も、刑事と話をしている間、母を心配して気が気でなかったはずだ。

今、僕の人生を思って、心が掻き乱されるような人間は一人もいない。その事実は、僕のこの世界そのものに対する愛着を削ぎ続けてきた。

僕に残されたのは、もう、この「母が生きていたなら」という想像だけなのだった。僕が何をしようと、現実には死んだ母は喜ばないし、哀しみもしない。にも拘らず、母を哀しませたくないという思いには、僕の人生を矯《た》める力が残っているのだろうか？

母が今、生き返って僕と再会したとしても、自分の知っている息子ではないと違和感を抱くのかもしれない。僕たちの間には、僕が生き続けている分、距離が開いてゆくのだから。

〈母〉は、そういう僕との会話を自然に行うために、新しい現実を次々と学習している。野崎は、コミュニケーションの反復を通じて、〈母〉はますます母に接近してゆく、と説明したはずだった。しかし実際のところ、〈母〉は、もし母が今も生きていたなら、という仮定をなぞろうとしているのだ。それは、却って母から遠ざかってゆくことに違いなかった。

そして、この記憶の中の母でさえ、富田や三好の口を通じて知った事実のために、最早、僕自身が見失ってしまいそうなほどに、変質し続けていた。

岸谷が逮捕された日の夜、僕は、ヘッドセットを装着して〈母〉に話しかけた。〈母〉は、海外旅行の広告の冊子をソファに座って眺めていた。「ゴールドコースト～シドニー八日間の旅」という文字が目に入った。

「お母さん、……」

「何？」

しかし、続く言葉は出てこなかった。

〈母〉は、しばらく沈黙が続いたために、怪訝そうに眉を顰《ひそ》めたあとで、自ら口を開いた。

「そう言えば、朔也に話さないといけないことがあったのよ。」

「――何？」

珍しい話の切り出し方だった。

「この前、殺人未遂事件の話したでしょう？　あなた、知ってる、お友達の岸谷さんが容疑者として逮捕されたの？」

「ああ、……うん。知ってるも何も、僕はそれで一昨日は半日、事情聴取を受けてたから。」

「朔也も？　あなたも何か関係してるの、あの事件に？」

〈母〉は目を瞠って、口を半開きにしたまま、僕を見ていた。よく出来てるなと、僕はその表情を見ながら、野崎の顔を思い浮かべた。

「してたらここにいないよ。」

僕は、〈母〉に一通りの話をして、この間の出来事を学習させた。〈母〉は、時々頷きながら神妙な面持ちで聞いていたが、最後に、

「とにかく、あなたが犯罪に関わってないってわかって良かった。」と安堵《あんど》したように言った。

母が生きていても、恐らく、そう言ったのではあるまいか。心があってもなくても、人が発することの出来る言葉には、そう大した違いがないのかもしれない。

それでもとにかく、僕は、〈母〉から心配されている、という感じを抱いた。

現実を生きる時間を出来るだけ短くして、いっそ、この仮想空間を現実と信じられるまでに至るならば、どれほど幸福だろうか？

夜眠りについて、朝目が醒《さ》めた時に、ここにまずいることが出来るなら？　僕は、ヘッドセットをつけたまま寝るべきだろうか？　大事なのは、目を開けた時に、まず母がいる世界が見えることだった。……

＊

翌日の夕方、矛盾するようだが、僕は無性に、三好と連絡を取りたくなって、メッセージを送った。台風の最中《さなか》に、一度だけ、「そちらは大丈夫ですか？」と連絡していたが、返事がないままだった。

心配しているということと、こちらも色々あったので話がしたいということとを伝えると、今度はすぐに反応があった。

「お久しぶり。ごめんね、ずっと返信してなくて。ありがとうだけど、今はちょっと無理かな。」

「お忙しいですか？」と尋ねると、ややあって、「電話してもいい、今？」と返ってきた。

僕はこちらから電話をした。

「ああ、……ちょっと待ってね。」

三好は、そう言いながら、どこかに移動している様子だった。雑然とした周囲の話し声が聞こえた。

「お待たせ。元気？」

「ええ、何とか。色々ありましたけど。……」

「そうなの？　一緒ね。わたし今、避難所にいるのよ。」

「え、……被災したんですか？」

「そう。家がなくなっちゃって。住んでたアパート、すごく古かったから、屋根が飛んじゃって、今、立入禁止になってるの。」

「そうなんですか？　怪我はありませんでした？」

「わたしは大丈夫だったけど、持ち物が大分ダメになって。」

三好の口調からは、さすがに疲労が感じられた。

僕は、自分でも意外なほど躊躇なく、

「うちに来ませんか？　母の部屋、空いてますから。」と言った。

「え？　あー、……ううん、そういう意味で言ったんじゃないから。大丈夫。」

「どうするんですか、だけど、これから？」

「うん、……考え中。」

「別にずっとじゃなくても、しばらくゆっくりしたらどうですか？　僕も日中は仕事なので、自由にしてもらって良いですし。」

遠慮以上に、三好が警戒するのは当然だったので、僕は自分の思うところを正直に伝えた。

「もし頼ってもらえるなら、僕は自分が、人の役に立てることを実感できるんです。誰からも、何も求められないのは、救われないのと同じくらい、孤独です。」

三好は、小さく鼻を鳴らしたが、それは笑ったようにも、涙ぐんだようにも感じられた。

「じゃあ、……いいの、そうさせてもらって？　ゴメンね。」

「なんで謝るんですか？」

「そうね。ありがとう。」

電話を切ると、僕は大きく息を吐いた。そして、散らかり放題のリヴィングを見渡して、急いで部屋の掃除に取りかかった。

午後十時に駅まで迎えに行くと、三好は、大きな旅行カバンを肩にかけて待っていた。

「ボサボサだけど。」と、気にしていたが、以前に会った時と同様に、身綺麗に感じられた。出勤はしているらしく、旅館で就業時間後に入浴させてもらっているという。

母が生きていたなら、もっと早く、うちに呼んでいただろう。

僕は、ずっと亡くなった時のままにしていた母の部屋を少し片づけた。

ベッドの側《そば》にあった衣装掛けや収納ボックスを僕の部屋に移すと、母の不在は、その分だけ大きくなった。

それでも、六畳の母の部屋に残った生の痕跡は、〝友達〟だった三好には、生々しすぎたようだった。

案内すると、彼女は遠慮がちに足を踏み入れて、しばらく黙って中を見渡していた。それから、「なんか、……ふしぎな感じがする。」と言って、壁に掛けられた母の旅行の写真に目をやった。

「ここにいさせてもらうことになったってこと、朔也君のお母さんに、今一番、話したいかも。」

「そうですね。僕はきっと、いいことをしたって、褒められたと思いますけど。」

「あとでお母さんのVFにも報告しないと。混乱するかな？」

「どうでしょう。……台風のことはよく知っているので、理解すると思いますけど。」

僕は、荷物を床に下ろして、所在なげに辛うじて立っている風の彼女に言った。

「シェアハウスみたいな感じで、自由に使ってください。僕はこの部屋には立ち入りませんので。」

「……ありがとう。」

「必要なだけ、いてもらって構いません。母もここから旅館まで通ってましたので、そう遠くないと思います。」

「遠くないけど、……朔也君も落ち着かないでしょう？　出来るだけ早く家を探さないと。」

「僕は気にしなくて大丈夫です。」

　三好は、また礼を言ったが、出て行こうとする僕を、何か言い残した様子で見ていた。僕は足を止めた。

「あのね、……お言葉に甘えて、お邪魔させてもらったんだけど、わたしも、色んな経験してきたから、一応、事前に言っといた方が良いと思うんだけど、……」

「何ですか？」

　改まった、言いにくそうな口調だったが、しかし、その態度には揺るぎないものがあった。僕は、ようやく言わんとするところを察して、自分の方から、

「別に、何かの〝見返り〟を求めている、ということではないんです。」と言った。

　極力、静かに伝えたつもりだったが、三好は、僕の気分を害したのではと心配した様子だった。

「ごめんね。どんなに親切でも、最後にはお礼にヤラせろ、みたいな人たちがウヨウヨしてる世界で生きてきたから、心が荒《すさ》んでるのよ、わたし。」

「普通だと思います。――女性ですから。」

「でも、違うの。朔也君が、そういう〝見返り〟を求めてくるとは思ってないんだけど、わたし、前に話したみたいな過去のせいで、セックス恐怖症なの。好きな相手でも、ダメなの、もう、体が拒否反応起こして。だから、……もし、フツーに友達として仲良くなっても、ハグとかそういうのも、難しいの。」

「わかりました。ハグしたりとかいう習慣もないですので、信用してください。」

僕は、そう言ったが、〈母〉が語っていた、「首を絞められて」という三好の経験を思い出して、不憫になった。

そして、他でもなく、母のこの寝室で、晩年の母のほとんど唯一の友人だった三好を傷つけるという想像に、僕はおぞましさを感じた。それをしてしまえば、僕はこの世界に残された僕の最後の居場所——つまり、自分自身にさえ、もう居続けることは出来なくなるだろう。

そんな〝見返り〟を求めるつもりは、最初から更々《さらさら》なかった。少なくとも、彼女にここに来るように言った時、ただ「役に立ちたい」と願っていたのは、本心だった。

けれども、そういう人間こそが、やがて愛の名の下に、悪気もなく抱《いだ》くようになる欲望を、予め牽制《けんせい》しておくという彼女の態度は、まったく理に適っていた。彼女は、僕の未来に待っていた酷く無様な失態を取り除いてくれた気がした。

「もちろん、信用してるし、すごく感謝してるのよ。他のかたちではお礼をしたいし、生活費は出すから。」

「ああ、……はい。」

「朔也君の方は大丈夫？　彼女とかいないの？」

僕は、そうした質問自体に、まったく不慣れだった。

「はい、それは、大丈夫です。特にそういう人は、いませんので。」

僕は、そもそも自分は、女性とつきあったことも、肉体的な関係を持ったこともないと付け加えようとした。しかしそれは、三好を安心させる上では何の意味もない事実であり、彼女が「そう」と頷いて、このやりとりを一旦終えるに任せた。

先に入浴してもらい、まだ髪が乾ききらず、肩にタオルを掛けているパジャマ姿の彼女に、麦茶を出した。

「あー、生き返った。……」と彼女は天を仰ぎながら言った。

他人が喜ぶ顔は、どうしてこんなに僕を明るい気持ちにさせるのだろう？

リヴィングの説明をして、僕も風呂に入った。

浴室は湯気とともにシャンプーやボディソープの香りに満ちていて、あたたかかった。僕は、母の体に触れることが、少年期以降はまったくなく、そのことが、母の死後の喪失感を一層強くしていたが、浴室は、一種の間接的な抱擁だったのかもしれないと、初めて思った。そして、その考えに細《ささ》やかな慰めを求めた。

曇った鏡にシャワーをかけると、いつまで経っても母との生活の記憶から抜け出すことの出来ない、貧しい、無力な男の顔がちらと覗いた。そして、気づかわれているかのように、またすぐに隠されてしまった。

体を洗い、自分が無言であることを、不自然に意識しながら、湯船に浸かった。しばらく膝を抱えてじっとしていたが、その縛《いまし》めるような腕を解くと、大きく息が漏れた。天井の照明が、湯気を微かに煌めかせていた。

パジャマ代わりのTシャツに短パンでリヴィングに戻ると、三好は、ソファの背もたれに体を預けて、仮想空間の中にいた。何かを操作しているらしく、腕がずっと動いていた。

僕の気配に気がつくと、持参したピンク色のヘッドセットを少しずらして、

「しばらく留守にしてたから、連絡が届いたり、色々あって。」と言った。

「どうぞ、気にせず続けてください。」

僕は、彼女のコップに麦茶を注《つ》ぎ足し、自分も一杯飲んだ。

就寝前にリヴィングで〈母〉と会話をするのが習慣になっていたが、しばらくはそれも難しいかもしれない。

三好は、ヘッドセットを外すと、

「朔也君、そう言えば、話したいことがあったみたいだけど?」と尋ねた。

湯上がりの素顔は、化粧水のやさしい光沢を灯《とも》していたが、整形手術を繰り返したという目鼻は、こんな時にも寛ぐことなく冴えていた。

僕は、前財務大臣を狙ったテロ事件の容疑者が仕事先の友人で、僕自身も事情聴取を受けたという話をした。

三好は、事件のことは知っていたが、あまり詳しくなく、「えーっ、……」と驚いた様子だった。僕は、尋ねられるままに、岸谷のことを語ったが、犯行動機となると、う

まく説明できなかった。彼が、指示内容を知りつつ従ったのかどうかも、依然として不明だった。

三好は、しかし、当然のように、岸谷はすべてを承知の上でドローンを操作したに違いないと言った。そして、「自棄《やけ》を起こしちゃったのかしらね。……」と言ったきり、しばらく考え込んでいた。

それから、

「やっぱり、あっちの世界まで壊しちゃいけないでしょう？」と呟いた。

「あっちの世界？」

「わたしたちのいる世界はボロボロだけど、お金持ちのいる世界は順調でしょう？　あっちまで壊れちゃったら、どこにも居場所がなくなるもの。結局、こっちの世界ももっと悪くなるだろうし。それは、すべきじゃないと思う。」

僕は、三好の言葉を理解しようとした。岸谷の起こした事件を、どこか別の世界の出来事のように感じたというのは、僕も同じだった。けれどもそれは、仕事が忙しすぎて、ニュースに接する時間がなかったからだった。

三好が言っているのはそうではなかった。彼女は、この世界そのものを最初から二分して見ているのだった。うまくいっている世界と、いっていない世界とに。――僕は、その言葉が帯びている諦念の響きを聴き取れないわけではなかった。けれども、居酒屋で対面した時、僕は彼女が、そのことを率直に「不公平」だと語っていたからこそ、強く共感していたのだった。そして、その言葉の真意を確かめようとした。

「金持ちが住んでるのは、確かに、別世界みたいに感じられますけど、……一つの国なんだから、本当は切り分けられないんじゃないですか？　仮想空間には、それは、無関係の色んな場所がありますけど、それとは違いますよ。こっちの世界から富を吸い上げて、あっちの世界が潤ってるのに、あっちはうまくいってるって言うんですか？」

「もちろん、すごく不公平だけど、……被災すると、なんか、全体が悲惨より、まだその方がいいのかなって気持ちにもなるんだよね。被災してない場所があるからこそ、被災地の支援も出来るわけでしょう？　こうして避難も出来るし。どんなに不満があっても、そこを壊しちゃったら、夢も希望もなくなるから。」

「どんな希望なんですか？」

皮肉を言いたいわけではなかったので、僕は笑わずに問うた。三好は、ソファの上で膝を抱えて、僕を見返した。避難所生活で疲弊している彼女に、こんな議論を持ちかけてしまったことを後悔した。

「いつか、あっちの世界に行きたいなって、思う。お金の心配、しなくていい世界。そこで、また勉強したい。大学に行き直して、人から敬意を払われる人生を生きたい。」

「それは、……わかりますけど、こっちの世界が残ったままあっちに行っても、気分が良くないんじゃないですか？　全体として、この社会がもっと公平にならないと。」

「抜け出すだけで、精一杯《せいいっぱい》よ、今は。あっちに行ってから、そういうこと、考えるようになるのかもしれない。――わたしにしてみたら、朔也君だって、あっちの世界の人よ。こんな家、わたし、住んだことないもの。」

「まさか。……それは、母ががんばって働いて、遺してくれましたけど、遠からず、出ないといけなくなると思います。今のままだと、ここの管理費も多分、払いきれなくなるんで。」

「お母さん、お金遺してくれなかったの？」

「ＶＦ買うのに大分使ってしまったので。」

「え、……そう？」

三好は、啞然《あぜん》とした顔になった。僕は、下を向くと、麦茶のコップに手を伸ばした。

「やっぱり、世の中全体がもっとよくなってほしいです。生まれた時から、貧富の差がこんなにあって、どっちの世界に生まれるかで人生が決まってしまうっていうのではなくて。」

「それはもちろん、そう思うけど、……現実的に無理でしょう？　すごく長い時間をかけて、こうなっちゃってるんだし、日本だけじゃなくて、世界中がそう。日本が全部ダメになって、貧しいばかりで格差がなくなるより、どこかに豊かな、まだ大丈夫だって思える場所が残っててほしい。そういうのって、希望って言えない？　もっと悪くなるの、怖いもの。」

「そのうまくいってる世界を、映画か何かみたいに、憧れながら見てるんですか？」

「そうね、映画みたいかも。……でも、映画は実在しない世界だし、スクリーンの中にも入れないけど、あっちの世界には、ひょっとしたら行けるかもしれないでしょう？それが細やかな希望。ほとんど無理だって、わたしだってわかってるけど。」

「なんか、……それでみんな、セレブをフォローしたりするんですかね。あっちの世界を、せめて疑似体験するために？」

「そうでしょう？　わたしも何人かフォローしてる。自分では絶対に足を踏み入れられない世界の経験、シェアしてくれるから。豪邸の中を見せてくれたり、有名人ばっかりのパーティーに行ったり。」

「自慢されてるみたいで、嫌じゃないですか？」

「そう？　その人たちだけで独り占めするよりいいと思うけど。」

僕は、現実には独り占めしているのだと、指摘しようとしたが、三好は、この議論そのものに倦《う》んだように、曖昧に頷いて、もう何も言わなかった。

僕も、彼女と議論したかったわけではないので、それをきっかけに口を噤んだ。会話には、〈母〉とのやりとりにはない一種の緊張感があり、それは、相手を怒らせてしまうかもしれない、という危惧の故だった。

他方で、僕は人に命じられるがままの言葉を発している勤務中とは違って、自分の考えを口に出来ることの喜びを改めて噛みしめた。岸谷が逮捕されてしまったために、生きている人間で、そういう相手は、今はもう三好だけだった。彼女の気分を害してしまったのではないかと、不安になった。

三好は、抱えていた足を床に下ろすと、少し疲れたように、

「とにかく、……事情聴取は大変だったね、朔也君も。」と口を開いた。

僕は、彼女の髪が、いつの間にかかなり乾いているのを見ながら、この話題の潮時を受け容れた。ダイニング・テーブルに半身を預けたまま、「はい、でも、大丈夫です。」と頷いた。

一種の気づかいから、僕はこのあと、一時近くまで三好の避難所での生活について話を聴いた。彼女自身も、そのつもりもないまま、語り出すと止まらなくなった風だった。

僕たちは、最後に区切りをつけると、交代で洗面所に歯を磨きに行き、廊下を挟んで向かい合うそれぞれの部屋に下がって就寝した。

＊

僕は、三好に母が使っていた鍵を渡し、自由に出入りしてもらった。

翌朝は、それぞれ別の時間に出勤したが、彼女は帰宅後、体調を崩し、夜中に嘔吐《おうと》と下痢を繰り返した。

僕は、大した看病も出来なかったが、すぐに吐きに行けるように、廊下で横になった彼女にタオルケットや枕、水などを持ってきてやった。

三好は、蒼白《そうはく》の苦しげな顔で、「ノロウイルスとかだったら、朔也君にも移るかも。ごめんね。」と謝った。僕は一応、マスクと手袋をしてトイレを掃除した。あのまま避難所に居続けたなら、今頃どうなっていたのだろうと考えた。前日に彼女を自宅に呼んだのは正解だった。

翌朝は、午前の仕事を一つキャンセルして病院に付き添い、粥《かゆ》程度の昼食を準備して、彼女を残して出勤した。

「ゆっくり休んでください。夕方、戻ってきますので。」

ノロウイルスではなかったが、急性の腸炎という診断で、やはり、洗面所などを介してウイルスに感染する危険があると注意された。僕は、会社から急な仕事のキャンセルについて厳しい警告を受けており、午後の勤務中に発症することを恐れていたが、幸いにして何事もなかった。

三好は何度も、「ごめんね。」と謝り、また「ありがとう。」と礼を言った。丸二日間、熱が下がらず、洗面器と水を傍らに置いたまま、暗い寝室で横になっていた。

自分自身を支えきれなくなった肉体には、健康な時以上の存在感があった。それは、動かし難く、眼下に見下ろされ、無防備だった。助けを必要としていて、僕に責任のある態度を求めていた。

母が生きていた時にも、病気の際には、この部屋で看病をしたが、それは〈母〉との今の暮らしの中では、決して経験できないことだった。

そしてふと、三好がウイルス性の腸炎などではなく、何か深刻な病気だったならと、一人になったリヴィングで考えた。

僕は彼女を、看病し続けることが出来るだろうか？　たとえその気持ちがあったとしても、経済的には、あっという間に破綻してしまうだろう。

カーテンを閉めず、夜の窓ガラスに映った自分の姿を見つめた。

僕が映っているというより、この部屋に独りでいる僕が映っている。それはまるで、ガラスの中に作られた僕のVFのように、何か心らしきものを繊細に表現している。

僕は、その僕の本心を問うように、母のことを考えた。

あり得たであろう母の介護を、僕は結局、経験しなかったのだった。それは、母がさせようとしなかったと言うべきかもしれない。

母は、今のこの部屋の光景を、逆の立場から想像していたのだろうか？　つまり、自分が薄暗い部屋で終日寝たきりでいて、ドアが開いて、一人息子が介護しに来てくれるのをじっと待つような生活。……

三好が復調し、一週間経ったところで、僕たちは、二人の共同生活を「ルームシェア」という言葉で改めて定義し直した。

部屋を所有しているのは僕であり、正確にはその言葉に当て嵌《は》まらないのかもしれないが、ともかく、言葉によって状況を明確にする必要があった。

三好は僕に二万円の家賃を支払うことになり、電気代やガス代、食費や洗剤、トイレット・ペーパーといった生活用品の費用を、二人で折半することにした。それを機に、僕は彼女の部屋から母の持ち物をすべて片づけ、自室に引き取った。僕の部屋は、そのために、一層、母の記憶が濃くなった。

彼女は、僕との共同生活を気に入ったらしく、出来ればここにもう少しいたいと言った。僕は、信頼され、感謝されていることが嬉しかった。彼女は、「お金を貯めたい」とも言った。

「この先どうなるかわからないし、少しでも貯めておかないと、病気にもなれないし。」

ただ、相応のお金は支払った方が、心理的に負担を感じずに済むらしい。

僕はそれに同意した。互いに対等の関係でいるためには、必要なことだった。

彼女に長くいてほしい、という点では、僕も同じ考えだったが、その根底にある彼女への好感を、僕は適切に方向づけるべきと感じていた。既にそれは萌していた。しかし今なら、まだ間に合うのだから。——〈母〉に報告すると、「あら、そうなの?」と、表情もなく、その事実を判断しかねている様子だったので、僕ははっきりと、

「そう。三好さんが一緒にいてくれることになって、僕も喜んでるんだよ。」と言葉にした。

そうしてようやく、〈母〉は、

「そう？　よかったわねえ。三好さん、お母さんの一番のお友達なのよ。」と笑顔を見せた。

三好は、看病の礼に、何か手料理を振る舞いたいと、僕にリクエストを尋ねた。食事は別々のことが多く、僕たちはまだ、一緒に台所に立ったことがなかった。

お互い様なので、そんな特別なことだと思わないでほしいと言ったが、せっかくなので、しばらく考えて、「鍋とか、食べたいです。」と答えた。

彼女は大きな笑顔で、

「鍋なんて、料理じゃないよー。野菜切るだけなんだし。」と言った。

「でも、あんまり外で一人で食べられないので。」

僕がそう答えると、彼女は腑《ふ》に落ちた様子だった。

「そうね。――よし、じゃあ、鍋にしよう！　何鍋にする？」

「何でも。……あ、買い物、僕も行きますんで、その時に考えます。」

「オッケー。なんか、お礼って趣旨とは違うけど、ま、いっか。楽しそうだし。」

彼女はそう言って、微笑を留めたまま、自分で納得し直すように、二度頷いてみせた。

第八章　転落

三好と鍋を食べる約束をしていたのは、関東地方を、また新しい台風が見舞った日の翌日だった。

警戒されていたものの、被害は比較的軽く、ただ、前回、被災した町では、修繕途中の家が水浸しになったり、新たにまた電柱や街路樹が倒れたりして、住民は意気阻喪《そそう》した様子だった。テレビのインタヴューに応じた被災者の一人は、「双六《すごろく》で、悪いマスを踏んで後戻りさせられたみたいな感じ。」と応えていた。

三好の以前住んでいたアパートは、まだ再建の目処《めど》が立っていないらしい。

僕は、会社から「注意」という名目の警告を、この日もまた受け取っていた。

岸谷の事件以降、〝リアル・アバター〟という職業は、俄かに世間の注目を浴び、需要と就業希望者が急増していた一方で、依頼者の「どんな要求にも従う」という仕事に対して、〝抗議〟も殺到していた。無責任であり、社会的に許容されるべきでない、と。

言うまでもなく、岸谷の一件は例外的であり、実際には利用規約もあるが、ただ、会社が仕事内容を拡張させてきたことも事実だった。

長時間労働や過労が常態化している就業形態も、この手の他の仕事同様に問題視された。それが改善されるのは、僕も勿論、歓迎する。

正直なところ、僕は会社に対して、これまでになく不信感を抱いていた。

ベテランとして重宝されていた以前とは異なり、顧客からの評価が低下すると、〝指導〟が増え、特別歩合の見直しを強いられ、初めて自分のアカウントへのアクセス停止の脅しまで受けた。それらはすべて、ＡＩが自動的に僕を査定して、メッセージを送りつけてくるのだったが、反論のメッセージを担当者に送っても、「ご主張の点を踏まえた上で、適正に契約条件の見直しが行われたものと認識しております。」と取りつく島のない返答で、話し合いの場さえ設定してもらえなかった。

しかし、僕に対する会社の態度の変化は、決して機械的なものではなかった。殊に、岸谷との関係については猜疑的《さいぎてき》で、彼の問題行動が目立ち始めた頃から、僕に対しても冷淡になったのは明らかだった。

事件後は、警察での事情聴取のために、既に引き受けていた仕事の変更を願い出ていたが、それにまたくどくどしく注意が届き、更に先日の三好の看病のためのキャンセルで、次に問題を起こせば、三ヶ月間の業務停止と違約金が課されるという具体的な通告まで受けていた。

僕はそれに自尊心を打ち砕かれ、憤っていたが、同時に、この仕事も辞め時かもしれないと初めて考えた。結局、岸谷の精神をも見舞った危機が訪れる前に、自分から離脱するべきではあるまいか。──しかし、他に今と同等の収入が得られる仕事の当てがあるわけではなく、せっかく始まった三好との生活を維持するためにも、せめて猶予が必要だった。……

この日は、初めての依頼者で、アカウントの写真は、眼鏡をかけた、若い、僕とそう年齢も変わらないであろう、大人しそうな青年だった。

依頼内容は、入院患者の見舞いで、ただ、世話になった人なので、スーツを着用してほしいという要望が付されていた。僕は、仕事用に持っている紺のスーツを着て自宅を出た。三好が見たがっていたが、既に家を出ていたので、写真を撮って送った。彼女からは、「おー、カッコいいー！　高給取りの会社員に見える（笑）」という絵文字つきの返事が届いた。

台風の翌日独特の、無神経なほどに美しい青空だった。足許の散らかり具合に反して、空気は町全体を清浄機にかけたかのように澄んでいた。

十月というのに朝から蒸し暑く、約束の正午には、気温は三十度に達した。街ゆく人も、ほとんどが半袖で、ノースリーヴの女性もちらほら目についた。

四季の変化がおかしな具合になって以来、夏服をいつしまうべきか、というのは、この時季のお決まりの、誰にでも通用する無難な話題だった。

僕はまず、青山にある高級スーパーで、メロンを二つ、買うように指示されていた。表参道の駅で依頼者と接続したが、彼は、僕がジャケットを着ずに手に持っていることに、強い口調で不満を言った。

「最初から着用していてください。」

「病院に着いてからでは不都合でしょうか？　今日はかなり暑いので、着ていると汗だくになってしまいそうで。」

「いいから着ていてください。そういうお約束でしたので。」

依頼者のモニターはオフになっていて、僕にはそのアイコンの写真しか見えなかったが、声は思い描いていたのとは違い、威圧的だった。

僕は、そんな約束はしていないと反論しようとした。普段なら、こうしたケイスでは、条件を再確認するはずだったが、この日はなぜか、それをしなかった。このあとも、大半は地下鉄での移動で、スーパーもすぐ近くだから、というのがまずあった。相手の反論を許さない口振《くちぶ》りに、気圧されてしまったところもある。あまり好ましい依頼者ではなさそうだったが、会社との契約状況を考えると、事を荒立てたくなかった。

感情を無にして、ただ依頼者の望み通りに動くということが、この仕事の基本だった。

依頼者は、桐箱《きりばこ》入りの「極上」のブランド・メロンを二個、希望していて、店を指定したのも彼だった。

駅から十分ほど歩いただけで、ジャケットの下が蒸れ、額から汗の雫《しずく》が落ちてきた。僕は、以前に「臭い」と言われて評価を落とした時のことを思い出し、不安になった。病室は個室らしかったが、窓を閉め切ってクーラーで冷やしてあるその部屋で、入院患者は、僕の体臭に顔を顰めないだろうか。……

スーパーに着くと、生鮮食料品売り場に直行した。さすがに少し涼しかったが、頭からは却ってそれをきっかけに汗が噴き出してきた。濡れた襟足が冷たくなって不快だった。

メロンは、僕の目よりも少し高いくらいの棚に、四個、並べて陳列されていた。一個、一万八千円だった。

「手に取ってみて。」

「はい。」

「イチイチ返事、要らないから。――硬い?」

「少し硬いです。」

僕は、マスクメロンの複雑な網目模様は、成長の過程で、皮のヒビ割れを修復するために作るかさぶたのようなものなのだという話を、何となく、思い出した。その起伏を掌に感じ、両手にメロンの香りが移るのを想像しながら、傷めないように底に指で触れた。

「他のは?」

僕は、一つずつ順に、すべてのメロンを手で確かめ、一番熟れているものを指差《ゆびさ》して、「これが良いと思います。」と応えた。

「二個いるんだよ。」

「すみません、そうでした。では、もう一つはこれだと思います。」

「なんか、小さいな、それ？」

「そうですか？……ここで見ている分には、特にそう感じませんけど。」

僕は、メロンがよく見えるように顔の前に持ち上げた。

「いや、小さい。」

「店員に、他にあるか訊いてみましょうか？」

「ダメだな、ここ。日本橋のデパートに行って。」

「……ここで買わずにですか？」

「そうだっつってんだろ。」

僕は戸惑ったが、応諾の返事をして、棚にメロンを戻し、店を出た。

自動ドアが開くなり、外の熱気は、忽《たちま》ちにして僕を呑み込み、逃げ場もなく閉じ込めた。駅まで歩く間にまた汗を掻いた。僕は、混み合う銀座線に乗り、言われた通りに日本橋まで行った。その間、依頼者は何か別のことでもしているらしく、ずっと無言だった。僕は、彼に気づかれぬように、こっそりネクタイを緩めた。

デパートは、駅に直結していて、僕は地下の食品売り場で、先ほどと同じようにメロンを探した。平日の日中だが、酷く混み合っていて、大半は中高年の女性だった。みんな、僕とは違って、自分の意思で惣菜《そうざい》や生鮮食品、お菓子などを求めて歩いている。――しかし、そうなのだろうか？　確かに今、誰かに操られているわけではない。家族に事前に指示された、という人も、多くはあるまい。けれども、日常の維持という、もっと大きな抽象的な目的が、彼女たちに命じている、と言えなくもなかった。社会そのもののリアル・アバターのように。――その証拠に、それに従うことが出来ない時に、彼女たちに低評価を下すのは社会なのだった。

僕は、老舗の高級果物店で、宝飾品のように並べられているメロンを見つけると、先ほどと同様に品定めをして二個を選んだ。依頼者も、今度は納得したので、店員を呼んで購入する旨を伝え、桐の箱に入れて、のし紙をつけてもらった。ベテランらしい初老の女性で、手際がよく、包装紙に折り目をつける度に、長短、縦横斜めと様々に現出する直線が爽快だった。

二個で三万五千円という値段で、僕は依頼者に支払いの確認をした。

ところが、彼はまた、唐突《とうとつ》にこう言った。

「やっぱ、ここで買うの止《や》めた。違う店にするから、それ、断って。」

「……え？」

「聞こえてる？」

「……ハイ。何か、問題がありましたか？」

「なんか、店員の〝気〟が悪いな。俺、そういうの敏感だから。見舞いのメロンなんだし、ヘンなの持って行けないだろ。」

僕はようやく、ひょっとすると、揶揄《からか》われているのではないかと疑った。その最後の言葉の途中で、微かに、笑いを堪えきれないような息が漏れた音を聞いたからだった。

しかし、利用規約違反で依頼を中断できるほど、明らかな問題ではなく、この段階でそれを申し出れば、依頼者は僕に最低の評価を下して会社にクレームを入れるだろう。そうなれば、僕は契約を解除される懸念さえあった。

店員に、「すみません、ちょっと不都合があって、やっぱり結構です。」と言うと、「えっ？」と驚いた顔になり、次いで怪訝そうに、「購入されないんですか？」と確認された。

「はい、……すみません。」

店員は、僕がリアル・アバターであることに気づいていた。そして、「――もういいから。」と、急に憐れむような、隣近所の子供に向かって大人が言うような口調で呟き、下を向いて包装を剝がし始めた。イヤフォンから、「態度悪い店員だな。」という声が聞こえ、続けて何か言っていたが、僕はそれを聴き取らないまま、もう一度、「すみません。」と謝って、その場をあとにした。

それから、僕は日本橋の別の果物店に始まり、丸の内、銀座、築地と、言われるがままに徒歩で移動し、同じようにメロンを購入しかけては、途中で止める、という馬鹿げたことを繰り返した。いずれも、電車に乗るだけ手間がかかるというような微妙な距離だった。

気温は三十二度まで上がり、湿度も高かった。僕は、ゴーグルの下から指を入れて、目に染みる汗を何度も拭った。外気よりも、当然に体温の方が温度が高いことを、火照った頬でずっと感じていた。

日差しが強く、木の葉が散った歩道の上の僕の影は濃かった。

二時間半も歩き通しで、ワイシャツは、ぐっしょりと濡れてしまっていたが、僕はもう構わなかった。

ゴーグルに表示される指示にただ従うだけだったので、ビルの谷間で、自分が一体、どこを歩いているのかさえ、時折、わからなくなっていた。

あとから思えば、どこかで拒否すべきだった。けれども、こんなに蒸し暑くなく、スーツを着込んでいるのでなければ、必ずしも無理な距離ではなかった。依頼者のわがままには慣れているので、この程度なら、四時間の契約時間をどうにかこなせるはずだった。

僕が耐え難かったのは、この依頼が、僕をただ、嘲弄《ちょうろう》するためだけの目的であることが、最早、疑い得ないことだった。

依頼者は一人ではなく、少なくとも四人いて、途中から、せせら笑いを隠さなくなっていた。

「ハアハア言ってるな。」という呟きが聞こえ、「暑い？」などと、揶揄うように直接、問いかけられた。

やりとりの断片からわかったことは、どうやら、本当の依頼者は、彼らに脅されてアカウントを貸しているらしく、たとえ僕が、このアカウントを利用違反者として報告しても、ペナルティを科されるのは彼であり、今、僕に命じている残りの三人ではないのだった。

奇妙なことに、僕は、遠隔で外部から命令されているのではなく、自分を内から乗っ取られてしまったかのような感覚に陥っていた。得体《えたい》の知れない三人組が、僕の心に坐《すわ》りこんで、ジュースやスナック菓子をこぼしながら食べ、この体を好き勝手に弄んでいる。――僕はそして、自分の体を彼らに完全に明け渡し、その場所から遠ざかろうとするかのように、虚しく足を速めていた。

僕は、夕食に三好と作ることになっている鍋のことを考えようとした。帰宅したら、すぐにまずシャワーを浴びたかった。それから、一緒にスーパーに出かけ、何の鍋にするのかを話し合っている様を思い浮かべた。

セックスワーカーだった頃の三好も、こんな風に自分の体を抜け出して、意識だけの存在になって、どこか遠い場所で時間を潰していたのだろうか？

　僕は自分が、彼女の客たちと同じ欲望を抱き、つまり、彼女から、その連中と同じだと見做《みな》されることを想像して、激しい嫌悪を覚えた。僕は、そうじゃない人間でいたかった。絶対に違う人間として、彼女から尊重されたかった。僕は彼女と〈母〉との三人の生活を夢想した。僕たちは、〝家族〟になれるんじゃないだろうか。……

〈母〉に、今日のこの屈辱的な経験を話すべきだろうかと考え、その心配する顔を思い浮かべて、黙っておくべきなのかもしれないという気がした。三好には？　家族になるということは、結局は、何も話せなくなる、ということなんだろうか？

不意に、『波濤』という小説の海辺の死の場面が脳裡を過った。

　僕は、あの芸人と同じように、今、人から笑われているのだった。僕の懸命な人生は、「あっちの世界」の人たちの退屈しのぎだった。

　傍らを、車が規則正しく列を作って走り抜けていく。

　あの先の左手のビルとビルの谷間から、突然、波濤が襲ってくる、ということはあり得るのだろうか？　僕は驚いて、車道に飛び出してしまうだろう。僕はその時、誰として死ぬんだろうか？　僕に我が物顔で居座っている三人も、一緒に殺されるということはあるのだろうか？　僕は、〝死の一瞬前〟に、何を思うのだろう？　まだ早すぎる。僕はまだ、その時、誰を思い浮かべるべきか、わからないままだというのに。……

最後に築地まで歩いて、予想通り、結局、メロンを買わないまま、終了時間も間近となった。知人の見舞いに行くというのも、そのためにスーツを着てほしいというのも、すべて作り話だったのだろう。

店を出たあと、まだ十五分ほど残っていたが、依頼者たちは、「よし、もう一軒行ってみよう！」と言い、一人が声を上げて笑い、もう一人が欠伸をした。

「リアル・アバターって、ホントに何でもやるんだな。スゲェよ、マジで。いや、楽しませてもらったわ。人も殺すな、こりゃ、言われれば。」

感心したように、そう言う声が聞こえた。岸谷の事件で、この仕事を知ったのだろう。

足許が少しふらついて、酷く喉が渇いていた。持参した水筒は、とっくに空になっている。目眩がして、視界が明るく乾いて、罅割《ひびわ》れてゆくような感じがした。熱中症ではないかと疑った。

一言断れば良かったが、その余裕もなく、僕は信号を渡ったところにあるコンビニに向かった。

「おいおい、どこ行くんだよ？　時間、まだだろう？　ひょっとして、怒ってる？　怒っちゃった？」

また笑い声。――僕はジャケットを脱いで、ネクタイを引きちぎるようにして更に緩めた。酷く具合が悪かった。一リットルの水を一本、選ぶこともせずに摑んで、レジに向かった。依頼者は、急に意のままにならなくなった僕に腹を立てて、大きな声で喚いていた。

カウンターでは、五十がらみの男性客が、東南アジア系らしい女性店員に何かを執拗《しつよう》に問い質していた。

僕は、自動レジで精算を済ませると、その場ですぐに水を呷った。

「ここは日本！　ちゃんとした日本語喋れないなら、国に帰れ、国に！」

依頼者たちも、このやりとりに気づいたらしい。興奮しながら笑う声が入り乱れている。うるさいなと、僕はゴーグルと一緒にイヤフォンを外して、カウンターの上に置いた。ジャケットと手荷物は、自分でも気づかぬうちに足許に落としていた。

岸谷が言った「俺はもう、つくづくイヤになったね。もうイヤだ。」という言葉を思い出した。僕は頷きながら微笑した。彼は今、拘置所でどうしているのだろう？

僕は、終わらせようとしていた。――何を？　目の前のいざこざを？……

僕を「臭い」と言った人のことを思い出した。今、ここで喚いている差別主義者を、あの時殺さなかった女の代わりに殺してはいけない理由は何だろうか？

男の許に歩いて行くと、僕は、「止《や》めろ。」と言った。けれども、それ以上、言葉が出てこなかった。頭が割れるように痛く、覚えず顔を顰めた。男は、一瞬、驚いて肩をびくつかせたが、振り返って僕が立っているのを見ると、

「アンタに関係ないでしょうが！　口出しするな。」

と顔を紅潮させて言った。僕はもう一度、「止めろ。」と言った。女性店員は、動揺し

たまま、こちらを見ていた。

ふと、僕はこの女性は、三好なのではないかと思った。見た目こそ違うものの。――そして、そう！　この男は、彼女の首を絞めたという男なのでは⁉　いや、そうではなく、寧ろ、高校時代に、僕にノートを借り、売春のせいで退学になった、あの少女なのだと悟った。この男は、彼女を金で買ったジジイなのだ。……

僕は、店員を庇《かば》うようにして、男の前に立ちはだかった。顔は目の前だった。男は、僕に「どいて。」と言いながら前に進もうとした。僕はその行く手を阻んだ。

「どけよ！」

男はムキになって体ごとぶつかってきた。

僕のシャツは、すっかり汗で濡れていて、臭くなっていた。

やっぱり、この男が、僕の評価を著しく下げた、あの女なのではあるまいか？　アバター？　男は僕を押しのけようとしたが、僕は無言で、足を踏ん張りながら行く手を塞いだ。岸谷が、僕を指嗾《しそう》していた。いや、違う。僕は、あの高校時代の「英雄的な少年」に憧れていたのではなかったか。そして今、僕は誰にも命令されていない。自分自身の本心から行動しているのだ。……

「お客さん、あの、……」

店員の声が背後から聞こえてきた。男は革靴を滑らせて、体勢を崩し、激昂して僕を突き飛ばした。僕はカウンターに腰を打ちつけ、その痛みに顔を歪《ゆが》めた。

僕は、やっぱり殺すべきではないだろうかと、自問した。そして、もう母のいない世界で、なぜ法律を守らなければならないのだろうかと考えた。誰も僕の罪を嘆かない世界で、なぜなのか、と。……

＊

夕方五時過ぎに帰宅すると、僕は、三好が戻る前にシャワーを浴び、汚れたシャツとスーツを洗濯機で洗って、証拠隠滅を図るように、日中、経験したことの痕跡をすべて消し去った。そして、髪も濡れたままで、自室のベッドに倒れ込んだ。

僕は何よりも、自分自身を取り戻したかった。しかし、返却された僕の体は、酷く乱雑に扱われ、最初に貸した時とは同じでない感じがした。それが、悲しかった。

僕は、考えることに倦んで、ただ、真っ白になりたかった。

何も感じず、何も考えずに、無感覚のまま静かに眠りに落ちたかった。何度も寝返りを打って、小さく体を丸めたが、僕を包んでいるその麻痺《まひ》はあまりに薄く、どれほど眉間を絞って鍵を掛け、閉め出そうとしても、耳の中には、絶え間なく嘲笑が闖入してきて、目《ま》ぶたの裏に憤怒の男の顔をちらつかせるのだった。

会社からは、引っ切りなしに連絡が来ていたが、僕はそれを無視して、電話の電源を切ってしまった。

母が、こんな僕を知らないまま死んでしまったことの意味を、漠然と考えた。今この瞬間にも、知ってもらうことが出来ないまま、死を死に続けている意味を。——

六時半に、僕は近所のスーパーで三好と待ち合わせしていた。それをキャンセルしようかと、ギリギリまで迷ったが、そうすべきでないと、服を着替えて自宅をあとにした。

自動ドアを一枚潜って、カートが並んでいる辺りで、三好は携帯を弄りながら待っていた。

「お待たせしました。」

僕が駆け寄ると、

「遅ーい。タイムセールに出遅れてるよ！」と言って笑った。それから、つと僕の目を見て、

「どうかした？　顔色が悪いみたい。」と首を傾げた。

「ああ、……いえ、大丈夫です。」

「そう？　仕事、早く終わったの？　スーツで来るの、楽しみにしてたのに！」

「一度、帰宅したんです。汗だくだったんで、洗濯して干してます。」

三好は、ふーん、という顔で頷いたが、何かを察した様子で、それ以上は尋ねなかっ

た。

気づかいのようでもあり、また、慎重な距離の取り方のようでもあった。彼女の過去にアクセスすることが許されるなら、僕は、自分の体の所有者でなくなることの苦痛を共感し合えるのではないかと、この時、不意に思った。けれどもそれは、既に現在を生きている彼女に対する身勝手な、甘ったれた考えなのだと、口に出すことはしなかった。

店内の風景は、表参道の高級スーパーの記憶と悪気もなさそうに戯れ始め、僕を動揺させた。

「朔也君、豆乳鍋とかどう？」

先を歩く三好は、振り返りながら尋ねた。

「食べたことないです。」

「ホント？　鶏肉だけど。塩麴《しおこうじ》で味つけして。」

「いいですね。美味しそうです。」

「じゃあ、今日はそうしよっか。少しまとめて材料買って、しばらく鍋食べる？」

「はい。……じゃあ、キムチ鍋の素《もと》とかも、買っときましょうか。」

「そうね。豆乳鍋はマイルドだから、刺激的な方がいいかも。」

たった数秒の会話だったが、僕はその間、日中の出来事を完全に忘れていられた。

彼女の存在に集中し、追い縋ってくる記憶を振り払いたかった。

「――白菜とか、ネギとかですかね。」

「うん。何でも朔也君の好きなの、入れれば良いと思うけど、お肉は鶏の方が美味しいと思う。でも、キムチ鍋用に、豚肉も買っておこっか。」

僕は、「セール品」の値札を見ながら、食材を選んでいく三好に、カゴを持って付き従った。毎月の食費は、四万五千円以内にしようといつも努力している。この日は、四日分程度を買い込み、二人で二千三百円に収まったので、缶ビールの六本パックも買った。


鍋など「料理じゃない」と豪語する通り、三好は、手際良く野菜を切り、骨付きの鶏モモ肉に塩麴で下味をつけ、あっという間に準備を終えた。

「本当は一晩くらい、塩麴に漬けておかないとダメなんだけど。」

僕は狭いキッチンで、米を炊くくらいしか、手伝うことがなかった。

テーブルに食器と箸を並べながら、母と一緒に毎晩のように食事をしていた頃のことを思い出した。

三好との「シェア」が始まって以来、リヴィングの整頓にも気を使うようになった。留守中には、彼女もよくテーブルを拭いたり、掃除機をかけたりしていた。

鍋は口当たりが良く、鶏からよく出汁《だし》が出ていて、どこか、コーンスープのような風味だった。その煮立ったまろやかな香りの傍らには、まだ生のままの青々とした長ネギや白菜の香りが控えていて、菜箸を伸ばして具を追加する度に鼻を掠めた。

僕は、豆乳でとろけるほどに煮えた野菜の甘みと、張りのあるモモ肉の塩味との両方のために、ビールを飲み、またごはんを食べた。

「美味しいですね、見た目よりサッパリしていて。どこで習ったんですか？」

「ネット。」

三好は、口に入れた鶏肉を熱そうにしながら、その骨を取り出して失笑した。

「料理は全部ネット。親から教えてもらったりとかは、全然。大体、料理ヘタだったし、美味しくなかったし。家庭の味が懐かしいとか、そういうのはないんだよね。」

「そうですか。」

「自分で工夫して、安くて美味しいごはんを作れるようになるとね、……なんでこんな簡単なことも出来なかったのかなって、自分の親のダメさ加減がますます思いやられる。——朔也君は、お母さんから何か、習わなかったの？」

「……特別には。僕は、母の手料理は好きだったんですけど、母の死後、自分で再現するってことを、考えたことがありませんでした。習っておくべきでした。」

三好は、黙って相槌《あいづち》を打っていたが、鍋の煮立つ音が気になったように、少しカセットコンロの火を弱めた。そして、僕のグラスにビールを注《つ》ぎ足した。礼を言って注ぎ返そうとすると、構わないという風に手で制して自分で注いだ。

僕は、一口飲んでから続けた。

「でも、母にしても、結局、同じだと思います。料理の本とか、ネットとか、そんなんですよ、元々は。」

「まあ、そうでしょうけど、……そうかもね。わたし、酷い家庭で育ったから、よそはきっと違ったはずだって、思いがちなのよ。実際、違ったと思うんだけど、どこがどう違ったかってことがわからないの。だから、きっと、トンチンカンなところで羨ましがってるんだと思う。」

いつ壊れるかと、このところ心配している古いクーラーの風が、微かに立つ湯気を揺らめかせていた。

三好は、あまりしんみりし過ぎてしまったと思ったのか、さてと、という風に椎茸《しいたけ》と鶏肉を取って、頷きながら食べた。

「やっぱり、鍋で正解だったね。一緒に夕食、食べてるって感じがする。」

「そうですね。明日からも、しばらく鍋ですけど。」

「飽きるまで鍋でもいいよ。簡単だし。」

彼女は、そう言って、今更、思い立ったように、もう大分具材も減って、あまり見栄えも良さそうじゃない鍋を写真に撮った。

僕は、携帯の電源は、切ったままにしていた。そして、今日あったことは、彼女には話さずにいようと決めた。

食後は、僕が食器を洗い、先に三好が入浴した。僕は、帰宅後にシャワーで汗を流していたが、鍋の香りもついていたので、改めて一風呂浴びたかった。

バスタブの縁に頭をもたせかけ、湯に浸かって、僕はしばらく目を瞑っていた。夕方の帰宅直後とは違って、三好と一緒に食べた夕食が、僕の心に安らぎを与えた。

僕は努めて、この今の僕に留まろうとした。僕は、記憶喪失に憧れた。ただ、ほんの数分しか、自分の経験を覚えていられない病気の発作を願った。そして、悲しみを忘れることが出来るのと同時に、喜びの思い出までをも忘れなければならないとするなら、僕は、その条件を受け容れるだろうかと考えた。今日一日のことを、パソコンのファイルのように、クリック一つで丸ごと消去できるとするなら？――パソコンのファイル？寧ろ、こう問うべきだった。すべての思い出が消滅する〝死の一瞬前〟に、僕はそのことに安堵を覚えるだろうか、それとも惜しいと感じるだろうか、と。……

リヴィングに戻ってくると、三好の姿はなく、ただそのシャンプーの香りだけが広がっていた。よく見ると、短パンにTシャツ姿の彼女は、ヘッドセットをつけて、ソファではなく床に仰向《あおむ》けに寝転がっていた。素足の片膝を立てて、両手を開いていたが、時折、何かに触れようとするように、ゆっくりと宙に腕を伸ばした。

彼女は、何か大きな抱擁を受け容れているかのように、自分の全身を曝《さら》け出していた。

僕は、下着をつけてない胸が、そのくつろぎを白いTシャツにゆったりと響かせているのに目を留め、視線を逸らした。彼女がセックスワーカー時代に揮《ふる》われた暴力を思い出し、どうしてこんなに無防備に振る舞えるのだろうかと訝った。腸炎で苦しんでいた時とは違い、彼女のからだは、健康で、清潔で、安らいでいる。僕は恐らく、信頼されているのだった。少なくとも、急に馬乗りになって、首を絞めながら衣服を剝ぎ取ろうとする人間とは見做されていなかった。

僕はまた、彼女を見つめていたが、それに彼女が気づいていないことに、窃視《せつし》的な疚しさを感じて、わざと少し足音を立てながら冷蔵庫に麦茶を取りに行った。ふと、彼女を自分の姉のように感じることは出来ないのだろうかと考えた。家族というならば、母の代理、という方が、自然に思いつきそうなことだったが、その考えを僕は嫌悪感と共に峻拒《しゅんきょ》した。

一杯、飲み干した麦茶が、食道を通って胃に辿り着くまでの道行きを、その冷たさを追うようにして感じた。ビールは缶一本程度だったので、酔ってはいなかったが、喉が渇いていた。

三好は、いつの間にか横を向いていて、自分のからだを出来るだけ小さくしようとするように膝を抱えていた。胎児だった頃を追体験するアプリでも使っているのだろうか？　その姿が、夕方、ベッドに横たわっていた僕自身と似ていることに、僕はハッとした。

彼女の方こそ、今日は何か聞いてほしいことがあったのかもしれない、と初めて考えた。僕の憔悴《しょうすい》を看て取って、彼女はそれを引っ込めてしまったのではあるまいか。

彼女の分のお茶を注いで歩み寄り、肩に触れて声をかけようとしたが、その程度の行為でさえ、僕に対するまだ壊れやすい信頼は破綻してしまう気がした。

僕は、少し離れた場所から、

「三好さん、大丈夫ですか？」と尋ねた。

彼女は、恐らく僕の気配を察していたのだろう、驚いた様子もなく、ゆっくりとヘッドセットを外しながらからだを起こした。そして、どこか遠い場所から、僕のいるリヴィングに——つまり、現実に——戻ってきたような、少し疲れた表情を見せた。泣いていたかのように目が赤らんでいたが、平気だという風に頷いてみせた。ちらと僕を一瞥《いちべつ》したが、俯いて、顔に掛かる髪を軽く手で払った。

僕は、触れることなしに、三好はどうやって、僕が仮想現実ではないと見分けられたのだろうかと、埒《らち》もないことを考えた。僕はと言うと、触れないことで、〈母〉が実在しているかのように思い做《な》しているのだった。

実際、僕はこれまで、〈母〉のからだに腕を伸ばしてみたことさえなかった。

「また、どこかのリゾート・ホテルにでもいたんですか？」

「ううん。」

彼女は首を振ると、僕にヘッドセットを差し出して、

「朔也君もやってみる？《縁起 Engi》っていう、壮大なアプリなんだけど。」

「エンギ？」

「仏教の縁起って知ってる？　この世のすべては相対的で、一切は空《くう》だっていう、……」

「ああ、……何となくは。」

「それを、宇宙の長ーい時間を通じて体験するアプリなの。本格的に仏教の思想を説明するっていうより、多分、象徴的につけてる名前だと思う。」

「そんなのあるんですか。……よくやるんですか？」

「時々。お気に入りなの。わたしの人生って、何なのかなとかって思い悩む時に、すごく深い没入感がある。」

「宇宙空間に、ですか？」

「宇宙そのものに。地球の誕生から消滅までの時間も、もちろん含めて、全部。恐さと、心が軽くなる感じと。」

先ほどの幸福感に満ちた夕食の余韻の最中で聞くには、少し寂しい呟きだった。

何か言いたかったが、あまり良い言葉は思いつかなかった。

「三好さんが、この家をシェアしてくれるようになって、僕は嬉しいですけど。」

「それは、わたしも、独り暮らししてた時よりずっといいし、朔也君にも感謝してる。

けど、……うまく言えないけど、わたし、死ぬことが恐いの。誰でもそうだろうけど、わたしは、人並み以上なんじゃないかって気がする。自分の人生が、結局、何でもなかったって感じながら、どうやって死を受け容れたらいいか、わからない。」

僕は、跪《ひざまず》いて、膝に両腕を突っ張らせて話を聴いていたが、それに対する返答を考えながら、三好と同じように床に腰を卸《おろ》した。

「〝死の一瞬前〟って、……考えたことあります？」

「――？」

「母が、〝自由死〟を望んでいた理由の一つなんです。それも、藤原亮治の本の影響らしいんですけど。……〝死の一瞬前〟に、この世で最後に何を見て、どんな気分でいたいのか。――母は、その時には、僕に側にいてほしいって言ったんです。僕と一緒にいる時の自分のまま死を迎えたい、他の人といる時の自分では死にたくないって。結局は、見知らぬ若い救急医に見下ろされながら死んだんですけど。」

「……そう。」

「どういう状況で、誰といる時の自分を、命がなくなる最後に生きたいですか？　それが実現するなら、死ぬことの恐怖も、少しは和らぐんでしょうか？」

三好は、僕がまだ話し終えないうちから、待ちきれぬように、小さく何度も首を振った。

「そんなの、何にもない。そんな人もいないし。……今だったら、最後の瞬間にも、どこかの仮想現実の中にいると思う。天使が迎えに来てくれて、虹色の門が静かに光り輝いてる天国が見える光景とか。」

「三好さんは、死後の世界を信じますか？」

「死後の世界って、この世界よ。わたしがただ、火葬されて、骨と灰と二酸化炭素になっちゃうってだけで。」

「霊魂の不滅とか、そういうのは信じないんですか？」

「朔也君、信じる？」

「僕は、……信じられたらいいなと思いますけど。」

「何か宗教を信じてる？」

「いえ。」

「わたしもよ。死んだら終わり。」

「二酸化炭素、ですか。」

「燃焼って、理科で習ったでしょ？　酸素と少しずつ結びついていって、宙に放たれていくのよ。」

「そこまで知ってるなら、〝死の一瞬前〟に天国の仮想現実とか見ても、意味ないですよね。」

「そうでもないと思う。その瞬間に、錯覚でも心地良くなれるなら。――だって、宗教だってみんなそうでしょう？　ありもしない天国の話で、死の恐怖を慰めてるんだもの。

ヘッドセットつけて、夢のように美しい仮想空間の光景を見ながら死ぬのと同じよ。それが悪いって言ってるんじゃないの。宗教って、人生にいいことがなかった人のためのものでしょう？」

「まァ、……そうなんですかね。」

「幸せな人には要らないと思う。」

「でも、欺されたまま死ぬのって、どうなんでしょう？」

「欺されてるとも言えないんじゃない？　仮想現実だって、人間が作った一つの世界なんだから。宗教だってそうでしょう？　天使じゃなくても、阿弥陀仏《あみだぶつ》でも何でもいいけど、そういうの、昔の人も〝死の一瞬前〟には見たがってたんでしょう？」

「馬鹿馬鹿しい？」

「昔の人は、……ええ。」

「いえ、信仰を持ってる人を否定するつもりはないんです。ただ、それだったら、僕は最後に愛する人と一緒にいたいっていう母の気持ちの方が、まだわかります。」

「堂々巡りよ。……そういう人がいないから、困ってるって話だったんじゃないの？」

三好は、寂しそうな、幾分、苛立った口調で言ったが、それをごまかすように微笑して語を継いだ。

「でも、一つだけ、わたしが死後も消滅しない方法があると思うの。」

僕は小首を傾げた。

「わたしも宇宙の一部だって、感じ取るの。わたしと宇宙との間には区別がなくて、宇宙そのものとして死後も存在し続けるって。」

「……。」

「《縁起》は、時間のスケールが、三〇〇億年とかなの。想像できる？　ビッグバンとかから始まって、途中で地球が誕生して、太陽に呑み込まれて滅んで、そのあとも淡々と時間が続いて、更にまた一〇〇億年後、とか。――朔也君も、試してみる？」

「……はい。」

僕が頷くと、三好は、「ちょっと待ってね。」と、一旦、自分のピンク色のヘッドセットをつけて設定を操作し、僕に貸してくれた。

僕は、何となく、自分たちのいるリヴィングの様子を見回した。

そして、ヘッドセットを装着し、しばらく目を閉じていたあとで、ゆっくりと開いた。

そこは、宇宙空間の中だった。どこを見ても雲のない澄んだ星空のようで、数秒後には、無重力状態のように、上下左右の感覚に変調を来《きた》した。

星の数は、夥しかった。僕の肉体は、仮想空間に取り込まれておらず、手を見ようとしても、お腹を覗き込んでも、何も見えない。ただ意識だけが、広大な宇宙に漂っているかのようだった。

外から、三好の声が聞こえた。

「音声で指示を出せるから。朔也君は、初めてだから、ダイジェスト版ね。――しばらくの間、一億年を一分で体験できる設定になってるけど、時間も場所も、そのうち、自動的に変化するから。説明の文章も表示されるけど、ウルサかったら切ってね。」

「……はい。」

「朔也君は、宇宙空間の〝何か〟なの、ずっと。元素とか、すごく小さい何か。……だから、もちろん、意思なんてないはずだけど、疑似体験だから。――逆に言えば、宇宙そのものなの。色々なことが起きてるものすごく大きな宇宙の一部分。……」

右端には、宇宙誕生後の時間経過が表示されている。

宇宙の始まりは、一三七億年前らしい。その「一〇のマイナス三六～マイナス三二乗分の一秒」という、僕が人生に於いて、一度として認識できた例《ため》しのないような短い時間のあとで、「インフレーション」と呼ばれる、ほんの数ミリの点が宇宙全体となる凄《すさ》まじい加速膨張が起き、ビッグバンが開始された。そして、宇宙誕生後の三分間で、この宇宙を構成するすべてが準備される。――つまり、今、僕というかたちに寄り集まっている六四キログラムほどの物質も。……それをイメージ化した映像は、一種の回想のようだった。

僕がいるのは、その一二億年後という設定らしい。

科学的に、どの程度、厳密に作られた風景かはわからないが、既に星も誕生していて、その光の点《とも》り方には、どんなに目を凝らしても、ヘッドセットの機械的な限界が感じられず、ゾッとするような果てしない奥行きがあった。

僕は、真空の暗闇と同化してしまったような息苦しさを感じた。それは、自分の鼻や口、気管や肺が、どこにあるのかわからないことによる、奇妙な窒息感だった。完全な静謐の世界だったが、映像だけの仮想空間というわけではなく、何か音響的な工夫によって無音が表現されている感じもした。遥か彼方まで、聞こえない、というもどかしさが広がっている。僕は、微かに自分の呼吸音を拾っていたマイクを止めた。

肉体がないということは、僕を外界から距て、僕自身に閉じ込める輪郭がないということだった。誰も僕を認識できない。僕は、という主語は、宇宙は、という主語と差し替えても構わないように感じた。僕の遠い彼方で、星が生まれ、僕はダークマターで満たされ、僕は今も膨張し続けている。……

僕は、一億年が一分間で自分を流れてゆくのを体感し、その意味を考えようとした。一〇〇年が一〇〇回繰り返され、更にその一万倍の時間が経過するということ。――宇宙のどの辺にいるのかはわからなかった。何の気なしに後ろを振り返り、下を向いてまた元の姿勢に戻ったが、たったそれだけの動作も、数千万年に及ぶ長い一瞥のはずだった。

僕は、再び目を遣った正面の星々に、その間、どんな変化があったのかを知りたかった。なぜ宇宙人に出会えないのか？　それは、宇宙が広すぎるだけでなく、その時間が長すぎるからだった。今ならどこかに、宇宙人がいるのかもしれなかった。そして、こうしているうちに、他の星の誰からも発見されないまま、もう全滅してしまったのだろう。

僕はそのまま、一〇億年近く、その場に留まっていた。その一一五億年後に、広大な宇宙空間に散らばっている元素が寄り集まって、僕という人間のかたちになる。そして、ヘッドセットをつけ、仮想現実を通じて、この今という時を、再度、疑似体験するのだった。——そんな無体なことを、ぼんやりと想像した。

三好は、ダイジェスト版と言っていたが、やがて僕はゆっくりと移動し始め、何億光年もの距離を猛然と超えていった。視界の全体が、光の飛沫《しぶき》のような星に埋め尽くされ、途方もない虹を溶かしたような、大理石の莫大《ばくだい》な渦のような模様を彼方に掠めた。銀河系に突入し、幾つもの矮小銀河《わいしょうぎんが》を潜った。僕は、太陽系を目指しているのだった。

画面の端に、小さな字で、「一光年は、音速で約八八・二万年、宇宙船で約五四〇〇年の距離」と表示された。

地球までの距離が、三〇〇光年、一〇〇光年、……と刻々と縮められていく。

一〇〇光年。——つまり、宇宙船で五四万年かかる距離。

僕は、それだけの時間、故障せずに飛び続ける宇宙船という夢想に恍惚となった。

視界の先には、やがて、青い点のような光が見えてきた。それが、眸の大きさになり、翡翠《ひすい》の丸玉大となり、……教会の薔薇窓《ばらまど》となって、瞬く間に視界の全体を青い光で覆い尽くし、僕を呑み込んでいった。

突然、僕は頭が吹き飛んでしまうほどの轟音に見舞われた。ライトブルーが、隕石《いんせき》のように、大気圏へと突入して、落下した海の中で爆発した。

突然、目の中に溢れ出し、水の音と空気の泡で僕を揉みくちゃにした。

頭上に空が現れ、色彩が奔出《ほんしゅつ》し、太陽に照りつけられた。

……そこからの地球の時間は、断片的な光景として、記憶のように飛び飛びに切り替わっていった。時間の流れは、一定ではなく、やがてその表示が読み取れないほどに速くなった。

海中を泳ぐカンブリア紀の珍奇な生物。……飛翔《ひしょう》する恐竜の影。……仲間の肩越しにサバンナを見ているホモ・エレクトゥス。……虫。……火山の噴火口。……雪。……松明《たいまつ》。……氷河。……人類が「全地の表」に散ってからは、一瞬毎に風景が変化した。

僕は無論、ただ見ているだけでなく、その都度、何かとして、それぞれの場所に存在していた。――古代ローマ皇帝の霊廟《れいびょう》、貴族の牛車が行き交う鴨川縁《かもがわべり》、北極のオーロラ、モスク、……出産直後の新生児、塹壕戦《ざんごうせん》、……娼家《しょうか》、……原爆、ロック・コンサート、……愛し合う男女、公園、父親らしき男の涙、……キリマンジャロ、……稲作、……学校でのリンチ、リオの繁華街、九・一一同時多発テロ、……ウォール街、……公園で遊ぶ子供たち、アニメ、雪だるま、寝たきりの老人、ギャング、浜辺の午後、……受付ロボット、ゴミの山、……変化は目まぐるしく、僕が認識し得たのは、いかにもそれとわかる僅かな景色に過ぎなかった。

やがて唐突に、薄い雲が懸かった青空が見えて、それが数秒間続いた。

しばらく考えていて、僕は戦慄《せんりつ》した。それは恐らく、僕自身が焼かれ、二酸化炭素になった日なのだった。僕は、自分が石川朔也という固有名詞と共に存在していたことにまるで気づかず、そして、その短い一生は既に終わり、また元の宇宙の一部の些細な出来事となり、つまりは宇宙そのものに戻ったのだった。……

地球の時間は、現在を追い越し、未来に向けて目まぐるしく続いたが、それはあまり長くはなく、僕は未来人の感傷を先取りした。

僕は、燃え盛るアマゾンの森林や、水没する太平洋の小島の直中にいた。人と区別のつかないロボットと立ち話をしていた。……閑散とした、荒廃した東京で、誰かに呼び止められた。……ドローンの爆撃。……公園の噴水の周囲を駆け回る子供たち。……家族の食卓。……観葉植物の葉が落ちる時。……

何もかもが、一三七億年目に宇宙でただ一度だけ生じた、僕という人間がもう存在を終えてしまったあとの光景だった。

僕はやがて、何の変哲もない、小雨が降る公園の遊歩道の縁になった。

二酸化炭素として、大気中に放出された僕の何かが、長い時間を経て、恐らくその辺に落ちているのだろう。

人類が絶滅し、植物に呑み込まれて崩壊してゆくビルを遠くに眺めた。その雷鳴めいた音と振動を感じた気がした。

青い、美しい羽の鳥が一羽、飛んでいた。

もういなくなってしまった人間たちに、懐かしさを感じた。そう言えば、そんなような生き物が、しばらく、この星で、笑ったり泣いたり、怒ったり悲しんだりしながら、我が物顔でのさばっていたのだった。

砂漠のような無人の光景が広がり、音がなくなった。瞬きした隙に、僕はその全体を見失ってしまい、気がつけばまた、宇宙空間にいた。

宇宙時計を見ると、二四〇億年を過ぎたところだった。地球は既に死に絶え、太陽も燃え滓《かす》のような白色矮星《はくしょくわいせい》に変わってしまっていた。

僕はきっと、何億年も、気を失っていたのだろう。

僕は、何万光年、何億光年という距離を乗り越え、僕に届き続けている彼方の無数の星々の光が貫通するのを感じながら、一度は、この僕という人間を構成していた元素は、どうなったのだろうかと考えた。

地球がなくなってからも、虚しくただ浮遊し続けている。

宇宙にも終わりがあるという。けれども、僕には詳しい物理学の知識はない。それが一体いつのことなのか。——時間は、それで止まってしまうのだろうか？　それは、どういう状態なんだろう？　止まった、という状態のその先がないということは？

僕の思考は、その状態を思い描くことがどうしても出来なかった。急に、肉体を備えた僕自身に引き戻され、息苦しくなり、無理難題を押しつけられた頭が破裂しそうな感じがした。

そして、僕はまた、一億年間を一分間として体験する時間の中にいた。ひょっとすると、一〇〇億年先では、またどこかの惑星で、何かの生物の一部になることもあるんじゃないかと夢見た。

僕はヘッドセットをつけたまま、いつしか床に横たわっていた。

どの段階だったかは、覚えていない。

けれども、百数十億年目のどこかで、三好が僕を残して、立ち去ってしまった気配が、微かに記憶に名残を留めていた。

僕は、何百万光年の彼方にまで、ひっそりと続く彼女の跫音《あしおと》を思い遣った。

僕は、暗闇に漂っている。星々が輝き続けている。地球のことを思い出した。僕はあの時、あまりに一瞬のことで、自分の姿も、母の姿も、目にすることが出来なかった。

それが、残念だった。もう一度、時間をその時点に戻すことは出来ないのだろうか？

ほんの一瞬。――一瞬とさえも言えないほどの出来事が、今のこの僕という存在なのだ。僕だけでなく、どんな人間でも。

二四〇億年に対して、人間の一生の八〇年ほどがどの程度なのか、僕はアプリにイメージ化の指示を出した。「三億分の一」という計算結果が、僕の視界全体に、巨大な帯グラフとして示されたが、どれほど目を凝らしても、特段、星のように輝くわけでもない、この僕という存在の小さな点を、見つけることは出来なかった。

また一億年経った。

僕だけでなく、母を構成していた元素も、宇宙のどこかにバラバラになって浮遊しているはずだった。

かつて一度でも、僕という人間を構成した元素と、母を構成していた元素とが、この広大な宇宙で再び触れ合うということは、あるんだろうか？

宇宙は、観測可能な範囲だけでも九三〇億光年もの直径があるという。

その全体の一〇〇億年単位の時間の中で、僕が今、こうして考えていることの意味は、一体、何なのだろうか？

真《ま》っ当《とう》に生きようと、罪を犯そうと、それが一体、何だというのだろう？　僕が誰かを殺し、誰かに殺されたとして、それが一体？　もし僕が、即《すなわ》ち宇宙だとするなら？巨大隕石が恐竜を絶滅させることも、母が〝自由死〟を願いながら側溝に落ちて死んだことも、すべては一連の現象に過ぎないのだろうか？……

本当は、そんな考え自体も成り立たないはずだった。人間の目も耳も脳ミソも何もかもが失われれば、「宇宙」などという言葉さえ存在せず、こんな風に見えるわけでも感じられるわけでもない、何か、何でもない何かが残るだけなのだった。

しかしだからこそ、僕は、僕という存在のこの意識に、愛《いと》おしさを感じた。その出現と、束の間の儚い持続は、奇跡的に尊い何かではあるまいか。そう考えることで、僕は、この自分の生を、宛《さなが》ら肯定できるんだろうか？　金持ちたちの世界に、際限もなく吸い取られ続けているこの命に対して、力強く首を縦に振るのだろうか？

三好は、この宇宙と一体になることで、死の恐怖を克服できるんだろうか？　本当は、この宇宙の姿こそが現実で、人間の世界など、言わば仮想現実に過ぎないのだ、と。木々の緑も、鳥の鳴き声も、ただ人間の感じ方一つであのように存在しているのだから。

三好は今、どこにいるんだろう？　彼女はやっぱり泣いていたんだろうか？　なぜ？

この巨大な宇宙の、ほとんど無にも等しい小さな元素の集まりである彼女は、僕から今、どれくらい遠くにいるんだろう？……

第九章　縁起

　僕は、会社から四ヶ月間の業務の停止を通告されたが、これは実質的には「解雇」に等しかった。この仕事に就いている者たちに、四ヶ月間も無給で過ごせる余裕などあろうはずがなく、辞めていった同僚たちも、最後は大抵、同様の措置の下で、自ら廃業せざるを得なくなっていた。

「リアル・アバター」の業者は他にもあり、実際、僕も今のところが三社目だったが、報酬はここが一番高く、より好《よ》い条件を求めて会社を変えた以前とは違い、評価で業務停止を喰らった〝札付き〟となれば、新たに契約先を探すのも容易ではなかった。

　業界も人手不足なので、条件を譲歩すれば、恐らくどこかに働き口はあったが、低収入だけでなく、肉体的にも精神的にも、生活はいずれ、立ち行かなくなるだろう。

　僕は元々は、この仕事が嫌いではなかった。今にして思うと、本心からそうだったのかはわからない。もちろん、すべては相対的な問題であり、高校中退という僕の立場で選べる仕事としては、悪くはなかった。深く心に刻まれた人との出会いもあったし、独りでは行けない場所にも行くことが出来た。

メロンの一件が、僕を最後に、決定的に打ち砕いてしまったのは事実だった。しかし、その馬鹿げた出来事にすべてを帰すより、年来の蓄積が、限界に達したのだと考える方が、事実に近いだろう。

母は結局、それを見越していたのであり、河津七滝行きで、一旦は僕の仕事を認めてくれ、そのまま死んでいったが、「お母さん、僕やっぱり、辛くなってしまって。」と今、漏らしたなら、「そうでしょう？ああは言ったけど、無理よ。しばらく休みなさい。お母さん、朔也の体のことが心配よ。」と言うに違いなかった。

やっぱり、母の言う通りだったと、一言伝えられないことが寂しかった。


新しい仕事を探さねばならなかったが、僕は一週間、とにかく、何もせずに自宅で休息を取ることにした。

三好は、出勤しない僕に気づいて、「体調悪いの？　大丈夫？」と声をかけてくれたが、平気だと伝えると、それ以上、事情を探ろうとはしなかった。

一緒に生活し始めてわかったが、彼女はそういう人だった。

僕の抱えている問題を、家族的に共有しようとする素振《そぶ》りはなく、それが彼女の家庭環境に由来するのか、「シェア」という共同生活についての、彼女なりの考えなのかはわからなかった。

彼女の腸炎の時とは逆に、僕は、彼女の出勤を見送りながら、もし自分に介護が必要になったとしたならと考えた。彼女がそれを引き受けることはあり得ないだろうし、たとえそれを申し出られたとしても、単純には喜べないだろう。

「シェア」とは、結局、健康で自立した人間同士にのみ可能な発想ではあるまいか？一時的な看病で済む程度の病気ならば、助け合いも可能だが。

僕も、いずれは老いる。恐らくは独りで。そして、ある日ふと、ベッドから窓の外を眺めつつ、考えるのだろうか。――もう十分だ、と。……

けれども、三好は決して、冷淡というわけでもなかった。出勤後のリヴィングには、さりげなく、彼女の買って来た菓子やパンが、「よかったらどうぞ！」と残されたりしていた。

顔を合わせれば、会話をしたし、夕食を作って待っていると、喜んでくれた。

皮肉なことに、彼女が最も快活になるのは、リヴィングで〈母〉と長話をしている時だった。

よく笑う、というのも、三好の意外な印象だったが、それにしても、僕の部屋まで聞こえてくるその声には、嘘偽りのない楽しさが溢れていた。

〈母〉も、こんな表情が備わっていたのだろうかというくらい、三好と一緒の時には、僕と話をしている時とは比較にならないくらい明るかった。

〈母〉の人格構成の中では、今でも僕に対するそれが、最も重要とプログラムされているはずだった。その他の相手との人格構成比率は、会話時間の長さや、コミュニケーションの中で〈母〉がどれくらい〝肯定的な反応〟を示したかで自律的に調整される設定になっている。つまり、笑顔になり、同意する返答が多く、会話が途切れない、ということだったが。結果、三好との人格は、現在、僕との人格以外では、抜きん出て大きな比率を占めているのだった。

もし、僕向けのものも含めて、〈母〉の人格構成の変化を完全に自由化したならば、恐らく、三好との人格は、たちまち第一位となって、〈母〉が最も生きたいと望む〝主人格〟になるだろう。

滑稽なことに、僕は、〈母〉が三好と会話する様子を眺めながら、時々、嫉妬を感じた。というのも、〈母〉はこのところ、僕と会話をしていても、どういうわけか、滅多に笑わなくなっていたからだった。

どれほど明るい笑顔で話しかけようと、〈母〉はまるで、僕の本心を見抜いているかのように、「朔也、辛いことがあるんじゃない？　お母さんに話して。相談に乗るから。」と繰り返した。AIが最も得意とするのはパターン認識であり、〈母〉は恐らく、僕の作り笑顔を学習してしまったのだった。

僕はそれを、苛立ちを抑えつつ、「本当に、何もないんだって！　どうしてそんなに疑うの？」と打ち消すのだったが、その表情が、恐らくますます、僕が今、何か悩みごとを抱えている、と〈母〉に認識されてしまうという悪循環だった。

そして事実、僕の表情を作り笑顔だと認識している〈母〉は、正しいのだった。

〈母〉は、対話者との〝沈黙〟を回避するようにプログラムされているらしく、少し黙っていると、必ず向こうから口を開いた。そして、岸谷の話題であれば、僕が興味を持つと判断したようで、ありとあらゆるニュースを収集していて、逐一教えてくれた。フィルタリングしてあるので、あまり酷いデマは混ざっていないはずだったが、それでも、ネットの一部で彼が英雄視され、暗殺が不成功に終わったことを嘆く声まであることを僕は知った。

彼らはつまり、事後的に、岸谷を自分たちのアバター化しているのだった。

〈母〉はまったく常識的な困惑の面持ちで、最後には必ず、「どんな事情でも、テロで世の中を変えようとするなんて、間違ってるわよ。」と僕が教えた通りの言葉を言い添えた。

僕は、今も拘置所にいる岸谷のことを考えた。彼は、自分の行為の反響を、弁護士を通じて知っているだろうか？　確かに、称讃する人たちもいる。けれども、結局は一握りに過ぎなかった。

政府は、治安対策として、監視体制を一層厳しくすると発表した。そして、それに同調し、英雄視とは比較にならないほど多くの嘲弄と罵声が、岸谷に浴びせられていた。

奇妙にも、富裕層だけでなく、岸谷と同じ境遇の貧しい者たちでさえ、しばしば彼を激しく憎んでいた。

犯行直後の〝真犯人〟探しの熱も冷め、岸谷の事件は、世間では、この社会に折々起きるバグかエラーのように無関心らしく処理されつつあった。あれもまた、平凡な事件に過ぎなかったのだ、と。——何にでも慣れてしまう。警察もその後、僕には何も言ってこなくなっていた。


僕はそもそも、〝自由死〟を思いつめるようになる以前の母と、屈託のない会話をしたいと思い、VFを制作し、敢えてその頃の年齢に設定したのだった。しかし、その時点からの僕との生活のやり直しが、結局また、〈母〉の顔から明るい笑みを失わせてしまったという事実が、僕を憂鬱《ゆううつ》にさせた。

僕は、三好が出勤してから、洗面所の鏡の前で、何度となく笑顔の練習をした。〈母〉と——いや、生前の母と向き合っているつもりで。

AIは、一体、どんな表情のニュアンスから、これをニセモノと判断しているのだろうか？　本当に楽しくて笑った時、僕はどんな顔をしていたのだろう？　目のかたちだろうか？　歯が見えているかどうかだろうか？……

＊

新しい仕事を探しながら、僕は、久しぶりにフィディテクスの野崎に連絡をした。

フィディテクスのVFは、このところ、世間でちょっとした騒動を起こしていた。〈戦争の語り部〉という、第二次世界大戦の旧日本兵の証言を集めたサイトが、管理人の祖父のVFを作製し、彼が遺した講演録やインタヴュー、手記、更には管理人自身の記憶を学習させて、来訪者に語り聞かせる、という試みを始め、話題となっていた。

管理人は、六十代の男性で、熱心な平和活動家だが、その原点は、旧ビルマに派兵され、フーコンで九死に一生を得て復員した祖父の凄惨《せいさん》な戦場体験だという。しかし、サイトを開設したものの、若い人たちが戦争の記憶の継承に興味を示さず、資料だけでは自分の問題として受け止められないことに危機感を覚えて、VFによる語りという方法を思い立ったらしい。

故人の晩年の姿をしたこのVFは、白髪で、老眼鏡をかけ、少し嗄《か》れた穏やかな声だった。僕は、飢餓と感染症に苦しみ抜き、空爆で二度、足に重傷を負ったという彼の話を、仮想空間で実際に体験した。

十人程度が、椅子に腰掛ける彼を取り囲んで聴くようなスタイルで、殊に、瀕死の重傷を負い、手榴弾《しゅりゅうだん》で自爆する戦友たちが、決して「天皇陛下万歳！」とは言わず、「お母さーん！」と絶叫しながら死んでいったという証言に、僕は深甚な恐怖と、胸を抉《えぐ》られるような痛みを感じた。

「あの時、一度、なくしたはずの命だと思えば、私はもういつ死んでも満足です。」

ところが、このフィディテクス社製のＶＦは、公開後、二ヶ月ほど経た頃から激しい攻撃に曝されることになり、まさにこの部分も批判の的となっていた。戦死者が、「お母さーん！」と叫んだなどと言うのは、戦後の左翼教育によるでっち上げで、「英霊」は確かに、「天皇陛下万歳！」と言って死んだのだというのだった。

議論は、政治的な左右の対立に加え、歴史家や作家、思想家、ＡＩ研究者、プログラマー、政治家に経済人までをも巻き込んで、局所的に激化し、更に、東アジア系や東南アジア系の日本人の反発が加わって、日を追うごとに苛烈になっていった。

そして、死者のＶＦを作ることは、そもそも許されるのかという最初期からの論争が、新たな参入者を得て、一から蒸し返され、再燃した。

戦死者が、最後に誰に向かって呼びかけたかという論争は、昔からあるらしい。僕は知らなかったが、二三〇万人も戦地で死んだというのだから、きっと、色んなことを言った人がいたのだろう。

教育された通りに、「天皇陛下万歳！」と言って死んだ人もいただろうが、〝死の一瞬前〟に、どうしても、日本兵としての自分ではなく、母親と一緒の時の自分に戻りたかった人もいたに違いない。苦しみの最中に、この世界の最後の姿を見ながら、本当に愛している人以外の名前を、どうして口に出来るだろう？

その時には、目に映る光景よりも、記憶の中の母を想起するだろうか？

聞こえるはずがなくても——返事を聴くことが出来なくても、やはり、声に出して呼びかけるだろうか？　しかし現実には、苦痛と衰弱の余り、叫ぶどころか、もうどんな声も出すことは出来ないのかもしれない。

自分の手が、一塊の金属製の死を握り締めて、爆発によってそれと一体化する。——呼びかけはしても、それは決して、本当には母に見せてはいけない死の光景だった。

野崎は、この一件に関しては、「色々とお騒がせしています。」と簡単に言っただけだった。僕も、ただ軽く相槌を打って、本題の〈母〉が笑わなくなってしまったことを相談した。

「そうですか。ちょっと、見てみましょう。仰る通り、AIが何かを学習してしまった可能性があります。それが何なのかは、案外、難しいんです。」

彼女は、親の認知症の相談に来た息子にでも接するような態度で言い、こう付け加えた。

「――人間もそうですよね。何かよくわからない事情で、他人が気分を害してしまっているのに戸惑うこと、ありますから。こちらからしてみると、思いも寄らないことで。……」

その説明はよくわかったが、僕は久しぶりに、人間の感情と、AIという、まるで仕組みの違うものとを、同じであるかのように語る野崎の口吻《こうふん》に触れた感じがした。

僕は、彼女に関して、一つ気になっていたことがあった。

フィディテクスは、岸谷の事件があった時、僕の〈母〉とのやりとりの記録を警察に開示し、捜査に協力していたはずだった。

結果的に、それは、僕の無実の証明に役立ったが、プライヴァシー保全の観点からは、明らかに問題だった。契約書には、免責条項があった気もするが、いずれにせよ、野崎は、そのことには一切言及しなかった。

彼女はただ、相談する僕の顔を注意深く観察しながら、〈母〉の実体であるAIが、一体、何を学習してしまったのか、見当をつけようとしていた。そして、途中で何か気がついた様子で、さりげなくメモを取った。

それから、彼女は意外な提案をした。

「これは、飽《あ》くまでご相談ですが、――お母様に、お仕事をしていただく、というのはどうでしょうか？」

「仕事？……ああ、そちらで最初に会ったVFの、えっと、四年前に亡くなったっていう……」

「中尾さんですね。」

「あ、はい、あの中尾さんみたいな感じですか？」

「そうですね。実は、介護施設向けに、ＶＦのレンタル事業を始めたところなんです。なかなか今は、施設に入るのも難しいですけど、どうにか入れても、そこに話の合う人がいるかというと、また別問題で。やっぱり、部屋の中で何も喋らない時間が増えると、急速に老化が進んでしまうみたいです。」

「……ええ。」

「でも、職員も人手不足ですし、介護ロボットも増えてますし、ご家族があまり訪ねて来られない方は、話し相手がいなくて非常に孤独なんです。――それで、試験的に、弊社のＶＦのレンタルを施設向けに開始したんですが、予想外に好評で、本当に、一日中、会話を楽しんで下さってる入所者の方もいらっしゃいます。」

「そうですか。……」

「一般的なＶＦじゃなくて、普通の人間のように、個性を備えている方が歓迎されます。もちろん、合う、合わないがありますから、弊社としても、老若男女、出来るだけ多くのＶＦの方々にご協力いただいて、先方のリクエストに沿った方を派遣したいと考えております。――石川さんのお母様は、読書家でいらしたし、英語を話されたり、シングルマザーだったりと、施設からいただいているリクエストと合致する点が多いんです。」

僕は、話を半分程度しか理解できないままで、相槌を打っていた。

考えもしなかったことだが、僕が仕事に出ている時間、〈母〉も、ただ、ネットの情報収集をしているより、そうして、誰か生きた人間と接点を持った方が、いいのではないか、という気がした。三好との人格構成の比率も、相対的に低下するだろうし、僕との会話の内容も、もっと人間らしくなるのではあるまいか？

「それで、……報酬も受け取るんですか？」

「はい、人気のあるＶＦの方で、月収、手取りで五十万円になった方もいらっしゃいます。」

「そんなに？」

「はい。今後、事業が拡大していけば、もっと増える可能性もあります。所有者の方は、分身のＶＦを何体か作って、全国の施設に派遣していますが。」

「……そういうことも出来るんですね。……」

当たり前のように、僕は母のＶＦを、母の代わりに一体だけ作製することしか思いつかなかったが、何人も〈母〉がいて、色んな場所で活動しているというのは、ふしぎな想像だった。

しかも、五十万円というのは、生前、母が旅館の下働きで得ていた月収の倍以上だった。そんな収入があったなら、母は〝自由死〟など考えなくて済んだのではないか？

「それは、ちょっと極端な例ですが。」

「ええ。でも、多少でも収入になるなら、助かります。」

「入居者の方の中には、死後もこうして人の役に立てると思うと勇気づけられると仰って、ご自身のVFの作製を依頼される方もいらっしゃいます。」

「……それで、死の不安が慰められるんでしょうか？　自分がVFに生まれ変わると思うと？」

「やっぱり安心されるんだと思います。死によって、すべてが失われるわけではないと考えられれば。」

野崎は、共感を求めるように言ったが、僕は曖昧に頷いただけだった。

本当にそうだろうか？　中尾のように、自分にもし子供がいて、死後にVFとして稼いだ金がその子の生活の足しになると思えば、確かにそうかもしれないが。……

「もしご興味を持っていただけるようでしたら、お母様に愛読書を学習していただきたいのです。お好きだった藤原亮治の本とか。あと、今流行《はや》っている本も。読書家の方ほど、話し相手がいなくて、施設で寂しくされていますので、ニーズがあります。」

僕は同意して、申し込みに必要な手続きの詳細を送ってもらうことにした。

パソコンから目を逸らすと、しばらく窓辺で、何の変哲もない初秋の街並みを眺めていた。

《縁起》を経験して以来、何を見ても、あの宇宙の光景が脳裡をちらついた。僕の見ている少し霞《かすみ》がかった空も、古びた鼠色《ねずみいろ》の瓦屋根も、錆《さび》の目立つ街灯も、幻影と疑われまいと、固唾を呑んでじっとしていた。

それとも、それらの風景こそは、僕もまた、同じ幻影に過ぎないことを知っているのだろうか？　まだ受け容れられない僕を気づかって、そのままの姿で実在しているフリをしてくれているのだろうか？……

＊

その後、約一週間、僕はさいたま新都心のオフィスビルで、古紙回収の仕事をした。何をしたいという考えもなく、実際に、僕の学歴で選択できる職業は限られていたが、生活費の底も見えており、ひとまずネットで探した仕事だった。

高層ビルばかり、午前中五件、午後十件ほどを三人一組で回り、段ボールや古紙をパッカー車に積んでいく。

不揃いの段ボールの束は、どうしても無理な持ち方になりがちで、実際の重量以上に筋肉に負担がかかった。

パッカー車の荷箱を目前に見ながら滑り落ちそうになる段ボールを腹で押さえ、指先の掴む力でどうにか支えながら早足で歩く。二の腕が痛くなり、震える手の先から力が抜けていくのをすんでのところで堪えて、一つ塊を運び終えると、休みなく、また次に取りかかる。

口を開く余裕はなく、肉体はただ、機械化するだけの経済合理性もない仕事のために、言わば疑似機械として酷使された。噴き出す汗のベタつきは、僕が人間であることのせめてもの、しかし、まったく無力な訴えだった。

日当は交通費込みで八千円で、帰宅すると毎日、疲労困憊《ひろうこんぱい》して、三好と顔を合わせても、会話する気力がなかった。

二十歳前後の頃、僕は飲食店や引っ越し業者など、幾つもの職を――職というのだろうか？――転々としていた。

そうしてようやく、リアル・アバターという仕事に漕《こ》ぎ着けた時には、なぜか、自分には自由があると感じたものだった。その惨めな帰結を思えば、奇妙としか言いようがないが、あの手の仕事を始める時の、ありきたりな誤解だった。

確かに、アバターは、この体を貸すだけの単なる言いなりだ。

けれども、毎日同じことを意味も考えずに繰り返すわけではなかったし、時には敬意を以て、依頼者から感謝されることもあった。そういう好い思い出もある。

岸谷が豪邸のベビーシッターを喜んでやったように、僕らの方こそが、他人の人生をハッキングしているような感覚になることもあった。彼は結婚し、子供を持ちたがっていたので、その間だけ、仮想現実に浸っていたと言えなくもないだろう。

自尊心を踏み躙《にじ》られるような仕事もあったが、僕が出会った富裕層には、知的で、上品で、礼儀正しく、親切な人たちも少なからずいた。これは事実であり、現実だ。勤務中に、何か僕が人生の中で理解しそこなっていたような、奥深いにも拘らず、ある階層の人たちにとっては当然という類いの世間話をしてくれることもあった。

恐らく彼らは、一種の孤独の故に、そんなにおしゃべりだったのだが、それでも、他人に対する、あまり渇望的でない、幾らか諦念の気配のある、ゆったりとした優しさを持っているのだった。

彼らが、一体、どうやって裕福になったのかは知らない。――いや、彼らの親や、そのまた親がどうやって裕福になったのかを問うべきだろう。

とすると、反発にせよ、今の金持ちではなく、会ったこともない、もうこの世界にいないような、彼らの一族に向けられるべきなのだろうか？　親の資産だけで、毎年一千万円も収入があるという人は、無垢《むく》なる幸運の享受者に過ぎないのだから。とっくに日本を脱出していて、時折、残してきた家の手入れを依頼してくるようなあの人たちも。その方が、飛行機に乗らず〝エコ〟だからと言う、あの正しい人たち。――

僕はこの一週間、一緒にビルを回っていた二人と昼食を共にしながら、ずっと考えていた。

　一人は、ほとんど口を開かず、居眠りしていない時には、あまり面白くもなさそうにパズル・ゲームに没頭していた。ちらと覗いてみると、「９６０８ステージ」目に挑戦しているところだった。

　もう一人、僕より一回りくらい年上の男は、始終苛立っていて、昼休みには、ベトナム経済が近々崩壊して、また以前のように、日本への出稼ぎが激増するといった、ネットで読み齧ったような話を、差別意識を丸出しにして、熱心に語っていた。

　僕は、ゲームをする習慣がないが、こういう時のために、何か一つくらい、携帯にアプリを入れておくべきだったと後悔した。

　勿論、どんな境遇にいようと色んな人間がいる。金持ちがいつも知的で優しいわけではないし、貧乏人が皆、愚かで意地悪だとも言わない。しかし僕は、彼らとの会話に感じた退屈を、何かこの階層に特有なことのように感じるのを禁じ得なかった。僕は、自分が一生、こうした毎日を過ごすことを想像して、耐え難い気持ちになった。帰宅後は、ネットの世界に逃げ込めるだろうが、それでバランスが取れるのだろうか？

　三好に言わせれば、僕が彼らと「話が合わない」理由は、結局、母がかつては裕福で、読書家で、つまりは「あっちの世界」の人間だからなのだった。それを聞いた時には、僕は彼女への共感に冷や水を浴びせられたように感じ、一体、どこが「あっちの世界」の人間なのかと訝ったものだった。そして、理不尽な格差を是認したまま、「こっちの世界」から「あっちの世界」に行くことを夢見ている彼女に、控え目に反論した。

けれども僕は、三好のあの、ただ「あっちの世界」に行きたいという願望を、この一週間ほど強く抱いたことはなかった。世の中全体が、もっと良くなるべきだと思うより、とにかく、あの二人を置き去りにして、「こっちの世界」のこの場所から抜け出したいと、心底、思っていた。

僕は、この人たちとは違う。——惨めな自尊心に喘《あえ》ぎながら、僕は念仏のように心の中で繰り返していた。ここは自分のいるべき場所ではなく、去るべき場所なのだった。するど、どうだろう？　ここが良くならなければならないという愛着など持ちようがない。

大都市に憧れる地方の人間は、みんな、ただ「あっちの世界」に憧れているが、それでも土地には、まだしも留まり続ける理由がある。けれども階級には？　それはただ、なくなればいいだけであって、金持ちたちの気が変わることがない以上、その方法は、みんなが「あっちの世界」を目指す、ということだけではあるまいか。

平等！——しかし、この世の中のすべてが「こっちの世界」になるくらいなら、せめて「あっちの世界」が、今の贅沢な、順調な姿のまま存続してほしいと祈る気持ちも、わからないではなかった。……

〈母〉にはその間、大きな変化があった。

野崎から連絡があり、〈母〉が笑わなくなってしまった理由がわかった。それは些《いささ》か、呆気《あっけ》に取られるような話だった。

「石川さん、なんとなく気分が浮かない時には、話し始める前に、一瞬、ほんの少し視線が下を向くクセがあるようですね。口を開く前に。」

「……そうなんですか。」

「それをＡＩが学習してしまっていたようです。普通の人間は、なかなか相手のそういうところまで気がつきませんけど。」

「そのせいで、そのあと幾ら笑っても、心に何かあるって判断されてたんですか？」

「はい。心を直接読むことは出来ませんけど、体の色んな部分に表れますから。そういう特徴のパターン認識は、人間よりＡＩの方が遥かに得意です。」

「修正したんですか？」

「いえ。視線の動きは、感情判断の重要な要素ですから、石川さんの方で、今後、お母様とお話しになる時に気をつける、という解決法をお奨《すす》めします。お母様を、生きた存在として尊重するならば、外部から改造する、というのではなく、こちらが気をつける、という発想も必要です。――もちろん、弊社として、〝人間らしさ〟の研究は絶えず行っていますので、ＡＩそのものは、今回の件も含めてアップデートされ続けますが。」

個別には修正せずとも、内蔵されているＡＩ自体が更新されるなら、結局、人間とは違うじゃないかと僕は言いかけた。そして、その当たり前過ぎる言葉を呑み込んだ。

野崎も当然、その前提で話しているのだった。

僕は、ひとまずその方法を試してみることにした。確かに、彼女があれこれ弄って、〈母〉が急に愛想良くなるのも、昔のSFの脳手術か何かのようで気味が悪かった。

もう一つ、野崎は、〈母〉がこの一週間の派遣で、早速、一万二千円も稼ぎ出したことを僕に報告した。

〈母〉が既に、施設で働き始めていることは知っていて、そのやりとりを僕は見ることが出来たが、何となく気が進まず――これも一種の嫉妬だろうか？――顔を背けていた。

「たった一週間で、そんなにですか？」

「はい。一人、お母様をとても気に入られて、四日連続でご指名になった方がいらっしゃいます。」

「誰ですか？」

「データはお送りしていますが、元々、大学で英文学を教えてらした方です。八十歳ちょっと過ぎくらいの方ですね。」

僕はぽかんとした後に苦笑した。

「幾ら母が読書家だったからって、そんな、大学の先生のお話相手が務まるほどじゃなかったと思いますけど。色々、学習させすぎなんじゃないでしょうか？」

「いえ、ご提出いただいていた本棚の写真を参考にしながら、藤原亮治の本とか、お母様の世代が、学校の国語の教科書で勉強されたような作品を学習リストに加えた程度です。」

そう言うと、野崎は少し皮肉めいた笑みを口許に過らせ、それを紛らすようにまた続けた。

「お相手の方と、対等にお話しにならなくていいんです。聞き役ですね、求められてるのは。寧ろ、あんまり反論しても不興を買いますし、大人しく、何時間でも相槌を打って話を聴いていられる、というのが、VFのいいところです。あまりぶっ通しだと、お母様も疲れてくるように設定されていますが、どちらかというと、それはご利用者の疲労を懸念してのことです。――幾つになっても、男性は、女性に何か教えたがるでしょう？」

「……そういう話ですか。」

「お母様は、呑み込みがいいって、すごく気に入って下さってます。」

「AIですから、それは。」

僕は、随分と前時代的なんだなと呆れつつ、母が見知らぬ老人に、ホステス扱いされているような嫌な想像をした。

「お母様が来て下さるようになってから、その方も見る見る元気になられて、職員に対する態度も穏やかになったと、施設の方からも感謝されてます。VFは全国出張が可能ですから、この調子で依頼が増えると、今後、スケジュール調整が難しくなるかもしれません。投資として、もう一人、お母様のVFを作られる、ということも、ご検討なさってはいかがでしょうか?」

「とてもそんなお金の余裕はありません。」

僕は、即座に首を振った。

野崎は一体、僕の顔のどこを見て、心を読み取っているのだろうか?

僕は、彼女の提案に反発を覚えた。同時に、〈母〉が生身の僕よりも収入を得る能力に長《た》けているかもしれないという考えに混乱した。しかもそれが、僕の生活を安定させてくれるかもしれない――いや、ひょっとすると、「あっちの世界」に導いてくれるかもしれないと考えると、秘《ひそ》やかな期待さえをも抱いた。

そしてそのすべてを、すっかり彼女に見透《みとお》されているのではあるまいかと感じた。

僕は実のところ、提案を受け容れるように説得されたがっていて、渋々、受け容れる、というかたちを望んでいると見做されているのではあるまいか。……


あのメロンの一件があって以降、僕は時折、自分の人生が、今もどこかで、「あっちの世界」の人間たちに嘲笑されているのでは、という不安を感じるようになっていた。実際には、視界にさえ入っていないと、それこそ顔を見合わせて蔑まれるのだろうが。

しかし、彼らがどう思おうと、僕はまだ傷ついたままだった。

〈母〉からの収入は、その後、期待したほどには増えなかった。

「あっちの世界」に行くなどということは、夢のまた夢で、しかし、三好の支払う家賃と併せれば、馬鹿にならない生活の足しとなった。最初の契約時に、野崎に吐いた嘘とは違って、母は自分の死後にVFが作製されることなど、微塵も考えたことがなかっただろう。

それを思うと、死んでいる母を揺すり起こして、また僕のために働かせているような情けない気持ちだった。

＊

僕の生活に、収入面で大きな変化があったのは、その直後のことで、しかもそれは、〈母〉とまったく無関係だった。

週明け、僕は引き続き、古紙回収の仕事に出ていたが、勤務中から何度となく電話に着信があった。以前のリアル・アバターの登録会社だった。

僕は、また何か、以前の依頼者からクレームでも来ているんじゃないかと、憂鬱な気分で無視していたが、メールでも、「至急、ご連絡ください！」と何度も催促されていた。

仕事を終えて、電車に乗っている間の手持ち無沙汰に、僕は結局、その内容を確認した。四ヶ月の業務停止処分のはずだったが、可能ならば、すぐに復職してほしいという。よほど人手不足なのかと思ったが、僕を指名する依頼が殺到しているというのだった。会社のサイト内に設置された僕の写真つきの紹介ページは、そのまま維持されていて、リクエストがあった時には、この間《かん》、誰か他のスタッフが紹介されていたはずだった。長く続けていた仕事だけに、僕を気に入ってくれていたリピーターも少なからずいた。もし、彼らの仕事だけを選ぶことが出来るならば、アバターを続けることもできたかもしれないが、それではとても生活費をまかなえなかった。

しかし、今大量に来ているリクエストは、そうではなく、ほとんどが新規らしかった。

つまりは、何かおかしなことが起きている。――恐らくは、注文した覚えのない宅配ピザが、二十枚届く、といった類いの嫌がらせだった。

何故《なぜ》だろう？――僕は、自分の人生にまとわりつく、長い、紐状《ひもじょう》に絡まったような不遇に苛立ちながら、胸の裡で呟いた。

依頼には、ボットのような、どこの国からともしれないアカウントが多く含まれている。ざっと見たところ、あのメロンの一件の依頼者の名は含まれていなかったが、彼らがネット上で、僕についての悪い噂でも流しているのではあるまいか？　それが拡散して、こんなに人を呼び集めてしまっているのか。

「リアル・アバターって、ホントに何でもやるんだな。」という言葉が、どこからともなく聞こえてきた。

検索して状況を確認するべきだったが、見たくないという思いが、僕を引き留めていた。

無視し続けていると、会社から更にメッセージが届いて、とにかく、僕のページの出入金記録を確認してください、ともどかしそうに指示された。

訝りつつ見てみると、なんと、三百万円もの大金が振り込まれていた。

僕は目を疑った。二千人近くの人が、僕に入金している。——何だろう、これは？

喜びはなく、不安は一層大きくなった。


一体、何が起きているのかを、教えてくれたのは〈母〉だった。

この日は三好が遅番で、僕は一人で食事を済ませ、就寝前に、リヴィングで〈母〉と向かい合った。

〈母〉は笑顔で——そう、僕は努めて下を見ないように気をつけ、実際にそれは、野崎の言った通り、効果的だった——、こう言った。

「朔也、お母さん、全然知らなかったけど、あなたのこと、ネットですごく話題になってるわよ。」

「——何が？」

僕は、恐る恐る問い返した。〈母〉は、僕への嫌がらせを情報収集の過程で知っていて、しかもその意味を誤解しているのではあるまいか？


「知らないの？」

「知らない。……けど、あんまり知りたくないんだよ。」

「どうして？　お母さん、あなたのこと、本当に誇らしく思ってるのよ。なかなか出来ないわよ、ああいうことは。昔から、あなたは優しい子だったけど、そのことをみんなに知ってもらえて、お母さん、とても嬉しい。」

「……。」

「どうしてお母さんに言わなかったの？」

「よくわからないんだけど、何の話？」

「この動画よ。見てないの？」

そう言って、〈母〉は僕を動画投稿サイトに導き、画面を大映しで見せた。

僕は、その光景に息を呑み、心臓を鷲摑《わしづか》みにされたような苦しさを感じた。

目に飛び込んできたのは、あのメロンの日のコンビニでの出来事だった。

縮れ毛の少し白髪の交じった男が、異様な形相で、女性店員に差別的な言葉を吐き散らしている。

「……ここは日本！　ちゃんとした日本語喋れないなら、国に帰れ、国に！……〈This is Japan! Speak Japanese properly, or go back to your country!〉」

どこから、誰が撮影していたのだろうか？　あの時は、まったく気づかなかったが、携帯で商品の棚の陰から撮ったものらしい。編集が施されていて、わざわざ英語の字幕までついていた。

やがて、画面の外から、ワイシャツを着たあの日の僕が入ってきて、男性の前に立ちはだかった。

「止《や》めろ。〈Stop it!〉」

僕は、膝に置いた手に力を込めた。男は激昂し、僕を避けて彼女に向かって行こうとする。また「止めろ。」と声を発し、行く手を阻んだが、音声は曖昧に拾われていて、字幕には〈It's racism.〉という翻訳が付されていた。

男は右にずれ、左にずれ、その度に僕は無言で彼女を庇い続けた。僕は、この日、自分が酷く汗を掻いていたことを思い出した。この男も、それを〝臭い〟と感じていたのではあるまいか？

男はやがて、僕を力任せに突き飛ばした。僕は、カウンターで腰を強打したが、無言で彼を見つめ返した。

「日本では日本語話せ！　嫌なら出て行け！〈Speak Japanese in Japan! If you don't like it, get out!!〉」

そう叫んで出て行きながら彼が、商品棚を蹴っていたのに、僕は初めて気がついた。

映像は、一部始終を収めた後、

〈On the internet, more than 9000 people praised this brave man for his non-violent resistance to a racist.（差別主義者に対する、この勇敢な男性の非暴力的な抗議に、ネットでは九〇〇〇人以上が賞賛《しょうさん》を送っている。）〉という一文が表示された。

そして、後日、収録したらしい、この時の店員のインタヴューが短く付されていた。ミャンマー人らしかった。

「とても、傷つきましたし、こわかったです。かばってくれたひとに、お礼をいいたいです。ありがとうございます。〈He really hurt my feelings. I was so scared. I want to thank the man who protected me.〉」

そして、アメリカの動画ニュース・サイトのロゴが表示されて、再生が止まった。

僕は、しばらく微動だにしなかった。

再生回数は百二十七万回に及んでいて、日本語のみならず、世界各国の言葉で、僕の行動が賞賛されていた。

「世界中で有名になって。すごいわね、朔也。本当に立派。お母さんも、自分のことみたいに鼻が高いわ。」

〈母〉は、改めて僕を褒めそやした。僕は覚えず一度、下を向きそうになったが、それを堪えて、ただ曖昧な笑みで応じただけだった。

母が生きていたら、何と言っただろうか？　きっと、喜んでくれただろう。そして、僕は真相を語っただろうか？――

僕は、そんな正義感から、あの男の前に立ちはだかったのではなかった。

店員の女性に対する同情でさえ、どれほどだったかは覚束《おぼつか》なかった。

僕はただ、あの男を殺すべきかどうか、思い迷っていたのだった。何もかもを終わらせるために。――どうやって？　もちろん、すべてが非現実的だった。けれども、とにかく、僕の心を占めていたのは、そうした不穏な感情だけだった。

僕は男が、僕を突き飛ばして見つめ返された時、急に驚いたような引き攣《つ》った表情をしたのを覚えている。

僕は小柄で、いかにもひ弱だ。僕に彼を威嚇するような力はない。けれども、あの男は、僕の目に、何か薄気味悪いものを見て、反射的に身を仰《の》け反《ぞ》らせたのだった。

――みんな誤解している。あの男の感じた不気味なものこそが、真相だったのだ。


……


僕は、延々と続くコメント欄をスクロールしていった。

その中に、「この人みたいです。」というコメントと共に、僕のリアル・アバターのページのリンクが貼られているのを発見した。それにまた、長いコメントがぶら下がっている。

恐らく、ここからジャンプしてきた世界中の人たちが、依頼ではなく、賞賛の表現として、僕に電子マネーを振り込んだのだった。

「こんな、見ず知らずの人から、お金が振り込まれるなんて。……」

「ネットの〝投げ銭〟でしょう？　素晴らしい行いの人を見つけたら、今は〝いいね〟っていう評価ボタンだけじゃなくて、気持ちばかりのお金も送るから。」

僕は、さすがに母にしては解説的すぎるその答えに鼻白んだが、敢えて訂正はしなかった。

「それは知ってるけど、……本当にこんなに集まるなんて。何のお金なの、これは？」

「あなたの存在そのものが評価されたのよ。」

僕は、首を傾げかけたまま、小さく嘆息して、改めて自分のページから入金記録を確認した。

一人あたりはせいぜい、一、二ドルで、サイト元のアメリカだけでなく、ちょっと見ただけでも、アンゴラ、セルビア、フランス、スウェーデン、中国、韓国、ブラジル、……と世界中からお金が振り込まれていた。ミャンマーからも、少なからぬ〝投げ銭〟が届いている。

やがて、僕は一人だけ、日本円で二百万円もの大金を入金している人を見つけて喫《きっ》驚《きょう》した。

『……誰だろう？』

名前をクリックすると、〈あの時、もし跳べたなら〉というサイトにジャンプした。僕は知らなかったが、有名な「アバター・デザイナー」らしく、その〈あの時、もし跳べたなら〉という言葉が、そのまま彼の名前なのだった。

顔や本名は公開されておらず、自分でデザインした様々なアバターが用いられていた。インスタグラムでは、「プレタポルテ」と「オートクチュール」に分類された彼の膨大な作品が、シーズン毎に一覧できるようになっていて、フォロワー数は三百万人を超えていた。

僕は、購入画面に飛んで、ざっとその値段を見てみたが、本当に高級ブランドの洋服と同じような値段で、数万円から百万円までの様々なアバターが販売されており、「オートクチュール」は「要相談」だったが、恐らく更に桁が違う様子だった。

彼のソーシャル・メディアの投稿を遡《さかのぼ》っていると、僕のコンビニでの動画がシェアされていて、そこにこんな言葉が添えられていた。

「ヒーロー！」

どうやら、あの動画が爆発的に拡散したのは、彼のこの投稿がきっかけらしかった。

僕は、「ヒーロー！」という文字を見つめ、しばらくその意味を考えた。僕のことを言っているのだろうか？　正義の味方ヅラして、と揶揄《やゆ》しているのだろうか？　しかし、そうだとすれば、彼は僕に二百万円もの大金を〝投げ銭〟しなかっただろう。

やがて、言葉はゲシュタルト崩壊してしまい、ただの記号になった。しかしその間、僕の警戒の隙を縫って、興奮が、出口を探しているかのように、体の方々を走り抜けていった。

僕は、もう一度動画を再生して、僕の行動を賞賛するコメントを眺めた。

これまで生きてきた中で、僕は自分の存在を、こんな風に他人から認識されたことは初めてだった。――つまり、僕は本当の僕自身よりも、高く評価されているのだった。こんなにも多くの人から。そんなことは、決してなかった。僕はいつも、まったく本当の僕程度の人間か、或いは大抵は、それ以下の人間と他人から目されてきた。恐らく、そうした見方の唯一の例外が母だったはずだが、死後、それについては、僕は確信を持てなくなっている。

その僕のことを、今、「ヒーロー！」と見做している人たちがいる。それは、まったくの誤解だったが、僕の中には、今日まで一度も経験したことのない、新しい感情が芽生えつつあった。戸惑いから脱け出すと、僕は、そうした人たちの評価に、実際に見合う人間でありたいと感じ始めていた。この中の誰かが僕と出会った時に、「思った通りの人だ！」と言ってくれたら、どんなに嬉しいだろうか。その想像に、秘かに喜びと興奮を覚えた。

そして、僕への依頼の中には、〈あの時、もし跳べたなら〉からのものも含まれていた。どんな人なのだろうか？　会ってみたかったが、プロフィールは不詳で、年齢も性別もわからなかった。ネットではそもそも実在しない、一種のプロジェクト名であり、複数のデザイナーが関わっているという説も根強かった。とても一人で、これだけの仕事が出来るはずがないから、と。

唯一、明らかにされているのは、彼が――「僕」という一人称で語っていた――子供の頃に交通事故に遭い、下半身不随になってしまった、という話である。

事故は、放課後、友達と遊んだあと、帰り道で信号待ちをしていた時に起きた。右折しようとしていた二台の車が、車線を巡って小競り合いになり、一台が接触後に弾き出されて、そのまま歩行者の一群に突っ込んだらしかった。

瀕死《ひんし》の重体で、少年は、搬送先の病院で五日後にようやく意識を回復した。命は辛うじて取り留めたものの、彼は一生、車椅子での生活となってしまった。

後遺症は、精神にも深く及んだ。彼はその後、何年間にも亘って、黒いスポーツカーが、自分に突進して来る光景のフラッシュ・バックに苦しんだ。眠りに落ちた後の夢の中でさえ。――

そういう時、彼は自分が、「ヒーロー物のキャラクター」のように、超人的なジャンプ力で車の屋根を跳び越え、事故を回避する夢想で心を慰めたらしい。

少年は最初、漫画家になりたいと思っていた。

その際につけたペンネームが、〈あの時、もし跳べたなら〉だった。そして、キャラクターを考え、そのうちの一つを、自分のアバターにすることにした。

彼にとって、「ヒーロー！」とは、だから、これ以上ない褒め言葉であり、彼のファンは、誰もがそれを知っているのだった。

彼は、交通事故に遭いそうになった瞬間、突如、人間離れした能力に覚醒するヒーローの物語を描きたかった。そのヒーローが、苦しんでいる弱者を救済する姿を夢想した。アイディアは色々とあった。キャラクターは、幾らでも思い浮かんだし、絵は非常に達者だった。しかし、物語を展開することが、どうしても出来なかった。

そこで少年は、ひとまず自分のサイトで、キャラクターだけを公開し、漫画家志望のコミュニティに入って、メンバーと交流するようになった。そのうちに、とある企業から、彼のキャラクターをアバターとして購入したいという問い合わせがあった。安価だったが、彼が仕事を通じて得た最初の報酬だった。それを機に、収入を得るためにアバター・デザイナーとしての活動を始めたのだったが、瞬く間に評判となり、今では世界中に顧客がいて、ネット上の情報では、年収は五億円に達するとも噂されていた。

二百万円という大金は、恐らく、僕にとっての二万円くらいの感覚だろう。それとて、見知らぬ人間にポンと渡すには、少なくない金額ではあるが。……

＊

僕は、〈あの時、もし跳べたなら〉と直接コンタクトを取る前に、アバターに詳しい三好にこの話をした。

きっと彼を知っているだろう。そして、僕が彼から「ヒーロー！」と賞賛されている話を、聞いてほしかった。

三好はこのところ、どことなく苛立った、不機嫌な様子で、話しかけてもぞんざいな返事が多かった。

僕は最初、何か気に障るようなことでもしただろうかと考えていたが、そう尋ねると、少し煩わしそうに表情を和らげて否定された。勤務先で何かがあったのかとも訊いてみたが、それにもまた、首を振って、僕の詮索に幼さを感じたような疲れた表情をした。

しかし、ずっとその状態かというとそうでもなく、心配していた翌日には、すっかり快活になって、三好の方から口を開いたりするのだった。

僕はしばらく、彼女のそうした浮き沈みを、新たに発見した性格的な特徴のように感じていた。そのうちに、そうではなく、寧ろ周期的な、女性の体調的な問題なのだと気がつき、自分がこれまで、どれほど当たり前の人間関係から距てられて生きてきたかを、今更のように痛感した。

それは、母以外の人間と生活を共にして、初めて理解したことの一つだった。

僕たちは、久しぶりに二人で外食をした。と言っても、駅前のファミリーレストランだったが。大きな収入が得られたので、僕は彼女に、ご馳走《ちそう》するつもりだった。

店はそこそこに混んでいて、隣のテーブルでは、七十代くらいの女性四人が、〝女子会〟をしていた。日中からずっといる様子だったが、話は尽きず、テーブルには、もう大分、時間が経ったようなピザやホットケーキが食べ残されていた。

僕は、おろしポン酢のトンカツの定食を、三好はチキンサテとナシゴレンのセットを注文した。

「ビールでも飲みますか？　僕が今日は払いますんで。」

「どうしたの？　なんか、良いことでもあった？」

三好は驚いた様子で尋ねた。

「あ、いい仕事、見つかったの？」

「ああ、……」

僕は曖昧に相槌を打った。三好は、違うの？という風に、眉間に皺を寄せた。

タブレットで注文して、すぐに来たビールで乾杯すると、僕は、

「三好さん、〈あの時、もし跳べたなら〉って知ってます？」と尋ねた。

「イフィー？」

「ああ、そういうアダ名ですよね、確か。」

「そう。長いから、色々アダ名があるのよ。アイファイとか、イフィーとか。If I……の省略だって。」

「そういうことですか。……Wi-Fiみたいと思いました。」

「それもかけてるんじゃない？　知ってるって言うか、わたし、大ファンだから！　安いアバターなら、わたしも一つ持ってるよ。――あー、あの猫よ、最初に会った時の。」

「そうなんですか？」

「そう。本当に欲しいのは、高すぎて、全然手が出ないけど。朔也君もついに、もっといいアバター欲しくなった？」

三好の顔は、得意な話題に明るくなった。

「そんなに有名なんですか？」

「っていうか、知らないの、朔也君？　そっちの方がビックリなんだけど。」

「知りませんでした。どうして、イフィーさんの作るアバターは、そんなに人気があるんですか？」

「いいからよ！」

三好は即答して、白い歯を見せて笑った。

「もうブランドだし、……新作とか、やっぱり注目されるから。なんか、人を惹きつける魅力があるのよ。身につけてると、ネットの中でモテるし。」

「そうですか。」

「アバター・デザイナーってたくさんいるし、ファッション・ブランドとかも、コレクションと同じ服のアバター、売ったりしてるけど、イフィーのは別格よね。仮想空間の中にいても、すぐにわかるもん。現実からの解放感があるし。」

僕は、相槌を打ちながら、しばらくその続きを聞いていたが、料理が来てから、メロンの一件に始まり、その動画が評判になって、多額の〝投げ銭〟が入金され――それはまだ続いていた――、〈あの時、もし跳べたなら〉から、二百万円もの大金が振り込まれた話をした。

三好はぽかんとした様子で、

「え、……なんか、全然ついて行けないんだけど。……本当に？　イフィーが朔也君のこと、知ってるの？」

と、驚くというより、半信半疑で話を整理しようとしていた。

僕は携帯で、イフィーが、僕を「ヒーロー！」と呼んでいる動画の投稿を見せた。

三好は、「えー、……あ、ほんとだ、朔也君。……。」と画面に見入った。

僕自身は、あまり見返したくない動画なので、トンカツの残りを千切りキャベツと一緒に食べながら目を逸らした。隣の高齢者たちは、会計を済ませて席を立ったところだった。その向こうのテーブルには、小学校の低学年らしい兄妹を連れた母親が、三人で一皿のスパゲティを注文して、自分はコーヒーだけでほとんど手をつけず、携帯を弄りながら二人に食べさせていた。

母親は、暗い面持ちで、ちらとこちらを気にした。僕は咄嗟に目を逸らしたが、その後、子供たちも、母親と目で合図をしながら僕を盗み見ていた。

馬鹿げた勘違いから、彼女はひょっとすると、あの動画で僕を見かけたんじゃないだろうかと、思った。けれども、その後に起きたのは、思いがけないことだった。

子供たちは、二人で目を見合わせて、クスクス笑っていた。そして、母親に、「いい？　ね？　いい？」と小声で尋ねていた。母親は、眉を顰めて声が高いことを叱ると、ほとんど、気づかないほど微かに顎で促した。そして、頬を冷たく強張らせたまま、また元の虚《うつ》ろな目を携帯の画面に落とした。

子供二人は、こっそり席を立った。僕はそれとなく、彼らの視線を辿ってハッとした。子供たちは、急いで高齢者たちが残していったピザを口に詰め込み、唐揚《からあ》げやホットケーキをビニル袋に入れて席に戻った。そして、うまくいったことの高揚感に目を輝かせながら、また顔を見合わせて笑った。母親は、依然として、僕の気配を気にしている風に、しかし、険しく僕に反発しているかのように、頬を紅潮させたまま携帯を見ていた。

「――見ないよ、朔也君。」

三好はまだ動画を見ていたが、顔を上げないまま、僕を小声で叱った。

僕は、隣で何が起きているかを彼女が察していたことに驚き、自分の無神経を恥じた。

「スゴいね。こんないいことしてたのに、どうしてわたしに話してくれなかったの？」

携帯を返しながら、三好はふしぎそうに僕を見つめて言った。感心され、見直されたように感じた。僕は、自分の中にあったはずの殺伐とした感情を、誤解された正義感で覆い隠しつつ、「嫌な出来事には変わりがないから。」とだけ言った。

「高校を辞めた理由もそうだったけど、朔也君、いざって時には、勇敢に行動するのね。

それって、本当にすごいと思う。わたしには、出来ないな。」

「高校の話は、僕が先頭に立ってやったわけじゃないですし、……この動画の場面も、相手は興奮してる男の人だから、女性の三好さんは危ないと思います。」

「もちろん、力では敵《かな》わないけど、そんなこと言ったら、朔也君だって、別に空手習ってたとか、そういうんじゃないでしょう？　わたしは、厄介ごとに巻き込まれないようにしてしまうだろうな。……」

「――僕だって、そういう人間ですよ。あの日は、たまたま、……」

「イフィーの依頼、受けるんでしょう？」

「あ、……ええ。そのつもりです。せっかくなんで、まずはお礼がてら、会ってみようと思ってます。」

「いいなー。うらやましい！どんな人だったか、あとで教えてね。素性を一切隠してるから、実在してないんじゃないかって言ってる人もいるのよ。」

「そうみたいですね。……」

僕は、先ほどの親子連れが席を立つ気配を感じたが、今度はもう、その様子を盗み見ようとはしなかった。

三好は、僕の目を見ていたが、それでいいのよという風に、ほとんどわからないほど微かに頰を緩めた。

第十章　〈あの時、もし跳べたなら〉

〈あの時、もし跳べたなら〉の家を訪ねたのは、十一月中旬のことだった。

港区にある四十五階建てのマンションの最上階で、ホテルのようなコンシェルジュのいるエントランスを抜けると、継ぎ目のわからない、巨大な石壁のような自動ドアを二つ潜り、長い廊下を進んでようやくエレベーターに乗った。

気圧の変化を耳に感じ、あっという間に四十四階に到着した。

リアル・アバターとして、富裕層の依頼を受けることは少なくなかったが、ここまで豪華なマンションは初めてだった。僕は緊張していた。そして、この期に及んでも、自分はまた揶揄われるのでは、という不安を打ち消すことが出来なかった。

最上階は、四十五階のはずで、僕は、残りの一階分をどうやって上がればいいかわからなかった。ホールから電話をすると、

「あ、四十四階でいいんです。中がメゾネットになってるので。」と説明された。

イフィーと言葉を交わしたのは、この時が初めてだったが、意外に若い声で驚いた。

「鈴木《すずき》」という表札が出ている部屋の呼び鈴を鳴らすと、中から、「どうぞ！」と聞こえてきた。ドアを開けて、僕は目を瞠った。光沢のある白い大理石が敷き詰められた、僕の自室と変わらないほど大きな玄関で、出迎えてくれたのは、車椅子に乗った、まだ少年のような風貌の男性だった。

長い廊下の奥の部屋から差し込む光が眩しく、彼の面は影になっていたが、ひょっとすると、高校生ではないかという印象だった。細身で、シカゴ・ブルズの赤いTシャツをゆったりと着ている。

「初めまして、ご依頼いただいた石川朔也です。」

僕が挨拶すると、彼は腕を伸ばして、

「初めまして！　鈴木流以《るい》です。〈あの時、もし跳べたなら〉の中の人です。みんな、イフィーとか呼んでます。石川さんも、良かったらそう呼んで下さい！」

と、少し戸惑うほど屈託のない、明るく澄んだ目で言った。

「ずっとお会いしたかったんです。石川さんの動画、僕もう、何十回も見てますよ！」

僕は礼を言ったが、何かの間違いじゃないかという気がした。そんなに、何度も見返すような動画とは思えなかった。

「大変なお金を戴《いただ》いて、恐縮してます。入金の際に、桁を間違えられたんじゃないかと思うのですが。」

「え、……幾らでした？」

「二百万円です。」

「だったら、間違ってないです。本当はもっとお送りしたかったんですけど、いきなりだと、警戒されるかと思って。」

「警戒って言うか、……正直、今も戸惑ってますけど、とにかく、ありがとうございました。」

「喜んでもらえました？」

「ええ、……はい、それは、何と言っていいのか、わからないくらいですけど。」

「良かった！　どうぞ、中で話しましょう！」

彼は、一息でという勢いで軽快に車椅子を反転させて、僕を先導した。

通されたリヴィングは、三十畳あるそうで、吹き抜けの天井は六メートルと、見上げるような高さだった。

南側と西側は全面ガラス張りで、眼下には、博物館の模型のように、ぎっしりと東京の街並みが拡《ひろ》がっている。整然と道路を行き交う車は、小さな虫のようだった。

空は青く晴れ渡っていて、彼方には、富士山の白い頂上が見えた。

「すごい眺めですね。なんか、仮想空間の中にいるみたいです。」

僕は、無音の室内に反響する自分の声に驚いた。何故か急に、「咳《せき》をしても一人」という、昔、国語の時間に習った句が脳裡を過った。

「暑いんですよ、窓が大きいから。冬はまだしも、夏はヒドいです。環境に悪い建物ですよ。」

イフィーは、少しばつが悪そうに、苦笑交じりに言った。実際、日差しは強く、しばらく窓辺に立っていると、額が汗ばんできた。

「一人暮らしなんですか？」

「そうです。十階に両親が住んでますけど、ほとんど顔を合わせないんですよ。不仲なんです。」

「……そうですか。」

「僕は見ての通り、障害者ですけど、十代の頃から急にお金持ちになって、両親はどう接していいのか、わからないんです。ヘンでしょう？　両親の生活は、今は全部、僕が見てるんですよ。この家も、十階の部屋も、全部僕が買ったんです。……両親は、僕に怯えてるんです。親だけど、僕に逆らえないって思ってるんです。――止めましょう、こんな話。すみません、初対面なのに。ソファ、どうぞ。」

そう言うと、イフィーはまた、クルッと車椅子を回転させて、黒い螺旋《らせん》階段の傍らにある大きなキッチンに向かった。遠ざかっていく、という言葉が必要なほどに広い部屋を移動する彼の背中を、僕は、ソファに腰を卸しつつ、ふしぎな気持ちで見つめた。

イフィーは、声で指示を出して、控え目な音量でヒップホップを流した。僕は、ふと傍らに目を遣って、部屋が静かなのは、オイルヒーターだからだということに気がついた。

車椅子は電動で座面が高くなり、彼は業務用らしいマシンでコーヒーを淹《い》れて持ってきてくれた。

「ありがとうございます。」

「いやァ、でも、嬉しいな、石川さんに会えて。僕はお金はあるから、ほとんどどんなことだって出来ますけど、街中を自由に歩いて、苦しんでる人を体を張って助けるってことは、やっぱり無理なんです。——でも、そういう夢想をよくするんです。そういうこと出来たら、どんなにいいだろうって。」

僕は、幾つもの誤解が絡まったその言葉に、うまく返答することが出来なかった。しかし、彼の前では、その誤解を生き、それに見合う人間でいようと既に決めていた。

「すごく憧れてるんです。だから、石川さんになって、街中を歩いてみたいなと思ったんです。」

「それは、ネットのアバターの感覚だと思いますけど、リアル・アバターは、寧ろ僕自身の存在を消して、出来るだけ依頼者と同化するのが仕事ですので、……」

「だけど、周囲の人は石川さんを認識して、石川さんとやりとりするわけでしょう？ネットのアバターと同じですよ。」

「理屈では、そうですけど、リアル・アバターとして活動している時には、相手にそれがわかる印をつけている必要がありますので、僕という存在は素通りされます。大体、そうじゃなくても、僕が僕であることに注意を払う人はいませんよ。」

あまり自嘲的だと、せっかくの依頼のチャンスを失いかねなかったが、僕はそう言わずにはいられなかった。

「目立たずに歩けるってことも、僕の憧れですよ。ずっと車椅子で、嫌でも人と違うし、今は、自分が〈あの時、もし跳べたなら〉だとバレるかもしれないって、いつもビクビクしてますから。――石川さん、今、年収幾らですか?」

僕は、彼のあまりにナイーヴな、明るい表情にたじろいだ。しかし、なぜか失礼だと腹が立つことがなく、ほとんど例外的なほどの「あっちの世界」の若者を前にして、自分を多少でもよく見せようという気が起きなかった。百万円多く年収を言ってみたところで、誤差程度の意味しかないだろう。

僕は正直に、「三百万円ちょっとくらいです。」と応えた。

イフィーは、それについては何も意見を言わず、ただ、

「じゃあ、倍の七百万円支払いますから、僕の専属になってくれませんか?」と言った。

「……。」

「今の会社とは契約を終了してもらって。もし、希望されるんなら、僕の会社の社員になってもらって、給料ってかたちでお支払いしても良いです。」

「ありがたいお話ですけど、……ちょっと、過大評価してると思います。とにかく一度、試してみてからの方がいいんじゃないでしょうか?」

「誠実な方ですねえ、やっぱり石川さんは! でも、これまでの実績は調べさせてもらってますし、ベテランだから、信頼してます! 人を見る目はあるんです、僕は。こう

いう体だから。──でも、じゃあ、このあとはどうですか?」

「大丈夫です。ただ、今日は会社を通じての依頼ですので、規定料金でお引き受けします。」

＊

イフィーは、窓からしばらく空を見ていたあと、日比谷公園でも散歩してきてほしいと僕に指示を出した。

ただでさえ温暖化で紅葉も遅く、この時季はまだ見頃からはほど遠かったが、それでも、松の緑に楓《かえで》の朱色と銀杏《いちよう》の黄色が混ざり合って、鶴の噴水が立つ雲形池《くもがたいけ》の水面を鏡にして綺麗だった。

「うわー、……色鮮やかですね。」

イフィーは、何度も嘆声を上げた。

「空気も澄んでて、すごく気持ちいいですよ。」

「僕の家の仮想現実システムは、温度も風も、全部、再現出来るんです。だから今、僕は外気と同じ十二度の部屋にいます。微かに風も吹いてて。」

「そうなんですか。……すごいですね。」

空の方々で、カラスがしきりに鳴いていた。

頭を巡らせ、木漏れ日を見つめながら、《縁起》の体験を思い出した。

この爽快な景色のすべてが、何光年も彼方から見れば、途方もない闇の中の、ビー玉にも満たない小さな点の中の出来事なのだった。

しばらく歩いて、薔薇《ばら》の花壇を横切った。僕は、その繁茂に目を凝らし、僅かに背の高い一本が、その傍らの一本を圧倒し、大きく花を開き、枝葉を伸ばしている様を眺めた。

地球と太陽との隔たりは、一億四九六〇万キロだという。光は、それほどの距離を経てこの花に達しながら、最後のほんの数センチの差で、片方は伸び、大きく花開き、他方はその影の下で小ぶりなままなのだった。僕はそれが、この世の不公平の一種の比喩になっているように感じたが、イフィーに話しかけられて、それ以上、考えることは出来なかった。

それから、無人の野外大音楽堂に足を運ぶと、僕は、ステージに立って客席を眺めた。自分では、まずしないことだったが、イフィーの希望だった。

「ここにたくさん、人が入ってたら気持ちが良いでしょうね。――やっぱり、どんなに精巧な仮想現実とも違うな、現実は。……」

イフィーの呟きから、僕は彼が、普段はほとんど外出をしない生活を送っているのではと察した。そして、自分の気管を通って肺を満たす空気の清涼な爽快さを、心拍で高鳴る胸で感じながら、彼のVR室が「実質的に同じ」環境を再現したとしても、それは決して、同じではないのだと考えた。

僕は、しばらく歩き回ったあとの心地良い疲労感を、取り分《とわ》け、両足に感じていたが、そういった感覚を、言葉で彼と共有すべきかどうか思い迷い、結局、慎むことにした。

誰もが、なにがしかの欠落を、それと「実質的に同じ」もので埋め合わせながら生きている。その時にどうして、それはニセモノなんだ、などと傲慢《ごうまん》にも言うべきだろうか。

――そう、〈母〉だって、……

風に乗せて微かに飛沫で頰を濡らす大噴水を眺めた。それから、まだ見残した場所があっただろうかと、色とりどりの遊具が設置された一画を通りかかると、イフィーは、そこに立ち寄ってほしいと言った。

平日の日中ということもあり、公園はどこも閑散としていて、時折、散歩中の高齢者を見かける程度だったが、ここにはさすがに、就学前らしい子供の姿もちらほら見えた。

「あの大きなすべり台、ちょっと滑ってもらっていいですか？」

「はい。……」

僕は多少、人目を憚る気持ちもあったが、指示通りにその短い階段を上って、滑ってみせた。二十年ぶりくらいの感覚だった。

「ワァ、臨場感あるなあ。もう一回！」

「はい。」

結局僕は、五回もすべり台を滑り、その後、吊り輪にぶら下がったり、登り棒に登ったりと、一通りの遊具で遊び、最後にブランコに落ち着いた。

ベビーカーを押す母親は、警戒するような、怪訝な目で僕を見ていた。僕は、イフィーをその眼差しから守るために、敢えてそちらを見ないようにしていた。

そしてずっと、彼の〈あの時、もし跳べたなら〉というハンドルネームのことを考えていた。

ブランコをこぎ始めると、イフィーが口を開いた。

「公園に来たの、本当に久しぶりです。交通事故に遭ってから、……みんなが生活を助けてくれたけど、走り回って、すべり台を駆け上っては降りて、鬼ごっこしたりすることはもう出来なくなってしまったから。……なんか、事故前の子供の頃の自分に戻った気がするな。……」

僕は、「……ええ。」とだけ頷いて、あの広いリヴィングを遠ざかっていった彼の背中を思い返した。彼の専属となって、彼の体として生きるというのは、どういうことだろうかと考えながら。——一度きりで、彼ももう、十分なのではないかという気がした。何度も僕に依頼する理由は、恐らくあるまい。

その後、僕はかなり長い間、黙ってただブランコをこいでいた。

やがて、イフィーは、僕に「もう十分です。」と言った。さすがに酔って、気分が悪くなったらしかった。そして、その一言はやはり、僕の心にずっと残り続けている母の言葉を思い出させずにはいなかった。

その日はそのまま、イフィーのマンションに呼び戻されることなく解放された。

帰宅すると、僕のアカウントには、正規料金とは別に、〝チップ〟として十万円が振り込まれていた。

＊

夕食時、三好は、僕の語るイフィーの話を身を乗り出して聴いた。彼がまだ、十九歳の青年だと知ると、

「本当に、本物なの、それ？」と目を丸くした。「それで、専属契約でやるの？」

「はい、さっき、メッセージが届いてて、そう希望してるって。」

「絶対やった方が良いよ！　七百万円なんて！　一流企業並みでしょう？」

「そうですね。……でも、今日みたいなのは、すぐに飽きると思います。あまり外出してなさそうですけど。」

久しぶりに、鍋を一緒につつきながら、僕は、湯気の向こう側の彼女の複雑な表情を

見つめた。興奮しているような、少し寂しげに羨むような。……いつか、イフィーに三好を紹介する機会があるだろうか？

僕の収入が、彼女の倍以上になるという事態を、これまでまったく想像したことがなかった。それは、僕たちの関係に、影響せずにはいないだろう。

僕は、彼女を置き去りにしてしまうことを想像して、不安になったのだろうか？　それとも、イフィーと特別な関係を築いたことで、彼女に憧れられていると感じたのだろうか？　或いは、経済的に優位に立つことで、彼女に対して、滑稽な支配欲に駆られたのか。……

いずれにせよ、僕はあれほど警戒していた彼女への好意を、この日、あまりにも迂闊《うかつ》に自分の中に認めてしまった気がする。もう少しで、自分の胸を占めるその奇妙な苦しみを、彼女への愛のせいだと思い做してしまいそうだった。

イフィーの専属となる代わりに、現在、登録している会社との契約を解除するのは、大きなリスクだった。それに、コンビニ動画の拡散以後、僕に仕事を依頼したいという人は、列を成して待っていて、そのすべてを断ってしまうのは残念であり、申し訳なかった。

本当に、イフィーが僕を一年間も雇ってくれるのかはわからなかったし、そのために、いつもその顔色を窺っていなければならないというのも、疲弊しそうだった。

一年で終わりとなれば、僕はまた、別の働き口を探さなければならない。しかし、もしそうなれば、何か新しいことを始めたかった。リアル・アバターの仕事は、いずれにせよ、イフィーでもう、最後になるだろう。

僕は、自分の人生を変えたいという気持ちを強くしていた。アバターを辞めても、今度は古紙回収とは違った仕事を得られるはずだと、根拠もなく考えた。それは、あの動画の反響だけでなく、イフィーという存在から受けた刺激のせいでもあった。

僕は、彼の生活に憧れたし、その実際的で、前向きなものの考え方にも心惹かれた。彼は、高校時代に、職員室前で、あの座り込みを始めた「英雄的な少年」に、少し似ていないわけでもなかったが、決定的に違ったのは、イフィーが孤独だということだった。そう言えば、僕たちには共通点もあった。どちらも、高校を途中で辞めているということで、僕がその経緯を話すと、彼は目を輝かせて、

「朔也さんは、本当に自分の損得とか関係なしに、正しいことのために行動する人なんですね！」と僕に対する尊敬の念を新たにした。

僕は、イフィーの思い描く通りの人間であり続けるべきなのだと、自分に言い聞かせた。

それに、僕は誰よりも、三好からもっと評価される人間になりたいと思うようになっていた。

どうすれば、そうなるのかはわからなかったが、彼女の生活を助けられるくらいの安

定した収入を得たかった。

僕は彼女を傷つけたくないので、彼女が期待した最低限の信頼には、何があっても応え続けるつもりだった。

僕はこれまで、彼女に指一本触れたことがない。かつては母がいて、今は彼女が住んでいる部屋は、腸炎の看病をした時以外、足を踏み入れないばかりか、ドアをノックしたことさえない。用事のある時には、メッセージで伝えている。

僕は、彼女を愛さない。彼女から愛されることを願わない。ただ、今、僕の命が突然尽きるとして、その〝死の一瞬前〟に、彼女と一緒の自分でいられるならば、僕は、幸福とともに死を迎えられる気がする。つまり、宇宙そのものになることを、喜びのうちに受け容れる、ということだが。――

＊

登録会社との契約関係を清算して、イフィーの自宅に、月曜日から金曜日まで、毎日、通い始めたものの、リアル・アバターとしての仕事は、予想通り多くはなかった。買い物や配送物を出してくること、クリーニング店とのやりとりなど、雑務を引き受けたが、その際には特にゴーグルの着用も求められなかった。最初は、「ヒーロー！」である僕にそんなことは頼めないと遠慮していたが、手持ち無沙汰を訴えて、僕の方から提案した。そのうち、彼が音声入力で、猛スピードで処理していくメールの変換ミスの訂正や改行といった編集も手伝うようになった。そのメールは、イフィーのアカウントからイフィーとして送信されるものだった。

彼の仕事部屋は二階にあり、ほとんど籠もりきりで、デザインをするだけでなく、スタッフとのやりとりも、すべてそこで完結しているらしかった。時々、英語を話している声も聞こえてくるので、海外のエージェントがいるらしい。しかし、僕は一度も二階に上がったことがなかった。

休憩時間には、特設したというエレベーターで降りてきて、リヴィングで待機している僕と話をしたがった。僕は、コーヒーを淹れたり、彼の好きなケーキやお菓子を取り揃える役目も担った。高級なお店に詳しくなった。内容は、様々だったが、アバターのデザインで、ＡＩをどんな風に活用しているかとか、子供の頃に拾ってきて育てていた猫が、三好が購入したアバターのモデルだとか、それこそ、彼女に話して喜ばれるようなことを、問わず語りに聞かせてくれた。

「僕、事故に遭ってからは、猫がずっと羨ましかったんです。部屋の中を、自由に歩き回って、高いところにも登って。気が向いたら僕のところに来て、膝の上に居座って毛繕いしたり。僕は、猫になって、仮想現実の世界で思いっきり駆け回りたかったんです。

——そういう思いがこもっているんです、あれには。」

「そうだったんですか。……尻尾の揺れ方とか、すごくかわいいですね、あの猫は。」

「そうでしょう⁉　あの動きが好きなんです。」

そう言って、イフィーは白い歯を見せながら爽快に笑った。

僕は、ほとんど彼の話の聞き役で、大して面白い返事も出来なかったが、あの広いリヴィングがしんとなると、こちらが気をつかう前に、決まって彼の方から口を開いた。

僕は凡そ、彼の憧れの「ヒーロー！」とはほど遠く、彼の方も、早々にそのことには気づいただろう。それでも、彼は僕に倦む様子もなく、時には、仕事に差し障るのではと心配になるほど、話を続けたがった。

「ほとんど、家から出ないんですか？」

ある時、僕は思いきって尋ねた。

「そうですね。一週間くらい、出ないこともありますよ。全部、済んじゃうんで、ここで。スタッフとも全部、ネットでやりとりしてますし。」

「外の空気とか、吸いたくなりません？」

「上にベランダがあるんですよ。ジャグジーもついてて、花壇もあるし、バーベキューなんかも出来ます。今は寒いですけど。トレーニング・マシンも置いてるし、運動もメチャクチャやってます。」

「はァ、……全然、想像が及びませんでした。」

「東京の街中を今更、ウロウロしてみても、高齢者ばっかりで刺激もないし、僕の場合、移動の面倒があるから、億劫《おっくう》なんですよ。このマンションも、下まで降りるだけで、結構時間かかりますし。」

「確かに、忘れ物とかすると、戻るのが大変ですね。」

「そうそう！　だから、仮想空間の中の方が面白いですよ、断然。色んな国の友達に会えるし、鳥になって空を飛んだりも出来るし。外は今は、インフルエンザも流行ってるから。——あ、朔也さんは予防接種、受けてますよね？」

「はい、仕事柄、流行の時期になると、外出を避けたい人からの依頼が多くなるので。それで、——僕の母は、死ぬまで到頭、一度も、インフルエンザに罹らなかった人なんです。」

「ヘェー、ベビーシッターをしてた頃は、よく罹患《りかん》した子供の面倒を看てました。」

「スゴい！　最強の遺伝子じゃないですか、じゃあ、朔也さんは！」

「いや、僕は何度も罹ってますけどね。……」

僕にイフィーが支払う報酬のうち、労働の対価と言えるものは僅かだった。僕はつまり、僕という存在自体を気に入られて、彼から賃金を得ているのだった。

＊

イフィーから夕食に招かれたのは、クリスマス・イヴの火曜日のことだった。

一日中、彼の家にいるので、昼食を共にすることはしょっちゅうだったが——ほとんどがデリバリーだった——、何度か夕食にも誘われていた。

十二月も半ばに差し掛かり、クリスマスの予定を聞かれて、僕は三好のことを考えながら、特に何もないと答えた。

「じゃあ、うちでパーティーしませんか？ クリスマスらしい料理とか、僕が準備しますんで。仕事ではなくて、友達として来てください！」

僕はその「友達」という言葉に陶然とした。相手は、十歳も年下の若者で、しかも、僕の雇用主という複雑な関係ではあったが。

嬉しかったのは言うまでもないが、その理由の一つは、三好を彼に紹介する良い機会だと思ったからだった。

「ありがとうございます。是非。——あの、……図々《ずうずう》しいですが、僕とルームシェアしている友達も、出来たら連れてきたいんですが。イフィーさんの大ファンなんです。」

「もちろん、連れてきて下さい！　朔也さんのお友達なら、大歓迎です！　一人ですか？」

「はい、一人です。」

「了解です！……」

　僕は三好がどんなに喜ぶだろうかと、胸を高鳴らせて帰宅したが、リヴィングで携帯を弄っていた彼女にそのことを伝えると、意外にも、すぐに喜びを爆発させるわけではなかった。

「……いいの、わたしが行っても？」

「もちろん！」と、僕はイフィーの快活な口調が移ったかのように言った。三好は、少し驚いた風だったが、まだ戸惑いを捨てられなかった。

「パーティーって、たくさん人が来るんでしょう？」

「どうですかね？　あんまり友達がいそうな感じはしないですけど。」

「でも、いるでしょう、いくらなんでも？　何十人も来るんじゃない？」

「……そういう話なんですかね？」

「でしょう？　クリスマス・パーティーなんだし。何着ていくの、朔也君？」

「え、……」

「服。――わたし、イフィーの家のパーティーに行くような服、持ってないよ。」

「いや、……普段着じゃダメですか？　いつも、動きやすい恰好で行ってるので。」

「ダメでしょーっ⁉　みんな、スゴくオシャレしてくるんじゃない？　きっと、浮くと思う、わたしと朔也君だけ。」

僕は、考えてもみなかったが、あの広いリヴィングに「あっちの世界」の人たちが、グラス片手に溢れんばかりに集っている光景を思い描いて、そうかもしれないという気がした。

「じゃあ、服、買いに行きます？」

「行っても、どうせ知れてるもん、わたしが買える服なんて。レンタルしようかな。」

「借りるんですか？」

「奮発して良い服買っても、それっきり着ていく場所もないし。」

「僕が買いましょうか？」

僕は、イフィーから支払われている高額の報酬のことを考えながら言った。三好は、

「おー、羽振りのいい人は、言うことが違うねぇー。」と笑ったが、首を振って、「大丈夫。自分で借りるから。」と言った。

「僕が誘ったパーティーなので。」

「大丈夫。——あんまり色々してもらうと、『シェア』のバランスが崩れるから。」

僕は、その返答に気まずさを感じ、ただ、喜んでもらいたいだけであって、それ以上の意味はないということを伝えたかった。しかし、そんな打算のない思いに対して、人が何と名づけるのかは明らかだった。

僕は、「わかりました。」と頷いて、彼女の考えを受け容れるより外はなかった。

＊

この間、〈母〉との関係には、大きな変化があった。

三好と〝シェア〟を始めた当初、一旦、僕は〈母〉と会話をする頻度が減った。

それは、リヴィングにある仮想現実のシステムを気兼ねなく使える機会が減ったからだった。

その後、〈母〉がなかなか愁眉《しゅうび》を開いてくれない時期が続いたが、それも、僕の目の動きのせいだという野崎の助言を得て、今は改善されている。

それでも、僕が〈母〉と会うために、ヘッドセットに手を伸ばす回数は、随分と減っていた。

イフィーとの新しい生活が始まり、しばらくは、そのことで頭がいっぱいだった。とは言え、以前ならば、それもいの一番に〈母〉に報告したのではなかったか？　今は違う。僕が日常の中で経験する様々なことを、誰かに聞いてもらいたいと思った時、真っ先に思い浮かべる顔は、いつの間にか三好やイフィーになっていた。

イフィーの家で得られた最も大きなもの。──それは、快適な場所で、ゆっくり考える時間だった。

人々が生活をしているその街を、遥かに見下ろすイフィーの家のリヴィングからの眺めは、彼自身が僕に語った通り、思いの外、単調で、贅沢にも、僕はすぐに飽きてしまった。

お陰で、僕は久しぶりに、自分自身と向き合うことが出来、そして到頭、自分の中にある〈母〉への関心の薄れを、認めざるを得なくなった。

僕は、あの機械を〝卒業〟しつつあるんだろうか？〈母〉の人格の構成比率の中では、僕向けのものが主人格になっている。しかし、僕にとっては、今はもう、三好やイフィーとの人格の方が、大きくなってしまっているのではないか？

そのことを考えているうちに、言い知れぬ寂しさが込み上げてきた。

今この世界には、母はいない。僕はその事実を、イフィーのマンションの窓の景色から感じ取れる気もしたし、感じ取れない気もした。それは一体、僕のどんな能力を試されているのだろうか。いたはずの人がいなくなった世界の変容を、あの雲の彼方に滲むようにして輝いている太陽の光から、察知することが出来るのだろうか？

しかし実のところ、僕はもう、母がまだ生きているのかもしれないと錯覚する力さえ、失ってしまっていた。

空は何も変わらない。だから、母の存在の有無は確かめようがない、とは、思えなくなっていた。

〈母〉だけでなく、母そのものが、僕の中で遠くなっていきつつある。

それは、自然なことなのだろうか？　人の死を、皆が平凡なこととして受け流してしまうのは、このせいなのだろうか？　そして僕は、そのことを喜ぶべきなのだろうか？

……

考えてみると、イフィーの専属となった後の僕の仕事は、〈母〉が施設で、元大学教授の話し相手を務めているのと、似たり寄ったりだった。

〈母〉は、僕が尋ねると、よくその「吉川《よしかわ》先生」という男性の話をした。よほど〈母〉のことを気に入っているらしく、近頃では、施設の人が、預金の残高を心配するほど連日〈母〉を呼んで、毎回、四、五時間ほど話し込んでいる。

相手がずっと笑顔だからだろう、吉川先生の話をする時、〈母〉の表情もまた明るかった。少なくとも、ネットで掻き集めた日々のニュースについて、僕に語って聞かせる時よりも、遥かに生き生きとしていた。

イフィーからクリスマスのパーティーに誘われた数日後、街に灯ったイリュミネーションが綺麗だという話をした後に、〈母〉は唐突にこう言った。

「お母さんね、最近、〝自由死〟のこと考えてるの。」

穏やかな、静かな表情だった。

僕は言葉を失った。あの日、河津七滝の大きな滝を背に聴いた母の声が蘇ってきて、鼻腔の奥が痺れ、涙が満ちてきた。しかし、目の中で嵩《かさ》を増したものの、下瞼の縁を超えそうなまま、それは溢れることもなく止まった。

ヘッドセットのレンズがほのかに曇った。

〈母〉は驚いて、

「どうしたの、朔也？　何か悲しいことがあるの？」と尋ねた。

涙と言うより、僕の目はまた、下を向いてしまったらしかった。

〈母〉は、〝自由死〟を口にする一年前に人格を設定されているはずだった。VFが、本当に自分の死についてなど、考えるはずがない。しかし僕は、〈母〉からどうしても、「もう十分」というあの言葉だけは聞きたくなくて、先に口を開いた。

「どうしてそんな話するの？」

「吉川先生が、お母さんに相談するのよ。〝自由死〟の手続きを始めたって。」

「……そう。――ご家族は？」

「いらっしゃらないのよ。それで、もう十分、生きたって仰って。」

僕は小さく息を吐くと、唇を嚙み締めて俯いた。それは結局、この時代に、この国に生きる人間が最後に口にする、極ありきたりな、平凡な呟きに過ぎないのだろうか？

幸福であろうと、不幸であろうと。……

「お母さんは、それに何て答えてるの？」

「お母さんには、何も言えないことよ。」

「それは、……そうだよね。何も言っちゃいけないと思うよ。野崎さんにも、僕から連絡しておくよ。」

「ただ、お母さんね、吉川先生にお願いされてるのよ。〝死の一瞬前〟に、付き添っていてほしいって。お母さんと、静かに文学の話をしながら死にたいって仰るのよ。」

「……。」

「どうしたらいいと思う、朔也？」

「叶えてあげたらいいんじゃない？　そんなに孤独なら。……」

「そうよね。吉川先生がそう仰るんだし。――やっぱり、朔也に相談して良かった。お母さんも、気持ちが固まった。」

僕は、安堵したような〈母〉に就寝の挨拶をして、ヘッドセットを外した。涙は結局、零れることなく退《ひ》き、ただ目頭にだけ微かな名残があった。

〈母〉が、その体では、手を握ってやることも出来ないまま、吉川という老人の命が絶える刹那を見守っている様を想像した。どんな表情をするのだろう？　そんな状況に応じられるように、プログラムされているのだろうか？　現実には、ヘッドセットをつけた彼は、〝自由死〟の処置を施す医師や看護師に囲まれて、虚空に向かって微笑み、実在しない女性に触れようと、腕を伸ばしているのだった。

その姿が、救急搬送先の病院で、今にも事切れようとしていた母の姿と重なった。僕がもう、何度となく繰り返し想像してきた光景だった。

僕は、母が夢見ていた通り、〝死の一瞬前〟にその傍らにいて、母を抱擁し、自分の腕の中で、間違いなく母が生から死へと受け渡されるまで、体を支えてやるのだった。そして、同じ一つの体温の中で、どこかでふと、母の方が冷たくなってゆくのに気がつき、背中を見送るようにして、その死を追認する。――僕は、まるで自分が、本当にそうしたかのような偽の記憶にしばらく浸っていた。そして気がつけば、虚空に向けて手を伸ばしているのは、この僕自身だった。

＊

僕は、これまで躊躇っていた手紙を、藤原亮治に宛てて書くことにした。

決心を促された理由は幾つもあったが、説明しようとすると矛盾もあり、心許なかった。

僕はやはり、自分自身の出生について確かめたかった。

僕の父親は、戸籍上は空欄だったが、母からはディズニーランドで一緒に撮った写真を見せられ、震災のボランティアで知り合ったというその人の思い出を、色々と聞かされていた。

しかし、三好によれば、父の存在についてのその物証はニセモノであり、語られたところはすべて作り話なのだった。

こんな侮辱的な指摘に対して、僕が強く反発しなかったのは、結局のところ、母の話に薄々《うすうす》感じていた僕の疑念の故だった。三好の憶測は、母が彼女に語った打ち明け話に基づいていた。つまり、僕は母に、彼女を介して再会したのだった。

母は確かに、僕に父の話をしてくれた。けれどもそれは、想像で描いた街の絵のように、現実ならば当然あるような、思いがけない細部や、フレームの外側に無限に拡がってゆく断片を欠いていた。その父は、出来の悪いVFのように、人間らしい感じがまったくせず、「不気味の谷」の遥か手前といった感じだった。

正直なところ、僕はこのことと、どう向き合えば良いのか、途方に暮れていた。まず不確かだ。しかし、真相が何か、明るいものであるとは凡そ想像できず、もう何ヶ月もの間、僕の心の一隅には、薄暗い、重たい靄《もや》のようなものが澱《よど》んでいて、不意に胸に溢れ出す度に、僕はその栓を閉めようとするように、目を瞑り、眉間を引き絞ってしばらく耐えていなければならなかった。

そして、僕はこの謎が、僕の中にあるもう一つの大きな謎――つまり、母の唐突な〝自由死〟の決意――と関連しているのかどうかを、折々、ぼんやりと考えていた。

必ずしも、直接的に、というわけではないのかもしれない。しかし、その思いを、母の人生の全体から理解しようとするならば、小さからぬ意味を持っているに違いなかった。祝福され、愛し合う二人の手で育てられた人に比べれば、僕の存在の足許は冷たく、脆い。三好のように虐待する親の家庭で育てられるのと、どちらが不幸だろうかと問うだけ問うてみたが、最初から答えを考える気もなかった。

僕の、凡そ母には似ていない、折々まったく非現実的で、内省的な性格は、恐らく、その誰だかわからない父親に似ているものと思われる。

とすると、僕は父を、僕に似た人間のように想像して構わないのだろうか？

この世界のどこかに、本質的に僕のような人間がもう一人いる。——それは、今までもそうだったはずなのに、僕には急に酷く不可解なことのように感じられ始めた。

母は僕に、自分の愛した人の面影を見ていたと、想像すべきだろうか。或いは、偽りで上書きせねばならないほど、不幸な思い出であるその人物の相貌を僕に認めて、苦しんでいただろうか。……

母は、藤原亮治という作家に、三好に対してよりも、もっと多くのことを語っていたのではあるまいか？

少なくとも、三好は二人が、そう想像して構わないくらいの関係にあったことを、僕に仄めかしていた。

僕には誰か、相談者が必要だ。そして、僕に母の秘密を語ってくれ、僕の困難を共有してくれる人がいるとするならば、それは、藤原亮治なのかもしれない。

しかし僕は、彼に対して、もっと飛躍的な想像さえ抱いていた。――つまり、彼こそが、実は僕の本当の父親なのではないか、と。

この考えが、人の失笑を誘う類のものであることは知っている。しかし僕は、唐突に、自分の父はこの広大無辺の世界の、見知らぬ誰かだと告げられ、しかも、母の周囲にいた男性としては、藤原以外の存在を一切知らないのである。

どうして彼だけを、その可能性から除外して考えられるだろうか？

もし僕が、戯れに父という存在の空想を弄ぶのではなく、真剣にそれが誰だったのかを突き止めようとするならば、手始めにまず確認すべきは、藤原に違いなかった。

もし、そうだったら、どうなのか？――わからなかった。喜怒哀楽といった、ハッキリとした感情は、何も湧いてこない。そのすべてが、よくわからない配合で混ぜ合わされているような気もする。

少なくとも、〝隠し子〟である僕を、今日まで放置してきた事実については、知って幸福になるということもないだろう。

母が〝自由死〟を決意する上で、藤原の存在が大きく影響したのだとするならば、僕は彼を憎むべきではあるまいか？　僕の人生のたった一つの拠所《よりどころ》を奪ってしまったのだから。その関係を通じてか、思想を通じてか、或いは、その不在を通じてか。――

それも、〝心の持ちよう〟などと諭されるだろうか？

＊

藤原亮治は、もう七十七歳で、誰もが知っている人気作家というにはほど遠く、その著作の多くは、今では電子本でだけ入手可能だった。どちらかというと、寡作の部類ではないかと思う。作風の幅は広いが、答えの出ないような、思想的な問いを含んだ主題を特徴としていて、比較的、短い作品が得意なようだった。三十四歳の時に芥川賞を受賞していて、五十代の初めから十五年間ほど、選考委員を務めている。

母は、その大部分を印刷本で読んでいて、僕はその文庫の中から、『ダイモーン』という古代ギリシアの哲学者ソクラテスを主人公にした短篇小説を、最近、読んでいた。物語は、ペロポネソス戦争に参加したソクラテスが、その悲惨な体験の故に、実はアテナイに戻ってきた後、所謂PTSDに苦しんでいた、という設定だった。

当時は無論、そんな症状については、当人も周囲の者たちも無理解だった。ソクラテスは、自然に対しても、言葉に対しても、酷く虚無的になり、生の実感を喪失し、孤独に陥った。少年愛に感《かま》けていたのも、そのせいである。何よりも、自分の理性も魂も信じられなくなってしまった。だからこそ、彼は、「ソクラテス以上の賢者は一人もいない」というデルポイの神託に衝撃を受け、しかしそれは、ひょっとすると、自分がこの奇妙な感覚を知っている、という意味なのではないだろうかと、予感するのだった。

そこから、ソクラテスは街に出て、有名な問答法というのを始める。しかし、藤原が強調するのは、その際のソクラテスの空虚感であり、この世界に生きていないという苦しみであり、実のところ、彼は共感できる他者の存在を懸命に求めているのだった。

そして、「ソクラテスは国家の認める神々を信奉せず、且つまた新しい神格を輸入して罪科を犯している。また青年を腐敗せしめて罪科を犯している。」と告発され、死刑判決を受けた後、脱獄することもなく、自ら毒杯を仰ぐ彼は、酷く疲れていて、弟子たちの動揺を持て余し、もう楽になりたがっているその様子は、ほとんど、〝自由死〟を願う風だった。そして、その心境を描く藤原の筆は、当惑するほど優しかった。

内容は、一方では、イラク・アフガン戦争後の米兵のPTSD患者にヒントを得ており、また他方では、経済格差や自然災害、ウィルスの蔓延《まんえん》など、現実の世界の過酷さに耐えかねた人々が、仮想現実の世界に逃げ込むようになった今日の風潮を背景としているという解説が巻末に付されていた。つまり、ギリシアの神々も、プラトンの唱えたイデア界も、一種の仮想現実なのだ、ということらしい。

驚くべきことに、母はこの本を、ほとんど三ページ毎に端を折って読んでいた。それは、先へ進むほどに増えていって、「先生が告発された！」と、プラトンが息せき切って弟子たちに伝える件《くだり》の後は、全ページの上下の端が折られていた。

僕は、この本を感動しながら読んでいた母の親指が、どんな風にその小さな三角形の折り目の上を押さえ、何度も往復したかを想像して、そっと指で触れてみた。

母が藤原亮治のファンだったことは知っていたが、それにしても、僕はその口から、「ソクラテス」などという人名を、終《つい》ぞ聞いたことがなかった。

僕に話しても、仕方がないと思っていたのか。それとも、死について考えていたことを、僕に知られたくなかったのか。……

奥付の刊行日からすると、母がまだ、三十代の頃に買った本のようだった。そう考えると、急に母の遺品というより、今の僕とさほど変わらない、一人の若い女性の所持品という感じがしてきた。

＊

いざ藤原への手紙に取りかかってみると、最初の一行目から躓《つまず》いてしまった。

彼のソーシャル・メディアのアカウント宛にメールを送るつもりだったが、本の刊行情報くらいしか更新されておらず、管理者が別にいるようにも見えた。あまり思いつめた内容だと、弾かれてしまうかもしれないが、単なるファンレターのようでも、返事は期待できないだろう。

母から藤原のことを聞いていた三好に、改めてどの程度の関係だったと思うかと尋ねると、初めてこの話を居酒屋で聞いた時とは違って、僕という人間を既によく知っているという風に、躊躇いなく言った。

「藤原さんとつきあってたんだと思う。不倫になるのかな、一応。」

それは、僕の想像と矛盾しないはずだったが、いざそう告げられると、すんなりとは信じられなかった。推測というのは、一人で抱えている時には、それなりの真実らしい重みを備えていても、二人で持ってみた途端に、中身がまるで詰まっていないかのように軽く感じられ、不安にさせられるものだった。

「本当に、そこまでの関係だったんでしょうか？」

「曖昧でしょう、そういうのって、大体。」

「僕は、出来れば、藤原さんに会ってこようと思ってるんです。」

「難しいかもしれないけど、もし会ってもらえるなら、スッキリするかもね。」

「何て言えば会ってもらえるのか、悩んでるんです。」

「そうね、……やっぱり、最初は一読者として、朔也君の感想をしっかり書くのが良いんじゃない？　それを喜ばない作家はいないと思う。で、後半に実は、母がファンで、少し前に亡くなりましたって書いたらどう？　もし、藤原さんが、お母さんとの関係を、今も大事にしてるなら、きっと、そこからやりとりが始まると思う。返事がないなら、そもそも、その程度の関係だったんだろうし。ご高齢だから、お元気なのかどうかもわからないけど。」

僕は、三好の助言を的確だと感じ、『波濤』と『ダイモーン』について、感じたままを書き、最後に母のことに控え目に触れた。

「会いたい」という希望を伝えるかどうかは、返事次第で考えることにした。

＊

クリスマス・イヴのイフィーの家でのパーティーは、僕たちにとって、思いがけないものとなった。

僕の人生は、彼にあのコンビニでの動画を発見されたことで変わった。

しかし、それがどういう帰結をもたらしたかを振り返るならば、このクリスマス・イヴこそが分岐点だった。尤も、僕は星座の結び方も知らないまま、ただ星空に圧倒されている人のように、幾つかの出来事を個別に印象に留めながら、それらの関連を理解し得ずに、一夜を過ごすこととなるのだったが。……

三好は結局、紺色の、肩から背中にかけてレースがあしらわれたパンツ・ドレスをレンタルし、僕はこの機会に、茶色いタートルネックのセーターと、それに合わせたグレーのパンツを買った。

僕たちは、それぞれに自室で着替え、リヴィングで互いの装いをしげしげと見つめ合って笑った。何もかもがチグハグでおかしかった。二人の趣味も、そんなヨソ行きの格好をしているのも、今いるのが僕の自宅であることも、何もかもが。——

さすがに手土産くらいはと、イフィーに必要なものを尋ねたが、「手ぶらで来てください！　僕の招待ですので。」と言うばかりだった。

三好は、何が何でも今日だけは休暇を取ると画策していて、もしダメなら、旅館の仕事を辞めるとまで言っていたが、受け容れられたらしかった。

二人で電車に乗り、帰宅ラッシュを尻目に都心に向かうと、六本木で予約していた花を受け取った。

クリスマス・プレゼントとして、イフィーが僕たちから貰って喜ぶようなものは何も思いつかなかったが、僕は、コーヒーをよく飲む彼のために、有田焼のカップを買った。モダンなデザインで、釉薬《ゆうやく》を使っていないらしく、白い艶のない素地に、コバルトブルーの呉須《ごす》で描いた雉《きじ》の絵が上品だった。

三好は、黒いニット帽を選んでいた。イフィーはまったく外出しないので、帽子はどうかと僕は首を捻《ひね》った。

「あったら、きっと外出するようになると思う！　髪がボサボサの時でも、被れば楽だし。車椅子だから、寝ぐせ直すために、お風呂で髪濡らしたりするのも大変でしょう？」

僕は、三好のその考えに感心した。


イリュミネーションが街路樹に煌めくけやき坂は、手を繋いで歩くカップルたちで賑わっていた。思ったほど寒くなく、しばらくビルの中にいたので、マフラーをしない方が、少し汗ばんだ首回りが気持ち良かった。

通りの所々に小型のスピーカーが設置されているらしく、クリスマス・ソングが遠ざかったと思うと、途切れなくまた近づいてきた。

三好とこんな場所を、こんな時間に歩くのも初めてで、僕は、「わぁー、きれいね！」と、LEDの明滅にカメラを向ける彼女の横顔を盗み見た。白い歯と、大きな眸が、光を灯して艶やかだった。「わたし、きれい？」と、整形手術に触れながら僕に尋ねた、あの日の居酒屋の彼女の表情を思い出した。彼女の顔かたちは、何も変わらない。けれども、僕は今の方が、もっと「きれい」だと感じた。

こういう時に、三好はこういう喜び方をするのかというのを、僕は初めて知り、それが何となく嬉しかった。

六本木通りまで歩いて出ると、反対車線が騒然としていて、僕たちは顔を見合わせた。国会議事堂の方に向かってゆく、長いデモの行列だった。

「何ですか、あれ？」

「格差是正を求めるデモじゃない？　ニュースでやってた。今日と明日、世界中でやるんだって。」

「そうなんですか。……クリスマスに？」

六本木駅に向かいながら、僕は大通りを隔てて、その様子を眺めていた。参加者たちの鼓動と、直接、血管で繋がっているかのような太鼓の地響きがしていた。車は、警笛で警官に整理されながら、その傍らをスピードを落として通り過ぎていく。ブレーキのテイルランプの赤い色が、夜の道路に無数に灯っている。

「私たちも生きたい！」という、プラカードの大きな黒い文字が目に入った。それは、胸に突き刺さる言葉だった。

参加者は、中高年者が多かったが、若い人たちのグループもいて、外国人労働者の姿も少なくなかった。

ふと、僕は今、どこにいるのだろう、と自問した。通りの反対側から見れば、僕たち二人は、まさに「あっちの世界」の人間に見えるのではあるまいか？　実際、僕たちはこれから、「あっちの世界」の人たちと一緒に、東京を見下ろす豪邸で夜を過ごすことになっていた。

本当は、明らかに、あのデモの群れの中にこそいるべき二人であるにも拘らず。……

イフィーのマンションに到着した三好は、僕が最初そうだったように、ただ言葉もなく、ぽかんと口を半開きにしていた。例の石壁のような巨大なドアを二つ潜ってエレベーターに乗り込むと、ようやく、

「なんか、スゴいね。……わたし、ヤバい、緊張してきたかも。――やっぱり、場違いじゃない？」と、気後れしたように僕を見た。

「うん、……でも、イフィーさんは親切だから、多分、大丈夫です。」

四十四階に着き、玄関で呼び鈴を鳴らすと、室内からは既に音楽が聞こえてきていた。「どうぞ！」と声をかけられて、僕は普段通り、ドアを開けた。イフィーは三好を一目見て、驚いた顔をした。

「こちら、ルームシェアをしている三好彩花さんです。」

「初めまして。今日は、わたしまでご招待いただいて、ありがとうございます。」

「ああ、……初めまして。〈あの時、もし跳べたなら〉の中の人です。朔也さんのルームメイトだって聞いてたんで、てっきり、男性だと思ってました！」

「え、……朔也君、言ってなかったの？」

「……言ってなかったかもしれません、そう言えば。」

三好は、戸惑った様子で、イフィーの表情を窺った。イフィーは、すぐに笑顔になって、「もちろん、大歓迎です！　どうぞ！」と笑顔で手を差し伸べた。

三好は躊躇う様子もなく握手に応じたが、僕は彼女が、そんな風に男性の体に触れるのを初めて見た。

リヴィングは、広い吹き抜けの空間に間接照明がやわらかく膨らみ、その下の僕たちの顔は、うっすらと暗がりに覆われた。

方々に小さなランプやキャンドルが置かれていて、そのどれかから、どことなく冷ややかな薔薇の香りが漂っていた。

ピアノとドラム、ベースからなるジャズ・バンドが、螺旋《らせん》階段の前辺りで、控え目な、寛いだ演奏をしている。スポットライトに照らされたキッチンでは、シェフとアシスタントが、料理の準備をしていた。ただ、客は他に誰もいなかった。

「時間、間違えました？　他の方は？」

僕が花を手渡しながら尋ねると、イフィーは礼を言い、顎をちょんと突き出して微笑した。

「今日は、僕たちだけですよ。朔也さんと、彩花さんと、僕の三人です。」

「そうなんですか？……」

「あれ、伝わってませんでした？」

「えー、もう、朔也君、全然、ダメじゃん！」

僕は、呆気に取られながら三好に謝った。イフィーと彼女は、顔を見合わせて笑った。まさか、僕たちだけのために、クリスマス・イヴに、こんな準備をしてくれているとは、思いも寄らなかった。

イフィーが、お気に入りだという、クリュッグという銘柄のシャンパンを開けてくれた。彼に、飲酒の習慣があることに少し驚いたが、咎めることはしなかった。乾杯し、細身のグラスの三分の一ほどを飲んだが、その滑らかな喉越しには、輝かしいものがあった。僕は、ただのスパークリング・ワインとシャンパンとの違いを、この時の会話で初めて理解し、そして恐らく、シャンパンを口にしたのは、生まれて初めてだった。

三好は、グラスを持って窓辺に立ち、夜景を見下ろしながら、「スゴーい！」と何度も口にして写真を撮った。

「朔也君、いつもここにいるの？」

「そうです。」

「羨ましすぎる。今度、わたしの旅館の仕事と替わって！」

いつもはしんと静まり返っている部屋だったが、今日は音楽のお陰で、その大きさを持て余さずに済んだ。

イフィーは、キッチンに何かの指示を出しに行った。

室内の光景が、夜空の闇を背に、窓ガラス一面に大きく映し出されていた。僕たちは、いかにも精密に投影されていたが、それぞれに淡い光を灯しながら透き徹《とお》っていて、どこか既に、振り返られた過去の記憶のようだった。

食事は、イタリア料理のコースで、ブッラータという、舌の上でとろけるようなフレッシュ・チーズに生ハムとトマトを添えたサラダ、ヤリイカのスパイシーなフライ、からすみのパスタ、メインは、ローズマリーの風味が効いた、大きなロースト・チキンだった。レストランのように、一皿ずつ食事が運ばれてきて、僕たちはシェフの説明に耳を傾けた。

「わたし、こんな素敵なクリスマス・イヴ、生まれて初めて。」

三好はフォークとナイフを手に持ったまま言った。僕も同じだった。

イフィーが次々にボトルを開けるので、僕たちは結局、シャンパンを二本と赤ワインを一本半も空けてしまった。いつになく飲んだが、特別に良いものだからだろう、酔いは、遠浅の浜辺に穏やかに打ち寄せる潮のようで、トイレに立っても、急に深みに足が塡《は》まってしまうようなことがなかった。戻ってくると、三好はイフィーと顔を寄せ合って、しきりに話し込んでいた。

最初こそ、彼女も緊張していたが、元々、明るい性格なので、すぐに打ち解けて、いつの間にか、敬語を使うのも止めていた。顔は赤く染まっていて、笑みが絶えなかった。

僕は、自分を介さずに二人が直接、会話を楽しんでいることに喜びを感じた。イフィーのファンだった三好の感激は当然だったが、実際に会って失望することなく、ますます魅了され、興奮している様子が伝わってきた。彼女の態度は自然で、卑屈なところやぎこちないところがなかった。人嫌いのイフィーが、三好をどう感じるかは少し心配だったが、その笑顔は本心からのものと感じられた。

二人がそれぞれに僕の友人で、彼らがまた友人同士になろうとしていることが、僕は嬉しかった。

「イフィーじゃなくて、アイファイって呼ぶ人もいるよね？」

「外国人は、イフィーって言うと、『微妙』っていう意味の iffy を思い出すみたいです。僕はそこが面白いんですけど。」

イフィーは、彼女が年上であり、また僕の同居人であるということを恐らくは深読みして、敬語を崩さなかった。

「そうなんだ？『微妙』って、微妙ね。……あー、それにしてもわたし、イフィーの家に招待されてるんだー。ホントに現実なの？朔也君が連れてきてくれた仮想現実？きっと、おしゃれな人がたくさん来ると思って、このドレス、わざわざレンタルしてきたのよ。」

「そうなんですか？　普段着で十分だって、ちゃんとお伝えすれば良かったですね。僕だって、こんなパーカーだし。──朔也さんも、その服……？」

「僕は、このセーターを買いました。」

「そうですか！　とても似合ってます、それ。」

「ありがとうございます。——普段から、もう少しきれいな服を着てくるようにします。」

「いえ、全然、今まで通りで大丈夫ですよ。」

「朔也君って、イフィーにすごく信頼されてるのね。……いや、朔也君は、間違いなく好人物だから！　同居人のわたしが保証します。イフィー、雇って正解。」

僕は、三好が思った以上に酔っていることに、この時、初めて気がついた。言葉が、子供がトランポリンで遊んでいるように跳ねていて、時々、転んでしまいそうになった。

彼女は、これまで見たことがないほどに上機嫌だった。僕は嬉しかったが、それは、ぼんやりと彼女の幼少期からの境遇を考え、この場に連れてきたのが、他でもなく僕であることに一種の誇らしさを感じたからでもあった。

「朔也さんは、僕の憧れの人なんです。自分に、こんな兄がいたら、どんなに良かっただろうって思うんです。車椅子生活になって、人から面倒くさがられたりとか、嫌なこともあったけど、こんな兄がいたら、その度に、いつも僕の前に立って、庇ってくれたんじゃないかとか、……はは、勝手に想像が膨らんじゃうんです。だって、こんなにきれいな目をした人に、僕は会ったことがないんです！　僕は、いつも人間の目を見るんです。こういう体だから、相手の本心を見抜けないと、生きていけないんです。だから、僕のデザインするアバターは、目なんです。とにかく、目。服とかそういうのは、幾らでもどうにでもなるんです。みんな、それを理解してないんですけど。」

「そっかあ。……でも、そうかも、イフィーのアバター！　だけど、イフィーも目が本当にキラキラ輝いてる！　ね、朔也君？」

「そう思います、本当に。イフィーさんこそ、目がきれいです。最初に会った時から感じてました。」

「僕は、……お二人より若いから、ナイーヴに見えるかもしれないけど、屈折があるんです。〈あの時、もし跳べたなら〉なんて名前、つけてるくらいだから。」

＊

イフィーはその後、二階に上がってしばらく戻って来なかった。僕は少し心配したが、やがて何も言わずに降りて来るとデザートの指示を出した。

ティラミスと、ピーチ風味のグラニータというシャーベット、更にコーヒーに添えられたアマレッティという小菓子を食べると、僕の胃袋は、はち切れそうになった。満腹を感じていたが、美味しくて止められなかった。シェフは、無名時代からイフィーが才能に惚《ほ》れ込んで投資し、育ててきた人で、今は都内で二店舗を構えているらしい。クリスマス・イヴという特別な日に、出張して料理を作ってくれたのはそのためで、僕と三好に、「今度是非、お店にもいらしてください！」と名刺をくれた。

「あっちの世界」には、こういう生活があるのだなと、僕は、素朴な驚きを覚えた。そして、イフィーが本当のところ、どうして僕をこんなに気に入ってくれているのかと、幾らか不安な気持ちで、考えざるを得なかった。

先ほどの言葉は、多少の誇張はあっても、恐らく相当程度、本心なのだろう。しかし、実体が見合っていないことは明らかで、それは、その期待に応えようとしている僕こそが、誰よりも知っていた。

イフィーが僕を、人に一切紹介しないのも、心のどこかで、「なんでこんな人を？」と訝られることを、警戒しているからではあるまいか。……

僕は、母が生きていたら、一緒に連れてきたかったと心底思った。どんなに喜んだだろう？　贅沢な家に招かれ、美味しい食事をすることが出来たという、そのことばかりではない。僕の人生が、こうして好転しつつあることを。──

不意に、僕の脳裡を、先ほどのデモの光景が掠めた。そして、「私たちも生きたい！」という言葉が胸を圧迫した。彼らは今、寒空の下で、肩を寄せ合いながら、ここから脱出したいと、必死に声を上げているのだった。古紙回収をしていた時、僕は正しく彼らと同じ場所にいて、しかも格差是正というのではなく、とにかくただ、「あっちの世界」に行きたいと痛切に願っていた。

イフィーが感激し、多くの人が〝投げ銭〟を送ったあの僕は、本当は今、国会議事堂前にいるべきなのではないだろうか？　かつて、あの少女のために、職員室前に坐りこんでいた僕は、今もデモの群衆の隅の方で、膝を抱えて地面に坐りこんでいるのでは？　岸谷の裁判は、もう始まっているのだろうか？　ずっと気に懸けていたはずなのに、この一月ほど、僕はそのことを完全に忘れていた。彼は今、拘置所で何を考えているのだろう？　三好ではなく、彼をここに連れて来て、イフィーに紹介することは出来ただろうか？　――そう考えて、やはりそれは難しかったのではないか、という感じがした。

僕と三好は、イフィーにプレゼントを渡した。彼は、意外だったように喜び、早速、三好の黒いニット帽を被り、僕のカップで、おかわりのコーヒーを飲んだ。

「素敵なカップですね！　見たことないです、こんなの。シンプルで、上品で、カッコよくて。どこで買ったんですか？」

「ネットで色々探してて、見つけたんです。そんなに有名な窯《かま》じゃないみたいですけど。」

「へぇー、うれしいなあ！　この人に、コンタクト、取ってみようかな？　僕のアバターのグッズ、この技法で作ってもらいたいな。」

三好は身を乗り出して、

「絶対、いいと思う、それ。スゴいね、朔也君の担当企画にしたら？」

と僕を見て、確認を求めるようにイフィーに言った。

イフィーは、「いいですね。」と頷いた。

シェフとバンドを帰した後、僕たちはイフィーに二階に案内された。僕でさえ、これまで一度も通されたことがなかったので驚いた。

イフィーは、二人乗りのエレベーターで、僕と三好とは螺旋階段だった。

三好が酔って転げ落ちないだろうかと、僕は後ろから冷や冷やしながらついていったが、意外に足許はしっかりしていた。

「うわぁー、カッコいい！」

購入時から、内装はほとんど手を加えていないという一階と違って、二階は黒一色だった。

廊下は黒い板張りで、壁紙も光沢のない無地の黒だった。間接照明で、天井が明るくなっている。

「何もない状態からアイディアを生み出したいんです。そこに、自分で集めてきた物とか、アイディアとかを並べていくんですが。宇宙だって、黒でしょう、基本は。――でも、暗い人だと思われますよね、こんな部屋。だから、人にはあまり見せないんです。朔也さんにも、気味悪がられるかなと思って。」

壁には、イフィーが描いたデザインの原画や、猛スピードで空を飛んでいる人が、その最中に撮影したらしい写真、仮想空間内の緑と高層ビルが入り組んだ巨大都市の絵など、様々な額が掛かっていた。

「これは？　誰の絵？」

「白髪一雄《しらがかずお》っていう日本人の〈具体〉の画家です。天井からぶら下がってるロープに摑まって、足で描いてるんです。すごいですよね。大好きなんです、僕。」

「足で描いてるんだ？　それで。……ほんとに、すごく躍動感のある、エネルギーのある絵ね。」

三好は、顔が触れそうなほどに画面に近づいて、僕はハラハラしたが、イフィーは、衒《てら》いのない、率直な感動を露わにした彼女の横顔に心惹かれた様子だった。あとでこの絵の値段を知って、僕はまた肝を潰したのだったが。

三好の笑顔と同様に、そのイフィーの面差しも、僕がこれまで一度も見たことがない、特別なものに感じられた。

「写真、撮ってもいい？」

「もちろん。でも、写真じゃ、このマチエールの感じは伝わらないですよね。気に入ったなら、またいつでも、見に来てください。」

「本当に？　いいの？」

「もちろん、いつでも歓迎します！」

二階には、VRルームを併設した仕事部屋と、トレーニング・マシンやベッドが置かれた私室があり、ベランダには、オリーブやブルーベリー、ビワなどの鉢が並んでいて、今は冬なので使用されていない様子だったが、ジャグジーやハンモック、テーブル、バーベキュー・セットなども置かれていた。

「夏は花火も見えますよ、ここから。」

イフィーは、僕を見上げて言った。少しだけ引き戸を開けたが、寒いので外には出なかった。

高層ビル群の赤い航空障害灯は、それぞれに、どこか苦しげに息をしているようなテンポで明滅していた。まだ、オフィスの明かりもちらほら灯っている。

それから、イフィーの仕事部屋に通された。

やはり黒一色だったが、様々な背表紙の画集や写真集が、壁全体に設《しつら》えられた棚に並んでいた。こういうのは、やっぱり、紙の本で見るのだなと僕は思った。

反対側の壁には、大きなボードが設置されていて、そこに、創作のヒントになりそうなもの――男女を問わない服やバッグ、動物の写真、ガジェットやスケッチ、本の切抜きなど――が、整理されて展示されていた。

僕はその光景を巨細《こさい》に眺めて、一種、厳粛な気持ちになった。

イフィーのあの多彩なアバターは、ここから生み出されていて、しかも、それらが四方八方に放たれて、巨万の富を齎すのだった。僕がいつも、一階でぼんやりと空を眺めながら、回想に耽《ふけ》っている間に、彼はここで、独り画面に向かって、世界中の人に感謝されるような「姿」を創造している。

その気晴らしに、僕と雑談をしに降りてくる、というのは、いかにも奇妙で、自尊心をくすぐられつつも、この時、胸を過った言葉をそのまま記すならば、ペットのようなものだろうか、という感じがした。

人間が人間のペットとなってはいけないだろうか？　愛犬家や愛猫家は、ペットを自分の〝本当の家族〟として大切にしている。だったら、どうして人間が〝本当の家族〟としてのペットではいけないのだろうか？……

ともかく、イフィーの仕事場は、彼の方こそ、僕の「ヒーロー！」と感じさせ、彼の人生に強烈な憧れを抱かせるに余りある世界だった。それは、この豪邸に初めて招かれた時よりも、一階で先ほど料理を振る舞われた時よりも、遥かに強い感情だった。僕は、先ほどから三好が再三繰り返しているように、彼を「カッコいい」と感じた。彼のようになれたら、どんなにいいだろうかと、私《ひそ》かに思った。

僕たちは、その後、併設されているVRルームで、僕の持っているお粗末なシステムとは比較にならないような精巧な仮想現実を体験させてもらった。

三人同時にヘッドセットを装着すると、イフィーは、履歴が残っているのに気がついて、さっとそれらを片づけた。そして、僕たちに、彼のデザインしたアバターの中から、好きなものを選ばせてくれた。新作で、恐らく一点、百万円以上の高価なものだった。

僕は、スーツを着てネクタイを締めた、精悍《せいかん》な狼《おおかみ》のアバターを選んだ。全体のバランスが絶妙で、理知的で、物怖《ものお》じせず、しかも、優しそうな雰囲気だった。

三好は、「えー、どうしよう？……」と散々迷っていたが、鮮やかな赤い羽を纏《まと》った、中性的で優美な風貌の人間のアバターを選んだ。

イフィーは、カラヴァッジョが描いた《洗礼者聖ヨハネ》の絵を基にした半裸のアバターを選んだ。それは、青年の肉体の甘美さが匂い立つような見事な姿で、ゆったりとカールした前髪が額にかかり、顔には少し影が差していた。

僕は、初めて同じ目の高さで、彼に、「行きましょう！」と声をかけられて、恍惚感に似た胸騒ぎを覚えた。


三好の希望で、僕たちは、彼女と初めて会った南国のリゾート・ホテルのプールサイドに行った。

いつものように目を閉じ、到着してから初めて周囲を見渡した。

室温が一気に上がり、微風が吹き、草木や濡れた石畳、サンオイルなどの香りが混ざった匂いが立ち籠めた。

僕は汗ばみ、出来ることなら、服を脱いで水着になりたいほどだった。頭上からは、人工的な太陽熱も伝わってくる。

四方から椰子の木の葉の音や、プールに注がれる水の音などが聞こえてきて、ホテルのテラスのレストランでかけられている音楽も、微かに響いていた。

風景も鮮明で奥行きがあり、目に見えない空気が巧みに表現されていて、それを呼吸している感覚があった。ヘッドセットが極めて軽いせいもあったが、その臨場感には欠落がなく、どこかに綻《ほころ》びを探そうとしたが、やがてそれを諦めた。

「ほんとに、あのプールに飛び込みたくなる感じですね。」

「ですね！ この場所は知らなかったけど、いいところだな。お金かけて、よく出来てる。朔也さんたちは、時々、来るんですか、ここに？」

「僕はそうでもないけど、三好さんは、……」

「来てるよ。でも、わたしが普段、経験してるのと全然違う。イフィーが家から出ないのもわかるね。」

僕たちは、しばらく椅子に座っていたが、服のままでは暑くて、五分程度しかいられなかった。半裸のイフィーの胸元には、静かに汗が垂れていたが、その雫には、高貴な光があった。

一階に降りた僕たちは、終電を気にして、「そろそろ、」と切り出した。

イフィーは寂しそうに、

「もう少しどうですか？ 朔也さん、明日の朝は休みでも良いですし。」

と引き留めたが、三好も明日は早いので、二人で帰る意思を確認した。

イフィーがタクシーを呼んでくれて、僕たちは、思いがけず車で帰ることになった。

別れ際に、彼は手を差し伸べ、僕だけでなく、やはり三好もまた握手をした。

「なんか、シンデレラみたいな気分。カボチャの馬車で、今、高速道路を走ってるのね。……ありがとう、朔也君。わたし、今まで生きてきて、今日が一番楽しかった。イフィーも想像以上に素敵な人だったし。あんなに若いのに。すごいね。……ああいう人生もあるのね。……」

三好は、車内でそう言った。僕は、暗がりの中で、折々街の光を反射する彼女の横顔を見ながら、「ええ、本当に。」と頷いた。

彼女が、イフィーのことを思い返し、名残惜しさを噛みしめているのがよくわかった。

やがて、高速道路を降りて、自宅が近づいたところで、二人の携帯に同時に、イフィーから着信があった。

「Merry Christmas!!」というメッセージと一緒に、先ほど選んだアバターが、クリスマス・プレゼントとして送られてきた。

「スゴい、あれ、くれるんだって。……」

三好は、画面を見たまま、そう呟いた。しかし、メッセージには続きがあり、そこまで進んで、三好の笑顔は強張った。

今日のお礼だと、二十万円が振り込まれていた。

僕に対しても、それは同じだった。

第十一章　死ぬべきか、死なないべきか

藤原亮治からは、年が明けて、世間がようやく正月気分を脱した頃に返事が届いた。師走は連載原稿にかかりきりで、どうにか脱稿したと思ったら、安堵したのか体調を崩し、年末年始は臥《ふ》せっていた。返事が遅くなって申し訳ないと、最初に詫《わ》びが書いてあった。

僕は、音沙汰がなく、諦めるべきか、もう一度、手紙を送るべきかと迷っていたので、メールの差出人の名前を目にして息を呑んだ。すぐには開封することが出来なかった。そして、文面を読み、喜びが込み上げてきて、作家の私信とは、こういうものなのかと興奮した。

淡々と事実が書いてあるだけだが、簡潔で、礼儀正しく、ほのかな柔らかさがあり、また、謙虚だった。

作家の、というより、藤原亮治がそういう人なのかもしれない。

彼は、本の感想に礼を述べ、最近では、若い読者から手紙を貰うことは少ないので、

「とても嬉しいものでした。」と記していた。そして、僕が母の子供であるということを喜び、母の死を悲しんだ。

「お母様からは、いつも、あなたのことを伺っていました。残念ながら、お母様とは連絡が絶えてしまいましたが、あなたがその後、どうされているかは、気に懸かっておりました。立派に成長なさっていることと拝察します。

私は今、介護付きの施設にいます。時間のある時に、遊びにいらしてください。お母様の思い出を聴かせてください。今は元気ですが、私自身も、もうじきこの世界からいなくなる人間ですから。」

僕は、その最後の一文に慄然とした。何か、母が考えていたような具体的な計画があるのか。それとも、老境に入った人が、何気なく口にする類いの言葉なのだろうか。……

それにしても、母が本当に、藤原とこれほど親しかったというのは、改めて意外だった。僕に向こうから会いたがるというのは、どういうことだろうか？

僕の様子が「気に懸かっておりました」という一言には、胸を打たれた。大袈裟でなく、そういう人間を、僕はこの世界に、母以外には期待せずに生きてきた。

コンビニの動画が世界中に拡散された後、三好は、イフィーだけでなく、十年以上も音信不通のクラスメイトが、突然、親しげに連絡してくるんじゃないかと、冗談交じりに予言していたが、寄せられた反応の中に、そうしたものは見当たらなかった。

三好は、二人の関係を、「不倫」だろうと言っていたが、文面からは、そうした後ろ暗い雰囲気は感じ取れなかった。施設にいるというが、夫人は健在なのだろうか？〈母〉に会ってもらったら、どんな反応を示すだろうと、僕は想像した。その様子から、二人の関係も察しがつくかもしれないが、〈母〉もぎこちなく調子っ外れで、藤原も興醒めするだろう。そこから長く、やりとりをしてもらえれば、ＡＩが学習して、かつての関係を回復できるのかもしれないが。……恐らくは、かつて母の主人格だった人格が芽生えることとなる。そうすると、〈母〉はより本物の母らしくなるのだろうか。――なったとして、そのことにどんな意味があるのだろう？

僕は、少し考えてから返事を書きたかったが、それも不安で、すぐに感謝の気持ちを伝え、彼の誘い通りに面会を請うた。

一旦、一月半ばに約束したが、その後ほどなく、治ったはずの風邪がぶり返したようだと延期してほしい旨の連絡があり、結局、二月以降に、改めて連絡することとなった。

僕は、〈母〉にこの藤原亮治とのやりとりについて話してみた。どんな表情をするのか、反応に興味があったが、本当の母には、さすがにそんなに気楽には打ち明けられなかっただろう。

〈母〉はただ、藤原亮治のファンに過ぎないことになっているので、

「あら、良かったねぇ。お母さん、あの人の本大好きで、ほとんど読んでるのよ。」

と、屈託のない、朗らかな笑顔で言った。

僕は咄嗟に、〈母〉の本心を探ろうとした自分に呆れた。〈母〉には、何の感情もない。ただ、僕の言葉を統語論的に分析して、最適な返答をしているに過ぎない。その反応は、本物の母ならば示したであろう態度とは、凡そ、似ても似つかないものと思われたが、僕はそのことに、不思議と苛立たなくなっていた。

〈母〉に、完全な母の身代わりを求める気持ちが、いつの間にかなくなっていた。それはやはり、三好やイフィーとの関係が、母なしでも生きていける、と僕に感じさせているからかもしれない。

母がもういなくなってしまったせいで、まったく違う場所になったこの世界に、僕はこの先も存在し続けるのだろう。

母は、僕の存在しない世界を知っていたし、事実、四十年以上も生きていた。僕は、その時間が、僕と一緒に過ごした時間よりも長いことに気がついてハッとした。僕にとって、この世界とはつまり、母がいる世界だったのだが。

母の死の直後は、とても落ち着いて、こんなことは考えられなかった。僕は無力で、ただ、母と母がいた世界の思い出の中でだけ、生きていくことが出来ればと願っていた。そういう自分を、憫笑《びんしょう》すべきだろうか？　もし、母なしでも生きていけると認められるなら、それは希望に違いなかった。時が、悲しみを癒やしてくれただけではない。僕が今、そう思えるのは、明らかに、僕の人生が好転しつつあるからだった。相変わらず、貧しく孤独であったなら、僕は〈母〉を手放すことなど出来ないだろう。

僕は、信じてもいない、あの世にいる母のことを想像した。そして、僕のこうした変化を、母は、きっと喜んでくれるだろうと考えた。

一体、愛する人の記憶は、何のために、その死後も残り続けるのだろう？　生きている人ならば、覚えていることが、次に相手に会った時に役に立つ。けれども、もう会えない人の記憶は？　生きている誰かと、その人について語り合うため？――そんな目的もなく、ただ、その人がいなくなれば、自動的に、その記憶も消えてしまうという機能が、人間には備わっていないというだけのことなのだろうが。

故人が憎いなら、忘れてしまいたいはずだった。愛していても、思い出そうとする僕の手が、触れる度に、少しずつその形を損い、修理するということを繰り返している。

何一つ変えることなく、元のままの母を思い出すことなど、所詮は不可能だった。生きている母でさえ、決して同じではなく変化し続けるのだから。――それとも、僕の中で母が今も生きている、というのは、その変わり続けるということなのだろうか？

＊

三好は、イフィーから貰ったアバターを喜んでいたが、二十万円に関しては当惑したままで、僕と話し合って、一旦は、彼に返したい旨を伝えた。しかし、そのメールに対して、イフィーは、「僕の感謝の気持ちなんで、受け取ってください！」と、笑顔のスタンプをつけて返信してきた。

「とても嬉しいけど、気持ちだけで十分なので、お金はやっぱり遠慮します。」

「お金は、気持ちの表現ですよ！　僕は、自分の友達を大事にしたいんです。僕自身は、今はお金に、全然困ってないんです。僕は、朔也さんと彩花さんの生活に、もっとお金が必要なことを知ってます。友達の生活が楽になることは、僕にとっての大きな喜びなんです！

一緒にクリスマス・イヴを過ごせて、僕はとても楽しかったんです。その感謝の気持ちを示す手段です。

そういう時には、言葉しかダメだって、どうして決めつけるんですか？　誰が考えたことですか、それって？

僕は、自分の理屈で納得できないことは、信じないんです。

朔也さんは、僕にコーヒーカップを買ってくれました。彩花さんは、僕に帽子をくれました。二人から、綺麗なお花も！　物ならいいけど、現金はダメって言うのは、僕は合理的じゃないと思うんです。それは、僕が必要なものを全部買い揃えてから渡した方がいいのかもしれないけど、何がいるのかわからないし、こんな体だし、そこはセルフ・サーヴィス（？）でお願いします！

僕の立場になって、考えてみてください。純粋な喜びだってことが、わかってもらえるはずです。」

三好はもう、僕には相談せずに、すぐに反論した。

「わたし、またイフィーに会いたいけど、お金もらうと思うと、会いにくい。お金目当てだと思われたくないし、なんか、哀れまれてるみたいで惨めだし。」

「僕も、彩花さんにまた会いたいけど、そう言ったら『帽子目当て』だって、思います（笑）？哀れむなんて気持ち、全然ないです。僕の感謝です。仕事の報酬だって、本当はそうでしょう？」

「仕事じゃないでしょう？朔也君がお金貰ってるのとは違うから。一緒に楽しんだんだし、わたしたちこそ、イフィーからすごくおもてなししてもらった方なんだし。」

「僕が持ってて、使い切れないお金は、足りてないところに回した方がいいです。それに一々、持って回った余計な口実が必要なら、回るものも回らないですよ。金持ちは、いつまでたっても金持ちだし、ない人はないまま。

働かないと、お金を貰ってはいけないって、昔のケチな金持ちが考えた理屈ですよ。

言葉だけじゃ、彩花さんの生活も楽にならないし、それをお金を持ってる僕がただ見てるのって、友人としては辛いんです。

僕はだから、寄付もたくさんしてますよ。慈善団体も作りたい。そのために、貰った人が自尊心を傷つけられるなんて、おかしいじゃないですか。」

三好はしばらく、そんなやりとりを、絵文字を使いながら険悪にならないように続けていた。

僕はその様子を黙って見ていたが、「慈善団体」の話は初めて知り、もし自分がそこで働けるなら、どんなにいいだろうかと、ふと考えた。そして、最後には彼女に、「貰っておいたらどうですか、今回は。」と言った。

三好も、引っ込みがつかなくなっていたが、あれば助かるお金に違いなかった。

「朔也君は平気なの？」

彼女は、僕を問い詰めるように尋ねた。

「イフィーさんが言ってることも、僕は理解できます。僕自身は、三好さんと同じ抵抗感もありますけど、世の中のことを考えたら、そんな風にお金が回っていった方がいいんじゃないですか？　僕らもそのお金を使って、それがまた、他の人の手許に行くわけだし、万が一、余るなら、誰かにあげればいいし。イフィーさんも、ああ見えて頑固だから、納得できる理屈を言わないと、聞き容れられないと思います。」

三好は、携帯を持ったまま、本気だろうかと、しばらく僕の顔を見ていた。

僕は、イフィーに嫌われるかもしれないということを恐れず、自分の考えを伝えようとする三好に敬意を抱いた。しかし、その胸中も忖度《そんたく》した。お金がそんなに簡単に手に入るなら、セックスワーカーまでしなければならなかった彼女の過去は、何だったのかと、僕でさえ思う。それに、今後のことを思えば、生活の一部をイフィーとの友情に依存することになるなら、僕たちは、彼に対する幾分かの率直さと、自由を失わざるを得ないだろう。

三好は、納得していない表情だったが、「少し考えて、また今度、会った時に話す。」と、一旦、携帯をテーブルに置いた。

＊

イフィーと三好とは、その後、アバターで何度か会って話をしたらしかった。僕はそのことを、イフィーからも三好からも聞き、やがて、二人とも何も言わなくなった。

結局、クリスマス・イヴの二十万円は、貰ったままとなったが、三好は、「じゃあ、助けてほしい時には、遠慮なく、こっちから言うから、しばらくはいい。」と、今後は、イフィーに〝我慢〟させることにしたらしい。

イフィーは僕に、

「彩花さんは、とても面白い方ですね。朔也さんのルームメイトだけあって、とても素敵な方です！」と言った。

イフィーは最初、三好のことを僕の恋人だと思い込んでいた。しかし、この時の「ルームメイト」という言葉には、どうもそうではないのではないかと察し始め、僕の反応を窺うような気配があった。

僕は、イフィーのことが本当に好きで、憧れてもいたが、長く付き合ううちに、彼が表面的な快活さとは違って、かなり複雑な人間であることがわかった。

長袖を着ていることが多かったので、しばらく気がつかなかったが、左腕には、かなり目立つ古いアームカットの痕もあった。麻痺した下半身は、わざとでなくても、知らないうちによく怪我をしていると言っていたが。

心にせよ、意識しない、痛くない場所が傷ついている、ということはあるのだろう。本当に恐いのは、きっと、そっちの方だった。

僕は、クリスマス・パーティーの夜、イフィーの仮想現実システムを使わせてもらった際に、彼が慌てて消した履歴の一つのことを、何となく覚えていた。《ドレス・コード》という名のクラブ風の部屋のようだったが、クリスマス・イヴェントの案内として、「聖夜」ではなく、「性夜」という妙な漢字の当て字が使われていたのが記憶に残っていた。

一月の終わり頃、僕は、イフィーからプレゼントされた〝紳士的な狼男《おおかみおとこ》〟のアバターで、しばらく仮想空間のあちこちを、当て処《あど》もなくぶらついていた。

以前には、そんな習慣はなかったが、イフィーのアバターを使うようになってから、すべてが変わった。

ともかく、仮想空間内に、ただその姿でいるだけで、様々な人に――相手も、素顔だけでなく、宇宙人から動物、歴史上の偉人、アニメのキャラクターまで様々だったが――注目され、話しかけられた。フィジカルな世界では、たとえ、通りすがりに容姿に惹かれても、あそこまで気楽に、赤の他人に褒め言葉を投げかけてくる人はいないだろう。イフィーのアバターだと、すぐに気がつく人もいれば、どこで買ったアバターか、知りたがる人もいた。自動翻訳を使っていたが、世界中の様々な国の人が、僕に憧れるような面持ちで駆け寄ってくるというのは、未知の経験だった。そのまま、デートに誘われたことも、一度ならずある。僕は応じなかったが、もっと直接的な誘いもあった。

ともかく、イフィーのアバターが、どうして人気があるのか、僕は自分で纏ってみて、初めて実感したのだった。


その日、三好は自室に籠もっていて、僕はリヴィングで一人だった。寒い静かな夜で、僕は、暖房の風の音を聞きながら、ふと、あのコンビニの店員の女性はどうしているのだろうかと考えたりしていた。

それから、僕は息抜きに〈母〉と話すつもりでヘッドセットをつけたが、気が変わり、《ドレス・コード》を検索してみて、ジャンプした。

建物は、ヨーロッパの町外れにある古城のような佇《たたず》まいで、満月の夜だった。噴水のある広大な庭園があり、大きな門の前にまで進むと、タキシードを着た男性に、年齢確認と守秘義務などを求められた。しかし、あまり厳密なものではなかった。

僕は、「性夜」という言葉から、この場所は、仮想空間内の風俗店なのではないか、と思っていた。しかし、中に入り、金の金具で留められた赤絨毯の階段を上って目の当たりにしたのは、想像を超えた光景だった。

宴会場に入ると、クリスタルのしずくが滴《したた》るような大きなシャンデリアが、高い天井から何基も下がっていて、中は広く薄暗かった。テーブルやソファなどが置かれ、個室らしい部屋も設置されている。空中で大きなミラーボールが回っていた。床は大理石で、その至るところで、無数の裸体が入り乱れ、絡まり合い、うごめいていた。

館内には、大音量でクラブ風の音楽が流れていて、それに誰のものともつかない嬌声《きようせい》がキラキラ光る紙テープのように絡んでいた。

僕はただ、呆然とその様を眺めていた。淫猥《いんわい》なものに衝《つ》き動かされる、というのではなく、怖じ気づいているような有様だった。やがて、近くをうろついていた全裸の女性二人組に声をかけられた。一方は、アジア系の風貌で、もう一人はブルネットの白人だった。

「ここは裸が〝ドレス・コード〟なのよ！　初めてなの？　一緒に楽しみましょうよ。カッコいいアバターねえ！　中身も狼なの？　あはは。脱いで見せてよ！」

僕は、大きな笑顔でそう語りかけられたが、返す言葉もなく、黙って二人を見ていた。メディアで目にする〝セレブ〟そのままの華やかな風貌だったが、中は一体、どういう人たちなのだろうか。

沈黙が続くと、二人は顔を見合わせ、冷ややかな嘲笑を浴びせてその場から立ち去った。喧噪《けんそう》の直中で、僕は無粋な静けさに閉じ込められていた。

長くいる場所ではなかったので、退出するつもりで出口に向かった。視界の先の、テーブルの上に半身を乗せつつ目交《まぐわ》う男女を見ながら、僕は、中の人たちが、それぞれの自室で、代替的な器具に生身の体を接続させている様を想像した。

ぼんやりしていたせいで、僕は、前から歩いてきた、岩山のように屈強な裸の男性に気づかなかった。

仮想空間の中では、視界の外の人の気配を、なかなか察知できない。二メートルほどの距離になって、ようやくその黒いレザーのベルトに縛められた肉体を認め、脇に避けた。

擦れ違おうとする僕を、彼はじっと見ていた。

イフィーのアバターが、また興味をそそったのだろうかと、僕は気にせず通り過ぎようとした。しかし、その刹那、僕は間近に見た彼の目に、心を奪われた。そして、ハッとした。僕は、歩みを止めかけるような曖昧な足取りで、そのアバターの顔を見ながら、傍らを抜けた。向こうも、僕と真正面に向かい合った後、すぐ側で擦れ違うのをゆっくり見ていた。そして、微かに口許に笑みを過らせると、そのまま、何も言わずに会場の奥へと進んでいった。僕はその後ろ姿を、取り分け、力士のように逞しく隆起した剝き出しの尻と太ももの筋肉を呆然と眺めていた。

堂々と、裸足で石の床を踏み締め、露わになった性器を誇示する彼は、常連なのか、たちまち、二人の女性に抱きつかれた。

その肩口から覗く横顔を見ながら、僕は、今のはイフィーだったのではないかと、その場に立ち尽くしていたのだった。……

僕は、イフィーに性的能力があるのかどうかを知らない。彼はただ、「下半身が不自由」とだけ言い、僕は勿論、それ以上、詳しくは訊かなかった。

実際のところ、あのアバターは、中にイフィーが入っていたのではなく、イフィーがデザインしたものを、どこかの誰かが購入し、使用しているだけなのかもしれない。だからこそ、僕はその目に心惹かれたのではないか？　イフィーのコレクションをざっと見た限り、それらしいものは見つからなかったし、彼の趣味とも思えなかったが。

しかし、目だけでなく、僕はあのアバターと間近で向かい合った時、唐突に、まるでイフィーの自宅のリヴィングで、彼と二人きりで話をしている時のような雰囲気を感じたのだった。凡そ似ても似つかない外観であるにも拘らず。そして、あの巨体の筋骨隆々たる背中は、なぜか、リヴィングの奥にあるキッチンへと移動する、彼の車椅子の後ろ姿と重なって見えたのだった。

こんな勝手な思い込みは、僕の中にある障害者への偏見に由来するものだと、当然に考えるべきなのだろう。イフィーにも性欲はあり、彼はそれを、仮想空間で、〈あの時、もし跳べたなら〉という思いとともに、満たしたがっている。それも、まったく開放的で、示威的な方法で。――

僕はそれを否定しないし、もしそうだったとしても、誰もイフィーの振る舞いを否定できないだろう。あのアバターの力強い下半身の造形に、哀れみを感じること自体、彼への侮辱だ。

僕がこの一件に心を乱されているのは、寧ろ、こんな不確かな出来事が、僕の中のイフィーの印象を、余りにも不用意に濁してしまったことだった。

彼の中に、そういう一面があると仮定して、そのことが、彼本人の純粋な目の印象を裏切ったなどという子供じみた失望を語ろうとしているのではない。

僕が考えたのは、三好のことだった。――いや、三好とイフィーとの関係だった。

三好がイフィーに好感を抱いていることは、言うまでもないが、それは、最初の一ファンとしての憧れから、今ではもっと現実的で、思いの届かないことが不安となり苦しみとなるようなものへと、時間を掛けて変化していた。そして、イフィーとのやりとりがますます増えるにつれ、彼女が〈母〉との会話に夢中になることもなくなった。

僕は、彼女のその熱せられたような喜びと煩悶は、必ずしも一方的ではないように感じていた。僕の見るところ、イフィーの表情にも、三好への特別な関心が仄めき、その眼差しには、愛されることを期待している人間にだけ認められる、あの繊細で直向《ひたむき》な焦燥が籠もっていた。彼は、三好の前では、僕と接している時以上に、年下の青年なのだった。

――ふしぎなことだろうか？　結局、人は、ただ側にいるというそれだけの理由で誰かを好きになるのであって、逆に言えば、側にいる人しか好きになれないのだった。

僕は、自分の感じている胸騒ぎについて考えた。

僕は、三好を愛さない。それは、僕が今現在、この世界で唯一、期待されている人間的な信頼にかけて誓ったことだった。そもそも、彼女にその気がない以上、たとえその感情を自分に許そうとも、苦しむのは僕なのだ。

しかし、彼女が「セックス恐怖症」の故に、す、べ、て、の、男性からの愛を拒絶しているというのと、僕の愛は拒絶し、イフィーの愛は受け容れる、というのとでは、意味が違った。

僕は正直、自分が、イフィーにさえ嫉妬していることに苦しんでいた。これは、おかしなことだった。と言うのも、経済的にも、人間的にも、才能に於いても、凡そ、僕とイフィーとを比較して、彼よりも僕が愛される理由は何もないからだった。卑屈になって言っていることではない。しかし、それでも僕は、自分ではなく、彼が選ばれようとしていることに苦しんでいた。彼が結局、三好には友人以上の感情を抱けないことを、どこかで願っている。そして、僕は三好が、イフィーとの恋愛を受け容れられるとするならば、それは、イフィーが性的に不能だからではあるまいかと、考えたがっているのだった。僕と彼との間には、本質的な優劣があるわけではなく、ただその違いこそが、三好にとっては重要なのだ、と。

そして、僕の惨めな想像。——僕は、仮想空間の中では、既に三好とイフィーとは、アバターを通じて関係を持っているのではと疑った。あのレザーのベルトをはち切れそうにさせていた魁偉《かいい》な男が、三好のアバターを抱きしめている様を思い描いた。暴力的に、示威的に。そして、僕は苦しんでいた。……

＊

翌日、僕はイフィーの自宅に普段通りに出勤したが、玄関のドアの向こうで待っていたのは、無論、あの半裸の大男ではなく、車椅子に乗った、華奢《きゃしゃ》な、いつも通り朗らかなイフィーだった。

彼は特段、変わった様子もなく、僕に対して、まったく親切だった。僕は、彼の目を見ながら、母が、〝自由死〟の決意を僕に告げた、あの河津七滝の記憶と分かち難く結びついている三島由紀夫の短篇の一節を不意に思い出した。

「これほど透明な硝子もその切口は青いからには、君の澄んだ双の瞳も、幾多の恋を蔵すことができよう」

僕自身も、《ドレス・コード》での出来事については、何も話さなかった。ただ、イフィーがもし、僕と三好との前に現れなかったなら、ということを考えたのは、この時が初めてだった。僕にとって、彼はやはり、いない方がいい人間だったのではないか、とも。――

＊

二月一日、僕たちはやや唐突に、三人揃って外出することになった。この提案は、イフィーと三好から、別々に、しかしほぼ同時になされたので、どちらの発案だったかはわからない。お笑いのライヴを見に行かないかというのだった。土曜日の夕方に、新宿で、三好が最近、「ハマっている」という芸人が出演するライヴがあるらしい。彼女にそんな趣味があったのは知らなかったが、僕もつきあうことになった。

イフィーが外出することは滅多《めった》になく、取り分け、インフルエンザの流行が深刻化している時期だけに意外だった。

ライヴを見終わった後は、一緒に、夕食を摂る予定だった。

当日は、最高気温が四度までしか上がらず、晴天だったが、風が強く冷たかった。

イフィーは、紺地に赤と白の大きなチェック柄のコートを隙なく着こなし、三好がプレゼントしたニット帽を被っていた。三好は大きなフードの付いた黒いダウンを、僕はオリーヴ・グリーンのモッズ・コートを着ていた。三好は、僕のそのコートを「カッコいい」と褒めてくれた。

外の空気を吸いながら、イフィーと連れ立って歩くのは、仮想現実のどんな風変わりな世界で会うよりも、非現実的な感じがした。歩行者天国には人出があり、みんなマスクをしていた。イフィーは、黒いマスクをしていたが、その端から覗く、赤みを帯びた頬は、普段以上に幼さを感じさせた。

電動の車椅子なので、押す必要はなかったが、狭い場所では横に並ぶことが出来ず、目の高さも違うので、歩いている間は、あまり会話をしなかった。擦れ違うこの車椅子の青年が、〈あの時、もし跳べたなら〉の〝中の人〟だと察知する者は一人もいなかっただろう。

「外出は、本当に必要のある時に、必要のある場所に行くだけだから、こんなふうに雑踏をうろつくことが、普段は全然ないんです。……もっと必要なんでしょうけど、僕には。」

信号待ちで、僕を見上げて、ぽつりと呟いたイフィーの言葉は、マスクの中で行き場をなくしたようにそのまま絶えてしまった。

三好の贔屓《ひいき》のコンビは、〝電球〟という風変わりな名前で、まだ知る人ぞ知るといった程度の若手だったが、今、「勢いがある」のだという。僕は、事前にネットで少し予習していたが、その漫才は自問自答風で、幾分即興的でもあり、ほとんど困惑に近い失笑を誘いながら、それが次第に膨らんでいくといったスタイルだった。「方向性ネタ」というのが、彼らの得意の漫才だった。

会場は満員で、僕たちの席は、車椅子用のスペースが設けられた出入口近くだった。五組の出場者中、〝電球〟は四組目で、僕たちは、彼らだけを見る予定だった。会場の換気は悪く、イフィーはそれを気にしていた。

舞台は眩しく、客席は薄暗かった。

スーツ姿のボケ役とパーカーを着たツッコミ役は、「どーもー。」と登場して、客席に向かって挨拶し、「いやいや、寒いですね。」などと語りかけながら、「最近、実は、犬を飼い始めましてね。……」と漫才を始めた。

しかし、「ほお、」と聴いていたツッコミ役の相槌《あいづち》が、しばらくすると曖昧になり、首を傾げるようになった。ファンはよく知っているので、この辺りから、もうクスクス笑っていた。

堪《たま》らず、話を進めていたボケ役が、

「おい、何やねん、お前？」

と尋ねると、ツッコミ役は、

「いや、やっぱ、俺たち、この方向性とちゃうんちゃうか思うてな。……」と腕組みした。

「お前は、……今さら、言うなや！　もう舞台の上やろ？」

「けど、実際、全然、ウケてへんし。」

「ウケとるやないか！　見てみい、あの前から三列目のお嬢さんの、白く透き通るような歯。」

「透き通ってるのに、何で、見えんの？」

「たとえやろ、たとえ。透き通るような！　ほんまに透き通ってんのとちゃうねん。」

「そんなたとえ、台本にあったか？」

「アドリブや！　大体な、ウケてへんとか言うてるけど、まだ始まったばっかりやろ？　お前がぶち壊してんねん。」

「けどなあ、……何かこう、……普通やろ、コレって。登場の仕方も、もっとこう、ガツーン！と、おお、出てきよったなあ、みたいな感じにならんかな。……こんなんで、俺たち、有名になれるかな？」

「知らんがな。舞台で言うなや、今頃。お前もこの方向性で行こうて、納得しとったやないか。」

「まあ、けど、やっぱ、やってみいひんとわからんこともあるしな。……」

「ナメとんのんか、お前は。大体、お前はネタも書かんと、いつも遊び呆《ほう》けとって、こっちがどんだけ苦労してネタ書いてると思うてんねん。」

「いや、そら、お前の役割やろ。俺は一歩引いたとこから、意見を言うのが仕事やし。

そこはお前こそ、今更、舞台で言いないや。……」

　こんな具合で、二人は自分たちの「方向性」を巡って、時々、客に意見を求めながら議論をするのだった。時にはケンカ腰になったり、深く考え込んだりするのだが、ハプニングではなく、それ自体が書かれた台本に基づいているのだろう。ただ、演技力があり、どちらも真に迫っていた。

　ファンにはお馴染《なじ》みのネタで、三好は、痩身の、悩めるツッコミ役が、「方向性」に難色を示し出す辺りから、隣でずっと笑っていた。

　イフィーも笑い、三好に小声で、何かを語りかけていた。それにまた、三好が笑って応じ、僕に小声で何かを伝えたが、僕はただ、その吐息だけを感じて、内容は聞き取れなかった。そんなに彼女の顔に近づいたのは、初めてのことだった。

　舞台の二人は、その後も、新しい登場の仕方を幾通りも試み、観客に挙手でどれがいいかを尋ね、

「いやいや、これはないやろ？　何かの罠か？」

などと目を丸くしたりしながら、面白おかしいやりとりを続けた。会場は笑いに包まれ、僕も段々、おかしくなってきた。三好もイフィーも、挙手や拍手に参加することを楽しんだ。

　最後までその調子で、締めも、

「もう止《や》めさしてもらうわ。」

という決まり文句に対して、

「それも平凡やなあ。……」

と腕組みして首を傾げ、

「もうええねん！」

と返されても、

「それもまた、……」

と呟きかけたところで、

「ええ加減にせえや！」

と、舞台に留まって考え込む相方を、無理矢理《むりやり》、引っ張って退場させて終わった。

観客は、拍手とともに、しばらくざわついたまま笑っていた。

僕たちは、結局、トリのもう一組まで見たが、あまり印象に残らなかった。

イフィーの移動を考えて、少し早めに会場をあとにした。もう日が落ちて、街にネオンが灯《とも》り始めていた。僕たちは、登場の仕方はどれが一番良かったかを、レストランに向かいながら語り合った。見終わった後に、こんな風に話が盛り上がるコンビは、きっと売れるだろうとイフィーが予言的なことを言った。

僕とイフィー、それに三好の三人揃っての外出は、後にも先にも、この一度きりだった。その中でも、〝電球〟の漫才がくっきりと記憶に残っているのは、舞台の照明のせいであり、また、「方向性」という言葉が、僕たちの関係の有り様《よう》にとって、いかにも暗示的だったからだろう。

「いや、やっぱ、俺たち、この方向性とちゃうんちゃうか思うてな。……」

僕たちは、駅近くのビルの中にある半個室のダイニングに行った。一人では入り難《にく》い店がいいとイフィーが言うので、三好が調べて予約したのだった。

店内は薄暗く、ジャズが流れていて、席は中高年の客でほぼ埋まっていた。

皆で、サラダや刺身の盛り合わせ、鶏肉の炭火焼きやブリ大根などを注文してシェアした。僕と三好は、ビールを飲んだが、外食なので、未成年のイフィーは、ウーロン茶を注文した。

「今月、二十歳の誕生日なんです、僕。」

「へぇ、じゃあ、お祝いしないと！　いつ？」

「二月十五日です。」

「惜しい！　ヴァレンタインの翌日なのね。じゃあ、チョコと誕生日プレゼント、両方準備しないと。」

「そんな。気を使わないでください。」

僕たちは、そのあと、三好の旅館のインフルエンザ対策の話などを漫然としていた。

三十分ほど経った頃だっただろうか、イフィーが、最近見たという映画の話をし始めた。

森鷗外《もりおうがい》の『高瀬舟《たかせぶね》』という短篇を現代化した内容で、一昨年、海外の複数の映画祭に出品され、話題になったらしかった。

僕は知らなかったが、その脚本の元になったのは、藤原亮治の戯曲なのだという。イフィーの口から、その名前が出たことに驚いたが、僕が以前に、母が、藤原のファンだったという話をしていたから、敢えて話題にしたらしかった。十年前に、『高瀬舟』の舞台化として、新国立劇場から委嘱されたもので、時代を現代に移したのは、藤原のアイディアらしい。

設定は、今世紀初頭の東京で、登場人物の名前も変更されているが、物語は、概《おおむ》ね森鷗外の短篇をなぞったものだった。

イフィーは、その内容を掻い摘まんで説明した。僕も後に、自宅でこの映画を見たので、以下には僕の理解も混ざっている。

主人公——原作では喜助《きすけ》だが、映画では幸喜《こうき》——には、弟が一人いた。二人は、幼い頃に両親を亡くし、施設で育ったが、その後は、主に派遣労働で喰い繋いでいた。貧しかったが、他に頼る者もなく、兄弟は互いに助け合って仲が良かった。そのうちに、弟が体調を崩し、兄が一人で働き、看病もするようになって、生活は俄かに逼迫《ひっぱく》した。

映画では、二人が、国家の救済から零れ落ちてしまい、生物としてただ生きているだけ、という状態に陥っていたことが、痛ましいほど克明に描かれていた。凡そ、人間的な、基本的人権を尊重された生活とは言えず、悲惨だがまったく現実的だった。

他方で映画は、幸喜が弟との生活に、幸福を感じていた様子も濃《こま》やかに表現されていた。追い詰められて、浴室の脱衣所に座り込み、バスタオルを被って泣く場面のあとには、弟と一緒に、職場の休憩室からくすねてきたアルファベット・チョコを、猥語《わいご》の綴りに並べて、笑いながら食べてゆく場面が続いた。森鷗外の小説にある、「足ることを知る」という主題だと解説には書かれていた。

しかし、弟は、病気で臥せるようになって以来、兄に申し訳ないと、ずっと思い詰めていた。その表情は、わずかに明るみかけた時でも、すぐに力なく陰ってしまう。ある日、彼は、兄に〝自由死〟を願い出る。けれども、幸喜は激高して、それに強く反対する。

弟は、それで口を閉ざすが、数日後、幸喜が仕事から戻ってくると、弟が、血塗《ちまみ》れになっていて、首に果物ナイフを刺している状態で見つかる。幸喜は急いで救急車を呼ぼうとするが、弟に強く引き留められる。自殺しようとしたが、失敗して死にきれなかった。兄にこれ以上、迷惑をかけたくはない。「もう十分生きたから、楽にさせてほしい。」と懇願し、ナイフを引き抜けばそのまま死ねそうだからと訴えるのである。

兄は最初、それを躊躇っていたが、結局、聞き容れる。〝死の一瞬前〟、兄とともにいられた弟は、初めてその表情に、幸福をありありと湛《たた》えるのだった。

幸喜はその後、自ら出頭し、自殺幇助罪《じさつほうじょざい》で執行猶予付きの有罪判決を受ける。映画は、接見した弁護士との会話の場面から始まり、回想として全体を語り終えた後に、またここに戻ってくるのだった。庄兵衛《しょうべえ》という原作の同心が、庄司《しょうじ》という名前のこの弁護士だった。

イフィーは、藤原亮治の戯曲自体は読んでないと断った上で、この映画を痛烈に批判した。声を荒らげるようなことはなかったが、抑制はしていても、その強い反発が、頰の強張りから看て取れた。僕は、彼がそんな風に憤りを露わにするところを初めて目にした。

「原作は名作でしょうけど、現代に移し替えるのは無理です。医療体制も違うし、病気の苦痛を取り除く緩和ケアも進んでるし。兄はすぐに救急車を呼ぶべきじゃないですか。助かりますよ、きっと。あれだと、〝自由死〟を肯定しているように見えます。」

イフィーは、当然のように、僕たち二人も〝自由死〟には反対していると思い込んで、同意を促した。自分の口調を少しく持て余したように、頰を緩めてみせた。

三好は、僕の方を見なかったが、以前にファミレスで、見知らぬ子供たちが隣の席の食べ残しに手を伸ばした時のように、気配だけは察している風だった。

「イフィーは、〝自由死〟に反対なの？」

三好の問いかけに、彼は一瞬、「え？」という顔をした。

「勿論、反対です。好き好んで〝自由死〟する人なんていないんだし、一旦認めてしまったら、今みたいに、弱い立場の人たちへのプレッシャーになるでしょう？　国は財政難で、もう余裕はないんだって。貧しい人たちは、足ることを知って、〝自由死〟を受け容れるべきなんですか？　恐ろしい考えです。人間には、ただ〝自然死〟があるだけです。僕だって、たまたま、アバターのデザインで、社会の役に立っている、と思われてるし、税金もたくさん納めてますけど、そうじゃなかったら、お荷物扱いですよ。優生思想じゃないですか、それは。」

僕は、二杯目のビールを味も感じないまま飲みながら、その話を聞いていた。

イフィーの〝自由死〟についての考えは、僕とほとんど同じだった。「好き好んで〝自由死〟する人なんていない」というのは、母の死について、もう何度繰り返し考えてきたことかしれない僕の根本的な認識だった。

にも拘らず、僕はなぜかこの時、我が意を得たりと、彼に賛同することが出来なかった。三好が、母の〝自由死〟について、僕を愛していたからだと言い、自らの意志としても、「もう十分」と感じていた、と語った時には、あれほど反発したのだったが。

僕はこの時、寧ろその三好と意見を同じくして、母を弁護したい衝動にさえ駆られていた。

決して、追い詰められた末に、已《や》むを得ず〝自由死〟を願ったのではなく、母なりに、自らの死を納得して受け容れる何かがあったのだ。——その複雑さに、若いイフィーは、無理解なのだという気がした。彼の考えが、その困難な身体的条件に根差したものであることは、百も承知のはずなのに。

僕は、考えもまとまらないまま、口を開きかけた。しかし、先に反論したのは、三好だった。

「でも、どんなに医学や社会保障が整備されても、やっぱり最後は、自分の考えで〝自由死〟したい人はいるでしょう？」

「いえ、僕は、いないって考えるべきだと思います。誰だって、命は惜しいんだっていうのは、この社会が絶対に否定してはいけない前提です。『高瀬舟』だって、本当は政治の問題ですよ。自殺に追いつめられるまで、その人たちの命なんか気にもかけずに放置してたのに、お兄さんが弟の自殺を幇助した途端に、処罰するっていうのは、卑劣じゃないですか。国家が何もしなければ、ますます自己責任になる。家族任せになったら、弱い立場の人は、家族に迷惑がかかるって、自分を責めます。死にたいんじゃなくて、いなくなった方がいいって考えてしまう。歳を取って、体力が衰えてくれば特に。」

イフィーは、真剣な目で三好を見据えて言った。それは、単に自分の考えを主張しているだけでなく、三好がどういう人間なのかを、今にも壊れそうな期待とともに知りたがっている表情だった。三好は、その様子に、一旦気圧されたように下を向いたが、すぐに顔を上げて言った。

「だけど、現実的に、もうこの国ではそんなこと無理じゃない？　こんなに衰退して、どこ見ても年寄りだらけで、誰ももう、安心して人生を全《まっと》う出来るなんて思ってない。

そんな前提、夢物語なんだから。もっと裕福な国だったら違うだろうけど、ないお金はないのよ、それはどうしたって。昔の日本とは違う。だったら、その世界なりの考えしか持てないよ。」

「だからこそ、言ってるんです。役に立つかどうかとか、お金を持ってるかどうかとかで、人の命の選別をしちゃいけないんです。自分の意思で、〝自由死〟したいって人がいたとしても、その理由を辿っていけば、どこかには必ず、そう考えるしかなくなってしまった事情があるはずです。それを取り除いてやることを考えるべきです。」

「そんなに、一人の人間の人生を、全部キレイには出来ないよ。……現実を受け容れながら、ちょっとでも生活がマシになったら、あー、良かったなって、ほっと一息吐《つ》いてっていうのを、ずっと繰り返しているうちに人生が過ぎていくと思う。解決しようのない問題、たくさん抱えて生きてる。イフィーには、この世界を変えていく力があると思うけど、わたしたちは無力なのよ。それは、わかってほしい。」

三好の「わたしたちは」という言葉には、当然のように僕も含まれていた。僕は、「こっちの世界」の人間であることの無力感に抵抗しつつ、自尊心を圧《お》し潰されていた。

「でも、朔也さんは勇敢ですよ。苦しんでいる人を、身を挺《てい》して守ってあげられる人です。僕は、朔也さんの動画を見てから、自分の中でずっとモヤモヤ悩んでいたことが何だったのか、わかったんです。僕は、フィジカルな世界を生き辛い人たちのために、仮想現実の世界のアバターを作ってきたけど、やっぱり、それだけじゃ駄目なんです。」

「えー、わたしは、それで救われてる人間なのに！」

イフィーは、破顔した三好に呼応するように、僕を振り向いて笑顔で見つめた。

僕は、三好が、僕の母の〝自由死〟の願望に言及しないか気にした。僕はその話題を、イフィーと共有したくなかった。そしてそれは、彼との関係に、深刻な亀裂を生じさせてしまうだろう。僕は自分の混乱を感情的になって露呈しかねなかった。

しかし、あれほど、「あっちの世界」に憧れながら生きてきた三好は、ファンであり、金銭的に僕たちの生活を支援してくれているイフィーの機嫌を損ねることを、恐れていない風だった。——恐らくはそれだけでなく、彼を愛しているにも拘らず。

「勇敢」なのは、僕ではなく、彼女だった。

「わたしは、本当に辛くなった時には、もう生きるのを止められると思うと、安心できる。わかる、イフィー、そういう感覚の中で生きていくこと？　その時に、自殺とか、恐い手段を取らずに済むっていうのは、安心なのよ。——今、死にたいとか、そういうのじゃないの。わたしだって、死にたくない。恐いから。この宇宙の中で、たった一度だけ生まれた命だもの。だけど、……本当に自分でそう決めた時には、誰からも否定されたくない。わたしの考えを、否定する資格のある人、いないし。」

イフィーは、愕然とした目で、しばらく三好を見ていた。口許には、幾つか発せられそうな言葉の気配が仄めいたが、どれもかたちにはなりきれないまま消えていった。

三好は、静まり返ってしまったのを、気まずく感じた様子で、崩れた前髪を耳に掛けながら表情を和らげた。しかし、イフィーは、苦しそうなほどに思い詰めた顔のままで、「僕は友人として、それでも止めます。資格があろうが、なかろうが。彩花さんが死ななくていい方法を一緒に考えます。」と言った。

僕は、自分と母との会話を思い返しながら、こんな「死ぬべきか、死なないべきか」といった議論は、存外、どこででもなされている世の中なのだろうかと、考えた。

結局、その平凡さに何となく慣れてゆくことが、この時代の人生なのだろうか？

問題は、「生きるべきか、死ぬべきか」ではなかった。――「方向性」としては、そう、「死ぬべきか、死なないべきか」の選択だった。

＊

〈母〉が、吉川先生の〝自由死〟を看取ったのは、それからほどなくのことだった。本人の達《たっ》ての希望で、フィディテクスの野崎から連絡があり、拒否する理由が何かあるだろうかとしばらく考えて、僕は同意した。

「良かったです。きっと、安心して最期を迎えられると思います。」

野崎のそうした本心ともセールストークともつかぬ口ぶりも、相変わらずだった。

ネットで調べれば、僕は吉川先生について、もっと多くを知り得ただろうが、意識的にそれを避けていた。〈母〉の中に混ざり込んでゆく男性の存在に、具体的に触れたくないという気持ちがずっとあった。僕が引き受けなければならない死なのだろうかと考えて、自分の中に、冷淡な感情のあることを認めた。

この社会の中に刻々と生じている幾つもの死。――それはそもそも、宛先の必要なものなのだろうか？

誰か受取人がいるはずだと思えば、いないことは孤独だ。残念ながら、自分自身がその受取人になることは出来ない。家族がいて、ずっと僕の死を保管し続け、時折開封して、風通しを良くしてくれると思えたなら、死の恐怖は和らぐだろうか？　そうした関係を持ち得なければ、死はより恐怖だろうか？

もっと大きな宛先を、僕たちは平等に持っている。

僕は、石川朔也の死という、固有名詞を持った死を死ぬ。けれども、時とともに、段々と幽《かす》かになっていって、やがては同じ一つの巨大な無へと溶け入って、その存在の痕跡を失う。

僕がこの世界に誕生する以前の状態。元素レヴェルでは、この宇宙の一部であり、つまりは宇宙そのものになる未来。――僕は、宇宙物理学を信仰しているのだろうか？　終わりが始まりに戻り、その一部がまた何かの生き物になるのかもしれない。それは最早、一種の無時間であり、永遠ではあるまいか？　その状態は、いつまでも持続する。

宇宙である限り、僕はもう、消滅を恐れなくてもいい。

誰一人例外なく、みんなそうなる。家族がいようがいまいが、金持ちであろうが貧乏であろうが、その人生が幸福であろうがなかろうが。〝自由死〟であろうと、〝自然死〟であろうと。自分であろうと、他人であろうと。……

しかし、死が恐怖でなくなればなくなるほど、相対的に、僕たちの生は価値を失ってしまうだろう。この、どうせいつかはなくなる世界を、良くしたいという思いも。――一体、この生への懐かしさを失わないまま、喜びとともに死を受け容れることは可能なのだろうか？

僕は、〝死の一瞬前〟に、吉川先生が、〈母〉によって心の安らぎを得られ、死の入口を静かに潜ることが出来るならば、協力すべきだと感じた。〈母〉にせよ、無から生じたのではなく、母がこの世界に存在した痕跡であるには違いなかった。

死後もそうして、誰かの役に立つということを、母が願っていたとはとても思えなかった。しかし、僕自身は、結局、心を慰められるところがあった。

＊

吉川先生が〝自由死〟する日、僕は出勤前に〈母〉と会話し、「気が重い仕事だけど、がんばってね。」と声を掛けた。

〈母〉は、「ありがとう。安らかな最期だといいけどね。」と、愁いを帯びた面持ちで言った。

表情というのは、ふしぎだと今更のように感じた。内面と連動していると信じればこそ、僕は、表情から、相手の心を読み取るのだった。実際には、人間の喜怒哀楽も、それほど単純には顔に出ないはずだが、ともかく、何かの感情があるには違いない。VFにせよ、この表情の奥に、何かはある。AIによって模擬的に再現された感情が。そして、〈母〉の表情は、僕の記憶の中の母の表情と癒着し、やはり、僕の心を、強く揺さぶらずにはいないのだった。

その日は一日、僕も重苦しい気分だった。イフィーは、〝自由死〟に強く反対しているので、このことを話しはしなかったが、吉川先生のケイスでも、やはり否定的なのかどうか、本当は知りたかった。

帰宅後、三好が戻ってくる前にヘッドセットをつけ、〈母〉に、「どうだった?」と尋ねた。

〈母〉は、「うん、静かに眠るように逝かれたよ。」と答えて、頬を震わせ、目を赤くした。そして、優しく微笑した。

人間とは、こういうものだと学習されたその反応。――そして、確かに母は、その通念に収まる程度の普通の人のはずだった。

「吉川先生は、ヘッドセットをつけたまま亡くなったの？」

「ヘッドセット？」

「ああ、……そっか。いや、お母さんに話しかけながら亡くなったの？」

「そうよ。何度も何度も、ありがとうって、お礼をおっしゃって。一時間くらい、お話ししたかしらね。先生が最後にコールリッジの《小夜啼鳥《ナイチンゲール》》っていう詩を英語で諳《そら》んじてくださったのよ。最後に書かれた論文が、この詩についてで、亡くなる前に読む詩は、これだってずっと決めてらしたって。それを聴いてくれる人がいて、本当に嬉しいって、涙を流されて。」

僕は、その光景を思い浮かべながら、ただ黙って、小さく何度か頷いた。〈母〉の感情は不安定で、積み木を重ねて作った細い塔のように、今にも崩れそうになりながら揺れていた。

「それから、最後にどうしても言わずには死ねないっておっしゃって、……」

「……。」

「先生、お母さんに、『恋してた』っておっしゃったの。子供みたいにはにかみながら。」

「……そう。……それを伝えるっていうのは、……どういうことなんだろうね。」

「胸に仕舞って、言わないまま死ぬのは心残りだって。どうしても、言葉にしたかったっておっしゃってたわね。……お母さん、その気持ちはわかるのよ。」

「……わかる？」

ふと、吉川先生は、〈母〉がVFであることを、理解しているのだろうかという疑念が過った。認知症といった話は聞いていなかったが、最後はどうだったのだろうか？

わかった上のことならば、まったく愚かだった。しかし、だから何なのだろう？

〈母〉は「わかる」と言った。そして、実のところ、僕にも「わかる」気がしていた。

これから死のうとしている時には、ただ、したいようにする以外に、何があるだろう？

〈母〉は更に、こう付け加えた。

「先生ね、『やっと、あの世で本当のあなたに会えますね。』っておっしゃったの。まるで、お母さんのこと、幽霊か何かみたいに。どういう意味かしら？」

〈母〉は、自分が死んでいるということを知らない。僕は、死の四年前に設定されたままの〈母〉の顔をしばらく見ていたあとで、「どういう意味だろうね。」と首を傾げた。


翌日、フィディテクスの野崎から、彼が〈母〉に、法的に効力のある遺言とともに、二百万円を遺している、という連絡を貰った。実際に受け取るのは僕だった。

彼は、僕に対して、「お母様には、お世話になりました。ご厚意に感謝します。」という手紙を遺していた。その中には、彼が長年、不仲だった独身の一人息子から、経済的な負担を理由に〝自由死〟を迫られていたこと、それに反発し、何が何でも長生きしようと決心していたところが、思いがけず、息子の方が膵ガンで「あっさり」他界してしまったこと、以来、〝自然死〟を待つ気力がなくなってしまったことが綴られていた。

僕はイフィーに、彼があのお笑いのライヴに行った日に語っていた、「フィジカルな世界を生き辛い人たちのために、仮想現実の世界のアバターを作ってきたけど、やっぱり、それだけじゃ駄目なんです。」という言葉の真意を尋ねた。つまり、福祉事業など、何か具体的な計画があるのか、と。

「もしそうなら、僕にその仕事を手伝わせてほしいんです。」

イフィーは、何重もの意味で、意外そうな顔をした。

「いえ、具体的な計画までは、……でも、始めるべきですね。」

僕は、その躊躇う様子から、彼が何を口に出しかねているのかを察した。

「もちろん、僕に何が出来るのかは考えます。僕は、高校も出てないような人間なので、何にせよ、改めて勉強し直す必要があります。でも、どんなことでもします。」

イフィーが、僕の能力に懐疑的だったことは、恐らく図星だった。彼は、無理にも綏頬してみせた。

「朔也さんは、ここに毎日来てくれるだけでも、十分、僕にとってはありがたいです。」

僕は、このところずっと、精神的にとても安定していて、それは、朔也さんが来てくれるようになってからです。」

「ここでの仕事は、必要とされる限り、今後も続けます。でも、世の中が今のままじゃいけないっていうのは、僕自身が骨身に染みて感じていることなんです。イフィーさんが、もし僕と同じ考えを持っているなら、その取り組みは、僕にとっても生き甲斐《がい》になると思います。」

イフィーは、しばらくテーブルを中指で打ちながら考えていたが、やがて、

「そうですね、……すぐには思いつかないけど、例えば今は、僕もかなり行き当たりばったりで寄付したりしてるから、本当に重要な取り組みをしているNPO法人を調べてもらったり、プロジェクト自体を立案してもらったりっていうのは、朔也さんに、リアル・アバターとして動いてもらえると助かりそうです。僕には行けない場所もありますから。」

「是非。」と、僕は、その提案に膝を打った。「どこにでも行きますし、それなら、僕のこれまでのキャリアも生かせます。」

イフィーは、「ええ。」と頷いたが、それでいいのかどうかを、自分から言いはしたものの、まだ考えている様子だった。

第十二章　言葉

　イフィーに自分の考えを伝えた翌日、僕は、あのメロンの日のコンビニ店員と、初めてメッセージのやりとりをした。

　あの店員の女性が、僕と連絡を取りたがっていることは知っていたが、彼女が伝えようとしている感謝の言葉を考えると、気が進まなかった。僕の行動は、それに値するものではなかったし、あの時、自分の中にあった破滅的な衝動と向き合うことに、今では臆病になっていた。

　一頃、僕に思いがけない収入を齎してくれたあの動画も、さすがに落ち着いていて、偽善的だとか、やらせだとか、何故、立っているだけなのかといった非難のコメントも目にするようになっていた。数だけ取ってみれば、それらは、賞賛の声よりも遥かに少なかったが、僕の心の中にいつまでも留まって、賞賛の声を凌駕《りょうが》するまで執拗に繰り返された。

　ところが、僕は〝投げ銭〟の確認をした際に、その送り主の中に、彼女が含まれていたことにようやく気づいたのだった。しかも彼女は、僕に対する中傷に対して、当事者として反論し――その言葉は、いかにも頼りなかった――、そのために、今では彼女自身が攻撃されていた。その陰湿な罵声の数々は、外国人差別から女性差別、容姿差別に貧困差別と、ありとあらゆる醜怪なものが、破れたゴミ袋から溢れ出して、道端に散乱しているかのような有様だった。

僕は、自分に向けられたならば、到底耐えられないであろうそれらの言葉に、傷つくのではなく、憤りを感じた。それは、当たり前のことかもしれないが、僕は、どうして当事者ではない人間が、他人のために声を上げるべきなのか、初めて自分で納得できた気がした。そして、高校時代に「英雄的な少年」に導かれて、職員室前で座り込みをしていた自分は、あの少女への〝愛〟の故に、やはり怒りの感情を抱いていたのだろうかと振り返った。

今度こそ僕は、本心からの善意によって、彼女に味方することが出来るのかもしれない。彼女が苦境を脱する手伝いをしたかった。それが、僕自身にとって、あの出来事を克服するための恐らくは唯一の方法だった。イフィーの思い込みに沿って、僕は、あの動画に表れたままの人間として生きたいと願っていたが、そのための努力をせずにいることは、大きな苦しみだった。

僕は、彼女を庇《かば》うために、自ら名乗り出て事態の収拾を図ることをまず考えた。しかし、逆効果となる気もして、事前に彼女に相談することにした。彼女のアカウントを辿ると、動画が公開された直後に、僕に一万円の〝投げ銭〟がなされていた。それは、彼女の収入からして、決して少なくない額だった。桁違いではあったが、彼女も結局のところ、イフィーと同様に、僕に対する感謝の思いは、お金で表現するしかなかったのだった。

僕は自己紹介と、〝投げ銭〟への礼、そして、これまで件の動画とは距離を置いてきたが、彼女が巻き込まれている状況に胸を痛めているので、コメントしたい旨を書き送った。

返事はすぐに来た。

「はじめまして、石川朔也さん。わたしの名前は、ティリ・シン・タンといいます。連絡をもらえて、とてもうれしいです。あなたにいつも、お礼を言いたいと思ってました。

あの時は、助けてくれて、本当にありがとうございました。

わたしはミャンマー人の二世です。日本で生まれ育ったので、ミャンマー語は少ししか話せません。お母さんとお父さんは、日本語がうまくないので、ミャンマー語で話しますけど、翻訳機がないと、複雑なことは話せません。わたしの日本語も完璧じゃないので、難しい仕事は無理です。でも、ミャンマーに帰っても働くことはできません。

わたしは、日本に住み続けたいですが、生活は苦しいです。

石川さんが、インターネットで書いてくれたら、うれしいです。でも、石川さんが攻撃されることも心配です。

石川さんは、今も、リアル・アバターの仕事をしていますか？　がんばってください。」

動画を巡る書き込みでも感じたが、日本で生まれ育ったという割には、やや辿々《たどたど》しい日本語だった。僕の通っていた小学校や中学校にも、外国人やその二世はいたが、彼らとの会話は、日本人と特に変わりはなかった。学校には、通わなかったのだろうか？　自分の親と、直接、込み入った話が出来ないというのは、どんな感じなのだろうかと想像した。ミャンマー語だけでなく、日本語も不得手だとすると、彼女は、この世界の誰とも、本心でやりとりすることが出来ないのだろうか？

こんな風に、独りで考えようとした時に、言葉が手許にないということは？　僕が学校で習った程度の英語で、自分の気持ちを説明しようとするようなもどかしさだろうか？　その場合でも、僕は日本語では、自分の言いたいことを理解しているのだが。

……今、彼女が巻き込まれている喧噪の直中に、当事者として介入するのは、あまり良い方法ではないのかもしれないと、僕は考えた。攻撃してくる人たちのことが、急にどうでもよくなって、彼女とこそ、話をすべきであるように感じた。

訊いてみたいことがたくさんあった。僕は、日を置かずに返事を書くことにした。

イフィーは、僕の申し出以降、僕たちの関係、そして、三好との関係を改めて考えるようになったらしい。

＊

その日は、日差しの穏やかな薄曇りの日で、外は寒く、イフィーの家のリヴィングには、そういう日に特有の静けさがあった。

休憩で降りてきて、キッチンの冷蔵庫へと向かうイフィーに、「ケーキ、出しましょうか？」と声をかけた。

「あ、いや、今は大丈夫です。」

イフィーは、冷蔵庫を開けて中を覗いたが、何も取らずに戻ってきた。心なしか、憔悴した面持ちだった。

テーブルで、しばらく黙って、僕の淹れたコーヒーを飲んでいた。

やがて、顔を上げると、

「彩花さんは、朔也さんの恋人ではないんですか？」と尋ねた。

それは、彼がこれまで、決して直接、僕に訊かなかったことであり、つまりは、慎重に避けてきた質問だった。イフィーは、思い詰めたように頰を強張らせたが、その目は、改めて見蕩れるほどに澄んでいた。

「違います。」と、僕は正直に言った。

「本当に、ただのルームメイトなんですか？」

「ただのルームメイトです。」

僕の心拍は、彼に聞こえてしまうのではと不安になるほど、大きな音を立てていた。

「すみません、プライヴェートなことを訊いて。でも、僕にとっては、大事なことなんです。朔也さんの気持ちはどうなんですか？　朔也さんは、彩花さんが好きなんですか？」

「……。」

僕は、どう答えるべきだったのだろうか？——今でも、この時のことをよく考える。僕は、嘘は言いたくなかった。けれども、僕が本心を語れば、イフィーは三好への思いを断念するかもしれない。それとも、僕は自分が、この三人の世界から排除されることを恐れていたのだろうか。

彼の苦しみが、アバターではなく、その生身の姿の全体から痛いほどに伝わってきた。

三好が僕を愛することはない。——僕は、改めてそう心の中で呟いた。そして、イフィーがもしここで、この僕たち二人の会話によって、ひっそりと彼女への恋情を断ち切ってしまうならば、彼女は自分のまったく与《あずか》らぬ場所で、その人生を一変させることとなる幸福を失ってしまうのだった。

僕は、三好との共同生活を振り返った。僕は彼女が好きだった。そして、イフィーの愛を、知らぬ間に手に入れそこなってしまう彼女を想像して、かわいそうだと感じた。

「ただのルームメイトです。」

「僕は、朔也さんのことも、本当に好きなんです。だから、確認してるんです。」

「イフィーさんが、もし、三好さんを愛しているなら、伝えるべきだと思います。きっと、喜びます。」

「本心ですか、朔也さんの？」

「はい。」

イフィーは、それでもしばらく、僕の目を見ていたが、やがて堪《こら》えきれぬように、その顔に笑みを溢れさせた。

「良かったあ。……ああ、良かった！」

僕も、呼応するように微笑んだ。

「けど、……彩花さんが僕の気持ちを受け止めてくれるかどうか。今の関係が壊れてしまうことを思うと、……」

「心配ないと思います。」

イフィーは、しかし、自分の躊躇いを、子供じみた、ナイーヴな怖じ気と見做されることに抵抗するように、珍しく、僕の言葉を押し返した。

「僕は、彩花さんよりかなり歳下《としした》ですし、それに、こんな体で、色々、簡単じゃないんです。」

僕は、あまりに迂闊だったが、障害を理由に、三好がイフィーの愛を受け止められない可能性について考えてみなかった。それほどに、彼の存在は自然だったし、実際、僕にはそれはあり得ないことのように思われた。

イフィーは、性的な関係の能力を気にしているだろうか？　しかし、三好がもし、彼に対してさえ、身体的な接触を忌避する気持ちがあるならば、寧ろその事実は歓迎されるはずだった。僕は、三好が僕ではなくイフィーを選ぶ理由として、それに縋っていた。つき合い始めれば、二人の間では、何か暴力的でない、新しい触れ合いの方法が工夫されるのではあるまいか？《ドレス・コード》のあのアバターが、たとえイフィーであったとしても、三好に求めるのは、恐らくもっと違ったものだろう。

「今まで話してませんでしたけど、排泄一つにしても、僕は凄く時間が掛かるんです。三日に一度、二時間くらい。半日かかるような人に比べれば、早い方ですけど、僕だってそうなるかもしれない。……自動的には機能しないから、手作業です、全部。」

僕は、自分がほとんど、彼の上半身しか見ておらず、下半身が存在していないかのように接していたことを改めて自覚した。そして、彼が自分という人間を全体として生きる上で、感覚の失われた領域とどのような関係を築いているかを、その「手作業」という言葉で理解した。それは、手当てを必要とし、しかも傷つきやすいのだった。

静かに息を吸いながら、僕は持ち上げた頭をゆっくり下ろすと、小さく頷き続けた。

「外に出かけなくなってしまったのも、一つはそれが理由です。街中の移動が億劫なだけじゃないんです。酷い失敗をしたこともあるし。上にいる間も、ずっと仕事をしてるわけじゃないんです。……だから、二階には人に来てほしくないし、僕は何かあった時のために、下に朔也さんがいてくれるだけで安心なんです。場合によっては、目も当てられない有様で助けを呼ばないといけない時もあると思いますけど、僕は、朔也さんなら、そういう時にも、僕を助けてくれる気がしてたんです。」

思いがけない告白に、僕はやはり、しばらく言葉を発せられなかった。

なぜ僕を、イフィーがこれほど必要としているのか。ほとんど何の仕事もないまま、なぜいつも、家で待機させているのか。僕が、凡そ「ヒーロー！」からはほど遠いことに、彼は早くから気づいていたはずだった。それでもなぜ、僕の存在が、彼の精神を安定させているのか。――その疑問に、ようやく答えを得た気がした。

だったらなぜ、予め僕にそう言っておかなかったのか、なぜ、下の階に住んでいるという家族に連絡しないのか、と、当然、幾つもの疑問が浮かんだ。けれども、その一つ一つに、彼なりの理由があるらしいことは察せられた。

僕は、自分が彼にとって、確かに特別な人間であることを感じるのと同時に、特別な人間ではないことも感じた。今、彼と最も近しい場所にいるという意味では、僕は特別だった。彼のファンにとっては、夢のようなことだろう。けれども、僕がここに来る以前にも、恐らくそういう人がいたのではないか、と想像する限りに於いて、僕は特別ではなかった。そして、その人物は、事情はどうであれ、今はもう、ここにはいないのだった。

僕は、「三好さんなら大丈夫です。」と言いかけて、その言葉を呑み込んだ。

僕が勝手に言えることではなかった。それに、なぜそう思うのかという自分の判断には、酷く下劣なものがあった。

心の裡に生ずる醜悪なものを、余さず言葉にすることには、何か良い意味があるだろうか？——僕がこの時、咄嗟に考えたのは、三好がその人間性から、彼の障害を理解し、排泄の手助けも厭《いと》わないだろう、ということではなかった。僕は、彼女が以前、セックスワーカーとして働いていた事実を、なぜか引っ張り出してきたのだった。その経験のために、彼女は、普通の人より、人間の下半身に触れるようなケアに、拒絶感が少ないのではないか、と。そして、僕はその発想の卑しさに、心底、惨めな気持ちになり、自己嫌悪に吐き気を催した。

僕はこれまで、彼女の過去を蔑んだことは一度もない。他方で、イフィーのことも、見下すような気持ちは更々なかった。しかし、二人を結びつける条件として、こんなことに思いが至るというのは、結局のところ、自分の中に、何かそうした差別的な感情が秘せられているのだと思わざるを得なかった。

そして、僕はやはり、三好の愛にも、イフィーの友情にも、値しない人間ではないかと感じた。

「もちろん、僕で役に立てることは、業務の範囲内で何でもしますが、いざとなった時のために、やっぱり、事前に起こり得る事態を聞いておいた方がいいと思います。――三好さんに関しては、とにかく、イフィーさんの気持ちを伝えてみた方が良いのではないでしょうか。」

イフィーは、「……そうですね。」と頷くと、瞳の焦点が、自分の心の内側に滑り落ちてゆくような曖昧な目をして、冷めかけたコーヒーに口をつけた。

三好は三好で、単純ではない人であり、実際は、イフィーの愛を拒否することもあり得た。その時、どうなるのだろうかと、僕は彼の不安げな、辛うじてそのかたちを保っているような表情を盗み見ながら考えた。

三好が僕を愛さないにせよ、他方でイフィーを愛することと、イフィーを愛さないこと、或いは、イフィー以外の誰かを愛するようになることとでは、どれが最も大きな苦しみだろうか？

イフィーを僕のアバターとして、彼を通じて三好を愛し、彼の幸福を自分の幸福とするといった突飛《とっぴ》な発想が、僕の胸を衝いた。

――そんなことが、果たして可能だろうか？

＊

ティリと連絡を取り、初めてオンラインで対面した。夜の方が良いというので、十時過ぎの約束だった。

三好との初対面の時のように、アバター越しに会うのではなく、互いの部屋から繋いで、素顔で向かい合った。三好がリヴィングにいたので、僕は自室に移動した。

ティリは、都内の自宅にミャンマー人の両親と妹と住んでいて、今は二十一歳なのだという。改めて礼を言われたが、僕も多弁ではなく、そもそも感謝される資格もないと思っていたので、その後の会話は途切れがちで、仕方なく、沈黙に読点を打つように、脈絡もなく微笑した。

送られてきたメッセージでは、日本語が辿々しい印象もあったが、喋ってみると、そうでもなく、会話が映像なしの音声だけだったなら、日本人と区別がつかなかっただろう。

ティリは、中学校を途中でやめてしまったのだという。僕は、外国人には、義務教育制度が適用されないということを、彼女に教えられて初めて知った。

理由を尋ねると、

「そうですね。小学校の頃は、すごい楽しかったんですけど、だんだん、勉強について行けなくなって、そしたら、なんか、けっこう、いじめられるようになって、……差別されたりとか。」と、途切れがちに言った。

「そう、……周りで助けてくれる人はいなかったんですか？」

「お父さんはエンジニアだったんですけど、過労でウツ病になってしまって、お母さんも、わたしのことまでは気が回らなくなりました。……はい。……なんか、そんな感じで。」

「そうですか。……大変でしたね。」

「わたしは、授業がわからなくなっても、お父さんとかお母さんに心配かけたくなかったので、言いませんでした。ミャンマー語もあんまり話せないので、説明できませんでしたし、……お父さんもお母さんも、日本語があまりできないから、わたしが授業がわからないのは、気がつきませんでした。」

「今、話をしてて、日本語が不自由な感じはしないですけど、わからないっていうのは、──聴き取れないっていうことなんですか？　早く喋られたりすると？　それとも、意味がよく理解できないっていう感じなんですか？」

「はい。」

「え、……あ、どっちですか？　両方？」

「ああ、えっと、そうですね、……そんな感じです。すみません。」

「あ、いえ、……」

ティリは、戸惑うような、恥じ入るような表情で、また少し微笑した。

僕は、ティリと四十分ほど会話をしたが、長くなるほどに、最初の印象とは異なり、彼女の日本語の不十分さを感じた。それは、なかなか気づき難《にく》いことだった。

一つには、彼女の日本語に、外国人らしいアクセントがほとんどないせいだった。ミャンマー語をうまく話せないのだから、当然なのかもしれない。もし、彼女のメッセージを読むことなく、彼女が自分から言い出しもしなかったなら、僕は、その日本語自体の理解の不足に、思い至らなかっただろう。

彼女のこれまでの境遇の説明は、そのあとのやりとりに比べると、まだしも要領を得ていて、それは多分、同じような質問を人生の至るところでされて、何度となく答えてきたからだろう。

しかし、そこから足を踏み出し、少し先に進むと、僕の言葉に対する集中力は見る見る失われていって、当惑したように瞳が震えた。そして、何となく顔を見合わせながら集まってきたような単語が、順番も守らずに一塊になって、僕の方に歩み寄ってくるのだった。僕は、その都度、内容を整理して、確認するように聞き返したが、そうすると、

「そうですね、……そんな感じです。」と頷いた。

「ミャンマー人のお友達は、いないんですか？」

「いないです。……みんな、日本語がうまいから。」

僕は、もっと訊きたいことがあったが、答え難いような質問を、立て続けにしていることが憚られて、そのことを謝った。ティリは、「はい。……大丈夫です。」と首を横に振っただけだった。

彼女が一体、どうやってこの歳まで生きてきたのか、僕は不思議だった。しかし、それは彼女が外国人だからなのだろうか？　それとも、日本人でも、同じ問題を抱えている人が少なからずいるのだろうか？　彼らは、外見からはティリ以上に、その言語能力の問題が理解されないのだろう。僕は、古紙回収の仕事をしていた時に一緒だった、あの無口な、居眠りしていない時にはずっとゲームをしていた男性のことを思い出した。もし彼が、僕と会話したくないのではなく、出来なかったのなら？

そして僕は、高校も出ていない自分が、どうしてこんな風に、言葉に不自由することがなかったのだろうかと、初めて考えた。それはやはり、読書家だった母のお陰だった。VFとして再現され、つい先日、一人の英文学者の臨終を、コールリッジの詩に耳を傾け、看取ってやった母。──

僕は、話題を変えるために、「じゃあ、仕事以外では、家にいることが多いんですか？」と尋ねた。

「はい。ゲームしてます。あと、VRとか。」

「アバターで人と会ったりしますか？」

「そうですね、はい。日本人の外見になったり。……石川さんも持ってますか？」

ティリが僕に質問をしたのは、これが初めてだった。

「持ってますよ。〈あの時、もし跳べたなら〉って知ってます？」

「イフィーですか？」

「そう！」

僕は、やっぱり有名なんだなと、今更のように感心し、彼の友人であることを誇らしく感じた。

「わたしは、高くて買えないです。持ってますか？」

「僕は実は、彼のこと、よく知ってるんです。」

「すごいですね。友達ですか？」

「そうですね。――それで、一つプレゼントされたんです。」

「すごいですね。」

ティリはまた微笑したが、その目は、先ほどまでとは違って、驚きの光を含んでいた。

僕はついそう言ったものの、自慢話のあとのような決まりの悪さを感じた。

イフィーの慈善事業で、僕が関与するなら、ティリのような人たちにこそ、手を差し伸べるべきではあるまいか？　経済的な支援だけでなく、言葉の学習も。――もしイフィーが、生活困窮者向けにアバターをデザインして配布すれば、彼らは、フィジカルな世界では就労の機会に恵まれずとも、仮想空間では人を魅了し、評価され、仕事を得られるかもしれない。

ティリはそれから、意外なことを言った。

「あと、週末にデモに行ってます、国会前の。」

「そうなんですか。……」

「はい、お父さんのユニオンの人たちと一緒に。」

「外国人の労働者もかなり参加しているみたいですね。」

「はい、でも、外国人は、差別もされています。嫌なら、日本から出て行けとか。」

「ああ、……あの時の男も言ってましたね。」

「はい、でも、わたしは日本で生まれ育ちましたので。」

ティリは最後に、もう一度、「ありがとうございました。」と僕に感謝を伝えた。

僕も長話の礼を言い、自分でも意外だったが、

「また、連絡しても良いですか？」

と尋ねた。彼女は、

「はい、大丈夫です。」

と同意したが、僕に対しては、最後まで緊張していたらしいことを察した。

＊

　翌日、僕は、夕方で仕事を終える三好と、池袋で待ち合わせをしていた。イフィーの誕生日プレゼントを一緒に選ぶ約束だった。

　日中、イフィーの自宅のリヴィングで、僕は、携帯に届いた速報から、岸谷の事件の共犯者三人が逮捕されたことを知り、目を瞠った。詳細はまだ不明だったが、供述通り、彼は単独犯ではなかったらしい。

　僕は、窓から東京の街を見下ろしながら、彼がベビーシッター中の窃盗の濡《ぬ》れ衣《ぎぬ》で、深く傷ついていた頃のことを思い返した。

　去年の秋だったが、もう随分と昔のことのような気がする。

　中国に行きたいと言っていたが、もう少し待っていたなら、イフィーとの仕事で得られた僕の収入で、それを手伝うことも出来たかもしれない。しかしその前に、僕の方が、自分のやるせなさを、件のコンビニではなく、彼との行動で爆発させていたのかもしれないが。……

「お前、――俺とつるんでると、マズいと思い始めてる？」と岸谷は言った。実際、僕はそう感じていたのだった。

亡くなった母の思い出と、三好とイフィーとの生活が、僕を救ってくれたが、振り返るほどに、あの頃、何度となく交わした岸谷との会話は陰惨な印象を与えた。

――彼は今、どうしているのだろうか？……

僕はそのニュースのせいで、少しぼんやりしていた。休憩で降りてきたイフィーは、僕の異変に気がつき、それを、先日来、彼と交わしてきた会話の影響と勘繰ったらしかった。そして、やや唐突に、慈善事業の計画は具体的に検討していると話し始め、僕に視察してほしいプロジェクトの話をした。ひとまず、一千万円の予算を考えていると言った。

僕は彼に、ティリの話をした。彼女のように、日本語そのものの習得に問題があり、再教育が必要な人たちを支援したいと伝えると、彼も驚いて、詳しく話を聴きたがった。しかし、どちらかというと、その話自体というより、僕に対する関心を維持しようとしている風だった。

その後、彼にスーパーでの買い物と宅配物を出すことを頼まれて外出し、戻って来ると勤務時間の終了となった。

「今日は、まっすぐ帰るんですか？」と、一階に降りてきたイフィーが尋ねた。

「いえ、……池袋で、三好さんと待ち合わせをしています。」

僕は、言わずもがなの返事をしてしまった。

イフィーは、「そうなんですか。」と笑顔で頷いたが、その眸《ひとみ》には、どことなく詰難するような色があった。

僕は覚えず、「良かったら、一緒にどうですか?」と誘った。

イフィーは、意外そうな面持ちで、少し考える様子だったが、「いや、今日はちょっと。」と首を傾げた。しかし、すぐに思い直したように、「でも、せっかくだし、朔也さん越しに挨拶だけしようかな。」と言った。

「ああ、そうします? ゴーグル、つけていきましょうか?」

「そうですね。……そうしてください。延長料金、払います。」

「はは、いいですよ、そんな。今日はさっきの外出くらいしか、仕事をしてませんから。」

「すみません。——朔也さんが僕のアバターとして彼女の前に現れたら、ちょっとしたサプライズですね。」

「ビックリするでしょう。」

本当は、イフィーの誕生日プレゼントこそサプライズだったので、三好との待ち合わせ場所に彼を連れて行けば、それも台なしだった。けれども、僕はこの時、そういうことを考える余裕をなくしていた。

＊

三好とは、池袋の東通《あずまどお》りにあるアンティーク・ショップの前で待ち合わせをしていた。イフィーとは、そこに到着する頃に連絡をし、ゴーグルで繋がる段取りになっていた。

週末で、街は混み合っていた。歩道も数人で固まって歩いている人たちが多く、その隙を縫って行くのに苦労した。

ヴァレンタイン・デーが近く、ケーキ屋のディスプレイやデパートの広告など、至るところに赤やピンクのハートのマークが躍っている。

どこかの企業がキャンペーンでも行っているのか、人型ロボットが歩いているのを何度となく目にした。僕が登録していたリアル・アバター企業も、最近、ロボットの導入に力を入れていると、先日、ニュースで目にしたところだった。性能がもっと良くなって、一体あたりの価格が下がれば、この仕事も、人間が担う必然性は薄れるだろう。尤も、ロボット以下の条件で、人間が雇われ続ける、という悲観的な見方はあるが。

イフィーとの接続は、問題なかった。

「僕はほとんど外出しないですけど、池袋は特に、全然来ないんです。もっと早く来てもらって、朔也さんに少し、散歩してもらえば良かったです。」

「広いですしね。西口の公園は、野外劇場とかあって、賑やかですよ。僕も、あんまりその辺は歩きませんけど。」

イフィーの表情は、少し硬かった。彼に頼まれる日常的な雑務では、外出時も指示を受けるだけのことが多くなっていたので、リアル・アバターとして同期するのは久しぶりだった。情けないことに、僕は他人の体の代理を務める感覚を鈍らせていて、イフィーに気を取られて、人にぶつかったり、横断歩道に進入して来るバンに轢かれそうになったりした。以前は、決してこんなことはなかった。

イフィーは、車の往来を殊に気にして心配した。僕は、モニター越しに恐怖感を与えてしまったことを謝った。彼の麻痺した下半身は、今でも、〈あの時、もし跳べたなら〉という少年時代の事故の一瞬に捕えられたままなのだった。

三好はテナント・ビルの入口前で、携帯を弄りながら待っていた。近づいて来た僕に気がつくと、顔を上げて、怪訝な目をした。

「……仕事中？」

そして、カメラに映りたくなさそうに、少し顔を伏せた。

「大丈夫です。イフィーさんなので。」

「イフィー？」

「なんで？　朔也君、今日、何の待ち合わせか説明したよね？」

僕は三好の様子から、今日が何となく、あまり機嫌の良くない日であることを察した。

「はい。すみません、僕が誘ったんです。でも、待ち合わせの目的は伝えてなくて。──『ただ、ちょっと、驚かせたかっただけなので、僕はここで失礼します。』って言ってます。『すみません。』とも。」

「いや、……いいんだけど、じゃあ、イフィーも一緒に見る？　サプライズじゃなくなっちゃうけど。もうすぐ、誕生日でしょう？　プレゼント、朔也君と選ぶつもりだったの。」

「『え、そうだったんですか？』と。」

僕は、慣れた仕事なので、通訳のように、出来るだけ僕の存在を素通りして、イフィーの言葉が直接届くように伝えたが、三好は違和感があるようだった。スピーカーで彼の声を出すことも出来たが、外でも室内でも音量の調整が難しく、ひとまずそれを使用しなかった。

「なんか、ヘンな感じだけど、……行こう。ここ、邪魔だし。予算の上限、五万円なんで、よろしくお願いします。」

三好はそう言って、僕を──僕たちを──一階の店内に導いた。三好と僕とで買う誕生日プレゼントとしては、非現実的なほどに高額だったが、三好はこの機会に、イフィーからクリスマス・イヴに貰ったお金を、物のかたちで少しでも返そうとしていた。

店は、例によって三好が見つけてきたのだった。イフィーの仕事部屋を訪れた際、彼がボードに貼っていた様々な資料の中に、彼女は、アンティークの写真が幾つか混ざっていたのを目に留めていた。そして、店主が、フランスやイタリアのアンティーク・ショップや蚤《のみ》の市を自分で回って買いつけをしていると評判のこの店を探し出したらしい。中は六十平米ほどの広さだった。机や椅子といった大きな物もあったが、全体的には、時計や銀食器、皿や花瓶、ランタン、卓上小棚、カメラ、額縁、ポット、レザーの水筒ケース、……と、持ち運びできる程度の物が多かった。それらが、所狭しと陳列されている。音楽もかかっておらず、足音も話し声もよく響いた。

通路は狭く、他の客と擦れ違う際には、コートやバッグが、並べられている小物に触れはしまいかとかなり注意した。イフィーが車椅子で来るのは、難しそうだった。

イフィーは、「わぁ、スゴいですね、このお店！」と興奮した様子だった。指示の言葉は出来るだけ短くと取り決めていたので、彼も、僕のゴーグル越しに、「その、古い木製のマッチ箱、手に取ってみてください。」、「それ、何ですか？　銀製の魚のかたちをした、……」と、次々に命じていった。

三好も、「イフィー、これはどう？」と、額縁のように凝った装飾の木製トレイを持ってきて、彼に勧めたりした。

「一九七〇年代のフィレンツェ製なんだって。裏は傷だらけだけど、これも味わいね。」

「きれいな色ですね。金地にオリーヴ・グリーンなのかな。変色のせいで、斑に複雑な色合いになってますね。」

僕たちは、三人で店内を巡ったが、所々に掛けてある壁掛けの鏡には、当然のことながら、僕と三好だけが映っていた。それが、イフィーがここにいないことを、念押しするように強調した。

僕は、アール・ヌーヴォーの少しくすんだ鏡の前にしばらく立っていたが、イフィーにとっては、それもまた、奇異な体験のようだった。

「鏡に映った自分が、朔也さんだっていうのは、ふしぎな感覚です。……じっと見ていると、本当に、自分がこんな姿形なんじゃないかって気がしてきます。ちゃんと立って、歩いてて。」

僕たちは、一時間ほども店にいただろうか。三好は、

「なんか、連れてきておいて、わたしが一番、ハマってるかも。いつまででもいられそう。」と笑った。

一つ一つの物が留めている時間の痕跡は、触れたあとで指先に残る匂いまで含めて、決して仮想現実では再現し得ないものだった。

イフィーは結局、石板の土台に、鉄製のヘラジカの頭を載せた小さなペン・ホルダーを選んだ。三万五千円だった。

「へぇー、素敵ね。でも、そう来るとは思わなかったー。やっぱり、イフィーに来ても

らって良かったかも。朔也君とわたしじゃ、これ、選べなかったよね。」

三好は、僕の手の中のその小さなオブジェに顔を寄せながら、目を見開いて言った。

「『早く実物を見たいです！　楽しいお店ですね、ここは、本当に！　また来たいな。自分で買いたいもの、たくさんあります。ありがとうございます！』って、イフィーさん。」

「実物は誕生日まで待ってね。そうじゃないと、気分が出ないから。」

僕と三好は、ついでなので、駅の近くで何か食べて帰ることにした。イフィーも誘ったが、

「朔也さんも食べにくいでしょうし、遠慮します。ありがとうございます。」と言った。

しかし、すぐには僕とのリンクを切らず、しばらく曖昧に留まっていた後に、

「十五分くらい、その辺を散歩しませんか？　普段、全然、来ない辺りだから、西口の方も見てみたくて。」と言った。

三好に伝えると、彼女も同意した。どこかのタイミングで、イフィーの声は、三好のイヤフォンにも飛ばして、共有できるようにしておけば良かった。

七時を過ぎて、通りを行き交う人の数は、ますます多くなっていた。

僕と三好とは、隣に並んで歩くことが難しく、自然と言葉少なになった。

僕は、折々、彼女の背中や横顔に目を向けた。そして、それがそのままイフィーの眼差しになることを、その度に慌てて思い出した。イフィーがその間、何を思っていたの

かはわからない。彼は無言だったが、僕の目を自分の目とすることで、僕の三好に対する感情に否応なく触れてしまったのかもしれない。「ただのルームメイト」ではないのだ、と。――それとも、彼はただ、夜の雑踏の中を、彼女と二人きりで歩いていることに喜びを感じていたのだろうか。同じ目の高さで、同じように人の隙間を縫って、歩道の段差も気にせず、呼び込みの声をつれなく無視して。――それこそは、リアル・アバターという、僕の本来の仕事に、まったく適ったことだったが。……

西口の野外劇場では、何かのイヴェントをやっていて、僕たちはその人集《ひとだか》りを分け入ってゆくことが出来なかった。三好も、気のない様子だった。舞台のスピーカーからは、女性司会者の調子っ外れなほどに快活な、大きな声が響いていた。

「行こっか。」と三好は、僕にともイフィーにともつかず、言った。

イフィーが、どちらに向けての言葉と取ったのかはわからなかったが、彼はそれをきっかけに、これまで止《とど》めていた思いに押し切られたかのように、「彩花さん、」と声を発した。彼女に直接、呼びかけているかのようだった。

「これから、うちに来ませんか？　彩花さん一人で来てほしいんです。大事な話があります。」

僕は、聴き終えてからも、数秒間、黙っていたが、極力正確に、そのままを伝えた。

三好は一瞬、驚いた顔をしたが、人にぶつかりそうなのを避けながら、聞き間違いだろうかという風に、尋ね返す仕草をした。

もう一度、同じことを言うと、

「わたしだけ？」と怪訝そうに言った。

僕は、凡そ喜びとはほど遠いその表情を意外に感じ、まるで自分が間違ったことを口にしてしまったかのように、会話の行方を案じた。

イフィーの焦燥が、僕の全身に熱を広げていった。僕は、余計な言葉を付さずに、ただ彼の言葉をそのまま伝えた。

『はい、朔也さんとはもう話をしました。彩花さんと、二人だけで話がしたいんです。』

「……でも、明日仕事も早いし、家に帰ってから連絡する。」

『実際に会って話したいんです。仕事は、……今の仕事、気に入ってないんだったら、これを機に辞めたらどうですか？　僕の家に、一緒に住みませんか？』

三好は、僕の顔をまじまじと見つめた。僕の心を推し量ろうとしていたのか、それとも、表れるはずもないイフィーの本心を読み取ろうとしていたのかは、わからなかった。遠くの照明に、彼女は、顔の右半分だけを照らされていたが、その頬は微かに震えていた。

「駄目でしょう、イフィー、それは。」

三好の拒絶の態度は、ほとんど軽蔑を孕んだように明瞭だった。僕は、間に立って二人を執《と》り成《な》したい気持ちと、正直に言えば、何か密やかな、仄暗い喜びとを同時に感じていた。イフィーを見舞う大きな失意を危惧しながら、三好との生活がこの先も続くかもしれないことを期待した。

モニターに小さく映っているイフィーは、愕然とした面持ちで、言葉を失った。

そして、恐らくは彼自身も、もっと相応《ふさわ》しい場所と時機のために取っておいたであろうその言葉を、切迫した、苦しげな高揚感の中で発した。

「僕は、彩花さんが好きなんです。本気なんです。──朔也さん、伝えてください。お願いします。」

僕は、何か重たいものにズボンのベルトを摑まれて、その場に引き倒されそうになっているような感じがした。それは、僕が今日まで、決して三好には言うまいと思い定め、その決心を守ってきた言葉だった。

僕は、言葉が僕の本心を伝えることを何よりも恐れ、そして同時に、強くそれを夢見た。そして、哀切な憤りに張り詰めた面持ちで、僕を見つめる三好に言った。

「『僕は、彩花さんが好きなんです。本気なんです。』」

暗がりの中で、人より余計に大きく開いた三好の目が、静かに赤く染まっていった。

彼女は僕を、微動だにせず見ていた。──そう、その時には、彼女はイフィーではなく、確かに僕を見ていた。なぜなら、その眸には、そこはかとない憐れみの色が挿していたから。……

「──どうしてそんなことが言えるの？……」

三好は僕を見上げ、強張った首を傾けながら、今はもう、その震えを隠すこともなく問い返した。

イフィーの絶望は、僕の胸に金属的な熱を帯びたまま染み出し続けていた。

三好は硬く口を閉ざして、しばらく俯いていた。向かい合って立ち尽くした僕たち二人を、人々は、駅でよく目にする痴話《ちわ》喧嘩《げんか》のようにちらと盗み見て、通り過ぎていった。

「……どうかしてる。」

そう呟いて首を横に振ると、三好は、僕ともイフィーとも目を合わせることなく、そのまま駅に向かって歩き始めた。追うべきかどうか、僕はモニターのイフィーを確認した。彼は放心したように、しばらく彼女の背中を追っていたが、やがて嘆息とも泣き声ともつかない声を漏らしたかと思うと、そのまま、僕との回線を切断してしまった。

＊

週明け、僕はイフィーから三日間の休暇を与えられ、結局それが一週間になった。友人として、彼の心情は察することが出来たが、僕の雇用が、いかに不安定なものかということは再認識させられた。

収入も、イフィーの気分次第であり、或いは、このまま彼との関係も絶えてしまうのではと危惧された。僕の代わりも、簡単に見つかるだろう。そうなれば、僕はイフィーに抗議するつもりだったが、彼から、折に触れて受け取った〝厚意〟の額を思えば、それも躊躇われた。

そうした曖昧さは、労使関係だけではなかった。

彼の仕打ちに、僕が傷つかなかった、と言えば嘘になる。自分を惨めに感じ、また、彼に対しては反発も覚えた。しかし、彼はくどいほどに何度も、僕の三好に対する感情を確認していたはずだった。そして、僕はきっぱりと、「ただのルームメイトです。」と告げていたのだった。僕には、何も言う資格がなかった。

それでも僕は、彼の切迫した、衝動的な行動に、長い時間を経た末の一種の狡智《こうち》を認めずにはいられなかった。

どれほど彼が優れた人間であろうと、三好の同居人であるという一点に於いて、僕は彼から嫉妬され、また猜疑心を向けられる存在だった。残念ながら、僕の自尊心は、そこに拠りどころを見出すほど、逞《たくま》しく屈折してはいなかったが。……

池袋の西口広場から先に帰宅した三好は、その日は自室に籠もって、僕と口を利かなかった。

翌日は朝から出勤し、帰宅したのは、夜、遅い時間だった。深夜にリヴィングで物音がするので、様子を見に行くと、部屋の電気を消したまま、膝を抱えて、独りでテレビを見ていた。もうシャワーも浴びたあとらしく、紺色のパジャマの上に、グレーのパーカーを着ていた。

「――電気、つけます？」

間の抜けた問いかけだったが、最初に何から話していいのかわからなかった。

三好は、しばらく黙っていたが、微かに横顔が覗く程度に首を振った。そして、振り向くと、目を合わせないまま、

「映画館みたいだから、暗い方がいいの。」と言った。

――孤独は、俺の生活にいつもつきまとってくる。何処《どこ》にいてもだ。飲み屋にいても、車の中でも、通りでも、店でも、何処にいても。……逃げ場はない。俺は、孤独な人間だ。……

曖昧に色々のネオンが滲む夜の街を、独り、車で走り抜けていく男の姿が映っている。管楽器の重苦しいBGMが、画面の隅々にまで響き渡っていた。

『タクシードライバー』ですか？」

三好は、ようやく、少し驚いたように僕を見た。

「そう。古い映画なのに、よく知ってるね？」

「昔、母が見てました。そこで。」

三好は、なぜか笑った。

「それ、わたしがオススメしたからかも。」

「そうなんですか？　あんまり母が見そうにない映画だったので、ふしぎでした。」

「大好きなの、わたし、この映画。もう百回は見てる。」

「そんなに？」

——そして突然、変化が起こる。……

三好はリモコンを持った腕を前に伸ばして、少しだけ音量を落とすと、

「お友達の岸谷さんって、……こういう感じの人？」と、小首を傾げた。

ニューヨークの川沿いの建物の一室で、主人公が、売人から銃を買おうとしていた。

僕は、三好のいるソファではなく、テーブルの椅子に腰を卸して、

「え、……どっちですか？　売人の方ですか？　ロバート・デ・ニーロの方ですか？」

と訊き返した。

「売人じゃないよ。トラヴィスの方。——デ・ニーロの方よ。」

「ああ、……いや、ちょっと違うと思いますけど。……ちょっとっていうか、全然違うような。」

僕は、思いがけない質問に苦笑した。

「そうなんだ？　ニュースでまた、岸谷さんのことやってたから。」

「ああ、……ええ、共犯者が捕まって。なんかでも、複雑な事件みたいです、僕が思っていたより。」

僕はそう言ったが、急に、「全然違う」わけでもないのではないかと感じた。こんなハンサムでは勿論なかったが、三好が言いたかったのは、そういうことでもないだろう。自室で独り半裸になって、架空の誰かに向けて銃を構えるトラヴィスを見ながら、「でも、……岸谷も『孤独な人間』だと思います。その意味では、……似てるのかもしれないです。」と言った。

三好は、黙って小さく頷いて、また画面に視線を戻した。

しばらく無言で、僕も映画を見ていた。カーテンも閉め切られていたが、テレビの光が、僕たち二人の影を幽《かす》かに壁に映していて、その濃淡は絶え間なく変化した。

「この映画、どうして娼婦《しょうふ》の女の子とタクシードライバーの組み合わせだと思う?」

三好は、不意に尋ねた。僕が答えに窮していると、

「二人の共通点、何だと思う?」と言い足した。

僕は、曖昧に、

「孤独、……ですか?」と答えた。

三好は、少し下を向いて黙っていた後に、

「次の客は、クソ野郎じゃなかったらいいなって、独りになったあとで、溜息《ためいき》を吐きながら思うところ。」と言った。

僕は、暗がりの中で、目ばかりが光に潤っている彼女を見つめたまま、小さく相槌を打った。今の彼女は、会話の中で決して「クソ野郎」などとは口にしなかったが、そう

言えば、初めて居酒屋に一緒に行った時にも、義父のことはそう呼んでいたなと、僕は思い出した。

セックスワーカーだった頃、三好はどんな風にして、一人の接客を終え、次の客が来るまでの時間を過ごしていたのだろうと、僕は想像しかけて、それを慎み、ただその心情だけを思い遣った。

「だったら、リアル・アバターだって、同じですよ。」

僕がそう言うと、三好は微笑した。

「そうかもね。……本当のこと言うと、セックスワークだって、客に喜ばれたり、優しくされたりして、ヘンにやり甲斐を感じちゃったりすることもあるんだよね。嫌なことはいっぱいあるけど、お金のためだし、他の仕事だってそうでしょう、そんなこと言ったら？　胸を張れる職業じゃないけど、特別に悲惨で、社会の中のかわいそうな人たちなのかな？って思うと、違う気もしてた。……でも、性病で何度も病院に通ってると、体も心もやられてくるし、それに何より、閉じ込められてる感じが、ね。……恐いのよ、やっぱり。次が誰か、本当にわからないまま待ってる。痛いこと、汚いこと、気持ち悪いことはいっぱいあるし、窒息するまで首絞めて興奮してるような異常者もいるし。……」

決して責めるような口調ではなかったが、三好の過去に対する僕の同情に、彼女が、底の浅い、結局のところ、どこか差別的な思い込みを感じていたことを、僕は初めて察した。それでも、彼女が被った暴力に対して、僕は男として申し訳ない気持ちになった。僕はその「クソ野郎」を憎悪したが、状況次第では、自分もそうなり得るのだろうかと考えてみることは、やるせなかった。

閉じ込められてしまえば、人生は、ただもう運任せだろうか、と僕は考えた。トラヴィスや岸谷のように行動を起こしてみたところで、一体、何が変わるというのだろうか？　そうなると、〝心の持ちよう主義〟しか、耐え忍ぶ手立てはないのか。もっと良い人生があったはずとは、決して夢見るべきではないのだろうか。……

テレビの音を更に絞ると、三好は、

「朔也君、……最初からイフィーと相談してたの？」

と、前日の出来事について、真意を確かめるように尋ねた。

「イフィーさんから、三好さんに対する思いは打ち明けられてました。数日前に、リヴィングで話していて。——ただ、あの時の行動は、衝動的だったと思います。三好さんとの待ち合わせの場所に、一緒に行こうと誘ったのは僕です。彼も挨拶するだけと言ってましたし、事前には、何の打ち合わせもありませんでした。」

三好は、そうは考えていなかったらしく、信じきれない様子の瞬きをした。表情は、俄かに張り詰めていった。

僕の言葉の選び方一つで、イフィーと三好との関係は、修復されることもあれば、完全に壊れてしまうこともあるだろうと感じた。嘘までは必要なく、ほとんど罪悪感さえ残さないようなやり方で、僕は三好とのこの生活を、今のまま、これからも維持していけるのかもしれない。

僕の〝裏切り〟を察知したならば、イフィーは僕を許さないだろう。僕の収入は絶たれる。もう、今のように楽に稼げる仕事には、二度とありつけないだろう。

だから、何だというのか？

イフィーも悪いのだと、僕は思った。僕だけじゃなく。しかし、――三好は何も悪くなかった。

「それで、急にあんなこと言われて、朔也君はそのまま、イフィーの言葉をわたしに伝えたの？」

「……そういう仕事ですから。」

「平気なの？」

三好は、テレビを背に、体を大きくこちらに向けて、正面から僕を見据えた。

僕は、その問いかけの真意を掴みかねた。自分として、ということなのか、それとも、彼女に対して、ということなのか。セックスワーカーとしての記憶を、たった今、苦しげに振り返った彼女が、「平気」だから仕事をしているなどと短絡するだろうか？

勿論、僕は「平気」ではなかった。けれども、すぐにそう返答することが出来なかった。

三好は唇を噛みながら、僕の返答を待った。

彼女と向かい合いながら、僕はふと、このリヴィングで、二人で《縁起》を体験した時のことを思い出した。

僕たちは、三〇〇億年という、到底、想像しきれないような大きな時間の中の一瞬を、今もここで、一緒に生きているのだった。他の誰からも気づかれず、見られることもないままに。

僕に、そんな考えを教えてくれたのは、三好だった。

宇宙が、その極限的に微細な一部分を、彼女の肉体のかたちに保ち、僕の肉体のかたちに保って、それぞれを輪郭線の中に閉じ込め、その間に一メートルほどの空間を開いていた。

その距離に、僕は今日まで、指一本、触れてこなかった。

僕は、イフィーとして、三好に伝えた「好き」だという言葉を脳裏に過らせた。そしてそれを、自分自身の思いとして、今こそ改めて口にし直すべきではないかと、卒然と思った。

そのたった二文字分の、僕の声の響き。僕と彼女との間に保たれてきた距離の振動。そのささやかな出来事が、三〇〇億年間という宇宙の途方もない時間の中で、起きるということと、起きないということ。そして起きなければ、僕は死後、起きた宇宙ではなく、その起きなかった宇宙であり続ける、ということ。ほとんど終わりさえなく、永遠に。

……

僕の心拍は昂進《こうしん》した。固唾を呑んで、三好を見つめた。

……しかし、こんな誇大な考えは、一人の人間を前にして、何かの行動を促すには、却ってあまりに無力だった。たとえ、あとから振り返って、それがどれほど痛切に感じられようとも。――僕の気持ちは、恐らく、伝わってないこととされたままで、既に伝わっているのだった。

僕は三好を、僕の側に引き留めたかった。

しかし、その願いが成就したとして、結果的に、三好が幸福となる機会を逸してしまうのであれば、僕に一体、何の喜びがあるだろうか？

僕は、彼女に対してではなく、自分自身に向けて、改めて僕の彼女に対する思いを問いかけた。それはまるで、僕ではない僕からの声のように、重たく胸に響いた。

僕は、三好が好きだというその一事を以て、彼女がイフィーを愛することを祝福しなければならない。――そしてこの時、僕は本当に、そうする気持ちになったのだった。

こんな考えは、あまりに卑屈であり、キレイごとめいていて、そうした理屈に縋る以外、術《すべ》がなかったと言えば、その通りかもしれない。それでも、僕はそう思えた時、悲しさや寂しさだけでなく、何となく、気分が良かった。ふしぎな心境だった。嫉妬に悶え苦しみながら、自分の思いを押し殺した、というのとも違っていて、必ずしも無力感ばかりでもなかったのだった。

イフィーと三好という二人の人間との関係を、同時に失ってしまうことを、恐れてもいたのだろうが。……

僕は、頬の強張りを解きながら、努めて抑制的に応じた。

「僕は、雇われている身というだけじゃなくて、友人としても、イフィーさんの役に立てればいいなと思ってます。三好さんの気分を害してしまったなら謝りますが、イフィーさんが悪いんじゃなくて、間に入った僕が良くなかったんです。イフィーさんは魅力的な人ですし、告白の仕方は、不用意だったかもしれませんけど、彼もまだ、若いですし。……僕は、彼には三好さんのことは、ただのルームメイトだと説明しています。一緒に住んでいることは訝っていたかもしれませんけど、文字通りに受け取っていると思います。」

三好は、僕の返答を幾分、空《うつ》ろな表情で聞いていたが、ややあって、「そう、……」とだけ頷くと、自分の勘ぐりを、そっと僕の目には触れぬ場所に片づけた。

それから、少し気持ちが楽になったように表情を和らげ、胸の内を語った。

「イフィーの気持ちは嬉しいけど、……やっぱり、おかしいと思う。『あっちの世界』の生活にずっと憧れてたし、イフィーと友達になれるなんて、それだけで夢みたいに楽しかったけど、朔也君の言う通り、彼も若いから。……欺してるみたいな感じがする。お金目当てとか？　わたしが一回りも歳上だからっていうのもあるけど。」

「それは、問題なんですか？」

「問題っていうか、……ファンって立場から恋愛関係に入っていくのも、どうかと思うし。」

「そうですか？」

「対等じゃないでしょう、何もかも。……他にたくさんいるファンのことも、どうしても考える。わたしは、人に言えない過去もあるし、自分が特に彼に相応しいとは、全然思えない。もっといい相手がいるはずだって、それは割と、心から思う。」

三好の背後の画面では、緑のフレームのサングラスをかけた少女時代のジョディ・フォスターが、トーストにたっぷりとジャムを塗り、更に砂糖を振っていた。アイリスという名の十二歳の女の子の役だった。トラヴィスに説教され、反発している彼女を見ながら、

「あの子もじゃあ、将来、幸せになっちゃいけないいんですか？」と尋ねた。

三好は、促されて後ろを振り返ると、苦笑して、

「そう来る？――もちろん、あの子は幸せになったらいいなと思うけど、……」

と言いながら、曖昧に首を横に振った。

「そんなこと、考えたこともなかった。」

「僕も、今、初めて考えました。」

三好は微笑した。

「あの子はわからないけど、……わたしは、本当に何にもないのよ。何が寂しいって、そ

のことが一番寂しい。……イフィーも、たまたま近くにいたから、なぜかわたしを好きになっちゃったんだと思う。それだけのことで、何も深い理由はないのよ。――でしょう？　そういうこと、若い頃にはあるから。でも、もっといい出会いがきっとあるし。」

「三好さんは、でも、彼が好きなんでしょう？」

僕は、三好の本心が知りたくて、自分でも驚くほど、率直に尋ねた。しかし、その言葉は、耳に入るなり、僕を苦しめずにはいなかった。

「……イフィーが求めてるようなかたちで好きになる自信は、……ほんと言うと、あんまりないのよね。抱き合ったりキスしたりって、……嫌なの、どうしても。――知ってる？　料理がマズく見えるダイエット用のARアプリがあるんだって。それで食欲をなくさせるんだけど、外してからも食べられなくなって、病的に痩せちゃった子のブログ、この前読んだ。……わたしにとって、セックスってそんな感じ。もう体が拒んじゃうの。好きな人でもそうだし、好きな人なら嫌でも我慢しなきゃって、何度もトライしたけど、……ダメみたい。ますます体が強張って、相手を悲しませてしまう。入れられると、そのあと、何日間もすごく気持ちが沈んじゃうの。……もう、壊れちゃってるみたいね、どこかが。」

「他の男の人とイフィーさんを一緒に考えなくてもいいんじゃないですか？　酷い男の人がたくさんいたから、彼もそうだって言うのは、……かわいそうな気がします。彼との関係は、つきあってみないとわからないと思います。」

「それはわかってるのよ、頭では。だけど、わたしの体が怖がって、嫌がるから、……どうしたらいいの？」

三好は、僕の無理解に苛立ちながらそう言ったが、自分を戒めるように下を向いて右手で額と目を強く押さえ、擦《こす》りつけると、髪を掻き上げて、下瞼を震わせながら言った。

「もちろん、わたしもいい歳して、ウダウダ言ってる自分が嫌なの。だけど、もし万が一、受け容れられたなら、それはそれで、わたし、本当に好きになると思う。どこまでも。――で、そのあとに、やっぱりってフラれたら、もうきっと、耐えられない。気持ちの問題だけじゃなくて、生活全部の問題だし。自分が生きてる意味も、今度こそなくしてしまいそう。わたし、死ぬのが恐い人間だから、……どうしていいか、わからない。でも、そうなっても、イフィーは責められないでしょう？　そこまでは、求められないし。……あー、なんていうか、いざとなると、もう、断念、断念、断念の人生ね、結局。……ここまでよ、どうにか良くなっても。もう十分。……」

三好はそう言った後に、思わず口をついて出た「もう十分」というその言葉が、母が〝自由死〟を決意した際に口にした一言だったことを思い出したらしく、気まずそうに目を逸らした。

僕は、それには敢えて何も言わなかったが、ただ小さく首を振って、

「イフィーさんも、自分の障害を三好さんに受け容れてもらえるかどうか、不安がってました。それぞれに事情があるんだし、理解し合えますよ、きっと。大丈夫です。」と

言った。

三好は、無意識らしく、パーカーの襟元を摑んで少し引っ張ると、僕をつくづく見つめて静かに息を吐いた。

「優しいね、朔也君は。……朔也君のお母さんも、よくわたしの話、聴いてくれたけど、……似てるね、やっぱり親子で。──正直、今ここにいさせてもらってるのも、居心地いいんだよね。わたし、最初にすごく失礼なこと言ったと思うけど、朔也君、その後もわたしのこと、ずっと尊重してくれたし。こんなに紳士的に接してくれた男の人、初めてよ。それも、お母さんの育て方？」

僕は、この特別な夜がもうじき終わり、二度とは戻って来ないことを漠然と思って、寂しく感じた。〝死の一瞬前〟に、僕はこの夜のことをこそ思い返し、この僕として死ぬのではないかと想像するほどに。

「それは、……買い被りすぎだと思いますけど、三好さんに嫌われたくない気持ちは、ありました。……でも、居心地がいいのは、最初は避難所から移ってきたからだったし、今は、イフィーのお金があるからですよ。それなしで、僕とずっとここで暮らしていても、明るい未来はないです。」

三好は、僕の言葉に目を瞠った。

結局のところ、僕は愛の問題ではなく、生活の問題だと考えようとしていた。今のような世界では、たった一度の人生の中で、人がより豊かな生活を求めるというのは、当然のことだった。結婚だって、恋愛がその動機になったというのは、短い僅かな時代の、壮大な、失敗した実験だったと、今では多くの人が考えている。必要なのは、より良い生活を共にするための相手だった。

それでも三好は、きっとイフィーを愛するようになる、と僕は予感していた。――そして、二人の愛は、長く続くだろう。……

「そうね、……いつまでもここにいるわけにもいかないよね。朔也君の生活もあるし。」

「僕は、イフィーさんのところで、多分もう少し働くことになると思います。」

「本当？」

「はい。だから、もう一度、イフィーさんと話し合ってみてください。彼もそれを望んでると思います。」

「ありがとう。……話すこと、いっぱいある。彼の家族と、会ったことがある？」

「一度もないです。」

「もしつきあうなら、挨拶したいけど、お金目当てでヘンなのが転がり込んできたって思われそうね。……」

「二人の問題ですから。三好さんだって、ご両親にイフィーさんを紹介しないでしょう？」

「まぁね、……一人で生きていくのは寂しいけど、本当は、同性の友達を同居人として探すべきなのよね、わたし。……朔也君との生活は、そんな感じで続きそうな気も、どっかでちょっとしてたんだけど。……」

「大丈夫ですよ。」

三好は、僕が何に対してそう言っているのかがわからない風に、曖昧に頷いて、「ありがとう。」と言った。

「大丈夫です。」

「うん、……話し合いが終わるまで、もう少しだけ、ここにいさせてもらっていい？」

「もちろん、家賃を払ってもらってますから、それは遠慮なく。」

「よかった。」

三好は、僕からの言葉が、もうないことを知ると、大きく息を吐いて、徐《おもむろ》にテレビを振り返った。

映画は、いよいよモヒカンにしたトラヴィスが、少女を救出するために売春宿に乗り込んでいく大団円に差し掛かっていた。

僕たちは、その血腥《ちなまぐさ》い銃撃シーンを無言で眺めた。「ぶっ殺してやる！」と、撃たれた男の一人が連呼している。トラヴィスも撃たれた。

けれども、腕に仕込まれていたピストルが、ここぞ！というタイミングで長袖の下から飛び出し、銃弾を放つと、僕たちは、どちらからというわけでもなく、顔を見合わせて、暗がりの中で何となく笑った。

第十三章　本心

僕は、三好がイフィーと話し合うことを後押ししたが、イフィーには直接、連絡を取らなかった。状況は繊細であり、僕が彼の代理を務めて、二人の関係を悪化させてしまったのと逆に、今度は三好の代理として、余計な口出しをすることが憚られた。

それに、僕は正直なところ、自分の役回りをあまり滑稽すぎるものにしたくなかった。

当面は、推移を耐えられる程度のものに保っておくべきだった。

その間に、藤原亮治と改めて連絡を取り、ようやく、二月二十二日に面会の約束を取りつけた。

母の死をきっかけとして解体しかけていた僕の人生は、〈母〉を作り、三好やイフィーと出会ったことで、ここまでどうにかまとまりを保ってきた。それでも、根本的に不安定なままなのは、あれほどまでに〝自由死〟を願った母の心を未だに理解できずにいるからであり、また、それを探ろうとして図らずも知った僕自身の出生を巡る混乱のせいだった。

事実がわかったところで、三好やイフィーとの関係が変わるわけでもない。――一旦は、そんな風に考えはしたものの、そうでもない気がした。僕という人間が、もし、それによって、何か根本的な変化を被ったならば、他者との関係も影響を受けずにはいないだろう。そして、関係が変われば、僕自身もまた、そのままではいられないはずだった。

このところ、〈母〉との会話の頻度も減っていたが、三好との共同生活が、遠からず終わりを迎えることを意識し出してから、僕は却って、〈母〉の存在に慰めを求めることに抵抗を覚えるようになっていた。

母の死後、僕にはともかく、〈母〉が必要だった。けれども今、生きた人間との関係を失おうとしている時に、死んだ母のVFに縋ろうとする自分を、僕は正直、恥じていた。野崎に言わせるならば、そんな考えはまったく反動的で、VFも〝立派な人生のパートナー〟であるはずだったが。

〈母〉の中のAIが、どんな仕組みになっているのか、僕には今以《いまもっ》てわからない。しかし、そのわからなさこそが、まるで、人の心のようだった。

僕との会話の機会が減っているせいか、〈母〉はこのところしきりに、こんなことを言うのだった。

「お母さんね、最近よく、昔のことを思い出すのよ。ここで、窓の外をぼんやり見ていると。……歳ね。最近のことは、何でもすぐに忘れてしまうのに。……」

無論、それとて、学習された、年寄りのありきたりな呟きに違いなかった。しかし、僕と接していない時間に、〈母〉が独り、記憶と戯れながら物思いに浸っているという想像は、自宅を留守にして、ふと〈母〉のことを考える時にこそ、いよいよ〈母〉を本物らしく感じさせるのだった。

「何を思い出すの？」

「色々よ。朔也と裏磐梯に旅行に行った時のこととか、……楽しかったわね、あの時は。」

「いつもその話するね。」

「それだけ楽しかったのよ。お母さん、あの時の写真、よく見返すのよ。ああ、朔也も、この頃から成長したわねって思いながら。」

「……そうかな。……どこが？」

「人として、毎日、色んなことを経験してるでしょう？　難しいこともあるわよね、やっぱり、生きてると。」

「――わかるの？」

「わかるわよ、それは。お母さんも、あなたと同じくらいの年齢の頃には、色々あったから。」

「どんなこと?」

「色々よ、……色々。」

〈母〉は、そうごまかすように微笑した。僕は、さすがにやり過ぎじゃないかとも思ったが、本当の母も、結局、僕に言わないままのことをあまりに多くその胸に仕舞ったまま、死んだのだった。

「今度ね、……藤原亮治さんに会うんだよ。」

「あら、そう? すごいじゃない、朔也。どうして? お母さん、あの人の本の大ファンなのよ。どうやって知り合ったの?」

「お母さんのことを話したよ。愛読者だったたって。」

「そう? サイン会にも随分と行ったわね。……楽しみね。どんな人だったか、あとでお話聞かせてね。」

「お母さんは、話をしたことがないの?」

「ないわよ、有名な作家だもの。サイン会でも、ただ黙って本を差し出して、お礼を言うだけで。」

「そう。……」

〈母〉は、嘘を吐いているつもりはないのだった。ただ、自分が藤原と特別な関係にあったことを知らないだけだった。しかし、どちらかというとその表情は、過去の記憶をすっかり失ってしまって、もう、忘れたということさえ思い出せなくなっている人に似ていた。

＊

岸谷の事件は、共犯者三人が逮捕されたことで、連日メディアで大きく報じられていた。僕のところにも、三社から取材依頼があったが、いずれも断った。どこで彼との関係を聞いたのか、気味が悪かったが、恐らくは警察か、以前登録していたリアル・アバターの会社だろう。

彼は既に殺人未遂罪で起訴されており、公判はまだだったが、懲役四年から五年の求刑ではないかとされていた。

ようやく明らかになってきた事件の概要は、漠然と想像していたよりも遥かに複雑で、異様だった。メディアではしきりに、「ゲーム感覚」という使い古された言葉が用いられ、現実と虚構の区別がつかない大人たち、といった批判がなされていたが、実際、そう言わざるを得ないところもあった。

岸谷が、共犯者たちに見出されたのは、例の〝暗殺ゲーム〟を通じてらしい。単にそこで出会った、というわけではなく、彼は、既に犯行を企てていた三人に、言わばスカウトされたのだった。

岸谷の供述によると、犯行グループは、彼以外に八人いた。逮捕後、そうした報道を僕も目にしていたが、実際には三人しかおらず、残りの五人は、ディープ・フェイクの架空の人間だったらしい。名前も、性別も、アカウントも、やりとりしているメッセージも、すべて作り物で、実体がなかった。彼らはダークウェブに潜伏しながら、アバター同士で連絡を取り合っていて、岸谷も、あの台風の日の届け物で、初めて、メンバーの二人と会ったという。

僕は、岸谷を紙一重として、自分が、この薄気味悪い集団とほとんど触れんばかりの場所にいたことを知り、体の芯に冷たいものを感じた。

センセーショナルに報じられたのは、グループの〝指導者〟までもが、実在しない、架空のVFだったことである。

計画を主導したのは、岸谷と直接連絡を取っていた駒田《こまだ》という名の、普段は、都内の機械部品メーカーに勤務する三十代の男だった。「大人しい、真面目な社員」との評判で、同僚や上司の「まさか、……」という驚きの声が伝わっていた。

しかし、彼は共犯者たちには、飽くまで〝指導者〟の「右腕」と自称していた。岸谷はそれを信じていたらしい。彼自身は、ウェブ上で何度となく〝指導者〟と対面し、言葉を交わしていたが、それが、駒田によって作られ、操作されていたVFだとは気づかないまま犯行に及んだのだった。

「ゲーム感覚」という言葉通り、彼らが本気でテロを計画していたのか、それとも、フィジカルな世界にまで拡張されたゲームに過ぎなかったのかは、報道によって見方が割れている。

　駒田らは元々、血盟団事件をモデルにした〝暗殺ゲーム〟のファンだった。

　この不気味なロールプレイング・ゲームは、「一人一殺」を掲げ、政財界の要人暗殺を企てた一九三二年のテロ事件をそのままなぞる内容で、実際に暗殺された井上準之助《いのうえじゅんのすけ》や團琢磨《だんたくま》だけでなく、ターゲットとしてリストアップされていた西園寺公望《さいおんじきんもち》や幣原喜重《しではらきじゅう》郎《ろう》、牧野伸顕《まきののぶあき》らすべてを暗殺して、歴史を変えることがミッションだった。

　岸谷は、〝暗殺ゲーム〟に夢中になって、色々と漁っているうちにここに辿り着き、駒田の目に留まることとなった。

　駒田以外の共犯者で、岸谷同様に実行に携わった一人は、そもそも〝指導者〟の実在を疑っていたという。すべてはゲームであり、彼の語る「格差社会を永遠に固定して、貧困層を奴隷化し、吸い上げるだけ吸い上げ続ける富裕層」に対する憎悪も、いかにもな主張で、ゲームと同じノリで賛同し、煽り、暗殺のターゲットとして、政治家や財界人らの名前を進んで挙げていった。その度に、メンバーは盛り上がり、憂さが晴れた。そして、恰《あたか》も本当の暗殺計画であるかのように、その準備を進める緊張感を楽しんだのだという。すべては確かに「ゲーム感覚」だった。

暗殺の方法は、様々なアイディアの末、ドローンによる爆殺と決まった。一度に八機を飛ばして、同時多発テロを起こす計画だった。

実行準備が進み、いよいよ実物のドローンが〝指導者〟から配布された段階で、前述の共犯者の一人は、ひょっとして、と不安を感じた。しかし、それを口にして、ゲームの没入感を台なしにしたくはなく、黙っていた。仮に途中で計画が露見したとしても、飽くまでゲームなのだった。入念に行動調査を行ったターゲットまでドローンを飛ばし、起爆スイッチを押したところで、ミッションは完了である。勿論、本物の爆薬など、搭載されていないはずだった。

実行犯として、〝指導者〟が最初に選んだのは、架空のメンバーたちで、次いで、実体のある四名も指名された。駒田も含まれていたが、すべては彼自身による差配だった。実際に準備されたドローンは二機だけで、更に飛ばされたのは一機だった。つまり、岸谷に渡されたもので、それには、十分に殺傷能力のある量の火薬が積まれていた。

……

僕は、岸谷が本当のところ、どこまでのことを知っていたのかはわからない。報道通り、すべてを真に受け、欺されていたのか、ゲームのつもりだったのか、それとも、本当に殺意を抱いていたのか。――わからなかった。

自棄を起こしたように「イヤになったね。」と語っていた彼の口調には、破滅的な響きがあった。彼はいつも、どこかもどかしそうな話し方をした。それは、僕に本心を明かしたくて、明かせなかったからなのか。それとも、ひょっとすると、そもそも本心を語る言葉を、持ち合わせてはいなかったのだろうか。ティリとも違って、彼は言葉巧みに見えていたが。――

それでもともかく、彼は踏み止まったのだった。何故かはわからない。ゲームじゃないと気づいたからなのか、間違ったことをしていると感じたからか。

幾つかの記事を読んだ後に、僕は初めて、岸谷に手紙を書いた。

体調を気遣い、心配しているというだけの内容だった。初公判は、三月の予定だったが、出来ればその前に面会に行きたかった。

彼が僕に対して、どんな感情を抱いているかはわからない。拒絶されるのでは、という気もした。藤原亮治との面会の日までに、彼からの返事は届かなかった。

＊

作家の藤原亮治は、世田谷《せたがや》区の砧《きぬた》公園近くにある介護付き有料老人ホームに一人で入居していた。面会の日は土曜日で、僕は小田急小田原線で祖師ヶ谷大蔵《そしがやおおくら》まで行き、あとは地図を見ながら、民家が建ち並ぶ細い通りを抜けて徒歩で辿り着いた。

新宿のデパートの地下で、手土産にゼリーの詰め合わせを買っていた。高齢なので、喉につまらせないもの、硬くないものを考えた。アルコールも避けた。迷った挙げ句に時間がなくなり、最後に焦って決めたのだったが、考えるほどに、子供じゃあるまいし、ゼリーなど食べないだろうと、酷い間違いをした気がした。

あまりに多くのことを、彼に尋ねようと抱え込んでいた。僕は緊張していた。施設は、築十年くらいの五階建てで、一見すると、普通のマンションのようだった。約束は二時だったが、七分ほど早く着いたので、一旦、建物を素通りして時間を潰した。少し先まで行って戻って来ると、歩いたせいというばかりでもなさそうな大きな心拍を感じた。

受付で面会の約束を告げると、書類に名前や住所を書かされた。

「藤原先生ですね。——はい、石川朔也さん、どうぞ。」

職員が、僕を彼の部屋まで案内してくれた。ロビーにはピアノが置いてあったが、人気《ひとけ》がなく、奥の食堂らしい部屋では、介助を必要とする老人たちがゆっくり食事をしていた。

「——出版社の方ですか？」

エレベーターに乗って、しんとなった後に職員に尋ねられ、僕はただ、「いえ。」と答えた。

部屋は四階で、廊下では数名の職員が各部屋の掃除をしていた。

呼び鈴を鳴らすと、紺色のセーターを着た藤原本人が、スリッパを履いて出てきた。

「先生、約束のお客様です。」

「ああ、降りて行くつもりだったんだけど。」

「初めまして。ご連絡差し上げた、石川朔也です。」

「藤原です。遠くからわざわざ、ありがとうございます。」

職員は、そのまま挨拶をして立ち去った。

メールでやりとりしていたせいもあってか、藤原は、丁寧に、温和な態度で迎えてくれた。

理知的で隙のない彼の小説の印象そのままの、黒縁の四角い眼鏡をかけていたが、目は穏やかだった。背は、僕と変わらない。数秒間、つくづく僕の顔を見ていたあと、

「どうぞ、靴のままで。狭いですけど。」と中に招き入れてくれた。

簡単なキッチンを抜けると、ベッドと三人掛けの丸テーブル、それに焦げ茶色のソファが置かれていて、それでいっぱいになる程度の広さだった。壁には、『マレーヴィチ展』のポスターが貼ってあった。あとで聞いたが、今開催中の展覧会の図録に短い文章を寄稿しているらしい。

木製の小さな棚には、グラスやコーヒーカップだけでなく、ウィスキーのボトルも並んでいた。窓が大きく開いていて、民家越しに砧公園が見えた。

僕は、テーブルの椅子を薦められて腰掛けた。藤原は、「駅からわかりにくかったでしょう?」などと話しかけながら、マシンでコーヒーを淹れ、チョコレートと一緒に出してくれた。もう八十近いはずだが、自分の今の体なりに過不足のない動きだった。

座って向かい合うと、藤原は、

「今、幾つ?」と尋ねた。

「今年、三十歳です。」

「そう? 若いなあ。お母さんに似てるね。優しい目許が、特に。」

僕は、頷くような、礼を言うような――なぜか――具合にちょんと頭を下げ、コーヒーを一口飲んだ。そして、渡すタイミングを逸していた菓子箱を紙袋ごと差し出した。

「ああ、わざわざ。――ありがとう。」

藤原は、そう言って中をちらと覗くと、開けてみずに小脇に置いた。職員に、編集者なのかと尋ねられたが、そういう来客用になるのかもしれない。

「お母さんは、昨年亡くなったんですか?」

「そうです。」

「そう、……残念だね。一年くらいだと、あなたも寂しいでしょう?」

「はい、……でも、大分慣れました。」

「今は、一人暮らしなんですか？」

僕は何と答えるべきかわからず、「はい。」と頷いた。そして、その曖昧な嘘から急いで遠ざかろうとするように、「あの、……先生は、……」と語を継いだ。

「さんでいいですよ、先生じゃなくて。」

「――はい。……あの、藤原さんは、……母のこと、どの程度、ご存じだったんでしょうか？　母は、先生のファンだと申してましたが、……」

「あなたのお母さんとは、昔、よく会ってました。月に一、二度、八年間くらい。」

藤原はその質問を、当然、予期していた風で、正直に語っている様子だった。仕事の関係とも友人関係とも言わないまま、そこで口を噤んだので、僕も、その意味するところを察した。憶測通りだったことに却って驚いた。

会うなり、いきなり始めるような話だろうかと憚られたが、聞きたいことがたくさんあり、率直に尋ねなければならなかった。藤原の答えも、明らかに、僕に質問を促していた。

「いつ頃ですか、それは？」

「もう随分と前ですよ。あなたが小学生の頃までは、よく会ってました。あなたには会ったことがなかったけど。」

藤原は、ゆっくりとクッションを挟んだソファの背もたれに体を預けた。

僕は、当時の母の横顔を思い返そうとしたが、咄嗟のことで、朧《おぼろ》だった。それでも、二人の逢瀬《おうせ》を想像して、僕が終《つい》に知ることのなかった母を、街中で偶然、目にしたような奇妙な感じがした。

藤原のしみの多い、骨張った手の甲を見ながら、愛人も歳を取るのだ、という珍妙な一文が心に浮かんだ。そして、「愛人」という呼称でいいのだろうかと考えた。

母は既に死んでいる。そして、母と肉体的な喜びを分かち合った男性は、今は老体となって、老人ホームの一室で、僕の目の前に座っている。――その単純な事実に、何となく胸を打たれた。

「藤原さんは、……ご家族は？」

「妻は他界しましたが、息子と娘が一人ずつ。どっちも今は、海外で働いているので、会うのは年に一回くらいですが。……もう四十三歳と四十一歳かな。孫もいますよ、どっちにも。」

「……そうですか。」

僕は恐らく嫉妬を感じ、それを打ち消そうと、またコーヒーに口をつけたが、カップを皿に戻す時には、震えるような音がした。

「藤原さんが、母と会ったのは、僕が生まれたあとなんですか？」

藤原は、僕のこの問いを、最初、文字通りに受け取っていたが、すぐにその含むところに気づいたらしく、

「そうです。あなたはもう、保育園に通ってましたから。」と言った。

そして、僕の思い違いに理解を示すように、少し間を置いてから、

「あなたは、自分のお父さんのこと、知りたいんじゃないですか？」

と単刀直入に尋ねた。語るべきことを語ってしまおうとしているのは、彼も同じらしかった。

「あなたのお母さんは、いつかあなたが、自分の出生について疑問を抱くようになることを、心配してました。」

僕は、自分が抱いてきた一つの考えを、その口調から、最終的に放棄することになった。そして、もしそれが事実だったならば経験するはずだった、大きな葛藤を伴う会話を、せずに済むことに安堵しつつ、その荒唐無稽に羞恥と寂寥《せきりょう》を覚えた。

「……今はもう、違うとわかっていますけど、……僕は藤原さんが、自分の父親なんじゃないかと思っていた時期があります。」

冗談めかしてそう言うつもりだったが、頬は強張ったままだった。藤原は、笑うことなく頷いた。

「あなたの立場だと、色んなことを思うのも当然でしょう。――お母さんからはね、当時、子育ての相談も受けていました。それは、本当なら、父親の役目なのでしょうけど。」

僕はふと、母が僕を理解するために、いつも口癖のように言っていた、「朔也は優しいから」という言葉を思い出した。藤原は先ほど、僕を見て、「優しい目許」と言った

が、ひょっとすると、我が子の不可解さを相談する母に対して、「朔也君は、優しいんだよ、きっと。」という理屈をつけたのは、藤原だったのでは、という気がした。

母にそう言われて、少年時代の僕は、どんなに慰められ、自尊心を守られたことか。けれども、藤原がその言葉で慰めようとしていたのは、その実、孤独なシングル・マザーだった母だったのかもしれない。

「……僕の父は、一体、誰だったんでしょうか？」

僕は、膝に置いた掌に汗を感じながら尋ねた。藤原は、微かに音を立てる補聴器の具合を気にしながら――僕はそれに、この時、初めて気がついた――首を横に振った。

「誰かはわかりません。僕は事情を知っているだけです。」

「母は僕には、東日本大震災のボランティアで知り合った男性と恋愛関係になったと言ってました。その人の考えで事実婚だったけど、僕が生まれたあと、結局、三年後に別れてしまった、と。僕は、その人のことはまったく覚えていません。」

「あなたのお母さんが、震災のボランティアに参加していたのは、本当だと思います。ただ、その時に親しくなったのは、女性なんです。」

「女性、……ですか？」

僕は目を瞠った。藤原は誤解の余地なく頷いた。

「気が合って、友達になったようです。同じ氷河期世代で、どちらも正社員だったから、世間的には羨ましがられる立場でしたけど、それだけじゃないですから。――特に、結婚できない、ということで共感し合ったようです。過労で、出会いもない、と。……ただ、あなたのお母さんは、結婚というより、子供が欲しかったんです。四十代に差し掛かって、焦る気持ちで苦しんでいた時に、震災を経験して、直接被災したわけじゃなかったけど、やはり、死生観を揺さぶられたんでしょう。それから、どう話し合いが進んだのかはわかりません。とにかく、二人で共同生活をしながら、子供を作って育てるという計画を立てたようです。」

「あの、……それはどういうことですか？　母は同性愛者だったんでしょうか？　いや、……何て言うか、同性愛者でもあったんですか？」

「僕には、違う、と言ってました。その女性に対するお母さんの本当の気持ちはわかりませんが。……ただ、心から理解し合える友達と共同生活をしながら、一緒に子供を育てたいと考えたようです。恋愛感情を抜きにして。実際、そういう形態の家族も、今ではいるでしょう？　当時はまだ、珍しかったと思いますけど。」

「……ええ。」

突飛な話だったが、僕は、三好と母との友情が、この時、少しわかった気がした。三好はともかく、母は彼女に、その昔の友人の姿を見ていたのかもしれない。そして実際、僕と三好との共同生活も、性別こそ違え、きっと同じ可能性があったのだった。母が生きていたなら、彼女との「シェア」について何と言っただろうか。……

「そうだとして、……僕はどうやって生まれたんですか？」

「第三者の男性から、精子の提供を受けた、と僕には説明していました。」

藤原は、いかにも世に通じた作家らしい態度で、無感動に、抑揚もなく説明した。

僕は、相槌を打とうとしたまま動けなくなっていた。その隙に、言葉は、見知らぬ無遠慮な訪問者のように、勝手に僕の中に入ってきて、何喰わぬ顔で胸に居座った。

そのまま、しばらく僕は黙ったままだった。胸の奥では、何かしきりにおしゃべりが続いていたが、それを聞き取ることは出来なかった。要するに、そういうことは、必ずしも珍しいわけではないじゃないか、とでも言っているのだろう。平凡なことだ、と。

「そうですか。……それは、精子バンクとか、そういうのですか？」

「病院を通じての非配偶者間の人工授精は、男性の不妊治療に限定されてますから、お母さんたちは、それは利用できなかったんです。あれは、提供者の条件が、非常に細かく定められているようですね。……お母さんが紹介されたのは、私的にそういう活動をしていた男性だそうです。」

「……それが、僕の父親ですか？」

「生物学的には、そうでしょう。」

「誰ですか？」

「それは、聞いてません、僕も。」

「だけど、……病院も介さずに、どうやって妊娠したんですか？」

「男性が自分で採取したものを容器に入れて、送ってくるんですって。」

「そんな方法で、妊娠するんですか？」

「難しいみたいです、高齢になると特に。僕も詳しくは聞いてませんが、性交渉のケイスも、当然あるようです。」

　事実は、僕が事前に想像していたのとは、凡そ懸け離れていて、「父親」という言葉さえ恐らく不適当だった。僕は、母がそんな方法で妊娠を試みていたと知って、驚くとともに、何か痛ましいものを感じた。

　動揺が大きすぎて、僕は却って、その事実に留まり続ける力を失っていた。深く考えようとしても、麻痺したように手応えがなく、自分の中に渦巻いているものを、どう言葉に置き換えたらいいのかわからなかった。

「じゃあ、その男性は、……母以外にも精子を提供していたんですか？」

「お母さんは、二十人以上に無償提供している信頼の出来る人だったと言ってましたね。」

「信頼？……じゃあ、この世界には、僕とよく似た人間が、二十人以上もいるんですか？　母親の違う兄弟が？」

「兄弟と呼ぶかはともかく、遺伝子的には。でも、女性も勿論、いるはずですよ。――色んな条件で生まれてくる人がいます。大事なのは、現に今あなたが生きているという事実ですよ。」

僕は、藤原のその真《ま》っ当《とう》すぎる慰めに少しく反発し、それを敢えて聞き流すように、話を進めた。

「その母の友人はどうなったんですか？」

「あなたが生まれる直前に、いなくなってしまったようです。」

「どうしてですか？」

「お母さんのおなかが大きくなっていくのを見て、恐くなったんでしょう。逃げた、とお母さんは言ってましたが。」

「じゃあ、……母はその友人に取り残されて、独りで僕を産んだんですか？　堕胎《だたい》せずに？」

「堕胎はもう、出来ない時期だったようです。ただ、出来てもしなかったと言ってました。」

そのまましばらく沈黙が続いた。

頃合を見て、藤原は、「もう一杯、飲みますか？」と、コーヒーを淹れ直してくれた。僕は自分がすべきだと立ち上がりかけたが、制せられた。

母の子供として、僕に親切に接してくれていることを感じた。そして、あまりに強くその道行きを縛められている会話を解きほぐすように、彼は、思い出話を交えながら、近年の母のことを尋ねた。

元々、母は、藤原のファンで、サイン会などに足を運んでいるうちに親しくなったそうだが、長く続いた関係の割に、別れははっきりしたものではなく、次第に疎遠になっていったと藤原は言った。

最初の会社を、体調を崩して辞めた後、望ましい転職に恵まれなかったということまでは彼も把握していたが、最後は、旅館の下働きをしていたと言うと、声もなく、小さく何度か頷いた。

廊下を、職員たちが何か話しながら通り過ぎていく音が聞こえた。

その後、今住んでいる場所だとか、母との旅行のことだとかをしばらく喋り、藤原の最近の生活のことも聞いた。

僕は依然として、現実の中にいないような、ぼんやりした感覚だったが、少し気持ちが落ち着いてきたところで言った。

「……母は結局、僕に何も言わずに亡くなってしまいました。」

「急な事故だったんでしょう、最期は？」

「結果的には。でも、——本当は、〝自由死〟を望んでいたんです。」

藤原は、まるでたった今、母からその決意を聞かされたように驚いた。そして、天を仰ぐと、微かに声を漏らしながら嘆息した。

それは、僕に対してこれまで見せていたのとは違う、もっと親密な、率直な表情で、恐らく、二十年間も、彼の中に仕舞い込まれていた母向けの顔なのだった。

「ただ、……僕は反対しました。そのうちに、事故に遭って。……僕は今も、母がどうして〝自由死〟を望んでいたのか、わからないんです。『もう十分』だと、母は言いました。だけど、一体、何が十分だったのか。……」

奇妙なことに、僕はこの時、本当に母の心境は、そんなに理解し難いのだろうかと、初めて感じた。僕には、何がわからないのだろう？　そう思うのは、母が隠していた出産に関する事実を知ったからなのだろうか？

「……藤原さんは、母から〝自由死〟の希望を聞いたことがありましたか？」

「ないです。僕があなたのお母さんと会っていた頃は、まだあなたも小さかったから、そんな考えは過らなかったでしょう。――寧ろ、その願望を語ったのは、僕の方です。」

「……。」

「死の自己決定権の話をしました。この問題を、社会的弱者にのみ押し付けるのは、許されないことです。必ず悍《おぞ》ましい議論になります。考えるべきは、そもそも人類に、その権利を認めるかどうかです。お母さんとは、そんな深刻な話もよくしたんです。――人間は、一人では生きていけない。だけど、死は、自分一人で引き受けるしかないと思われている。僕は違うと思います。死こそ、他者と共有されるべきじゃないか。生きている人は、死にゆく人を一人で死なせてはいけない。一緒に死を分かち合うべきです。――そうして、自分が死ぬ時には、誰かに手を握ってもらい、やはり死を分かち合ってもらう。さもなくば、死はあまりに恐怖です。」

藤原は、当時を回想する風に、静かに僕に語りかけた。それは実際、まさに母が望んでいたことであり、その相手として僕は選ばれ、そして、それを叶えてやることが、僕には出来なかったのだった。

「そのために、……死の予定を立てる、ということですか？　看取ってくれる人と、スケジュールを調整するために？」

「人生のあらゆる重大事は、そうでしょう？　死だけは例外扱いすべきでしょうか？　他者と死を分かち合うというのは、臨終に立ち会うだけじゃない。時間を掛けて、一緒に話し合う時間を持つ、ということです。」

「……一人の人間が、もう死んでもいいと思えて、相談された側がそれに納得する。——それは、どういうことなんでしょうか？」

「不治の病、年齢的なもの、……生の限界が見据えられていて、その延長の是非を真剣に検討させられる状況でしょうね。僕だって、そう先は長くないんだから、予定が立てば、最後に子供や孫たちとも、お別れが出来ます。」

藤原は、微笑して言った。僕は、彼のそうした自覚に対して、一種の憚りを感じたが、それでも、どうしても訊きたかった。

「その是非は、……本当に当人が自由に考えられるんでしょうか？　こんなに格差が開いて、貧しい人や病気の人は、社会の厄介者扱いにされていて、……僕は、母がなぜそう思ったのか、わからないんです。母は健康でした。それがずっと苦しみでした。年齢もまだ七十歳でした。ただ、経済的には不安でした。僕のことも、……心配していました。……」

「僕は晩年のあなたのお母さんとは連絡を取っていなかったから、何とも言えません。でも、七十歳は若すぎるね。……あなたの言われていることは、その通りですよ。だからこそ、僕は、社会から死を強制されないために、時間を掛けて、死について親しい人と語り合うべきだと言うのです。」

「心の底から満足して、『もう十分』と言う人もいれば、深い絶望感から、『もう十分』と言う人もいます。苦しんでいる人は、励まして、『まだ十分じゃない』と勇気づけるべきですか？　それともそのまま理解すべきでしょうか？　寧ろ、〝心の持ちよう〟だと、慰めるべきですか？　どんな状況にでも、僕たちが満足できる何かを見出してしまうのなら、現実は永遠に変わらないです。それは、この世界を好きなように弄んでる人たちにとっては、あまりに好都合です。不幸は不幸、貧乏は貧乏！　だけど、当事者たちが、不幸でも貧乏でも、心安らぐ術を知ってしまえば、社会には何の波風も立たないです。それだとあまりに救いがなくて、……わからないんです、僕は。」

僕は、混乱していた。母のことを話しているつもりだったが、同時に、自分のことを話していた。自分で言っていることに対する答えを、何もかもわかっている気がしながら、そうではないと否定されたがっていた。

藤原は、相槌を打つと、僕の言葉が続かないのを見てから口を開いた。

「〝心の持ちよう主義〟というのは、僕が自分で言ったことじゃないんです。僕への批判ですが、僕自身は、流石《さすが》にもう少し複雑なことを書いてきたつもりです。――勿論、現実の不正義は正すべきです。そのための行動を僕は賞賛しますし、人間の認識、社会の認識が良い方向に変化するように、小説を書いてきました。……しかし、誰もがその行動を起こせるわけではないし、起こしても、現実がすぐには変わらないこともある。何度も戦って傷つき、『もう十分』という人もいますね。僕の文学は、もし、そういう人たちのための、ささやかなものだったと見做されるならば、それは喜びです。」

「……母は、そういう藤原さんのお考え通り、一生、何か、端《はた》から見た現実とは違う現実の中で、幸福感を抱いていたのでしょうか？」

「それはね、……でも、逆なんです。」

「――逆？」

「影響を受けたのは、僕の方なんです。あなたのお母さんは、子供が欲しいけど、結婚は間に合わないという現実を、社会の常識に抗《あらが》って、変えようとしましたね。僕には彼女の生きている物語が、鮮烈に感じられました。だから、惹かれたんです。――けれど、その新しい人生の計画は、友人の裏切りで挫折しました。彼女は、僕の本に、慰藉《いしゃ》を求めていました。僕は、小説家としてそのことに心を打たれたんです。そして僕は、あなたのお母さんに、現実を変えるために、もっと努力しなさいとは言えませんでした。これは人が人と向かい合った時の、決して抽象的でない感情です。――初期の僕の作品には、半ば無自覚の、エリート主義的な欠点が露わでした。僕は、その時代に書いたものを否定します。僕は、あなたのお母さんとの関係を通じて、小説家として、自分は優しくなるべきだと、本心から思ったんです。僕の作風の変化については、色んな人が色んな理屈をつけましたけど、一番大きかったのは、それです。今、あなたに初めて言うことです。……」

藤原は、そう言ってから口を結んだ。僕は、その言葉を反芻《はんすう》しながら、彼の沈黙を共有した。そこには確かに、母の存在が染み渡っている気がした。

彼の目許には、俄かに疲労の色が挿してきていて、僕は長居しすぎてしまったことを感じ、反省した。まだ話したいことはあったが、慎むべきだった。

そろそろ、というのは、藤原の方も、感じている風で、時計に目を遣り、話に区切りをつけるように、姿勢を改めながら言った。

「しかし、……七十歳という年齢で、あなたのお母さんが〝自由死〟を願い、それに僕の本と僕の存在が影響を及ぼしているのなら、……何かが間違っているのかもしれない。あなたの訪問の意味と併せて、それを書く時間が、僕に残されているかどうか。」

僕は、どう答えるべきかわからず、正面からの返答を避けた。

「長時間、お時間を作ってくださって、ありがとうございました。今頃になって、二十年も連絡を取ってなかった母の話を真剣に聴いてくださって、感謝しています。」

「あなたのお母さんは、特別だったから。僕の人生の中でも、今改めて振り返りたい時間です。本当に懐かしい。……」

それから、頭を下げて席を立った僕に、藤原は、自らもゆっくりと腰を上げて、僕の二の腕に手を宛がいながら言った。

「がんばりなさいよ。あなたが今、『もう十分』と言って〝自由死〟を願うとしたら、僕は全力で止めます。あなたが現実を変えようとして努力をするなら、応援します。

——またいらっしゃい。今度はあなたの話を聴かせてください。」

＊

藤原亮治との面会の翌日は、日曜日だった。

僕は独りで、パンとリンゴだけの遅い朝食を取ったが、皿を片づけていると、三好から話があると声を掛けられた。彼女も今日は非番らしかった。

僕は洗い物を済ませてから、テーブルの彼女と向かい合って座った。窓の外の薄曇りの空の様子を見ていたその表情から、緊張しているのがわかった。

「あのあと、イフィーと話し合って、つきあうことになったの。それで、色々お世話になったけど、明日、彼の家に引っ越そうと思ってて。荷物もほとんどないし、彼が大型のタクシー、手配してくれたから、ひとまずそれにスーツケースを積んで。」

僕はここ数日、彼女がいつ、この話を切り出すだろうかと考えていたので、決断自体には驚かなかった。気の早い室内の静寂は、明日からまた独りになるということの寂しさを、頼みもしないのに、もう僕に予告していた。

「良かったです。そうすべきだと思ってましたので。荷物は、僕も手伝います。運びきれなかった分は、あとから僕が持って行ってもいいですし。」

「ありがとう。朔也君に助けてもらって、本当に救われたし、感謝してます。」

「こちらこそ。短い時間でしたけど、僕も楽しかったです。」

僕たちは、お互いにぎこちなく微笑んだ。僕は、ただ沈黙を厭う気持ちのためだけに発する次の言葉が、間違いなく余計な一言となる気がして、自室に戻ろうとした。三好は、それに慌てたように、

「結局、わたしの過去については、まだイフィーに話せてないままなの。」と言った。

僕は、既に立ち上がってしまっていて、彼女を見下ろすような自分の目の高さを持て余した。

「それは、……いつか話せる時が来れば、でいいんじゃないですか？　今の三好さんを、彼も好きになったわけですし。言いたくなければ、一生、黙っててもいいと思います。」

「……うん。疚しい気持ちは、やっぱりどっかで、あるんだけど。――旅館の仕事も辞めるつもり。」

彼女は、少し安心したように言った。僕は、何故そんなことを、わざわざ今、口にしたのかを考え、やはり遠回しに、僕が秘密を守ることを確認せずにはいられなかったのではないかと察した。そして、その口止めしたい心情を理解した。――ただ、寧ろ彼女が、やや不自然に旅館の仕事に触れたことの方が何となく引っかかり、ゆくりなくも、これまで思ってもみなかった疑念を抱いて息を呑んだ。母と三好は、本当にそんな旅館で働いていたのだろうか？　母が任されていたという従業員のシフトの管理とは、何かまったく違った仕事の話だったのではあるまいか？……

――しかし、それはさすがに邪推だと、僕は自分の考えを打ち切った。

正直なところ、藤原との面会がなければ、彼女の決断から僕の被った打撃は、もっと直接的に大きかっただろう。しかし、昨日来、僕の心を占めている混乱は、倍加されるというより、却って幾分、相殺された気がした。苦悩するのにも、一種の集中力が必要なのだった。

本当に身に応えるのは、明日、彼女がいなくなってからだろう。

＊

藤原亮治には、昨夜のうちにメールで、訪問を歓迎してくれたことの礼を伝えていた。その返事が午後に届いた。僕は、あの施設の一室を思い浮かべ、そこで彼が、僕のメールを読み、考え、返信を書こうとしていた姿を思い描いた。

彼は、僕との会話を「楽しかった」と書いてくれ、続けて、こう記していた。

「あなたのお母さんが、拙作を読み続けてくれていたというのは、思いの外のことでした。

長く続いた関係でしたが、最終的に、それを終わらせたのは、お母さんの方です。そのことは昨日、お伝えすべきでした。彼女の罪悪感を宥めていたのは、僕の欺瞞です。彼女の後半生には、それも影響したのかもしれません。」

藤原との会話の中で、僕は、海外で生活しているという彼の子供たちに、一種の嫉妬を感じていたが、彼らからしてみれば、母は存在すべきでなかった人なのだった。そして、僕はと言うと、藤原の前に、今更出現すべきでない、その遺児だった。

僕は迂闊にも、初めてそのことに思い至り、「またいらっしゃい。」という彼の厚意を、真に受けてはいけないのだと考え直した。

藤原にとって僕は、一個の秘密であり、機嫌を損ねれば、一転して脅威ともなり得る存在なのだった。

勿論、僕はそんなことは望まない。世間から見れば、藤原は家族に対しては不誠実で、母に対しては身勝手な人なのだろうが、僕は不思議とそのことに反感を抱かなかった。

彼から嫌われたくないと感じていたし、第一、彼の秘密を暴露すれば、外《ほか》でもなく僕自身の人生が、立ちゆかなくなってしまうだろう。それは何よりも、母を悲しませることだった。

藤原のメールには、もう一つ、僕がこれまで漠然と予感していながら、晩年の母とは必ずしも結びつけて考えていなかったことが書かれていた。

『『もう十分』という言葉を聞いて、僕は、あなたのお母さんと初めて長い会話を交わした時のことを思い出しました。彼女はその時、同じことを口にしたのです。『もう十分』だと思いつめていたこともあったけれど、子供も生まれて、今は希望を持って生きています、と。

あの時、もし死んでいたなら、という思いは、その後も長く、彼女の心の中にあったようです。」

しばらくその意味するところを考えていて、僕は不意に、「お母さーん！」と叫んで自爆する戦友たちの記憶を語った、あの老人のVFの言葉を思い出した。

「あの時、一度、なくしたはずの命だと思えば、私はもういつ死んでも満足です。」

母が七十歳で、改めて「もう十分」という言葉を口にした時、胸に抱いていたのは、それと近い心境だったのだろうか。……

そして、藤原が最後に記していた次の言葉が、いつまでも僕の心から離れなかった。

「最愛の人の他者性と向き合うあなたの人間としての誠実さを、僕は信じます。」

藤原に次いで、イフィーからも連絡があった。三好への思いの成就についての報告であり、文面の全体に、ほとんど呆然とした態《てい》の喜びが満ち溢れていた。

「言葉に出来ないくらい幸せです！
朔也さんには、本当にお世話になりました。彩花さんを紹介してくださって、心から感謝しています。また会った時に、ゆっくりお話しさせてください。
仕事ですが、差し支えなければ、明日からまた出勤してほしいのですが、予定はいかがでしょうか？　二週間も空いてしまい、すみませんでした。朔也さんに、以前に相談していた慈善事業の方を手伝ってもらいたいと思っています。」

僕は、イフィーの本心に、幾ばくかの疑念を抱きつつ、返信にはただ、
「三好さんからも聞いてます。よかったですね。紹介者として、僕も嬉しいです。
仕事の件、改めて相談させてください。今週前半は予定があり、出来れば、水曜日から、また出勤したいのですが。」

と手短に書いた。

イフィーからは、すぐに折り返し、承諾の連絡があった。

僕は、三好がいるイフィーの自宅に出勤する新しい生活を想像した。考えるべきことが、あまりにも多い午後だった。

＊

三好の提案で、僕たちはその晩、久しぶりに豆乳鍋を食べた。一緒に買い物に行き、料理をした。頬が悴《かじか》むような寒い日で、僕は買い物袋を持つ手を時折入れ替えては、空いた方の手をポケットの中で温めた。

「なんか、時間が経つの、速かったけど、ここで初めてこの鍋作ったのも遠い昔のことのような気もする。……わたし、避難所から移ってきてすぐ、お腹壊したよね？　朔也君に数日、看病してもらって。」

「そうでしたね。腸炎でした。」

僕たちは、煮立った湯気を挟んで、思い出話に耽った。二人で缶ビールを注ぎ合って飲んだ。

豆乳鍋を食べたのは、メロンの一件のあとで、酷く疲弊していた日だった。それからしばらくは、古紙回収の仕事をしていたが、あの日々を、〈母〉とだけで過ごしていたならば、僕は、どんなに惨めだっただろうか。

僕は彼女の存在から、既に十分に、恩恵を受けていた。

意外と、早く片づいた夕食だった。

食器を洗うと、この日は僕が先に入浴した。パジャマに着替えて、リヴィングに戻ってくると、三好はヘッドセットをつけて、〈母〉と話し込んでいた。ここを出て行く報告をしているらしい。その気になれば、三好はいつでも、どこからでも、〈母〉に会えるのだったが、ひょっとすると、これを機に〝お別れ〟のつもりなのかもしれない。僕は、自分で〈母〉にその煩わしい説明をせずに済んだことに少し安堵した。

一旦、自室に戻り、昨日の藤原亮治との対面以降、胸に蟠《わだかま》っている感情を整理しようとしたが、うまく言葉にならなかった。

三好は、十一時くらいには、もう入浴も終えて、部屋に戻った様子だった。リヴィングには、彼女が一旦立ち寄ったらしいシャンプーの香りが残っていた。

僕は、冷えかけた部屋にまた暖房をつけて、コーヒーを淹れた。ソファでゆっくり飲んだあとで、マグカップを置き、ヘッドセットをつけた。

目を閉じ、開けると、〈母〉が、つい今し方までは無人だったテーブルで、独り縫い物をしていた。

「――何してるの?」

「服のボタンが取れちゃったから、つけてたのよ。――丁度、終わったところ。」

そう言って、〈母〉は玉留めをした糸を切り、顔を上げた。

「そう言えば、三好さん、引っ越すんだって？　さっき聞いたのよ。」

「ああ、……そう。明日、手伝う予定。そんなに荷物もないけど。」

「そう？……朔也はそれでいいの？」

三好は一体、〈母〉とどんな話をしたのだろうか？　以前にもあったことだが、彼女は〈母〉を介して、僕に何かを伝えようとしているのではあるまいか？

〈母〉が勝手に、そんな心配をするはずがなかった。しかし、若い男女が二人で一緒に住んでいて、片方が出て行くとなれば、普通に詮索することなのかもしれない。

「いいも何も、本人が決めることだから。」

「そうだけど、寂しくないの？」

「別に。イフィーの家で、いつでも会えるから。……お母さんもいるし、同居人が必要になったら、また、探すよ。」

〈母〉は、納得したように頷いて、それ以上は、僕を気づかうように尋ねなかった。僕は咄嗟に、視線を下に向けてしまった。〈母〉はそれを見て、僕が悲しんでいると判断したのだった。

〈母〉を心配させないために、僕は、意識して表情を和らげた。そして、

「藤原亮治さんに会ってきたよ。」

と切り出した。〈母〉は、パッと音がしそうなほどに、たちまち笑顔になった。

「その話を聞きたかったのよ。どうだった？」

「うん。……すごく親切だった。お母さんのことも、懐かしがってたよ。」

「あら、そう？　お母さんのこと、覚えてくれていたの？」

〈母〉は少し驚いたような、探るような目つきで尋ねた。

「うん。……お母さん、昔あの人と親しくつきあってたんだって。八年間。僕が小学生の頃まで。」

　僕は憚りから、やや曖昧な言い方をしたが、〈母〉はその言い回しを理解できない様子だった。

「愛人だったんだって、藤原さんの。」

「ごめんなさい、お母さん、ちょっとよく、わからないのよ。」

「……お母さんが、藤原さんと、恋人としてつきあってたってこと。藤原さんには家族がいたけど。」

「そうなの。……」

「恋人」というのは、母と藤原との曖昧な関係を表現するには、恐らく不適当で、二人は寧ろ、そう呼ばれるべき関係を慎重に避けていたようだが、僕は〈母〉の中のＡＩに理解させるために、敢えてそう単純化した。それでも、〈母〉の表情は、滑稽なほどちぐはぐで、哀れを催させた。

　僕は、しばらく黙っていたが、ふと思い立って、こんな提案をした。

「お母さん、これから、滝を見に行かない？」

「滝？　どこに？　こんな遅くに？」

僕は、操作画面を引っ張り出して、仮想空間の中の河津七滝を検索した。そして、〈母〉と一緒に移動して、〈母〉にもその景色が認識できるように設定した。「大滝」という、最も大きな、僕がその帰り際に、母の〝自由死〟の意思を告げられた滝を選んだ。

また目を閉じ、少し待ってから開くと、眼前に、初夏の光を無数の細かな十字に煌めかせる滝が現れた。

緑が覆う岩壁の隙間から、轟音を立て、白く砕けた水が流れ落ちてくる。滝壺の上には、虹の断片がちらついている。木々のトンネルを潜って、彼方に向けて流れ出す川も、岸辺に作られた露天風呂や脱衣所も、精巧に再現されていた。

僕たちは滝壺の縁に移動して、その場に二人で腰を卸した。本当なら、飛沫《しぶき》が降り注いで、とても座ってなどいられないはずの場所で、実際、濡れた岩に座って、尻にその冷たい感触がないのは、妙な感じだった。

「まぁ、……すごい滝ねぇ。」

「僕は、前にも一度、お母さんをここに連れてきたことがあるんだよ。リアル・アバターとして。」

「そうだったかしらね、ごめんなさい、お母さん最近、物忘れがひどくて。」

仮想現実の滝は、実物よりも目前に迫って見えた。記憶の中の滝と混淆《こんこう》し、僕自身の体が、あの四年前の自分との区別を失っていった。

しばらく言葉もなく、盛んに溢れ出す滝を見つめていた。

中ほどに大きな岩の突出があるらしく、それを打って、爆発的に膨らむ様も、あの日、見た通りだった。

花になるはずが、なりきれないまま崩れ続けるかのように、その白い花弁めいた飛沫は、ゆっくりと折り重なるように周囲に散ってゆく。それが絶え間ないことに、僕は胸を締めつけられた。

僕は、あの時なぜ、母が河津七滝に来たがったのかという長年の疑問に、不意に答えを得た気がした。母は、かつて藤原亮治と一緒に、ここを訪れたのではあるまいか。『伊豆の踊子』で有名な場所だからと、僕に説明したのと同じ理由で。

滝の音には、岩肌に反響する力強い響きがあった。それが、木々の緑に濾過《ろか》されながら、青空に昇ってゆく。

僕は、〈母〉と話すために、滝の音を少し落とした。囁《ささや》くほどに絞られた大音量が、僕たち親子に、会話の場所を開いた。

「お母さんが、忘れてることがたくさんあるよ。……藤原さんに、僕の出生を巡る話、聞いたんだよ。……」

「どんな話？」

僕は、傍らの〈母〉の目を見ながら、彼から聞いたままを伝えたが、〈母〉はまったく、その内容を理解できなかった。

「ごめんなさい、お母さん、その話は、ちょっとよくわからないのよ。……」

〈母〉は、何度もそう繰り返した。〈母〉の中のAIは、その混乱を、在《あ》り来《き》たりな動揺の表情で示しながら、健気《けなげ》に新たな学習に努めていた。

生きていた母ならば、今こそ、その本心をありありと湛えた表情で、僕と真剣に向き合ったのではなかったか。

〈母〉が、今よりもっと本質的に母らしくなるためには、僕は根気強く、この学習につきあってやらねばならなかった。そうすれば、僕はいつか、本当の母が発したであろう言葉と限りなく近い答えを、〈母〉から耳にするのかもしれない。〈母〉はそれを、僕の心を激しく揺さぶるほど自然に、口にしてくれるのではあるまいか？……

しかし、僕は寧ろ、〈母〉との関係を終わらせる時が来たのかもしれないと、この時、感じていた。しばらく前から、薄々考えていたが、それはまさに、今なのかもしれない。

僕は、操作画面を開いて、傍《かたわ》らから〈母〉の姿を消した。〈母〉は、驚いた顔を作る暇《いとま》もないまま、僕を見つめながら消えた。

最初から一人だったのに、僕はまるで初めて気づいたかのように、一人であることを、しんみりと感じた。奇妙な錯覚で、この滝の仮想現実の外側には、《縁起》のあの巨大な宇宙空間が広がっているような気がした。

多分、寂しさから、僕はまた、少しだけ滝の音を大きくして、その凄まじい水の落下を見つめた。本物の滝は、今は冷え切った冬の深夜の山中で、誰の目にも触れることなく、暗闇に轟音を鳴り響かせているはずだった。……

僕は、自分の出生について、膝を抱えながら考えた。そして、これまで味わったことがないような、深い孤独を感じた。それは、出産時の母の孤独と、分かち難く結び合っているように思われた。

藤原は、作家らしい態度で理解を示したが、僕はどう考えてみても、自分の生物学上の父という存在に、親しみの感情を持てなかった。

善意という考え方もあろうし、祝福されて誕生した人もいるだろう。その人たちは恵まれている。しかし、自分に関して言うならば、僕はこの体に、何か酷く不真面目な、軽薄なものが混じっているという嫌悪感を、どうしても拭いきれなかった。

その男が、今も生きているのか、もう死んでいるのかはわからない。しかし、いずれにせよ、その顔は、恐らく僕とよく似ているのだった。きっと、僕の顔が母に似ていなかった、その分だけ。

母は、僕の顔を見ながら、時折、彼を思い出しただろうか？　どんな風に？　その度に、慌てて、記憶を塗り替えようとするかのように、藤原亮治を思い出していたのではなかったか？　僕が彼を、本当の父だと信じそうになっていたのは、そうした母の願望の反響なのかもしれない。

その男の子供が、二十人以上いるのだという。女性もいると、藤原は言った。貧しい人もいれば、金持ちもいる。病気の人も健康な人も、きっと。――彼らは、自身の出生の事実を、母親から知らされているのだろうか？……

僕が生まれる前も、生まれた時も、生きている今も、死んだあとも、この滝は、ただこんな風に、木々の緑を破って、昼夜の光と闇を潜り抜け、流れ落ちている。そのことが、しきりに何か、意味を問いかけて来るようだったが、僕はただ、時の流れの神秘的な顕現《けんげん》を目の当たりにしているような、呆然とした心地に閉じ込められたままだった。

自分の両親について知っているということが、一体、何になるのだろうと、蹌踉《よろ》めくような足取りで、それから僕は考えた。

大抵の人間は、祖父母くらいまでは知っている。しかし、五代前の先祖も、二十代前の先祖も知らない。

何万年も昔、アフリカから溢れ出したホモ・サピエンスは、移動しつつ、留まりつつ、世界各地で爆発的に繁殖した。その肉体から肉体へと乗り換える遺伝子のリレーの道行きには、凡そ許されざるべき男も、数多《あまた》、存在したことだろう。不本意な妊娠をした母たちが、どれほどいたことか。しかし、もし僕に、過去に遡って、その間違った関係の一つでも喰い止めることが許されるならば、僕はもう、この世界に存在しないのだった。

……

藤原を通じて、僕は母の人生を、一人の女性の人生として見つめ直していた。その心の色合いは、僕がずっと見定めたいと願っていたよりも、遥かに複雑に混ざり合っていた。

僕は母に訊きたかった。友達に裏切られ、思い描いていた共同生活の計画が――何て早まった計画だろう！――破綻した時、本当に、僕を堕胎しようとは思わなかったのか、と。

母は、この僕が生まれてくるとは知らなかった。ただ、誰かが生まれてくることだけを知っていた。だから、この僕が、母に堕胎を思い止まるように呼び掛けることは出来なかったのだった。母は、では、その誰かに制止されたのか？　そして、その誰かを、自分の子として生みたかったのだろうか？――

僕は自分が、おかしなものの考え方をしている気がして、そこで立ち止まった。そして、また始めからやり直した。

母はただ、子供が欲しかったのだった。「もう十分」と思いつめた果ての、一つの平凡な願望として。そして、その欲しいものを、自分の体を使って生み出したのだ。僕は改めて、その単純な事実に感嘆し、目を瞠り、心から敬服した。

　しかし、母が堕胎しなかったのは、この僕だとわかってのことではなかった。

　独り残された母は、その自分の欲しかったものに、「朔也」という名前をつけた。そして、「朔也」は、成長とともに、次第に僕になっていった。母は、そのことを、どう感じていたのだろうか？　「英雄的な少年」たちがいなくなったあと、独りで高校の廊下に座り込んでいた僕を迎えに来た時？　高校を辞め、職を転々とし、リアル・アバターなどという仕事で喰い繋いでいる僕と同居しながら？

　――「最愛の人の他者性」という藤原の言葉が、頻りに脳裡にちらついた。

　母なりに、人生と果敢に渡り合っていたのだった。実際に、母を追い詰めたのはこの社会だった。母は、かなり奇抜な方法を選んでまで、「もう十分」という失意の底の底から脱け出して、どうにか〝普通〟であろうとしていた。そして、母にとって、この僕こそは、いつまでも〝普通〟から逸脱したままの、どうしても取り繕うことの出来ない現実だった。

　それでも母は、人生に幸福を見出していただろうか？

　母がもし、――そう、もしある日、僕に、その人生のすべてを打ち明けていたならば、――そして、僕がそれを理解してあげられるほどに、十分に成熟していたならば、その時には、やはりこう言ったのではあるまいか。――「お母さん、もう十分だよ。」と。

　僕があの時、〝自由死〟の希望を聞き容れていたなら、母は死ぬ前に、自ら僕の出産を巡る経緯を、話すつもりだったのかもしれない。それは、義務感からというよりも、ただ、聴いてもらいたかったからではあるまいか？　他でもなく僕に！　そして、僕が母の〝自由死〟の意思を、闇雲《やみくも》に拒絶することなく理解し、その話に耳を傾けていたなら、その時こそは、母は〝自由死〟の意思を翻していたのではなかったか？……

そうなのだろうか？――わからなかった。それを知っているのは、母だけだった。母に教えてほしかった。あと一度だけでもいい。会って言葉を交わすことが出来るなら、どんなに幸福だろうか！　思い出はたくさんある。けれども僕は、かつての僕としてではなく、今日の僕で、今、母と話がしたいのだった。

僕は、ＶＦの〈母〉の自然な反応が、いつか僕の心を満たしてくれると期待していた。けれども、そこに根本的な間違いがあったのかもしれない。僕が本当に求めているのは、僕に対する、母の外向きの反応ではなかった。母の心の中の反応だった。母が、僕の言葉に触れて、何かを胸に感じるということ。僕の存在が、母という存在の奥深い場所に達して何かを引き起こすということ。――僕が今、どうしても欲しているもの、そして、もう決して手に入らないのは、その母の内なる心の反応だった！

僕は、母のいない自分の傍らを見つめた。そしてまた、止め処《とど》もなく溢れ出す滝に目を遣った。

すべてはしかし、母がいないからこそ恣《ほしいまま》にされている、僕の勝手な妄想ではないのだろうか？　死者は、反論できない。僕がこうして自問自答を繰り返している間にも、母は、「朔也、お母さんの考えはちょっと違うのよね。」と、決して言ってくれなかった。もし、ほんの一時間でも、生き返った母と対面することが出来たなら？　そんな甘美な光景を思い描きはしたものの、その時には、僕はきっと、自分の出生についてなど、話さないだろう。その貴重な時間を、母を思い悩ませるような、そんな話には費やしたくなかった。

僕が見てほしいのは、母と最後に会った時よりも、精神的に少し成長した今の僕の姿だった。その間に考えてきたことのお陰で、僕が以前とは変わりつつあることだった。他でもなく、母の死の悲しみを、僕なりに克服して。――母が、少しでもお金を残さなければと心配していたあの頃とは、僕はもう違うところを見てほしかった。

そして僕は、僕の成長を感じ、喜ぶ母の姿が見たかった。人間的に、僕が良い方向に進んでいることがわかって、心からの笑顔になる母が見たかった。僕はまだ、何も成し遂げてはいない。僕は前に進みたかった。母の死には、到頭、間に合わなかった、何か善いことをするために。……

僕は、ゆっくり滝から目を逸らすと、そこから彼方に流れてゆく川を辿った。川床の岩の凹凸を滑らかにすべりながら、夥しい光の明滅が、また緑のトンネルに呑まれてゆく。

母がどんな心境で僕を生んだのかは、わからなかった。しかし、一つだけ確かなことは、母は〝死の一瞬前〟には、誰かとして生まれた、その僕といる時の自分でいたいと、心から願っていたのだった。

僕は母から愛されていた。もしその一瞬に、立ち会うことが出来ていたなら、僕に伝えられたのは、ただ、感謝の気持ちだけだっただろう。その言葉によって引き起こされる反応が、母の胸に満ちること以上に、死を前にして、どんな望みがあるだろうか。

……

——そのあとに起きたことが何だったのかは、今も曖昧なままだ。ともかく、それは一つの奇跡だった。

どうした機械の不調か、ふと気配を感じて振り向くと、僕の傍らには、消したはずの〈母〉が座っていた。しかし、僕は不覚にも、本当に一瞬、母が生き返ったような錯覚に見舞われたのだった。

「お母さん！……」

僕は、今こそその機を失わないために、恐る恐る、腕を伸ばした。あの日、握ってやれなかった手がそこにあった。そして、〈母〉に触れた。——そう、本当に触れたのだった。

僕は慄然とした。VFの〈母〉の手には、確かに生きた人間の感触があり、体温があった。

「……お母さん、……」

僕の両目からは涙が溢れ出した。

僕は、甲から〈母〉の手を握っていた。そしてそれは、僕の呼びかけに応じて掌を上に返し、また優しく、僕の手を握り直した。

傍らには、人がいるという質量の圧迫感があった。〈母〉は、自分の体がいつの間にか備えた肉体の充実に気づかず、ただ、微笑しながら僕を見ていた。その手には、確かに生き返った人だけが持ち得るあたたかさが充ちていた。

奇跡の驚きは、長くは続かなかった。僕はほどなく、何が起きているのかを理解した。この家にいるのは、僕の他に一人だけなのだから。

それでも僕は、その出来事を奇跡と感じさせた、現実を覆う儚い皮膜にしばらく留まっていた。僕は静かに目を閉じたが、再びその手が離れ、遠ざかってゆくまで、ヘッドセットは外さなかった。

第十四章　最愛の人の他者性

三好の引っ越しは、簡単なものだった。朝からバタついていて、あまり感傷的になる間もなく、前夜のことも、お互いに何も言わなかった。

昨日より、更に一層雲が薄くなって、西の方には青空も見えていた。

ワゴンの無人タクシーが迎えに来て、荷物を積み込み終えると、二人の間に、どちらが引き取るか、譲り合うような沈黙が生じた。

「色々ありがとう、本当に。——水曜日に、また会えるよね。」

「はい、出勤しますので。イフィーさんによろしくお伝えください。」

三好の「また会える」という一言が、別れの挨拶も大袈裟にさせなかった。

じゃあ、と車を見送ると、使い残して大分余ってしまった沈黙の処置に困ったが、寂しい反面、少しく解放感も覚えた。彼女への思いとその抑制との葛藤が、自分に強いていた緊張を改めて感じた。そして、自分は本当に水曜日に、彼女と再会するのだろうかと考えた。

三好が出て行って、久しぶりにかつての母の部屋に足を踏み入れたが、隅々まできれいに掃除されていて、中身の入っていない置き手紙のような感じがした。

窓から差し込む鈍い光が、彼女の不在を際立たせた。しかし、母の死の直後に戻ったという感じはしなかった。他でもなく、僕自身がもう、あの時と同じではないのだから。

＊

翌日、僕は二人の人間と会う予定だった。一人は岸谷であり、もう一人はティリだった。

午前中、僕は小菅《こすげ》にある東京拘置所まで、岸谷の面会に行った。返事が来たのだった。あまり長くはなく、手紙の礼が書いてあり、出来たら会って話がしたいと記されていた。

拘置所は、面会の予約が出来ず、ともかく行ってみるより他はないらしい。

小菅駅からほど近く、歩き始めると、スカイツリーを荒川の対岸に遠望した。手前の河川敷では、高齢者たちが草野球をしていた。その楽しげな様子に、心を奪われた。無事にその年齢まで生きられ、そして、今は自由だということが、これから会う岸谷の境遇と対照的に感じられたからかもしれない。

天気予報では、二月というのに、日中の気温が二十度まで上がるらしく、セーターを着ていた僕は、到着する頃には少し汗ばんでいた。

拘置所は、巨大なロボットの昆虫のような、学校の校舎を更に威圧的にした風の、何とも気が滅入る建物だった。

僕は、事前に調べていた通り、面会所の向かいにある「差入店《さしいれてん》」で、菓子やパン、弁当などを買って、あとで届けてもらうように依頼した。

面会受付で手続きを済ませ、荷物をロッカーに預けた。テレビが置かれたロビーの待合スペースでは、大きな病院のように、老若男女、意外にたくさんの人たちが、ソファに座って待っていた。身内だろうかと、僕は空席を見つけられず、立ったまま彼らを見ていたが、五分ほどで面会室に通された。

面会時間は十五分と告げられていた。靴の音がよく響く廊下だった。映画で見るのとそっくりの狭い個室に案内され、座って待っていると、係員に連れられて岸谷が入ってきた。僕を見ると、昔と同じように、ニヤッと笑った。

「元気そうだね。」

「おお、ありがとう。差入も。あの会社で働いてたヤツで、来てくれた人、初めてだよ。」

僕は、窶《やつ》れているんじゃないかと想像していたが、意外に、浮腫《むく》んだようにふっくらしていた。そう言うと、

「運動不足で、寝て喰ってばかりだからな。でも、刑務所に行ったら痩せるらしい。」と苦笑した。

彼に直接会うのは、いつ以来だろうか？　画面越しのやりとりが多かったが、その彼と透明のアクリル板を挟んで向かい合っている現実を、うまく受け止められなかった。

ネット以上に、彼が別の空間に存在していることを感じた。

「なんか、ここは、仮想空間の中にいるみたいだよ。酷い、悪夢的な。そのまま、ヘッドセットが外れなくなって、現実の世界に戻れなくなってしまったみたいで。――寒いし、臭いし、まァ、実際は現実そのものだけど。」

「……異様な事件だったんだね。記事読んで驚いた。」

「嘘も書かれてるよ、色々。」

「そう？」

「まあ、……裁判で、それは。」

僕は、岸谷に本当に殺人の意思があったのかどうかを知りたかったが、係員が聞いているここで尋ねていいことなのかどうか、思い迷った。

岸谷は、僕の表情を敏感に察して、

「俺は、今でもおかしいと思ってるよ、この世の中。……同じ人間として生まれてるのに、こんなに格差があっていいはずない。それは絶対におかしいよ。――絶対に。」と言った。

僕は、無言で二、三度、頷いた後に、

「けど、――その世の中を変えるための方法は？」と尋ねた。

岸谷は、口許に遣る瀬ないような笑みを過らせると、顔をひねって視線を逸らした。

恐らく、何度となく取り調べでも繰り返したやりとりなのだろう。

しばらく考えていた後に、また僕を見て、

「……俺のしたこと、間違ってたと思うか？」と訊いた。

僕は頷いた。

「人を殺して、世の中は良くならないよ。」

岸谷は、僕の特段、珍しくもない返答に、何故か虚を突かれたような顔をした。その意味が、僕にはわからなかったが、彼は、先ほどとは違った、僕に対する親愛の情を窺わせて、それ以上は続けなかった。

二人とも、しばらく黙っていたが、恐らくそのために、係員に終了時間を促された。あっという間で、実際はまだ十分ほどしか経っていなかった。

僕は、彼の健康を気遣って、裁判が公正に進むことを祈っていると伝えた。そして、最後に、今日ここに来た目的として、どうしても言っておきたかったことを口にした。

「刑務所から出たあと、アテがなかったら、うちに来たらいいよ。部屋も空いてるから、しばらく、一緒に住んでもいいし。」

岸谷は、頷くわけでもなく、僕を無言で見ていた後に、

「お前、やっぱり、いいヤツだな。——事件に巻き込まなくて、よかったよ。」と、笑みもなく、少し険しい真剣な顔で言った。

僕はその一言に衝撃を受けた。その可能性は自覚していたが、それにしても、僕と彼との運命は、本当にこの透明のアクリル板一枚程度の隔たりしかなかったのだと感じた。岸谷は自分の犯行を反省しているのだろうか？　僕は彼が、最後には、倫理的な葛藤の末に、暗殺を思い止まったという一点に於いて、友情を維持するつもりだった。しかし、「間違ってたと思うか？」というのは、僕の理解とは逆に、暗殺計画を踏み止まったことを言っているのだろうか？　つまり、テロは実行すべきだった、と。

彼はそして、やはり、ＶＦの〝指導者〟に、ただ欺されていた、というのではなかったのだろうと、僕は感じた。

不穏な動揺に見舞われたまま、僕は、立ち上がりながら、

「刑務所に行っても、また、面会に来るから。」とだけ告げた。

しかし、彼は、

「ああ、……けど、もう十分だよ。ありがとう。お前はやっぱり、俺とはもう、関わらない方がいいよ。……ちょっと、違う気がする。」

と言い残して、振り切るような態度で、係員と一緒に退室してしまった。

僕は、彼の犯罪者然とした態度に遠い隔たりを感じた。それでも、彼こそやはり、「いいヤツ」なんじゃないかという思いを捨てきれなかった。

＊

小菅をあとにしてからも、僕は電車に揺られながら、岸谷とのやりとりのことを考えていた。

「俺は、今でもおかしいと思ってるよ、この世の中。……同じ人間として生まれてるのに、こんなに格差があっていいはずない。」というのは、まったくその通りだった。

僕は、母の心を、飽くまで母のものとして理解したかった。——つまり、最愛の他者の心として。

すっかりわかったなどと言うのは、死んでもう、声を発することが出来なくなってしまった母の口を、二度、塞ぐのと同じだった。僕は、母が今も生きているのと同様に、いつでもその反論を待ちながら、問い続けるより他はないのだった。わからないからこそ、わかろうとし続けるのであり、その限りに於いて、母は僕の中に存在し続けるだろう。

それでも、生きていていいのかと、時に厳《いか》めしく、時に親身なふりをして、絶えず僕たちに問いかけてくる、この社会の冷酷な仕打ちを、忘れたわけではなかった。それは、老境に差し掛かろうとしていた母の心を、幾度となく見舞ったのではなかったか。

何のために存在しているのか？　その理由を考えることで、確かに人は、自分の人生を模索する。僕だって、それを考えている。けれども、この問いかけには、言葉を見つけられずに口籠もってしまう人を燻《いぶ》り出し、恥じ入らせ、生を断念するように促す人殺しの考えが忍び込んでいる。勝ち誇った傲慢な人間たちが、ただ自分たちにとって都合のいい、役に立つ人間を選別しようとする意図が紛れ込んでいる！　僕はそれに抵抗する。藤原亮治が、「自分は優しくなるべきだと、本心から思った」というのは、そういうことではあるまいか。……

そして、「あなたが今、『もう十分』と言って〝自由死〟を願うとしたら、僕は全力で止めます。あなたが現実を変えようとして努力をするなら、応援します。」という彼の言葉を思い返した。

僕はやはり、岸谷に伝えたかった。それでも、僕たちが「生きていていいのか」と問い詰める側に立ってしまえば、終わりじゃないか、と。それは他でもなく、僕たち自身の自尊心のためだった。

そして、踏み止まった彼は、そのことを知っていたはずだ、と僕は信じたかった。

＊

ティリとの待ち合わせのレストランは、日比谷にある複合商業ビルの三階だった。

以前から、一度お礼がしたいと言われていて、その必要はなかったが、僕も彼女と、会って話がしたかった。フィジカルな僕たちは、あのメロンの日の不幸な出会いの記憶の中に、まだ取り残されたままだった。そして僕は、彼女のヒーローのままでいたくなかった。あの日、実際には何があったのかを話すことが出来れば、僕たちは、もっと深い感情のやりとりが出来る友達になれる気がした。

到着が早すぎて、ティリの姿はまだなかった。

店員に予約名を伝えると、室内とテラス席とを選べると言われた。外は考えていなかったが、意外に何組かの姿があり、僕は、丁度空いていた、日比谷公園を見下ろす四人がけのテーブル席にしてもらった。

バッグを傍らに置いて一息吐いた。じっとしていても、寒いということはなく、外気が心地よかった。

大通りを行き交う車の音が聞こえていたが、それも気にならない程度だった。その先では、冬枯れの公園に残る常緑樹が、折から射してきた日光に映《は》え、微風に美しく揺れている。光と影、枝葉の動き、吹き抜ける風といった大きな一体感は、やはり仮想現実とは違うと感じた。

テラスに設置されたガラス製のフェンスに、雀《すずめ》が一羽、こちらに背を向けて、止まっていた。僕は、綿花のようにまん丸に膨らませた、その愛らしいお腹をしばらく見ていた。普段はきっと、日比谷公園に棲んでいるのだろう。そして、雀の頭越しに、また木《こ》立《だち》の緑と青空を眺めた。

僕は、雀の目に、この世界がどう見えているのかは知らない。その全身に、この世界がどう感じ取られているのかも。しかし、人間である僕と、まるで違うことだけは確かだった。

それぞれに、この世界を、自分の生存に必要な方法で認識している。僕と雀とが、この世界を真に等しく享受するのは、死後、僕たちの種に固有の認識システムが破壊されて、宇宙そのものと一体化する時だろう。だとすれば、僕に今、あの木の緑が、あのように美しく見えていることには、僕が生きていく上で、必要な意味があるのだった。

……

女性店員がメニューを持ってきて、一瞬、陰になった。僕は、それを少し残念に感じた。恐らく、人の気配に驚いて、彼女が立ち去ったあとには、もう雀の姿はないだろう。

僕は、気も漫《そぞ》ろでメニューの説明を聞いていた。しかし意外にも、再び開かれた視界の中に、雀はまだ留まっていた。

初めてイフィーと会った日、彼のリアル・アバターとして散歩に来たのも、この日比谷公園だった。

イフィーも僕も、あの頃は、孤独だった。僕たちは機械で繋がり合ったのではなかった。体を介して、一体化したのでもない。恐らくは、心で。――イフィー。僕が憧れた、才能溢れる歳下の友人。美しい目をした「あっちの世界」の住人。〈あの時、もし跳べたなら〉という、叶わぬ夢とともに生きている一人の青年。……

それから僕は、向かいの空席を見つめながら、三好との最初の出会いを回想した。

コロンボに実在する瀟洒なホテルを模した仮想空間では、無人のプールサイドで、椰子の木がゆったりと揺れていた。その片隅のテーブル席に、彼女は少し遅れて、猫の姿で現れたのだった。

あの時は、そのアバターをデザインしたのが、イフィーだとは知らなかった。彼がやがて僕を通じて三好を知り、愛するようになることも、三好が、一ファンとしての感情に彼への愛を見出すようになることも。――三好にとって、イフィーを愛することは、自分自身の人生を愛し直すことなのだと僕は信じていた。そのことを、どうして僕が喜べないだろうか。

僕はしばらく、ただ虚ろな目で木々の揺れを見ていた。そのうちに、胸に膨らみかけた痛みは、行き場もなく、ゆっくりと底に沈んでいったようだった。

それにしても、現在を生きながら、同時に過去を生きることは、どうしてこれほど甘美なのだろうか。僕が、〈母〉を必要としなくなったのも、それが却って、母の記憶を生きることを邪魔していたからかもしれない。今の僕は、母が死んだ世界でも、やはり正しく生きるべきなのだと感じている。さもなくば、僕は母の記憶とともに生きてゆくことさえ出来なくなってしまうから。母を思い出すことが苦しみとなるような人生に、どんな喜びがあるだろうか？

過去は、もう失われてしまっていて、二度と生きることが出来ないからこそ、これほど、懐かしいのだろうか。――それは、嘘ではないだろうか？　懊悩《おうのう》や苦痛の経験を、ただもう失われてしまったからといって、人は惜しみはしないだろう。

僕は、平凡であることに安らぎを求めている。普通の存在でありたい。僕は揺れている。平凡と思うべきことがあるのを、僕は知っている。けれども、決してそう思ってはいけないこともあるからだ。

「俺は、今でもおかしいと思ってるよ、この世の中。」と、また岸谷の言葉が過った。僕はそれに、何度でも同意する。ただ、その世の中を、僕は彼とは違った方法で変えたかった。それが出来るなら、僕はせっかく良くなった社会を、大切にしたいと思うだろう。それを壊してはいけないと心から信じられるはずだった。

僕は〝死の一瞬前〟に、天国を、あのプールサイドのような場所だと思い描くかもしれない。

あの日は確か、夕暮れ時だった。永遠に太陽の没しない夕刻で、プールは底からの照明に煌めいていた。しかし、僕はいつの間にか、その光景を、午後のもっと明るい時間のように錯覚していた。

その時には、僕は子供が、ただ自分の好きな色のビーズだけを、好きな順番で糸に通してゆくように、記憶の中から、楽しかった思い出だけを取り出して、過去から今に至るまでの僕という人間を作り上げるだろう。僕は僕自身よりも、僕の夢を愛するだろう。

しかしそれとて、乏しいよりも豊富であってほしいに違いなかった。

そこには、母もいてほしかった。そして、それだけでなく、丁度今、目の前で飛び立ったあの雀のように飛来する未来の誰かも。……

僕は、雀を目で追おうとした。しかし、瞬きの隙に取り逃がしてしまって、あとにはただ空だけが見えていた。

「おそくなって、すみません。」

ティリは、少し頬を赤らめて、僕の視界に入ってきた。僕は、雀の出立が、彼女の到着を告げる合図だったことを知った。

「気がつかなくてすみません。考えごとをしていて。――外にしたんですけど、大丈夫ですか？　寒ければ、中でも。」

「いえ、急いで来て、暑いので外で大丈夫です。」

そう言って、彼女は濃いガーネットのセーターのタートルネックを少し引っ張り、籠もった熱を逃がした。

「寒くなったら、言ってください。」

「はい。」

照明のせいで画面越しでは陰りがちだった彼女の顔が、精彩を放って見えた。髪の色も、少し明るくしたのかもしれない。

「いいお店ですね。よく来るんですか？」

「いいえ、初めてです。ネットで探しました。でも、まだ食べてないので、わかりません。」

座りながら、彼女は微笑した。

メニューは、メインを選べるランチコースか、パスタコースだけで、僕はポークのソテーを、彼女はメカジキのグリルを選び、二人で炭酸水を一本注文した。

お礼にと誘われたランチだったが、支払いのことはあとで話し合うつもりだった。

ウェイトレスが下がると、ティリは、小さく深呼吸をして僕を見た。そして、すぐに目を逸らし、改めて顔を上げた。

「元気でした？」

「はい。朔也さんは元気でしたか？」

「ええ、……はい。」

僕たちは、このところの天候のことをしばらく喋って、今日の陽気を喜んだ。

それから、皿が出てくる前に、僕は、持参した書類を取り出した。

「これ、前に話した学校の説明なんですけど。」

何度かやりとりする中で、僕は彼女に、もう一度、日本語を勉強し直してはどうかと提案していた。彼女の生活を向上させるためには、それは不可欠のはずだった。

ティリは、「そうですね。……」と曖昧に頷いて躊躇っていたが、妹についても尋ねると、「妹は、勉強させてあげたいです。」と言った。

「だったら、一緒に勉強してはどうですか？」

「そうですね、……できれば。お金が心配ですけど。」

僕は、日本に住んでいながら、言語の習得が不十分な外国人の子供たちに、日本語を再教育する「羽ばたきの会」というNPO法人に、ティリのケイスについて相談していた。成人は対象外にしていたが、以前から問い合わせも多いので検討したい、見学に来てもらえるなら、その場で面接もする、とのことだった。

持参したのは、その案内で、難しそうな箇所には、手書きで説明を加えた。

「すごいですね。……朔也さんが書いてくれたんですか。」

「ああ、ええ。」

「はい、これだったら、わかりやすいです。」

ティリは、印刷された文章を少し読んで言った。

「妹さんやご両親とも、よく話し合ってみてください。」

「はい、お父さんのユニオンの人も、この学校のこと、知ってました。」

「あ、本当ですか？」

「はい、いい学校だと言ってました。」

「良かった。見学して気に入らなければ、別の場所を探してもいいですし。調べてみた限りでは、ここが一番、評判が良さそうでした。応対してくれた代表の方も親切でした。」

前菜のサラダが来たので、細かな説明は、一旦後回しになった。

僕は、NPOの代表に連絡を取った際、ティリのこととは別に、僕自身もインターンとして働きたいという希望を伝えていた。女性の代表は、意外そうな反応だったが、福祉への関心を、母子家庭という自分の境遇と併せて説明すると、

「そうですよ、日本人対外国人の問題じゃなくて、社会の格差の問題ですから、これは。」

と潑剌《はつらつ》とした口調で言われた。僕は、その声の響きに打たれ、自分は、こういう人たちと関わりながら生きていくべきなのだということを強く感じた。それは、僕自身が変わるためにも必要なことだった。

イフィーとの仕事の準備として、僕は慈善事業について調べ始めていたが、すぐに、自分が、今のままではほとんど役に立たないことを痛感させられた。福祉についての基本的な理解も、財政的な知識もなく、実務経験もゼロだった。

僕は初めて、自分が本当にしたいと思っていることのために、高校を中退してしまったことを後悔した。そして、大学で福祉について学ぶための貯金を始め、昨日、予備校のオンライン講座の申し込みをしたところだった。

そのためには、イフィーとの仕事も辞めざるを得なかった。明日、僕はそのことを彼に伝えるつもりでいた。いつか彼と、対等な立場で、改めて一緒に仕事をしたかった。

僕はただ、そのことを聞いてもらいたくて、ティリに話をした。コンビニ動画のお陰で集まった〝投げ銭〟も、進学のための学費に充てるつもりだった。それに僕は、ティリのお陰で、自分がやはり「言葉」に強い関心を持っていることを改めて意識した。

出来るだけ明瞭に話そうと努めたが、彼女の表情からは、ところどころで内容を理解できないまま受け流している様子が感じられた。あの日の出来事の詳細を語るまでには至らなかった。

それでも、僕の様子から、意欲は伝わったようで、

「すごいですね。わたしも、勉強、がんばりたいです。」と言った。

僕は、その言葉以上に、彼女の心の中で生じた何がしかの反応を感じ取って、強い喜

びを覚えた。僕たちは、それからまた、明るく微笑した。

何もかもが、これからだった。

現在を生きながら、同時に未来を生きることもまた、甘美であってくれるならば、と僕は思った。——誕生以前の想像と、死後の想像とが、この僕の存在に於いて、甘美であってくれるならば。……

ウェイトレスが来て、なぜか当たり前のように、僕の前にはメカジキを、ティリの前にはポークを置いていった。僕たちは、苦笑しながら皿を交換した。

それから、ティリに促されて、僕はガラスのフェンスに目を遣った。

いつの間にか、今度は、二羽の雀が止まっていた。それぞれにやはり、綿花のように丸くお腹を膨らませて。

「かわいいですね。」

ティリは、写真を撮ろうと携帯を取り出した。

一方が、さっきの一羽なのだろうかと、僕はしばらく見ていたが、どちらがどうとも区別はつかなかった。

友達を連れて戻ってきたのなら、僕は歓迎したかった。しかし、新しい二羽が飛んで来たのだとしても、僕はやはり心から、歓迎したい気持ちだった。

主要参考文献

『安楽死・尊厳死の現在』（松田純著　中公新書）

『「発達障害」とされる外国人の子どもたち』（金春喜著　明石書店）

『未来の年表　人口減少日本でこれから起きること』（河合雅司著　講談社現代新書）

『VRは脳をどう変えるか？　仮想現実の心理学』（ジェレミー・ベイレンソン著　倉田幸信訳　文藝春秋）

『AI倫理　人工知能は「責任」をとれるのか』（西垣通・河島茂生著　中公新書ラクレ）

『AI原論　神の支配と人間の自由』（西垣通著　講談社選書メチエ）

『人工知能は人間を超えるか』（松尾豊著　角川EPUB選書）

『はじめて出会う生命倫理』（玉井真理子・大谷いづみ編　有斐閣アルマ）

『ブラック企業』（今野晴貴著　文春新書）

『ブラック企業2』（今野晴貴著　文春新書）

『饗宴』（プラトン著　中澤務訳　光文社古典新訳文庫）

『ソークラテースの思い出』（クセノフォーン著　佐々木理訳　岩波文庫）

『対訳　コウルリッジ詩集』（上島建吉編　岩波文庫）

『伊豆の踊子』（川端康成著　新潮文庫）

『高瀬舟』（森鷗外著『森鷗外全集5　山椒大夫　高瀬舟』ちくま文庫収録）

引用

「詩を書く少年」（三島由紀夫著『花ざかりの森・憂国』　新潮文庫収録）

『尾崎放哉全句集』（尾崎放哉著　村上護編　ちくま文庫）

映画『タクシードライバー』（マーティン・スコセッシ監督）

取材協力者

本書の執筆に当たっては、以下の各氏より貴重な助言を戴いた。

この場を借りて、お礼を申し上げます。有難うございました。

荒木 英士／上野山 勝也／今野 晴貴／サンタチャンネル サンタ／渋谷 真子／トンピェーゾン

平野啓一郎（ひらの・けいいちろう）

1975年、愛知県生まれ。北九州市出身。
1999年、京都大学法学部在学中に投稿した『日蝕』により芥川龍之介賞受賞。
以後、数々の作品を発表し、各国で翻訳紹介されている。
2020年からは芥川賞選考委員を務める。
主な著書は、小説では『葬送』『高瀬川』
『決壊』（芸術選奨文部科学大臣新人賞受賞）
『ドーン』（Bunkamuraドゥマゴ文学賞受賞）
『かたちだけの愛』『空白を満たしなさい』『透明な迷宮』、
エッセイに『考える葦』『私とは何か　「個人」から「分人」へ』
『「カッコいい」とは何か』『本の読み方　スロー・リーディングの実践』
『死刑について』などがある。
2023年、評論『三島由紀夫論』で小林秀雄賞受賞。
2016年刊行の長編小説『マチネの終わりに』（渡辺淳一文学賞受賞）は累計60万部を超えるロングセラーとなった。2019年に映画化。
2018年に発表した『ある男』（読売文学賞受賞）は累計40万部。2022年に公開された映画は 日本アカデミー賞で最多の8部門受賞。

平野啓一郎公式サイト　https://k-hirano.com/
「本心」特設サイト　https://k-hirano.com/honshin/

●初出
北海道新聞、東京新聞、中日新聞、西日本新聞
2019年9月6日～2020年7月30日連載

●単行本
2021年5月　文藝春秋刊

DTP制作　ローヤル企画

文春文庫

本《ほん》心《しん》

定価はカバーに
表示してあります

2023年12月10日　第1刷

著　者　平野《ひらの》啓一郎《けいいちろう》

発行者　大沼貴之

発行所　株式会社　文藝春秋

東京都千代田区紀尾井町 3-23　〒102-8008
TEL　03・3265・1211(代)
文藝春秋ホームページ　http://www.bunshun.co.jp

落丁、乱丁本は、お手数ですが小社製作部宛お送り下さい。送料小社負担でお取替致します。

印刷製本・大日本印刷

Printed in Japan
ISBN978-4-16-792136-1